Hotel Vendome

Danielle Steel es sin duda una de las novelistas más populares en todo el mundo. Sus libros se han publicado en cuarenta y siete países, con ventas que superan los quinientos ochenta millones de ejemplares. Cada uno de sus lanzamientos ha encabezado las listas de bestsellers de *The New York Times*, y muchos de ellos se han mantenido en esta posición durante meses.

Hotel Vendôme

DANIELLE STEEL

Hotel Vendôme

Traducción de
Laura Rins Calahorra

Vintage Español
Una división de Penguin Random House LLC
Nueva York

A mis adorables y maravillosos hijos
Beatie, Trevor, Todd, Nick, Sam,
Victoria, Vanessa, Maxx y Zara.
Alegría de mi vida, música para mi alma,
¡Sois el gozo de mis días!
¡Qué gran fortuna y dicha la de teneros!

Con todo mi amor,

Mamá/D. S.

1

La decoración del vestíbulo del Hotel Vendôme, situado en la calle Sesenta y nueve Este de Nueva York, era de una elegancia impecable y una minuciosidad absoluta. Los suelos de mármol blanco y negro estaban inmaculados, las alfombras rojas se desplegaban en cuanto caía la primera gota de lluvia en el exterior, las molduras de las paredes eran exquisitas y la enorme araña de cristal que colgaba del techo recordaba a los más refinados palacios de Europa. El establecimiento era mucho más pequeño que aquel que había inspirado su estética, pero quienes tenían costumbre de viajar descubrían en él un parecido extraordinario con el Ritz de París, donde el propietario del Vendôme había trabajado dos años como ayudante de dirección mientras completaba su formación en los mejores hoteles del viejo continente.

Hugues Martin tenía cuarenta años, se había graduado en la ilustre y prestigiosa École Hôtelière de Lausana, en Suiza, y el hotel del Upper East Side de Manhattan era su sueño. Todavía no daba crédito a la suerte que había tenido, a lo bien que le había salido todo cinco años antes. Sus padres, un banquero suizo y una mujer igual de conservadora que él, se habían quedado desolados cuando les anunció que quería estudiar hotelería. Hugues procedía de una familia de banqueros que creía que dirigir un hotel o trabajar en él era una actividad sórdida, y lo desaprobaban con firmeza. Habían hecho todo lo posible para disuadir a Hugues, sin éxito. Después de cuatro años en la escuela de Lausana, hizo las prácticas y acabó ocupando puestos importantes en el Hotel du Cap en Antibes, en el Ritz de París y en el Claridge's de Londres, e incluso cubrió una breve vacante en el reputado Hotel Peninsula de Hong Kong. Fue en ese momento cuando decidió que, si algún día se establecía por cuenta propia, lo haría en Estados Unidos.

Hugues había trabajado en el Plaza de Nueva York antes de que lo cerraran para renovarlo de arriba abajo y tenía asumido que se encontraba todavía a años luz de cumplir su sueño. Entonces sucedió lo inesperado. Pusieron a la venta el Hotel Mulberry, un pequeño y destartalado establecimiento en decadencia que jamás había gozado de prestigio a pesar de su privilegiada ubicación. Cuando se enteró, reunió hasta el último centavo de sus ahorros, pidió todos los préstamos que pudo tanto en Nueva York como en Suiza, e invirtió por completo la modesta herencia que sus padres le habían dejado y que él se había ocupado de guardar e invertir. La combinación hizo posible la compra. Simplemente lo logró hipotecando el edificio. Sin haberlo previsto, Hugues adquirió el establecimiento y efectuó las reformas necesarias, que duraron dos años; y por fin se inauguró el Hotel Vendôme para asombro de los neoyorquinos, que en general decían desconocer que antes hubiera existido un hotel en esa misma parcela.

El edificio original era una pequeña clínica privada de los años veinte transformada en hotel durante los cuarenta, y su estética era espantosa. En cambio, con la renovación, cada centímetro del Vendôme rebosaba esplendor y el servicio era magnífico. Hugues había contratado a chefs de todo el mundo para su nuevo restaurante, tremendamente popular en ese momento. La jefa de catering era una de las mejores en su profesión, y los clientes coincidían en que incluso la comida que servían en las habitaciones era riquísima. Durante el primer año tuvo un éxito espectacular y los turistas que acudían a Nueva York desde los países más diversos efectuaban sus reservas con meses de antelación. La suite presidencial era una de las más elegantes de la ciudad. El Hotel Vendôme era una auténtica joya, con suites decoradas con gusto, habitaciones con chimenea, molduras y techos altos. La fachada estaba orientada al sur, de modo que casi todas las habitaciones tenían luz natural, y Hugues había elegido la porcelana, el cristal y la ropa de cama más selecta, además de las antigüedades que había podido permitirse, como la lámpara de araña del vestíbulo, adquirida en Ginebra durante una subasta de Christie's. La pieza procedía de un *château* francés cercano a Burdeos y estaba en perfectas condiciones.

Hugues dirigía el hotel de ciento veinte habitaciones con precisión suiza, sonrisa cálida y mano de hierro. Sus empleados eran discretos y experimentados, tenían una memoria excelente para recordar a todos los huéspedes y mantenían un detallado archivo con las necesidades y preferencias de cada uno de los clientes importantes que se alojaban en cada momento. Estos detalles habían convertido al Vendôme en el hotel más popular de Nueva York de los últimos tres años. En cuanto se ponía un pie en el vestíbulo, se detectaba que era un establecimiento especial. Un joven botones aguardaba frente a la puerta giratoria ataviado con un uniforme inspirado en el de los *chasseurs* del Ritz: pantalón azul marino, chaqueta corta con un pequeño ribete dorado en el cuello y un sombrerito redondo sujeto con una cinta a la barbilla y colocado de medio lado. Para responder a las necesidades de los clientes había botones bien dispuestos y conserjes extraordinariamente competentes. Todos corrían a atender a los huéspedes, y la plantilla en pleno estaba a punto para ocuparse de cualquier tipo de petición. Hugues sabía que era esencial contar con un servicio impecable.

Los ayudantes de dirección iban vestidos con frac negro y pantalón de rayas, también inspirados en el Ritz. El propio Hugues estaba presente noche y día, vestido con un traje azul marino que solía conjuntar con una camisa blanca y una corbata de Hermès de color oscuro. Tenía una memoria asombrosa para recordar a la gente que ya se había alojado en el establecimiento y siempre que le era posible recibía a los clientes importantes en persona. Era un director consumado, no había detalle que escapara a su ojo experto, y esperaba que los jefes de los distintos departamentos estuvieran a la altura de los estándares que había establecido. Los huéspedes acudían allí tanto por la lujosa ornamentación como por el servicio.

Como toque adicional, el hotel lucía siempre una decoración floral espectacular, y su spa era uno de los mejores. No había prácticamente ningún servicio que los empleados no ofrecieran, siempre que fuera legal y más o menos de buen gusto. A pesar de que tenía presentes las objeciones de sus padres, Hugues no podía evitar pensar que se habrían sentido orgullosos de él. Había invertido bien su dinero, y en los tres primeros años de funcionamiento el negocio había obtenido tal éxito que le había permitido cancelar casi todas las deudas, lo cual no era de extrañar teniendo en cuenta que Hugues había trabajado día y noche para convertirlo en lo que era. Pero en la esfera privada había pagado un precio muy alto por el triunfo: le había costado perder a su esposa, lo cual había sido objeto de muchas habladurías entre los empleados y los clientes.

Nueve años antes, mientras trabajaba en el Claridge's de Londres, había conocido a Miriam Vale, la supermodelo de fama internacional y belleza espectacular. Y, tal como les sucedía a todos los que posaban los ojos en ella, quedó deslumbrado en cuanto la vio. Hugues se mostró de lo más correcto y profesional, como siempre hacía con los clientes de los hoteles en los que trabajaba, pero ella era una joven de veintitrés años y no se molestó en ocultar que le gustaba, por lo que él cayó rendido a sus pies al momento. La chica era estadounidense y decidió marcharse con ella a Nueva York. Fue una época muy intensa, y aceptó un puesto de menor categoría en el Plaza con tal de alojarse en la misma ciudad que ella y seguir con la relación. Para gran sorpresa del propio Hugues, la chica estaba tan enamorada de él como él de ella, y al cabo de seis meses se casaron. En toda su vida Hugues no había sido tan feliz como durante los primeros años que pasaron juntos.

Dieciocho meses después nació su hija Heloise. Hugues rebosaba de amor por su mujer y su niña. Incluso temblaba al expresarlo en voz alta por miedo a despertar la ira de los dioses, pero siempre decía que su vida era perfecta. Era un hombre entregado. Por muchas tentaciones que le salieran al paso a causa del trabajo en el hotel, estaba completamente enamorado de su esposa y le era fiel. Ella siguió con su carrera de modelo tras el nacimiento de Heloise, mientras en el Plaza todo el mundo adoraba a la niña, le reían las gracias y bromeaban acerca de su nombre. Hugues era sincero cuando aseguraba que la habían llamado Heloise por su bisabuela, y no por la película *Eloise en Nueva York*, que precisamente transcurría en el hotel Plaza. En cualquier caso, no esperaba quedarse en ese puesto para siempre, así que no había motivos para no llamarla así. Heloise tenía dos años cuando Hugues compró el Mulberry y lo transformó en el Vendôme.

Ya tenía todo cuanto deseaba: una esposa y una hija a las que amaba, y un hotel de su propiedad. Miriam estaba mucho menos entusiasmada que él con el proyecto y se había quejado con amargura de que le robaría demasiado tiempo; sin embargo, Hugues siempre había soñado con tener su propio establecimiento, sobre todo uno como el que resultó de la reforma.

Sus padres se habían mostrado incluso menos contentos con Miriam que con la idea de que trabajara en el ramo de la hotelería. Tenían serias dudas de que una consentida jovencita de veintitrés años espectacularmente bella y conocida en el mundo entero por su profesión de modelo fuera una buena esposa para él. No obstante, Hugues la amaba muchísimo y no albergaba ninguna duda.

Tal como había imaginado, tardó dos años en restaurar el hotel. Los gastos superaron en muy poco las previsiones y el resultado final fue justo el que esperaba.

Llevaba seis años casado con Miriam y Heloise tenía cuatro cuando se inauguró el Vendôme. Su mujer tuvo la amabilidad de posar para algunos de los anuncios. El hecho de que el propietario estuviera casado con Miriam Vale aportaba un toque de distinción, y los clientes, sobre todo los hombres, se acercaban con la esperanza de conseguir ver a la modelo en el vestíbulo o en el bar. A quien veían con mucha más frecuencia que a su madre era a Heloise, que siempre seguía a su padre de la mano de alguna de las empleadas. La niña de cuatro años hacía las delicias de todos aquellos que la conocían. *Eloise en Nueva York* pasó a tener el Vendôme como escenario, y la pequeña se convirtió en la princesa del establecimiento. Resultaba obvio que era el orgullo y la alegría de su progenitor.

Greg Bones, el reputado cantante de rock con fama de chico malo, fue uno de los primeros huéspedes que ocupó una suite de lujo y se enamoró del hotel. Hugues estaba preocupado porque Bones era conocido por destrozar habitaciones y provocar el caos allí donde se alojaba. No obstante, en el Vendôme se comportó sorprendentemente bien, para gran alivio de su dueño. Por lo demás, estaban preparadísimos para responder a las necesidades y las peticiones de los famosos.

Durante su segundo día allí, Greg conoció a Miriam Vale Martin en el bar, rodeada de ayudantes, directores de revistas, estilistas y un famoso fotógrafo tras una sesión de fotos. Esa tarde habían terminado un reportaje de doce páginas para *Vogue*, y en cuanto reconocieron al cantante lo invitaron a unirse al grupo. Los acontecimientos se precipitaron. Miriam pasó la mayor parte de la noche siguiente en la suite de Greg mientras Hugues trabajaba confiado pensando que su mujer había salido. Las camareras de pisos tenían muy claro dónde estaba Miriam y lo que había ocurrido, puesto que los camareros lo habían descubierto cuando Greg pidió champán y caviar a medianoche. Enseguida se empezó a hablar de ello y el rumor se propagó por el hotel como la pólvora. Al final de la semana también Hugues lo sabía, y se debatía entre enfrentarse a Miriam o esperar que todo terminara pronto.

Hugues, Miriam y Heloise ocupaban su propio apartamento en la planta inferior a la de las dos suites de lujo. Los empleados de seguridad sabían muy bien que Miriam salía a escondidas continuamente para reunirse con Greg en su suite, siempre que Hugues estaba trabajando en el despacho. Para este la situación era delicada en extremo, ya que no quería tener que invitar al famoso cantante de rock a abandonar el hotel. Habría provocado un escándalo. En lugar de eso, le pidió a su mujer que entrara en razón y se comportara como es debido. Le sugirió que se fuera de viaje unos días para poner fin a la locura que estaba cometiendo. Sin embargo, cuando Bones se marchó ella lo acompañó a Los Ángeles en su avión privado. Dejó a Heloise con Hugues y le prometió que volvería al cabo de unas semanas, que tenía que quitarse esa historia de la cabeza, y le suplicó que lo comprendiera. Él se quedó destrozado y desairado, pero no quería perder a su mujer. Esperaba que si accedía a su capricho todo pasaría pronto. Miriam había cumplido veintinueve años y Hugues creía que sentaría la cabeza. La amaba, y tenían una hija en común. No obstante, la noticia ya había saltado a la prensa sensacionalista e incluso al suplemento «Page Six» del *New York Post*. Para Hugues fue una completa humillación ante sus empleados y la ciudad entera.

Explicó a Heloise que su madre había tenido que marcharse por trabajo, cosa que la niña a sus cuatro años ya era capaz de comprender. Le resultó más difícil seguir con la mentira cuando pasaron los días y Miriam no regresaba. Al cabo de tres meses, instalada en Londres con Greg Bones, le comunicó que iba a pedir el divorcio. Para Hugues aquel había sido el golpe más duro de toda su vida; y en los tres años transcurridos desde entonces, a pesar de que su trato con los clientes no había cambiado y seguía mostrándose sonriente y atento, quienes lo conocían bien eran muy conscientes de que no había vuelto a ser el mismo. Estaba más distante y serio, se sentía muy herido, y en sus horas libres se encerraba en sí mismo, aunque siempre ponía buena cara ante los empleados y los huéspedes.

A pesar de su libertad tras el divorcio, Hugues era la discreción personificada. Su secretaria y algunos de los jefes de departamento sabían que había tenido pequeñas aventuras con clientas del hotel o mujeres distinguidas y bien situadas de Nueva York. Se había convertido en uno de los solteros más cotizados de la ciudad y recibía todo tipo de invitaciones, aunque rara vez las aceptaba. Prefería quedar en un segundo plano y mantener al margen su vida privada. Además, por lo general solía estar trabajando. Esa era su ocupación preferida, aparte de la dedicación a su hija, que era lo primero. No había tenido ninguna relación seria después de lo de Miriam y tampoco la deseaba. Creía que para dirigir correctamente un hotel debía sacrificarse la vida personal. Siempre estaba presente y atento a todo, y trabajaba lo indecible, sobre todo de puertas adentro, para que las cosas funcionaran bien.

Un mes después de que el divorcio terminara de tramitarse, Miriam se casó con Greg Bones. De eso hacía ya dos años y tenían una hija de seis meses. Heloise había visto a su madre muy pocas veces en ese tiempo, y eso la entristecía. Hugues estaba enfadado con Miriam porque su nueva vida y Greg la absorbían demasiado, igual que el bebé, y no le permitían prestar atención a su hija mayor ni visitarla siquiera. Heloise y Hugues habían pasado a ser vestigios de otra época. Así que a este no le quedó otro remedio que hacer de padre y madre al mismo tiempo. Nunca se quejaba de ello ante Heloise, pero lo consideraba una dolorosa circunstancia para ambos.

En el hotel la niña estaba siempre rodeada de devotas madres de repuesto: las recepcionistas, las encargadas del servicio de habitaciones, las camareras de pisos, la florista, la peluquera o las chicas que trabajaban en el spa. Todo el mundo sin excepción adoraba a Heloise. En realidad nadie podía reemplazar a su verdadera madre, pero por lo menos era feliz; quería mucho a su padre, y a los siete años se había convertido en la princesa del Hotel Vendôme. Los clientes habituales la conocían bien y de vez en cuando le llevaban pequeños regalos. Además, gracias a que su padre estaba muy pendiente de su educación y sus modales, Heloise era encantadora y muy correcta. Lucía vestidos bonitos con bordados de nido de abeja y todos los días la peluquera le trenzaba el cabello pelirrojo y se lo ataba con cintas para que acudiera a sus clases en el cercano Liceo Francés. Su padre la acompañaba a la escuela todas las mañanas antes de empezar a trabajar. Su madre, en cambio, la telefoneaba una o dos veces al mes, si se acordaba.

Esa noche Hugues estaba frente al mostrador de recepción, tal como hacía cuando sus otras ocupaciones se lo permitían, echando un vistazo al vestíbulo y saludando a los clientes con discreción. Sabía con exactitud quién se alojaba en el hotel en cada momento. Todos los días revisaba el libro de reservas para cerciorarse de qué clientes se encontraban en el establecimiento, cuándo habían llegado y cuándo preveían marcharse. Se respiraba la calma habitual mientras los huéspedes se inscribían en el registro. La señora Van Damme, una viuda aristócrata muy conocida, acababa de regresar del habitual paseo de última hora de la tarde con su pequinés, y Hugues se puso a hablar con ella mientras la acompañaba tranquilamente al ascensor. El año anterior la mujer había trasladado su residencia a una de las suites de mayor tamaño del hotel y la había decorado con algunos de sus propios muebles y varias obras de arte muy valiosas. Tenía un hijo que vivía en Boston y la visitaba de vez en cuando, pero le profesaba un gran cariño a Hugues y consideraba a la hija de este la nieta que siempre había querido tener. Todos sus nietos eran varones, y uno tenía la misma edad que Heloise. Muchas veces le hablaba en francés, puesto que sabía que estudiaba en el Liceo, y a esta le encantaba acompañarla a pasear al perrito. Caminaban despacio mientras la señora Van Damme le contaba historias de cuando era pequeña. La niña la adoraba.

—¿Dónde está Heloise? —preguntó la señora Van Damme con una cálida sonrisa mientras el ascensorista esperaba.

Hugues dedicó unos minutos a hablar con ella, pues no escatimaba tiempo para sus clientes y por muy ocupado que estuviera, nunca lo demostraba.

—Espero que arriba, haciendo los deberes.

Los dos sabían que también era posible que estuviera de

aquí para allá por el hotel, visitando a sus amigos. Le encantaba empujar los carritos de las camareras de pisos y repartir sobrecitos de crema y champú. Si sobraba alguno, siempre se lo daban.

—Si la ve, dígale que venga a tomar el té conmigo cuando acabe —le pidió la señora Van Damme con una sonrisa.

Era algo que Heloise hacía a menudo. Tomaban té y sándwiches de pepino o ensalada de huevo, y los petisús que le servían en la habitación. En el establecimiento había un chef británico que había trabajado en el Claridge's y que solo se encargaba del servicio de la cena, el mejor de la ciudad. El chef principal era francés, y Hugues también lo había contratado personalmente. Intervenía en todas las cuestiones del hotel, fueran visibles o no. Eso era lo que hacía del Vendôme un lugar tan especial. Los empleados habían sido formados para conceder atención personalizada, empezando por el propio Hugues.

—Muchas gracias, señora Van Damme —dijo aquel con amabilidad devolviéndole la sonrisa en el momento en que se cerraba la puerta del ascensor.

Cruzó el vestíbulo para regresar al mostrador de recepción mientras pensaba en su hija con la esperanza de que estuviera haciendo los deberes, tal como había expresado. Hugues tenía otras cosas de las que ocuparse, aunque aparentaba tal serenidad que nadie habría sospechado el caos que tenía lugar en el sótano en esos momentos. Estaban recibiendo muchas quejas de los clientes puesto que, media hora antes, se habían visto obligados a cortar el agua de casi todas las plantas. Se excusaron diciendo que había habido una pequeña avería, y los telefonistas y recepcionistas aseguraban a los huéspedes que se esperaba volver a disponer de agua corriente en cuestión de una hora. No obstante, lo cierto era que se había reventado una cañería del sótano, por lo que los fontaneros y técnicos del hotel estaban ocupados en intentar repararla y, además, habían avisado a un servicio externo.

Hugues parecía conservar la calma mientras tranquilizaba a todo el mundo con una sonrisa. Viéndolo no podía más que darse por sentado que tenía la situación bajo control. A los clientes que acudían a registrarse les comentaba que había habido un corte en el suministro de agua pero sin darle importancia. Les decía que enseguida volverían a disponer del servicio y les preguntaba si deseaban que les llevaran comida o bebida a la habitación. Aunque obviaba mencionarlo, el ofrecimiento era gratuito, por supuesto; se trataba de compensar la falta de agua corriente y las molestias. Hugues prefería quedarse en el vestíbulo para que los nuevos clientes tuvieran la sensación de que todo estaba en orden. Lo máximo que podía hacer era rezar por que pronto encontraran la cañería reventada y la repararan con rapidez. Esperaban no verse obligados a prescindir del servicio de habitaciones, puesto que en la cocina principal ya había quince centímetros de agua y todos los empleados disponibles habían sido enviados a prestar ayuda en el sótano. Sin embargo, en el vestíbulo no se apreciaba nada. Hugues pensaba bajar al subterráneo al cabo de unos minutos para volver a comprobar el estado de la inundación, aunque por lo que decían iba a peor. A pesar de todas las obras de renovación que se habían hecho, el edificio seguía siendo viejo.

Mientras él saludaba a un aristócrata español y a su mujer, que acababan de llegar de Europa, el sótano era un verdadero caos. Nadie que observara la aparente calma y elegancia del vestíbulo sospecharía el desastre que estaba teniendo lugar en el piso de abajo.

Los operarios gritaban, el nivel del agua subía, y de una pared brotó un raudal mientras los técnicos, ataviados con su uniforme marrón, vadeaban el espacio encharcado, empapados de pies a cabeza. Había cuatro fontaneros trabajando y a los seis técnicos del hotel se les había pedido que se pusieran también manos a la obra. Mike, el hombre que dirigía el equipo, se encontraba muy cerca del punto por el que brotaba el agua de la pared y sudaba la gota gorda tratando de localizar el escape. Del cinturón le colgaban varias llaves inglesas, y cuando las estaba probando una suave voz a su espalda le sugirió que lo intentara con la más grande. Sorprendido de oír aquella voz familiar en medio de todo ese ruido, dio media vuelta y vio a Heloise observándolo con interés. El agua le llegaba por la rodilla. Llevaba un biquini rojo y un impermeable amarillo, y señalaba la llave inglesa de mayor tamaño del cinturón de Mike.

—Me parece que tendrías que probar con la más grande, Mike —dijo la niña plantada tranquilamente a su lado, con sus grandes ojos verdes y el pelo de vivo color rojizo todavía bien trenzado; Mike pudo ver bajo el agua sus pies descalzos.

—De acuerdo —convino él—, pero tú tienes que ponerte ahí. No quiero que te hagas daño.

La niña asintió, muy seria, y luego le sonrió. Tenía la cara pecosa y le faltaban dos dientes.

—No pasa nada, Mike, sé nadar —lo tranquilizó.

—Espero que no tengas que demostrarlo —contestó él, y sacó del cinturón la llave inglesa de mayor tamaño, que de todos modos era justo la que tenía intención de utilizar.

Ocurriera lo que ocurriese en el hotel, Heloise siempre estaba allí. Lo que más le gustaba era andar de un lado para otro con los técnicos. Mike le indicó el lugar en el que debía colocarse y la niña subió obediente un escalón y se dedicó a charlar con algunos cocineros que habían acudido a ver qué podían hacer para ayudar. En ese momento llegaron los fontaneros del servicio externo y se abrieron paso en el sótano inundado para reunirse con el resto de los operarios. Algunos botones sacaron botellas de vino caro de las bodegas, y el personal de cocina acudió a echarles una mano.

Media hora después, tras el intenso trabajo tanto de los técnicos del hotel como del servicio externo, consiguieron localizar el escape, cerraron las llaves de paso apropiadas y los fontaneros se dispusieron a repararlo. Heloise volvió a acercarse a Mike, le dio unas palmadas en el hombro y le dijo que había hecho un trabajo magnífico. Él se echó a reír mientras la contemplaba, y luego la cogió en brazos, la acompañó arriba y la dejó al cuidado de los ayudantes del chef, ataviados con un gorro alto, una chaqueta blanca y pantalones de cuadros.

—Si te haces daño, tu padre me matará. Quiero que te quedes aquí.

De todos modos tenía claro que la advertencia era inútil. Heloise nunca se quedaba quieta mucho rato.

—Aquí no tengo nada que hacer —se quejó ella—. Los camareros del servicio de habitaciones están muy ocupados y es mejor que no los moleste.

Sabía que no debía interrumpirlos durante las horas de más trabajo.

Entretanto, en la recepción se sucedían las llamadas frenéticas. Quienes querían arreglarse para salir por la noche habían descubierto que no disponían de agua para bañarse ni ducharse, y a todos aquellos que solicitaban que les sirvieran la cena en la habitación les contestaban que estaban ocupadísimos y que los pedidos iban con retraso. Eso sí, el hotel ofrecía vino y otras bebidas gratis. Hugues era consciente de que lo ocurrido podía dañar mucho la reputación del Vendôme, a menos que supiera manejarse con cortesía y aplomo. Se ocupó personalmente de llamar a los clientes más importantes para disculparse y pidió al jefe del servicio de catering que en señal de cortesía enviara una botella de Cristal a cada una de sus habitaciones. Además, tenía intención de descontar la tarifa de esa noche a todos los afectados. Sabía que el coste era elevado, pero lo sería más si no lo hacía. Una situación así podía darse en cualquier hotel; era en la forma de llevarlo donde residía la verdadera diferencia entre un establecimiento de segunda categoría y uno de primera clase como el Vendôme, esos a los que en Europa llamaban «palace». De momento no había nadie furioso; los clientes estaban simplemente molestos, aunque también contentos por el vino y el champán gratis. El sabor de boca que les dejara el incidente dependía de lo deprisa que los fontaneros y los técnicos consiguieran efectuar la reparación. Esa noche debían hacer todo lo que estuviera en su mano, y en los días siguientes tendrían que intensificar los esfuerzos para sustituir la cañería rota. De momento bastaba con que el hotel dispusiera de agua corriente para volver a normalizar el servicio.

Al cabo de tres cuartos de hora, Hugues pudo por fin escabullirse de la recepción y bajar al sótano a comprobar cómo iban las cosas. Ya habían instalado bombas para extraer el agua, y justo cuando llegó estaban celebrándolo. Los fontaneros habían conseguido hacer lo necesario para reconducir el agua y restablecer el suministro. Los empleados del servicio de habitaciones trabajaban con ahínco subiendo botellas de vino y champán a los huéspedes. Heloise chapoteaba vestida con el impermeable y el biquini, y sonreía feliz mostrando el hueco de los dientes a la vez que aplaudía. En cuanto vio a su padre se abrió paso hasta él, y este la miró con expresión atribulada. No le gustó encontrarla allí, pero tampoco se sorprendió, y los ayudantes del chef con los que Heloise había estado hablando se echaron a reír. La niña siempre estaba en todas las salsas, igual que su padre. Formaba parte del hotel en la misma medida que él.

—¿Qué estás haciendo aquí abajo? —le preguntó con una severidad que no resultaba muy creíble.

Heloise era tan guapa que a Hugues le costaba enfadarse con ella, y no solía hacerlo por mucho que se preciara de su rectitud. Nunca conseguía ponerlo en práctica. Solo con mirar a la niña se derretía, y con la boca mellada aún le resultaba más irresistible, por lo que le entraron ganas de echarse a reír al verla con la prenda de baño de color rojo y el impermeable amarillo. Ella sola había escogido la ropa para la ocasión. Desde que su madre los había abandonado, era él quien la ayudaba a vestirse todos los días para ir a la escuela.

—He bajado para ver en qué podía ayudar —dijo la niña con tono práctico—, pero Mike lo ha solucionado muy bien y no me ha dejado hacer nada.

Se encogió ligeramente de hombros y él se echó a reír. La gente decía que la niña tenía un aire muy europeo.

—Eso espero —contestó su padre, procurando dejar de reír—. Si resulta que el equipo técnico lo diriges tú, tenemos un serio problema.

Mientras decía eso, la acompañó de nuevo a la cocina y luego se dispuso a felicitar a los fontaneros y a los técnicos por el buen trabajo que habían hecho. Siempre trataba a sus empleados con mano izquierda y a ellos les gustaba trabajar para él, aunque algunas veces fuera duro. Era muy exigente tanto con el personal como consigo mismo, y todo el mundo estaba de acuerdo en que ejercía un firme control sobre el negocio. Así lo había aprendido y a los huéspedes les encantaba; podían confiar en que, alojándose en el Vendôme, la excelencia estaba garantizada. Hugues rayaba la perfección.

Cuando regresó a la cocina, Heloise se estaba comiendo una galleta y hablaba en francés con el chef de pastelería. El hombre le solía preparar lo que en Francia llamaban *macarons* y ella se los llevaba a la escuela para almorzar.

—¿Qué hay de los deberes, jovencita? ¿Ya los has hecho? —preguntó su padre con seriedad, y Heloise abrió mucho los ojos y negó con la cabeza.

—No tengo deberes, papá.

—¿Por qué será que no te creo?

—Ya los he terminado.

La niña le estaba mintiendo, pero él la conocía muy bien. Le gustaba mucho más ir de un lado a otro del hotel que quedarse sola en el apartamento haciendo los deberes que le ponían en el Liceo Francés.

—Te he visto en mi despacho haciendo collares con clips al volver de la escuela. Creo que será mejor que lo compruebes.

—Bueno, puede que tenga algo de matemáticas —convino ella un poco avergonzada a la vez que su padre la cogía de la mano y la acompañaba al ascensor de la parte trasera; se había dejado allí unos zuecos rojos antes de meterse en el agua, y se los puso para regresar arriba.

En cuanto entraron en el apartamento, Hugues se quitó el traje y los zapatos. Tenía las perneras de los pantalones y el calzado empapados a causa de la breve visita al sótano. Era un hombre alto y delgado con el pelo oscuro y los mismos ojos verdes de Heloise. La madre de la niña era también alta, pero rubia y de ojos azules. La bisabuela de la que había heredado el nombre era pelirroja, igual que ella.

Hugues la envolvió en una toalla y le pidió que se cambiara de ropa; al cabo de unos minutos la niña apareció vestida con unos vaqueros, un jersey rosa y unas zapatillas de ballet rosa. Acudía a clases de ballet dos veces a la semana. Hugues quería que llevara una vida normal, como cualquier niña, pero era consciente de que no era así. El hecho de no tener madre ya hacía que su vida fuera distinta, y además todo su mundo giraba en torno al hotel. Le encantaba cualquier cosa que allí sucedía.

Después de vestirse se sentó ante el escritorio de la sala de estar mirando a su padre con aire compungido y sacó el libro de matemáticas y el cuaderno de la escuela.

—Asegúrate de terminarlo todo. Y llámame cuando acabes. Si puedo, subiré a cenar contigo, pero antes tengo que bajar a ver si las cosas se han arreglado.

—Sí, papá —respondió la niña en voz baja, y su padre salió del apartamento para volver a la recepción a comprobar cómo iba todo.

Heloise se quedó encantada ante el libro de matemáticas unos minutos y luego se dirigió de puntillas a la puerta. Abrió una rendija y echó un vistazo fuera. Tenía el campo libre. Su padre ya debía de estar en el vestíbulo. Entonces, con aquella sonrisita mellada que junto con las pecas y el cabello pelirrojo le daba aspecto de duendecillo, Heloise salió del apartamento y se deslizó por la escalera trasera vestida con unos vaqueros y las zapatillas rosa de ballet. Tenía muy claro dónde podía encontrar a sus empleadas favoritas. Al cabo de cinco minutos estaba ayudándolas a empujar el carrito lleno de cremas, champús y lociones por las habitaciones del hotel. A Heloise le encantaba ese recorrido de última hora del día en que repartían a todos los huéspedes cajitas de bombones de La Maison du Chocolat. Estaban deliciosos y, como de costumbre, Ernesta y Maria le regalaron una cajita, y ella se lo agradeció y se comió todos los bombones con una sonrisa de oreja a oreja.

—Hoy hemos tenido mucho trabajo en el sótano —les dijo en español con tono serio.

Ernesta y Maria habían empezado a enseñarle español en cuanto pronunció las primeras palabras. Antes de los cinco años la niña hablaba con soltura francés y español además de inglés. A Hugues le parecía importante que supiera varios idiomas. Él hablaba también italiano y alemán, puesto que era suizo.

—Eso he oído —le respondió Ernesta, la puertorriqueña de aire maternal, y le dio un abrazo. A Heloise le encantaba estar con ella y cogerle la mano—. Debes de haber pasado la tarde muy ocupada —siguió diciendo Ernesta a la vez que le guiñaba un ojo y al mismo tiempo Maria, la guapa joven que ocupaba el puesto de subalterna en el recorrido nocturno por las habitaciones, se echaba a reír; tenía hijos de la misma edad que Heloise.

A ellas no les importaba en absoluto que la niña las acompañara. Heloise siempre estaba ávida de atención femenina, ya que en el apartamento se sentía muy sola.

—El agua me llegaba hasta aquí —aseguró la pequeña señalándoles un punto por encima de la rodilla—. Pero ya está todo arreglado.

Las dos camareras sabían que durante los días siguientes tendrían que efectuarse reparaciones más importantes; habían oído comentarlo a los técnicos.

—Y los deberes ¿qué? —preguntó Ernesta de repente, y Heloise se puso a juguetear con los champús evitando mirarla a los ojos. Últimamente habían cambiado a una marca más selecta y a Heloise le gustaba mucho cómo olían—. ¿Los has hecho?

—Claro que sí —respondió esta mientras sonreía con picardía a la vez que ayudaba a empujar el carrito hasta la siguiente habitación, y luego le entregó dos champús a Ernesta.

La niña siguió el recorrido hasta que sonó una alarma interior y supo que había llegado la hora de marcharse. Dio un beso de buenas noches a cada una de las camareras y se dirigió a toda prisa a la escalera trasera. Tuvo el tiempo justo para volver al apartamento y sentarse de nuevo frente al escritorio. Acababa de resolver el último problema de matemáticas cuando Hugues entró en la habitación para cenar con ella.

Había pedido que les subieran la cena al apartamento, como siempre, aunque esa noche era un poco más tarde de lo habitual. Heloise tenía que ser flexible en sus horarios para adaptarse a los de su padre, y no le importaba puesto que cenar juntos era una costumbre muy apreciada por ambos.

—Siento que sea tan tarde —se disculpó él al entrar—. Esta noche las cosas se han complicado un poquito pero por lo menos vuelve a haber agua en todas las habitaciones.

Solo rezaba por que no hubiera otro reventón; sin embargo, de momento parecía que la cosa resistía, siempre y cuando se realizaran de inmediato las reparaciones necesarias.

—¿Qué hay de cenar? —preguntó Heloise al cerrar el libro de matemáticas.

—Pollo, puré de patatas, espárragos y, de postre, helado. ¿Te parece bien? —le preguntó su padre, cariñoso.

—Perfecto.

La niña sonrió y le pasó el brazo por el cuello. Ella era el amor de su vida, la única persona importante durante los tres años transcurridos desde la marcha de su madre. Él le dio un abrazo, y enseguida llegó la cena. El chef había añadido caracoles para Heloise porque sabía que le encantaban, y de postre, profiteroles. No era una cena muy común para una niña, pero formaba parte de las ventajas de vivir en un hotel y ambos lo apreciaban. Hugues había contratado a empleadas que le hacían de niñera y los dos disponían de todos los servicios que se ofrecían en el establecimiento, incluida la comida de excelente calidad.

Tomaron asiento en el comedor del apartamento y empezaron a hablar del hotel, como siempre. Heloise le preguntó qué clientes importantes se habían registrado y si estaba prevista la llegada de algún actor famoso, y su padre le relató de forma simplificada pero veraz lo que había hecho ese día mientras ella lo contemplaba con adoración. A Hugues le gustaba explicarle cosas de su trabajo. Con una hija a la que cuidar y el hotel para mantenerse ocupado, no necesitaba nada más; ni Heloise tampoco. Vivían en un mundo entre algodones en el que ambos se sentían muy cómodos. La niña había perdido a su madre y él a su esposa, pero se tenían el uno al otro, y eso les parecía más que suficiente por el momento. Cuando Hugues pensaba en el futuro le gustaba imaginar que, al hacerse mayor Heloise, dirigirían juntos el negocio. Y mientras tanto vivirían en ese hotel que era su sueño hecho realidad.

2

Hugues había organizado el hotel a la manera tradicional aprendida en la École Hôtelière y en todos los establecimientos importantes en los que había trabajado. Sacaba buen provecho de la plantilla. Contaba con un departamento de administración que se ocupaba de todos los aspectos comerciales como la gestión de reservas, las ventas, el marketing y la contabilidad, tareas que resultaban esenciales para el funcionamiento del negocio. Los empleados de recursos humanos formaban parte del departamento de administración y no solo se encargaban de la relación con la plantilla sino también con los sindicatos, lo cual era indispensable. Una huelga podía paralizar el hotel. Hugues había elegido a los trabajadores con infinito cuidado y sabía perfectamente lo importantes que eran. Si las reservas no se gestionaban de forma eficaz y con absoluta precisión, y se llevaba un buen control de ellas, o si la contabilidad no cuadraba, el negocio podía quebrar. Por eso supervisaba con gran meticulosidad todas las cuestiones administrativas. Concedía muchísima importancia al departamento de administración, a pesar de que las personas que trabajaban en él resultaban invisibles a los ojos de los clientes. Sin embargo, el buen funcionamiento del hotel dependía de la capacidad de su plantilla, y Hugues la había seleccionado con esmero.

Los empleados de recepción y los conserjes trabajaban codo con codo y eran la cara visible fundamental con que los huéspedes trataban de forma constante. Sin un mostrador de recepción que funcionara con fluidez y unos conserjes sumamente competentes, los clientes habrían volcado su fidelidad en otros hoteles mejor gestionados. Entre las muchas funciones que desempeñaban se encontraba el atender las necesidades, a veces extravagantes, de los clientes vip y los famosos. Estaban acostumbrados a las estrellas de cine, que insistían en cambiar de suite tres y cuatro veces hasta dar con la que les complacía, cuyos ayudantes enviaban largas listas de requisitos dietéticos por adelantado y solicitaban todo tipo de cosas, desde sábanas de raso hasta colchones ortopédicos, objetos especiales para sus hijos, filtros de aire, almohadas hipoalergénicas y masajistas disponibles día y noche.

Los empleados se habían habituado a las peticiones poco corrientes y se enorgullecían de adaptarse a los huéspedes más exigentes. También estaban acostumbrados a comportamientos muy desagradables por parte de los clientes vip, que con frecuencia acusaban a las camareras de pisos de robar objetos de valor que ellos mismos habían extraviado o perdido. En los últimos tres años no habían tenido un solo caso de robo real por parte de la plantilla, habían conseguido tranquilizar a los huéspedes histéricos que acusaban falsamente al personal del hotel y en todos los casos habían demostrado que no tenían razón. Los trabajadores habían aprendido a tratar con los clientes difíciles y a tomarse con calma esas acusaciones injustas. Hugues solicitaba la comprobación de expedientes criminales y animaba a todas las personas que contrataba a implicarse para proteger el hotel y a todos los que se alojaban en él.

El departamento de limpieza funcionaba bajo la impecable dirección de otro graduado de la École Hôtelière y contaba con un gran equipo de camareras y mozos, además de los servicios de limpieza en seco y lavandería situados en el sótano. Se encargaban de mantener las habitaciones, las suites y los pasillos inmaculados y a los huéspedes satisfechos, y también solían tener que responder a peticiones exigentes. Todo el personal que estaba en contacto directo con los clientes debía ser eficiente y diplomático, y las habitaciones tenían que pasar inspecciones de limpieza llevadas a cabo con precisión militar. A los empleados del departamento de limpieza se les invitaba a abandonar su puesto si no cumplían los estrictos requisitos del Vendôme.

El departamento de personal uniformado también funcionaba bajo una estricta supervisión, e incluía a botones, a porteros, a mozos de ascensor y de aparcamiento y a chóferes siempre que era necesario, cosa que sucedía a menudo; en tal caso solían recurrir a un servicio de limusinas. El hotel tenía la responsabilidad de llevar y traer a los clientes de forma rápida y eficaz, y además se encargaba del equipaje, por lo que se controlaban todos los bultos que entraban en el edificio. Los traslados se efectuaban al centro urbano, a los aeropuertos o a las afueras.

Por su parte, el departamento de alimentos, bebidas y catering era uno de los más grandes y no solo se ocupaba del servicio de habitaciones y del ya famoso restaurante frecuentado por clientes de todos los puntos de la ciudad sino que también proveía el catering para los actos celebrados en el hotel: bodas, comidas y cenas privadas, congresos y reuniones. Todo ello era cometido de ese departamento, y hasta la fecha había cumplido con él a la perfección.

La sección de seguridad solía trabajar entre bastidores pero era otro servicio esencial en el que Hugues tenía puesta toda la confianza para mantener al personal a raya y a los huéspedes a salvo. Los robos de joyas se habían convertido en algo que ocurría con frecuencia en muchos hoteles de primera categoría, y a Hugues le complacía en extremo que en el Vendôme no hubiera tenido lugar ninguno hasta el momento. El personal prestaba mucha atención a todos los aspectos relacionados con la seguridad.

Contaban con un centro de negocios con secretarias y técnicos informáticos que estaban siempre disponibles. El centro de salud y bienestar era uno de los mejores de la ciudad. El departamento de mantenimiento conservaba las instalaciones en orden, tanto si ocurría algo crítico como la cañería reventada del sótano, como si se trataba de algo tan simple como un lavabo atascado o un televisor estropeado. Esos casos requerían la atención de los técnicos. Otro departamento esencial era el de atención telefónica, que se ocupaba de que las comunicaciones internas y externas se desarrollaran sin ningún problema, de que los mensajes quedaran bien recogidos y de que las llamadas se atendieran con rapidez, precisión y discreción.

En general, el hotel contaba con una plantilla muy numerosa para ser de primera clase, y Hugues lo supervisaba todo personalmente. Estaba orgulloso de conocer el nombre de cada uno de los empleados, y su constante presencia los mantenía a todos a raya. Dirigir el hotel suponía un trabajo inmenso, y cada pieza del engranaje, por insignificante que pareciera, era en realidad un mecanismo esencial que permitía que el funcionamiento del negocio fuera ágil y que en conjunto todo marchara bien. Y Heloise, igual que su padre, conocía bien a todos los empleados y recorría las instalaciones con total libertad.

El Hotel Vendôme no solo era el sueño de Hugues sino también su pasión, y, dejando aparte a su hija, tenía puesta el alma en él. Había tanto que hacer que le resultaba difícil centrarse en algo más. Desde la marcha de Miriam el hotel había ocupado el lugar de la esposa ausente. Solía decir que estaba casado con el Vendôme. Comían, dormían y respiraban juntos, y no había nada de él que no le gustara. Ni siquiera podía imaginar volver a casarse, no tenía tiempo. Y todas las mujeres con las que iniciaba una relación se daban cuenta enseguida de que, como mucho, en su vida ocupaban un lugar secundario. Llevaba demasiadas cosas entre manos, todas relacionadas con el buen funcionamiento del hotel y con evitar los problemas antes de que los hubiera, o con solucionarlos enseguida si ya habían surgido, como para dedicarse a nada excepto a desayunar y a cenar con Heloise y a algún que otro breve achuchón entre horas. Todo lo que hacía durante el día le exigía plena concentración y la mayor parte de su tiempo. La energía que le quedaba se la dedicaba a su hija.

Cuando acudía a alguna cena especial, invariablemente llegaba tarde. Cuando iba al teatro, a la ópera o a ver un ballet, siempre que invitaba a salir a una mujer, el teléfono no cesaba de vibrarle en el bolsillo y con frecuencia tenía que abandonar la sala a media representación para atender un asunto de seguridad relacionado con un jefe de Estado o con los Servicios Secretos. Las plantas superior e inferior a la ocupada por una autoridad tenían que estar vacías. Era una operación muy compleja, y necesitaba asegurarse de no causar excesivas molestias a los demás huéspedes durante su estancia. Eso hacía que las mujeres que mantenían una relación pasajera con Hugues se frustraran y se enfadaran por no poder pasar una sola noche a su lado sin interrupciones. Raramente disfrutaba de una cena agradable con algún amigo, más bien ni siquiera lo intentaba. Las clientas del hotel solían bailarle el agua en cuanto veían lo atractivo que era y se percataban de que estaba soltero. Sin embargo, él les explicaba desde el principio y con toda franqueza que en ese momento de su vida estaba demasiado ocupado para iniciar ninguna relación seria y que lo más probable era que se desilusionaran por el poco tiempo que podría dedicarles. También era una forma inteligente de enmascarar lo mucho que le había dolido el fracaso de su matrimonio y la traición de Miriam al abandonarlo por Greg. No tenía ganas de volver a pasar por eso, pero desde que se había recuperado de la ruptura disfrutaba estando en compañía femenina, y pocas veces podía resistirse a una mujer guapa aunque invariablemente la cosa durara poco. Había demasiados asuntos que le exigían dedicación. Además, Heloise cubría sus necesidades emocionales mejor que cualquier novia. Ella no lo engañaría ni lo abandonaría, y ocupaba su corazón de la forma que más lo llenaba.

—No puedo competir con tu hija y el hotel —se había quejado una famosa actriz tras salir con él esporádicamente durante unos meses siempre que se alojaba en Nueva York.

Estaba loca por Hugues y le enviaba regalos caros, pero él se los devolvía sin hacerle el menor comentario. Su amor no se compraba, y sabía que lo que él ofrecía no era equivalente. Todo cuanto deseaba era alguna que otra noche frívola, y de forma excepcional hacía una escapada de fin de semana, aunque solo si Heloise se alojaba en casa de alguna amiga. Jamás la mezclaba con las mujeres con las que salía, ninguna era lo bastante importante siquiera para eso. Sus aventuras amorosas en el hotel eran poco frecuentes y discretas. Había aprendido la lección antes de casarse y sabía lo perjudicial que podía resultar mantener relaciones con compañeras de trabajo. Las tentativas de su juventud habían acabado fatal, así que casi siempre lo evitaba, con raras excepciones. No quería enredarse en situaciones complicadas.

Lo que en realidad deseaba era ser un buen padre y dirigir un negocio importante, y de momento le iba bien en los dos ámbitos. Eso le dejaba poco tiempo o ninguno para cualquier relación seria con una mujer. Básicamente no estaba disponible en la medida que la mayoría de ellas esperaban, y antes de decepcionarlas prefería comprometerse poco y dejar pasar el tiempo, o apartarlas de su camino por completo si le exigían o lo ataban demasiado.

Más de una vez las mujeres con quienes había mantenido una breve relación habían intentado construir algo más sin éxito. Lo único que conseguían era que Hugues saliera corriendo en sentido opuesto. Tenía un nítido recuerdo de lo doloroso que le había resultado que Miriam lo abandonara y no quería volver a experimentar jamás un sufrimiento parecido. No se consideraba apto para una relación seria y confesaba abiertamente que no sabía si alguna vez volvería a serlo. Para algunas mujeres eso suponía un reto aún mayor, hasta que acababan descubriendo que lo que decía era cierto. Hugues nunca mentía en una relación. Era del todo franco de buen principio, lo creyeran o no. Heloise por su parte creía que ella era el único amor de su vida, y le parecía fantástico.

A los ocho años Heloise ejercía de organizadora número uno a la vez que princesa del Hotel Vendôme. Sus aficiones e intereses ya no eran tan infantiles. Y aunque continuaba teniéndole mucho cariño a Ernesta y le gustaba ayudarla a empujar el carrito con los productos que repartía por las habitaciones, había trabado una sólida amistad con la florista, Jan Livermore, cuyos adornos para el hotel eran espectaculares y una auténtica obra de arte. El gigantesco arreglo del vestíbulo captaba la atención de todo el mundo, y a veces Jan permitía que Heloise la ayudara a prepararlo. La niña pasaba más tiempo con ella que con Mike, el técnico, y se estaba convirtiendo en una señorita. Adoraba observar cómo Jan y sus ayudantes creaban centros para bodas y ramos de novia.

Había convencido a Xenia, la peluquera, para que le cortara un poco las puntas, y se recogía el pelo en una larga cola de caballo en lugar de con trenzas. Le habían salido los dientes definitivos y llevaba aparatos correctores que cuando sonreía le daban un aspecto de lo más travieso. A menudo iba a ver a la señora Van Damme y a Julius, el pequinés; a ella le entusiasmaba sacarlo a pasear y a cambio la noble viuda le pagaba un dólar.

Heloise pasaba bastante tiempo con las telefonistas, y aún disfrutaba empujando el carrito de las camareras de pisos y probando los nuevos sobrecitos de lociones, cremas y champús. La nueva secretaria de su padre, Jennifer, le hizo notar discretamente que Heloise parecía tener necesidad de compañía femenina, puesto que solía seguir a las empleadas del hotel y hacerse amiga suya. Él también se daba cuenta, y se sentía mal por el hecho de que tuviera que criarse sin madre. Miriam siempre prometía que iría a buscarla pero nunca lo hacía. Acababa de tener un bebé con Greg Bones, esta vez un niño; cada vez dejaba más de lado a Heloise y raramente la llamaba. La niña jamás se quejaba de ello, pero su padre sabía que estaba dolida. Había pasado todo el día de su octavo cumpleaños alicaída porque su madre lo olvidó, y a Hugues se le encogía el corazón con solo mirarla. Intentaba hacerle de padre y de madre pero resultaba difícil compensar las negligencias de Miriam.

Lo que a Heloise más le gustaba hacer los fines de semana que su padre trabajaba era colarse con discreción en las bodas que se celebraban en el salón del hotel y mezclarse con los invitados. Le encantaba contemplar a las novias y verlas cortar el pastel. Hugues lo había descubierto una vez que pasaba por delante del salón y vio que estaba entre las solteras que aguardaban para coger el ramo. Enseguida le hizo señas y le indicó que saliera.

—¿¡Qué estabas haciendo ahí!? —la amonestó—. ¡No te han invitado!

Heloise pareció muy ofendida al oír eso.

—Se han portado muy bien conmigo. Me han dado un trozo de pastel. —Se había puesto su mejor vestido de fiesta, con una faja de raso azul celeste, y sus mercеditas de charol negro, y se quedó muy abatida cuando su padre la obligó a salir del salón—. He ayudado a preparar el ramo.

Hugues sacudió la cabeza, la guió por el pasillo y se la llevó al despacho para que no pudiera volver a colarse en la boda. Después, Jennifer la mantuvo entretenida y le enseñó cómo funcionaba la fotocopiadora. A Heloise le caía muy bien Jennifer, la consideraba casi una tía.

La secretaria de Hugues era un poco mayor que él. Se había quedado viuda y tenía dos hijos universitarios. Se mostraba muy amable con Heloise y de vez en cuando le regalaba pequeñas cosas como unos pasadores para el pelo, un juguete, unas graciosas manoplas con una cara bordada o unas orejeras peludas. La niña volcó en ella su cariño, y Hugues a veces le confesaba lo doloroso que resultaba que Miriam hubiera apartado a Heloise de su vida. Sus padres tenían razón, no había sido una buena esposa, y todavía era peor madre, por lo menos para Heloise. Se tomaba mucho más interés por los dos hijos que tenía con Greg Bones y por la nueva vida de esposa de estrella del rock que llevaba a su lado. Lo seguía a todas partes y continuamente aparecía en la prensa. Había dejado de ejercer de modelo y se dedicaba a acompañarlo en sus viajes, aunque ese año había prometido invitar a Heloise a pasar la Navidad en Londres cuando regresaran de una gira por Japón.

Sin embargo, llegó Acción de Gracias y Heloise seguía sin recibir noticias suyas. En el Vendôme tenían mucho trabajo, la ocupación era plena y entre los huéspedes había varias familias. El salón estaba reservado para dos bodas. Una actriz famosa se alojaba en el hotel junto con su ayudante, su peluquera, su último novio, su guardaespaldas, sus dos hijos y la niñera, y entre todos ocupaban varias de las suites de la décima planta. Cuando Heloise ayudó a las camareras a arreglar la habitación de la actriz, que se llamaba Eva Adams, se emocionó al verla en persona. Pensó que era más guapa aún que en las fotos. Tenía dos chihuahuas y se mostró muy amable cuando Heloise le preguntó si le dejaba cuidar de los perros. Le habría gustado pedirle un autógrafo pero sabía que estaba prohibido, y su padre nunca le permitía saltarse esa norma. Nadie estaba autorizado a solicitar a los huéspedes famosos que les firmaran, y con eso Hugues era muy estricto. Quería que los clientes se sintieran bien protegidos y como si estuvieran en su casa, no acosados por empleados entusiastas. Y, por supuesto, tampoco podían hacerse fotos con ellos. Nadie rompía esas reglas jamás, lo cual era uno de los motivos por los que los famosos se sentían tan cómodos allí, porque respetaban su intimidad gracias a las órdenes que Hugues imponía a la plantilla.

—Es guapísima —le comentó Heloise a Ernesta muy contenta mientras proseguían con su recorrido.

—Sí que lo es, aunque también es mucho más bajita de lo que parece en la pantalla.

La actriz era menuda y de aspecto delicado, y tenía una sonrisa deslumbrante y unos enormes ojos azules. Estaba descansando en la suite con todo el equipo cuando ellas entraron; trató con simpatía a las camareras de pisos y les agradeció su labor, cosa poco habitual en una estrella de cine. Heloise había oído hablar muchas veces de su mal comportamiento y su grosería. No obstante, Eva Adams fue amable, cordial y educada.

Heloise todavía estaba hablando de ella en el momento en que llegó con Ernesta a la lavandería empujando una cesta llena de las toallas de la décima planta. Cuando la mujer se disponía a entregar la cesta para que la incluyeran en la colada, Heloise vio brillar algo sobre el montón de toallas y estiró el brazo para cogerlo justo antes de que Ernesta lo arrojara todo dentro del enorme contenedor. Para gran sorpresa de todos, se trataba de una pulsera de brillantes. Su resplandor era hipnótico y daba la impresión de valer mucho dinero. Medía dos centímetros y medio de anchura y toda su longitud era un puro engarce de brillantes.

—¡Uau! —exclamó Heloise mientras todo el mundo contemplaba su hallazgo.

—Será mejor que avises a seguridad —le aconsejó a Ernesta la jefa de la lavandería, y ella asintió y descolgó el teléfono, pero Heloise, con la pulsera todavía en la mano, sacudió la cabeza.

—Creo que deberíamos llamar a mi padre.

Incluso a ella le parecía una pulsera muy lujosa, y Ernesta no se opuso. Quería que llegara a las manos apropiadas cuanto antes, ya que muy pronto alguien informaría de su pérdida o robo. Con frecuencia los huéspedes perdían objetos de valor y a las primeras que acusaban era a las camareras de pisos. Ernesta no quería que esto sucediera. Heloise marcó el número del despacho de su padre y respondió Jennifer. En cuanto supo lo ocurrido les pidió que subieran. De momento, no se había quejado nadie.

Hugues estaba en el despacho, firmando documentos, cuando aparecieron Ernesta y Heloise. Abrió los ojos como platos ante la pulsera que le mostró su hija.

—¿De dónde has sacado eso?

—Estaba con las toallas —explicó Heloise a la vez que le tendía la pulsera.

Él echó un vistazo más de cerca. No cabía duda, era una joya auténtica, y de mucho valor.

—La guardaré en la caja fuerte. Es posible que no tarden en preguntar por ella.

Entonces le dirigió una sonrisa a Ernesta y le dio las gracias por su honradez; la camarera miró a Heloise.

—No la he encontrado yo, señor. Ha sido su hija. La ha rescatado de entre el montón de toallas; yo ni siquiera la había visto.

—Me alegro —dijo, y le entregó la joya a Jennifer para que la guardara en la caja fuerte—. A ver qué pasa —comentó en voz baja.

Para sorpresa de todos, pasaron dos días y no la reclamó nadie. Hugues revisó la lista de todos los huéspedes de la décima planta pero ninguno de ellos había denunciado la pérdida de la pulsera; su deber era esperar a que alguien lo hiciera para que la joya no cayera en las manos inadecuadas. Empezaba a preguntarse si sería de alguien que había acudido al hotel de visita y no de una clienta.

Al final llamó Eva Adams, la actriz que se alojaba con todo un séquito de acompañantes. A diferencia de lo que solían hacer los famosos, no acusó a nadie de haberle robado. Dijo que durante los últimos dos días había perdido una pulsera, no sabía si en el hotel o en la calle, y había decidido explicárselo a Hugues por si alguien la veía. Él la informó de que, en efecto, habían encontrado una pulsera y se ofreció a subir a la suite. Le pidió que le describiera la joya y obviamente resultó ser la que Heloise había descubierto entre las toallas. Hugues se presentó con ella en la habitación de inmediato, y la actriz se mostró encantada. No se lo preguntó, pero dedujo que valía como mínimo medio millón de dólares. Tal vez un millón. La pulsera era ancha y los brillantes, grandes. Debía de ser terrible perder una pieza así, aunque imaginó que la tendría asegurada. La actriz se alegró muchísimo de recuperarla.

—¿Dónde la han encontrado? —preguntó mientras se la

abrochaba a la muñeca con expresión de agradecimiento y de alivio.

Hugues sonrió mientras se fijaba en la belleza de Eva. Sentía debilidad por las mujeres con su aspecto, y por las actrices y las modelos en general; ya había picado el anzuelo una vez.

—Mi hija la ha visto entre las toallas de la lavandería. Sabíamos que tenía que ser de alguien de esta planta pero no podíamos dar el primer paso.

—No tenía ni idea de dónde la había perdido. He llamado a todos los sitios en los que he estado en los dos últimos días. No quería acusar a nadie de habérmela robado. De hecho, estaba casi segura de que se me había caído. ¿Qué puedo hacer por su hija? —preguntó, dando por sentado que era mayor que Heloise. No la relacionó con la pequeña que dos días atrás había entrado en la habitación con las camareras y le había preguntado si podía cuidar de los chihuahuas. Pensó que aquella era la hija de una de las empleadas que acompañaba a su madre al trabajo los fines de semana. No le había prestado mucha atención, aunque según Heloise había sido muy amable—. Me gustaría recompensarla —añadió Eva Adams de inmediato.

—No es necesario —respondió Hugues, sonriéndole—. Tiene ocho años y no le permito aceptar recompensas. Acompañaba a una camarera; si quiere, obséquiela a ella. A mi hija le gusta deambular por el hotel, le encanta conocer a los huéspedes y... echarme una mano.

Hugues se echó a reír, desprendiendo un gran atractivo, y Eva flirteó un poco con él. Era algo a lo que ambos estaban acostumbrados por su profesión y no tenía mayor importancia.

Eva se dirigió al escritorio de la habitación e hizo señas a su ayudante, quien enseguida le alcanzó un talonario. La actriz se sentó y rellenó un cheque de mil dólares para Ernesta que luego tendió a Hugues. Él lo aceptó agradecido en nombre de la camarera.

—¿Cómo se llama su hija? —preguntó Eva con interés.

—Heloise —respondió él en voz baja, preguntándose qué estaría pensando. Tal vez le firmara un autógrafo.

Eva Adams se echó a reír.

—¿Como *Eloise en Nueva York*?

—No. —Hugues le devolvió la sonrisa. La actriz parecía muy humana y muy amable, y lo cierto era que todos los empleados que habían tratado con ella decían lo mismo. Era muy agradable y no había creado el mínimo problema—. Heloise con «H». Se llama así por mi bisabuela, y nació antes de que comprara este hotel. Además, no vive en el Plaza sino en el Vendôme.

—Qué bonito. Me gustaría conocerla antes de marcharme para poder darle las gracias en persona.

—Estará encantada, y se alegrará mucho de que haya recuperado la pulsera. La tenía muy preocupada; todos lo estábamos. Es muy bonita, y salta a la vista que es una pieza muy especial.

—Es de Van Cleef. Me disgusté mucho al pensar que la había perdido. Es genial que Heloise la haya encontrado. Querría verla antes de marcharme a Los Ángeles mañana, si no le importa.

—Será un placer —dijo él con discreción, y al cabo de unos instantes salió de la habitación.

Esa tarde se lo contó a Heloise. Le explicó que la señorita Adams deseaba verla al día siguiente. La niña se entusiasmó y corrió a buscar a Ernesta para explicarle que habían reclamado la pulsera. La camarera ya había recibido el cheque y estaba emocionada con la recompensa.

—Tendría que dártelo a ti —dijo Ernesta con sinceridad, pero Heloise sonrió y negó con la cabeza.

—Mi padre no me dejaría. No me permite aceptar dinero de los clientes, solo lo que me da la señora Van Damme por pasear a Julius; con eso hace una excepción. La recompensa es para ti.

Ernesta tenía mil cosas en las que emplear el dinero y sonreía de oreja a oreja cuando se dispuso a proseguir la ronda por las habitaciones. Eva Adams y su equipo de ayudantes habían salido; si no, le habría dado las gracias personalmente. A cambio le dejó una nota sobre la almohada y una caja extra de bombones.

A la mañana siguiente Hugues le recordó a Heloise que se pusiera un bonito vestido y los zapatos de las ocasiones especiales, ya que la señorita Adams deseaba verla para darle las gracias antes de dejar el hotel. Las habitaciones debían quedar libres a la una del mediodía.

A las doce Eva Adams llamó al despacho de Hugues y le preguntó si le parecía bien subir a su suite con su hija. Él llamó a la niña al apartamento que ocupaban en el hotel y le pidió que se preparara. Cuando su padre pasó a buscarla Heloise estaba lista. Llevaba un vestido azul claro bordado con nido de abeja que había lucido en varias bodas y sus merceditas con unos calcetines cortos de color blanco. También se había puesto una cinta en el pelo. Estaba preciosa, y muy emocionada ante la perspectiva de volver a ver a la estrella de cine.

La propia Eva Adams les abrió la puerta. Recibió a Heloise con una amplia sonrisa y se agachó para darle un beso mientras intercambiaba una breve mirada con su padre. La pequeña se puso casi tan roja como su pelo y miró a la actriz con evidente adoración.

—Eres una niña maravillosa, ¿sabes? Has encontrado mi pulsera, Heloise. Creía haberla perdido para siempre. —Mientras le sonreía, le entregó una caja grande y otra pequeña, y esta se quedó asombrada.

—Gracias —contestó sin abrir ninguno de los paquetes.

Los acompañantes de la señorita Adams corrían de un lado a otro de la suite preparándolo todo para marcharse. Los perros ladraban y uno de los niños lloraba. No parecía el lugar ni el momento oportunos para abrir los regalos, y no daba la impresión de que Eva esperara que lo hiciera, por lo que Heloise volvió a darle las gracias, se despidió con un beso y regresó a su apartamento para destapar los obsequios que había recibido de la actriz. Estaba un poco abrumada por la experiencia de haberla conocido y haber sido objeto de un agradecimiento tan efusivo. Primero abrió el paquete grande, bajo la vigilancia de su padre, que se sentía muy aliviado de que hubiera aparecido la pulsera. Lo último que deseaba era que en el Vendôme se armara un escándalo por la desaparición de una joya valiosa. Heloise no solo le había hecho un gran favor a Eva Adams sino también a su padre, y a Ernesta por la recompensa.

La niña rompió el papel y abrió la caja. Estaba rellena con papel de seda, y al retirarlo encontró la muñeca más bonita que había visto en la vida. Tenía una expresión delicada y se parecía un poco a ella. Eva Adams había preguntado en recepción y le habían dicho que Heloise era pelirroja, así que la muñeca también lo era. Llevaba un vestido muy bonito, y había varios más de repuesto, y tenía una larga y sedosa melena de cabello auténtico para poder hacerle peinados. Sacó la muñeca de la caja y la contempló impresionada. Luego la estrechó contra sí y se volvió hacia su padre, que le sonreía.

—Es muy guapa. ¿Cómo la llamarás?

—Eva. Me la llevaré cuando vaya a ver a mamá.

Era la muñeca más bonita que había tenido nunca. No veía el momento de mostrársela a todos sus amigos del hotel. Resultaba una recompensa apropiada para una niña de ocho años. Entonces Heloise se acordó del paquete pequeño. Era una cajita de terciopelo, y al abrirla vio una cadena con un pequeño diamante en forma de corazón que llevaba inscrita la letra «H», su inicial. Aún la dejó más atónita que la muñeca, y su padre se la puso alrededor del cuello. Quedaba lo bastante discreta para no llamar la atención en una niña de su edad, aunque era un detalle bonito y obviamente caro.

—¡Uau, papá! —exclamó la niña, que se había quedado sin palabras mientras se miraba al espejo sin dejar de estrechar la muñeca.

—¿Por qué no bajamos al vestíbulo a decirle adiós a la señorita Adams cuando se vaya? Puedes agradecerle los regalos en persona y luego enviarle una carta a su casa.

Heloise asintió y salió del apartamento detrás de su padre, con la muñeca y el colgante. Al cabo de unos minutos Eva Adams y su séquito llegaron al vestíbulo. Aquella se le acercó tímidamente para darle las gracias y la actriz se agachó y le dio otro beso. Llevaba puesta la pulsera y lucía un gran abrigo de pelo de marta y unos pendientes de brillantes. Tenía todo el aspecto de la gran estrella de cine que era cuando salió por la puerta que daba a la calle. Los paparazzi que la habían esperado allí toda la semana se volvían locos, y el personal de seguridad ayudó a Eva y a su equipo a subir a dos limusinas y a desaparecer lo más deprisa posible. Heloise y su padre aguardaron frente a la puerta y les dijeron adiós con la mano mientras se alejaban. Luego Hugues rodeó a su hija por los hombros y regresaron al hotel. La niña entró en el despacho de su padre con expresión radiante, segura de que jamás olvidaría a la actriz. Jennifer le sonrió.

—Ha sido muy emocionante. ¿Qué planes tienes para hoy? —preguntó la secretaria con tono afectuoso después de alabar el nuevo colgante de Heloise.

—A las tres Eva y yo tenemos una boda en el salón.

Su padre la miró desde el escritorio con expresión seria.

—No quiero que ninguna de las dos pida pastel ni coja el ramo, ¿queda claro?

—Sí, papá. —Heloise le dirigió una amplia sonrisa—. Nos portaremos bien, te lo prometo.

Y, dicho eso, salió del despacho con la muñeca, dispuesta a mostrarles a todos sus amigos del hotel los dos regalos de Eva Adams.

—Ha sido todo un detalle por su parte —le comentó Hugues a Jennifer cuando su hija se hubo marchado, mientras pensaba en lo guapa que era la actriz y lo amable que se había mostrado con su hija.

—Solo ha hecho lo que correspondía —opinó Jennifer—. La joya que había perdido es importante, por muy asegurada que la tenga.

También ella se alegraba de que Heloise hubiera recibido unos regalos tan bonitos.

—Tengo que pensar en algo para que la niña deje de colarse en todas las bodas —comentó Hugues con aire preocupado—. Un día de estos alguien se quejará.

—No lo creo —lo tranquilizó su secretaria—. Se porta muy bien. Siempre se pone vestidos elegantes, y está preciosa.

Hugues no le llevó la contraria.

Por fin, en el último momento, Miriam se puso en contacto con Hugues para organizar el viaje de Heloise a Londres por Navidad. A la niña le preocupaba mucho que su madre no llamara, pero al final lo hizo. Llevaba consigo la muñeca cuando el día antes de Nochebuena Hugues la acompañó a coger un avión con rumbo a Londres. Era la primera Navidad que pasaría con su madre desde hacía cuatro años, cuando ella los dejó.

Hugues estaba nervioso, pero pensó que al menos debía intentar que ambas mantuvieran una relación. La niña solo tenía una madre, aunque Miriam no estuviera muy pendiente de ella. Detestaba que la ofendiera o la decepcionara, cosa que hacía más por descuido o egoísmo que por verdadera crueldad. Heloise pasaría con ella dos semanas si todo iba bien, y Hugues esperaba que así fuera.

Desde el divorcio no había vuelto a ver a su ex mujer, ni ganas. Lo cierto era que ella no le había exigido ninguna pensión, ya que por entonces seguía ganando mucho dinero como modelo y casi de inmediato después de divorciarse se había casado con Greg. Ni siquiera había pedido la custodia de Heloise. Todo cuanto deseaba era a Greg. Se había convertido en una obsesión, y por lo que Hugues había leído en la prensa cabía pensar que todavía lo era. Además, tenía dos hijos con él.

Había abandonado y apartado de su vida a la pobre Heloise. Daba igual lo que Hugues hiciera o dijera para tranquilizarla, de forma inevitable la niña seguía sintiéndose herida. Sin embargo, mirándolo con egoísmo, en cierta manera sabía que era más fácil tener a la niña para él solo. Legalmente ostentaba la custodia exclusiva y en la práctica era como si la madre de la niña no existiera, con la salvedad del dolor que denotaba la mirada de Heloise cuando hablaba de ella, una mirada que a su padre cada vez se le clavaba en el alma como un cuchillo.

Cuando el avión aterrizó en Londres, el chófer estaba esperando a Heloise con un Bentley. Se ocupó del equipaje de la niña y charló con ella de camino a la casa de Holland Park. Heloise había dormido durante el vuelo, y en el coche llevaba consigo la muñeca. La tranquilizaba y la hacía sentirse menos asustada.

El chófer subió con ella la escalera de la entrada. Un mayordomo los hizo pasar, y en cuanto vio a la niña le sonrió y la acompañó hasta una soleada sala de estar de la planta superior, donde Miriam estaba dando de mamar a su hijo pequeño. La niña de dieciocho meses revoloteaba a toda velocidad entre un montón de juguetes.

Hacía un año que Heloise no veía a su madre pero sabía el aspecto que tenía últimamente gracias a las fotos de la prensa. Miriam aparecía muy a menudo en la revista *People*, de la que aquella conservaba todos los ejemplares. Desde que dejó a Hugues llevaba el pelo muy corto y teñido de rubio platino. Se había perforado las orejas y puesto sendas hileras de brillantes y se había tatuado los dos brazos. Vestía camiseta y pantalones ajustados de cuero negro. Extendió un brazo hacia Heloise sin dejar de amamantar al bebé, a quien la niña aún no conocía. El año anterior había conocido a su hermanastra Arielle, que al ver la muñeca dio un grito de alegría.

—Qué muñeca tan bonita. —Miriam le sonreía como si fuera una niña cualquiera.

—Me la regaló Eva Adams porque encontré entre las toallas una pulsera de brillantes que había perdido —explicó Heloise casi con apuro.

Su madre le resultaba más extraña cada vez que la veía. Miriam la había sustituido por los dos hijos que tenía con el hombre al que amaba. Heloise le recordaba un pasado y un marido que deseaba olvidar. La niña no contaba con ninguna figura materna para sustituirla, salvo las empleadas del hotel. El único referente parental que de verdad tenía era su padre, y lo quería, pero echaba de menos los mimos de una madre.

En ese momento Miriam se estiró por encima de la cabeza del bebé para darle un beso a Heloise. La miró fijamente un momento y siguió dando de mamar al pequeño. Era un niño regordete y de aspecto feliz. Entonces Arielle, la niña, trepó al regazo de su madre y la abrazó a ella y a su hermano.

No había lugar para Heloise en aquellos brazos maternos, en aquella vida. Al cabo de unos minutos entró Greg y miró a su esposa, sorprendido de ver allí a Heloise.

—Se me había olvidado que tenías que venir —le dijo con un fuerte acento del East End.

Greg llevaba muchos más tatuajes que Miriam, le cubrían por completo los dos brazos. Iba vestido con unos vaqueros, una camiseta y unas camperas negras. La pareja era muy diferente de las personas con las que Heloise trataba a diario. Sin duda no tenían nada que ver con su padre, aunque de vez en cuando se alojaban estrellas de rock en el hotel. Pero no lograba imaginar a sus padres juntos. No tenía recuerdos de la época en que estuvieron casados, y eran muy distintos el uno de la otra. Miriam tenía un aspecto casi idéntico al de Greg y hacían muy buena pareja.

Greg se mostró amable con Heloise, aunque ella nunca se sentía del todo cómoda con él. Fumaba mucho, utilizaba un lenguaje tosco y casi siempre tenía una copa en la mano. Hugues le había advertido a Miriam que no quería que tomaran drogas mientras Heloise se alojara con ellos, y ella le prometió que así sería. No obstante, Greg solía fumar marihuana en casa abiertamente. Miriam le había pedido que no lo hiciera durante la visita de Heloise y él le había respondido que trataría de acordarse, aunque a la hora de la verdad se pasaba casi todo el día fumando porros.

Al día siguiente celebraron la Nochebuena juntos; la madre de Heloise le regaló una cazadora de cuero negro demasiado grande y un reloj de Chanel de color negro con brillantes en la esfera que resultaba inapropiado para una niña de su edad y demostraba lo poco que la conocía. Incluso una extraña como Eva Adams había sabido elegir regalos mejores. Greg, por su parte, la obsequió con una pequeña guitarra que no sabía tocar.

El día de Navidad fueron a Wimbledon a visitar a los padres de Greg. A partir de ese momento, Heloise apenas les vio el pelo. Greg estaba ocupado grabando un disco y Miriam lo acompañaba al estudio y se llevaba al bebé para poder amamantarlo, por lo que Heloise se quedaba a solas con la niñera y con Arielle. Cuando terminaban de grabar, Miriam y Greg salían casi todas las noches con su grupo. La madre de Heloise no hacía el mínimo esfuerzo por llevarla a ninguna parte. Sin embargo, cuando Hugues llamó para ver cómo estaba, la niña quiso ser amable y le dijo que lo pasaba bien. No sabía qué otra cosa explicarle, y no quería ser desleal con una madre a la que apenas veía y a la que temía perder por completo.

Pasaba la mayor parte del tiempo jugando con Arielle, y con Joey, el bebé, cuando estaba en casa. La niñera era amable con ella. La llevó a Harrods a comprar ropa y a Hyde Park, y también a ver las cocheras de Buckingham Palace y el cambio de guardia.

Heloise estuvo casi toda la semana encerrada en la casa, con ganas de regresar al hotel. Se sentía fuera de lugar y tenía la impresión de ser una extraña en vez de formar parte de la familia. No hacían ningún esfuerzo por integrarla, a veces incluso se olvidaban de que estaba allí hasta que la niñera se lo recordaba. Para postres, el día de Año Nuevo Heloise discutió con su madre cuando esta le explicó a Greg lo mucho que le había disgustado vivir en el hotel y lo aburrido que era, y que aún lo había pasado peor durante los dos años en que Hugues se dedicó a reformarlo. Decía que era una lata, y también lo era Hugues.

—No es ninguna lata, ni papá tampoco —soltó Heloise de forma inesperada mientras Miriam la miraba sin dar crédito. Solía mostrarse tan dócil que incluso ella misma se sorprendió de la acalorada reacción—. El hotel es muy bonito, y ahora aún lo es más; y papá hace muy bien su trabajo —defendió con vehemencia.

Hugues trabajaba muchísimo para que todo rayara en la perfección, y Heloise consideraba que así era. Aquel era su hogar, y le pareció muy mal que Miriam lo criticara ante Greg; y aún más que hablara mal de su padre.

—Es que no me gustaba vivir allí —dijo Miriam—. Siempre había mucha gente, y tu padre estaba siempre tan ocupado que nunca podíamos pasar tiempo juntos. Con Greg es muy distinto —apostilló.

Las lágrimas asomaron a los ojos de Heloise. Detestaba que criticaran a su padre y lo compararan con Greg. Había pasado una semana muy dura sintiéndose como una extraña en esa casa y esas vidas, con dos pequeños que le habían arrebatado el lugar en el corazón de su madre. Miriam no lo ocultaba, y resultaba evidente a ojos de todo el mundo, incluida la propia Heloise. El mayordomo y la niñera habían estado hablando de ello discretamente, decían que siempre ignoraban o dejaban de lado a Heloise, pero Greg y Miriam o bien no lo notaban o les daba igual. Todos los criados sentían lástima por la pequeña y la consideraban una niña muy agradable. Heloise solía contarles divertidas anécdotas del hotel de su padre.

—Me gusta mucho vivir allí —le espetó a su madre en respuesta al comentario que ella le había hecho a Greg—. Todo el mundo se porta muy bien conmigo, y se alojan muchas personas importantes, como Eva Adams y otros actores famosos, senadores, e incluso una vez vino el presidente de Estados Unidos. Y también el de Francia.

Quería impresionarlos, aunque sabía que no lo lograría. Lo que ella o su padre pudieran hacer les traía sin cuidado. Solo sentían interés por ellos mismos y sus hijos pequeños.

Tras la discusión Heloise se marchó a su dormitorio llorando, y la niñera acudió a consolarla y le llevó chocolate caliente para que se sintiera mejor. Heloise le habló de la cena típicamente inglesa que servían en el Vendôme, y la niñera le dijo que debía de estar deliciosa y que seguro que el hotel era muy bonito. La pequeña le daba mucha pena.

Heloise llevaba allí diez días cuando Hugues volvió a llamarla. Aunque la echaba mucho de menos había evitado ponerse en contacto con ella para no entremeterse. Sin embargo, no le gustó nada la tristeza que notó en la niña cuando se puso al teléfono. Le preguntó si lo estaba pasando bien y ella estalló en lágrimas y dijo que quería volver al hotel. En casa de su madre se sentía sola. Hugues le prometió que lo hablaría con Miriam, y esa misma noche la telefoneó. A ella también le pareció una buena idea que su hija se marchara, dijo que lo cierto era que no le podía dedicar tiempo ya que Greg se encontraba grabando un nuevo disco y quería estar con él. Hugues respondió amablemente que seguro que Heloise lo comprendía y que tenía que empezar a prepararse para volver al colegio, lo cual no era cierto y solo se trataba de una excusa barata, pero Miriam se apresuró en mostrarse de acuerdo y prometió que al día siguiente mandaría a Heloise de vuelta a Nueva York en avión.

La visita sin duda había sido un desastre, y a Hugues le entristecía la situación de su hija y se moría de ganas de tenerla entre sus brazos y abrazarla. Él la quería a rabiar, la consideraba muy importante en su vida a diferencia de lo innecesaria e irrelevante que era para su madre, cosa de la que Heloise era muy consciente. La niña aún no tenía edad suficiente para discernir si el problema se debía a una negligencia por parte de Miriam o a un defecto propio, lo único que percibía era el rechazo, y solo deseaba regresar a su hogar. Allí no había lugar para ella, se lo habían dejado muy claro.

A la mañana siguiente, después de desayunar, Miriam se

despidió de ella con un beso y le deseó un buen viaje de vuelta antes de subir al Bentley con el pequeño Joey en brazos rumbo al estudio de grabación. Y Greg se había olvidado de despedirse de ella. El mayordomo y la niñera acompañaron a Heloise al aeropuerto y la abrazaron con cariño. El mayordomo le regaló un jersey adornado con una vistosa bandera británica de estrás que le sentaba como un guante y le pareció precioso, y la niñera, una sudadera de color rosa. Ambos le dijeron adiós con la mano mientras cruzaba el puesto de seguridad, y ella les sonrió y desapareció junto a una escolta de las líneas aéreas que la acompañó hasta el avión.

Hugues le había comprado un billete en primera clase para compensarla. Durante el vuelo vio dos películas y durmió un rato, y cuando aterrizaron en Nueva York la escoltaron hasta el puesto de seguridad donde su padre la esperaba con impaciencia. Antes de que el hombre pudiera pronunciar una sola palabra, la niña se arrojó en sus brazos y se aferró a él. A Hugues se le llenaron los ojos de lágrimas al verla, y la niña dio un grito de placer y lo estrechó con tanta fuerza que estuvo a punto de asfixiarlo.

Heloise no nombró a su madre en todo el trayecto. No quería traicionarla ni serle desleal, puesto que sabía que no era lo correcto. Sin embargo, en cuanto llegaron al hotel cruzó corriendo la puerta y lo contempló todo con una amplia sonrisa. Luego miró a su padre como si acabara de llegar de otro planeta y la invadió tal felicidad que no pudo dejar de sonreír al ver los rostros familiares de aquel mundo que conocía y amaba, y donde todos la querían. Estaba en casa.

3

Durante los siguientes cuatro años Hugues siguió ampliando y mejorando el hotel, y con ello aumentó su éxito. Se convirtió en el establecimiento preferido para las bodas de última tendencia, el destino favorito de miembros de la jet set, políticos y jefes de Estado bien informados. Entre los clientes más asiduos estaba el presidente de Francia, así como el primer ministro británico, el vicepresidente de Estados Unidos y varios senadores y congresistas. Los empleados de Hugues cumplían a la perfección con las normas de seguridad requeridas y facilitaban en todo lo necesario la estancia a los huéspedes. Diez años después de su compra y ocho después de su inauguración, el Vendôme se había convertido en un éxito innegable y el alojamiento favorito de la élite mundial.

La vida personal de Hugues no había cambiado durante ese tiempo a pesar de las breves aventuras que conseguía colar entre las reuniones de la asociación de hoteleros, las negociaciones con los sindicatos y la supervisión de las mejoras implantadas. Y Heloise seguía siendo la estrella que más brillaba en su mundo.

A sus doce años, Heloise era todavía la princesa del hotel Vendôme. Había empezado a colaborar con Jennifer, la secretaria de su padre, realizando tareas menores y ordenándole las cosas, y le seguía encantando ayudar a Jan, la florista, y echar una mano en la recepción cuando estaban colapsados, proporcionando a los clientes las direcciones de restaurantes y tiendas recónditas que solicitaban. Le gustaba pasar la mayor parte de su tiempo libre en el hotel. Se encontraba en esa etapa poco definida que separa la niñez de la adolescencia, en la que el centro de interés seguía siendo el propio hogar y aún no estaba del todo dirigido al mundo exterior ni copado por los chicos. Además, en su caso el propio hogar era un sitio muy interesante. A veces permanecía con su padre en el vestíbulo para saludar a los huéspedes importantes, y cuando conoció al presidente de Francia se convirtió en la heroína del Liceo Francés durante varios días.

De vez en cuando invitaba a compañeras de colegio a pasar la noche en el apartamento de la planta superior, y a sus amigas les encantaba recorrer el hotel y visitar la cocina, acompañar al servicio de habitaciones, hacerse peinados cuando los peluqueros tenían tiempo libre o ir al spa, donde casi siempre les daban muestras gratuitas de cosméticos y productos de peluquería y donde de vez en cuando podían disfrutar de un masaje de cinco minutos. Pasar una noche en el Vendôme con Heloise era una aventura emocionante para sus amigas, y en ocasiones su padre las enviaba de compras al centro en Rolls Royce. Todas pensaban que era una forma de vida muy glamurosa. Y algunas veces también se colaban en bodas y fiestas importantes.

A esa edad ya le habían quitado los aparatos dentales y se estaba convirtiendo en una jovencita alta y guapa. Seguía teniendo cuerpo de niña, aunque los bucles habían desaparecido de su cabello largo, y parecía un potrillo recorriendo los pasillos a saltos. Todavía mantenía una estrecha relación con Jennifer, la secretaria de su padre, que era como una tía o una amiga adulta, y Heloise le confiaba las cuestiones importantes, lo cual suponía una fuente de información adicional para Hugues sobre lo que tenía lugar en su vida y en su cabeza. Le aliviaba saber que aún no sentía interés por los chicos y que seguían motivándola los pasatiempos infantiles, aunque hacía dos años que la bonita muñeca de Eva Adams adornaba un estante de su habitación.

Heloise no había vuelto a Londres a ver a su madre desde la última visita desafortunada. Sin embargo, siempre que Miriam permanecía un par de días en Nueva York con Greg la invitaba a pasar una noche en el hotel donde se alojaban ellos. Había visto a su madre tres veces en cuatro años. A veces fantaseaba sobre cómo habría sido la vida con ella si sus padres no se hubieran separado. No alcanzaba a imaginárselo, aunque creía que habría sido maravilloso contar con una madre. Miriam estaba completamente absorbida por la vida de estrella de rock de su marido y no parecía importarle Heloise ni nada de lo que la niña hiciera. Los dos hijos que tenía con Greg eran muy graciosos, aunque Heloise consideraba que eran unas fierecillas malcriadas. Así se lo confesaba a Jennifer, pero jamás a su padre. Era lo bastante sensata para no hablarle de Miriam, ya que con solo mencionar su nombre veía aflorar el sufrimiento en su mirada. Sabía que Hugues desaprobaba su conducta y que seguía dolido y enfadado, pero ella les debía lealtad a ambos, aunque su padre se lo merecía más. La verdad era que su madre se había convertido en una extraña.

El mundo de Heloise estaba formado por su padre, un hotel lleno de personas que la querían y una madre a quien daba la impresión de no importarle nada y que de vez en cuando aparecía cual estrella fugaz en un cielo de verano. La niña tenía una relación más estrecha con Ernesta, la camarera, Jan, la florista, y Jennifer, la secretaria de su padre que velaba por ella con benevolencia. Todas eran cariñosas y ejemplos de buena conducta, más que su madre, y Hugues era consciente de ello. Los medios habían difundido la noticia de que Miriam tenía una aventura con un joven y apuesto camarero de un hotel de playa de México, y ese año Greg había sido detenido dos veces, una por posesión de marihuana durante una gira por Estados Unidos y otra por asalto con violencia al provocar una pelea de bar cuando estaba muy bebido. En YouTube habían aparecido vídeos de la pelea y la consiguiente detención, y Heloise le confesó a Jennifer que los había visto. Entre la multitud que había en el local estaba su madre, y parecía horrorizada cuando se lo llevaron esposado. La niña sentía lástima por ella pero no por Greg. Le dijo a Jennifer que tenía un aspecto repugnante, y que daba la impresión de haberle hecho mucho daño al hombre al que agredió con una botella de vodka. Con todo, al parecer la víctima era el batería del grupo y poco después retiraron los cargos. A Hugues le desagradaba saber que Miriam vivía en un ambiente sórdido, pero nunca lo comentaba con su hija. Creía que habría sido un error hacerlo y jamás traspasaba ese límite con ella. Jennifer sabía muy bien lo mucho que seguía afectándole lo que hiciera Miriam y lo mala madre que la consideraba, pero tampoco ella comentaba nada de eso con Heloise. Tanto su jefe como la niña le merecían demasiado respeto para hacerlo.

Hugues deseaba que su hija tuviera unos buenos valores y una vida plena y feliz. Estaba muy contento de que por el momento no le llamaran la atención los chicos, las drogas ni el alcohol. Y aunque en el hotel respiraba un ambiente cargado de sofisticación, tenía cuidado de que estuviera bien protegida y solo pasara tiempo con quienes consideraba una buena influencia. Vigilaba todo lo que la niña hacía sin que ella lo notara y parecía más despreocupado y liberal de lo que era en realidad. Albergaba una mentalidad muy suiza con respecto a la educación de su hija, con unas ideas y unos valores tradicionales e incluso conservadores, por mucho que de vez en cuando él se permitiera echar una cana al aire, aunque siempre con discreción.

Heloise jamás se había percatado de sus escarceos, y él seguía ocultándoselos. Se ocupaba con celo de que no aparecieran detalles de su vida personal en el *Page Six* ni en ninguna otra publicación, saliera con quien saliese. Jennifer lo provocaba diciéndole que era el personaje misterioso del Vendôme. Y gracias a su discreción la niña se creía el único amor de su vida. Hugues lo prefería así, aunque en realidad ninguna de las mujeres con las que salía era importante para él y sabía que sus breves aventuras no durarían. La única persona que le importaba era Heloise. Además, ya lo había pasado bastante mal por culpa de su madre para tener que preocuparse también por las mujeres con quienes él mantenía relaciones frívolas.

Hugues tenía debilidad por las mujeres de entre veinte y treinta y cinco años, guapas y llamativas en algún aspecto; había salido con modelos, actrices, alguna que otra estrella de cine y una importante heredera que conoció en el hotel. Ninguna de esas compañías le habría hecho bien a largo plazo, era consciente de ello, pero resultaban divertidas para un par de noches. Mientras tanto, Heloise daba por sentado que no había estado con ninguna mujer desde la separación de su madre. Su soltería se había convertido en un mito que él mismo tenía cuidado de preservar, aunque Jennifer le advertía que algún día lo lamentaría si conocía a alguien que de verdad le gustaba y Heloise se oponía con firmeza a la relación porque no estaba acostumbrada a que su padre saliera con mujeres y creía que su vida giraba solo en torno a ella. Hugues no aceptaba lo que consideraba consejos maternales o fraternales, y aseguraba que tal cosa no ocurriría jamás ya que no imaginaba que volviera a enamorarse ni a tener una relación seria.

—Ya me preocuparé de eso cuando llegue el momento —comentaba sin interés—, pero puedes esperar sentada.

—No estoy tan segura —contestaba Jennifer con aire atribulado.

Lo conocía bien. Hugues se defendía con uñas y dientes de toda mujer que pudiera volver a atravesar el escudo protector de su corazón.

Uno de los sólidos valores que Hugues trataba de inculcarle a su hija era la solidaridad con los demás, a pesar de su confortable entorno. No quería que creyera que la vida solo consistía en el lujo y que todo el mundo era rico y vivía bien. Insistía en que las personas bien situadas tenían la obligación de ayudar a los menos afortunados. Desde su apertura, el Vendôme donaba una parte de la comida intacta a un banco de alimentos local, cosa que hacía que Heloise se sintiera orgullosa de su padre.

Hugues quería que la niña se diera cuenta de la suerte que tenía y de que la vida consistía en algo más que alojarse en un elegante hotel. Heloise formaba parte de un mundo curioso e inusual, pero también tenía conciencia social. A través de la escuela colaboraba en un comedor de beneficencia, y todas las Navidades se encargaba por iniciativa propia de recoger juguetes para el cuerpo de bomberos, por lo que pedía a los empleados que donaran aquellos que sus hijos ya no utilizaban. Era muy consciente de la suerte que tenía y le agradecía a su padre la vida que llevaban. Además, con su paga contribuía a causas generosas y en la escuela recogía dinero para Unicef. Estaba muy sensibilizada con los desastres mundiales, sobre todo con los que afectaban a los niños. Por encima de todo, aunque el ambiente y las circunstancias no lo propiciaran, Hugues quería que Heloise llevara una vida estable y prestara atención a la existencia de personas necesitadas y al sufrimiento de la humanidad. Era una buena chica, y más responsable que la mayoría de los niños de su edad.

Llevaba toda la tarde trabajando en la floristería, ayudando a Jan a cortar flores y a arrancar las espinas del tallo, y cuando por fin acabó subió para hacer los deberes. Tenía que hacer un trabajo difícil para la escuela. Además, al día siguiente quería asistir a una boda que había prevista en el salón. Como siempre, pensaba dejarse caer por allí para verla. Esa noche llegó tarde a cenar y su padre imaginó que habría estado observando cómo preparaban la sala. Todo el mundo hablaba de aquella celebración, que debía de costar una fortuna entre las flores, el catering, la decoración y el vestido de novia de Chanel, la firma de alta costura.

—¿Dónde estabas? —le preguntó como quien no quiere la cosa a la vez que el camarero del servicio de habitaciones entraba con la cena en un carrito.

Hugues habría preferido cocinar él mismo, pero nunca tenía tiempo. Siempre surgía algún problema grave o, simplemente, debía ocuparse de la constante supervisión del hotel. El Vendôme gozaba de su buena reputación porque él estaba allí y se encargaba en persona de todos los detalles. La plantilla sabía que siempre estaba presente, que se enteraba de todo lo que ocurría y lo que ellos hacían, y por eso eran tan cuidadosos.

—He pasado la tarde con Jan, ayudándola con los preparativos de esa boda tan importante. Tiene muchísimo trabajo. Ha contratado a cuatro floristas y aun así no está segura de tener tiempo de terminarlo todo, así que le he echado una mano —dijo Heloise con vaguedad mientras el camarero les servía chuletas de cordero con judías verdes.

Hugues cuidaba mucho la alimentación y todas las mañanas iba una hora al gimnasio antes de empezar a trabajar. Tenía cuarenta y cinco años, pero no los aparentaba y estaba en muy buena forma física.

—Pues he pasado por allí y no te he visto —comentó su padre.

—Seguramente había subido a hacer los deberes —dijo ella con aire inocente.

—Buena excusa —se burló él con una sonrisa provocativa.

Aunque Heloise no era una alumna excelente sacaba buenas notas teniendo en cuenta el alto nivel de exigencia de la escuela. Sabía tanto francés como inglés, y hablaba con fluidez el español gracias a las largas conversaciones que mantenía en el hotel.

—Y el fin de semana ¿qué planes tienes? ¿Vas a traer a alguna amiga? —preguntó su padre en tono cordial.

Ese sábado estaba prevista la llegada de cuatro clientes vip y un jefe de Estado extranjero, lo que requería medidas de seguridad adicionales y policía secreta no solo en el vestíbulo sino en todo el hotel. El dignatario había reservado al completo la planta en la que Hugues tenía su apartamento, y además tenían que cerrar al público la superior y la inferior, lo cual era una lata porque implicaba que no podían utilizar las suites de lujo del ático ni la suite presidencial del piso de abajo. Esos tres espacios les proporcionaban unos ingresos importantes. La suite presidencial costaba catorce mil dólares por noche y las del ático doce mil, y no podrían ocuparlas en todo el fin de semana. Claro que los políticos extranjeros pagarían una fortuna por el alojamiento, pero el coste de seguridad también era elevado, ya que el departamento en pleno tendría que hacer horas extra durante aquellos días.

—Sí, creo que invitaré a una amiga, o tal vez a dos —comentó Heloise sin levantar la vista del plato de comida.

A Hugues le pareció más callada de lo habitual, pero había pasado un resfriado y pensó que estaría cansada. Los dos habían tenido mucho trabajo en las últimas semanas. Estaban en enero y las temperaturas eran muy bajas, por lo que era habitual caer enfermo. En el hotel el virus de la gripe se extendía como un reguero de pólvora debido a la cantidad de empleados que había. Por todas partes colgaban carteles recordando la importancia de lavarse las manos.

—Seguramente esta noche vendrá Marie Louise, y a lo mejor también Josephine. Dormiremos abajo.

Era un privilegio que su padre le concedía, sobre todo en esa época del año, cuando la ocupación del hotel no era completa. En la segunda planta había una pequeña habitación que solía destinarse a los ayudantes o a los guardaespaldas.

—Vale, pero no volváis loco al servicio de habitaciones con vuestros caprichos. Nada de pedir sándwiches de queso ni copas de banana split a las cuatro de la madrugada. Cenad antes de medianoche, por favor. A partir de esa hora hay menos empleados y solo falta que tengan que estar pendientes de serviros a vosotras.

—Sí, papá —respondió Heloise con discreción, y le sonrió.

Durante una fracción de segundo Hugues se preguntó qué se traía entre manos. Si no la conociera habría creído que tenía a un novio escondido en alguna parte, pero Jennifer aseguraba que todavía no andaba detrás de los chicos. Aun así él sabía que ese día tenía que llegar, y entonces echaría mucho de menos los años de infancia de su hija y la adoración absoluta que sentía por él. Le encantaba ser el centro de su vida, como ella lo era de la de él.

Terminaron de cenar enseguida porque Hugues tenía que bajar a una reunión con el equipo de seguridad para preparar el recibimiento del presidente extranjero al día siguiente. Heloise fue a la habitación de la señora Van Damme y se ofreció para sacar a pasear al perro. La anciana señora se mostró muy complacida. Hacía poco que le habían colocado una prótesis en la cadera y no podía ocuparse de sacar a Julius. Además, le gustaba que lo hiciera Heloise. Daban largos paseos y volvía con las mejillas sonrosadas por el frío, y Julius lo pasaba mejor con la niña que con los botones que se lo devolvían a toda prisa tras dar la vuelta a la manzana.

Al cabo de unos minutos Heloise salió del hotel ataviada con la parka, los vaqueros, un gorro de lana en la cabeza, una larga bufanda tejida a mano y unos guantes. Hacía mucho frío y corrió con el pequinés hasta la esquina. Tras doblarla, se detuvo frente a un edificio donde un hombre estaba acostado dentro de un saco de dormir con un cartón encima. La niña golpeó el cartón con suavidad como quien llama a la puerta y el anciano asomó la cara arrugada y sonrió al ver de quién se trataba. Parecía un poco borracho y encima del saco de dormir, que parecía nuevo, tenía una manta sucísima con la que se arropaba. Heloise le había comprado el saco con su última paga. Hacía varias semanas que le visitaba y le llevaba las sobras que le daban en la cocina sin cuestionar por qué las pedía ni para qué las quería. Daban por sentado que se había quedado con hambre o que eran para alguna amiga alojada en el hotel.

—¿Preparado, Billy? —preguntó al hombre tumbado en la acera, y él asintió.

Heloise era como un ángel caído del cielo. La niña le había prometido que esa noche dormiría bajo techo. Él no creía que fuera a cumplir su palabra, pero le siguió la corriente, sorprendido de que hubiera ido a buscarlo. Se puso de pie despacio y ella lo ayudó a doblar la manta y el saco de dormir. Olía a rayos, por lo que Heloise contuvo la respiración mientras el pequinés lo observaba todo con atención.

—¿Adónde vamos? —quiso saber Billy, y al doblar la esquina Heloise señaló un acceso al hotel alejado de la entrada principal.

Era una puerta que a veces utilizaba el servicio y que daba

a una escalera trasera. Siempre estaba cerrada con llave, y Heloise había conseguido una copia en el departamento de mantenimiento. Juntos caminaron despacio hacia la puerta, sobre la que no había ningún rótulo. Heloise la abrió a toda prisa y le explicó a Billy que tenían que subir dos tramos de escalera.

La habitación que por la tarde ella misma había marcado como ocupada en el sistema informático estaba en la segunda planta. Sabía que las camareras de pisos ya habían completado su recorrido, así que nadie detectaría su presencia salvo por la cámara de seguridad que esperaba que nadie controlara demasiado. Contó los tramos de escalera hasta que llegaron a la segunda planta. Billy la seguía y el perro jadeaba cansado por el ascenso. Lo había conocido dos semanas atrás cuando una tarde se detuvo a hablar con él. El hombre le había explicado que estaba enfermo pero que no había conseguido plaza en el asilo, y Heloise quería que durmiera bajo techo y no pasara frío. No se le ocurría otra forma de solucionarlo a pesar de que había estado dándole vueltas desde el primer momento. Esa era la noche perfecta. En el hotel había habitaciones libres y algunos empleados de seguridad estaban de baja por la gripe, así que sin duda conseguiría colar a Billy, por lo menos durante una noche. Lo que no sabía era cómo saldrían, pero ya se le ocurriría algo para que nadie llegara siquiera a sospechar que el hombre había estado allí. Pensaba colgar en la puerta el cartel de NO MOLESTEN y encargarse personalmente de limpiar la habitación después de que él se marchara. Pero antes, de lo que se trataba era de ofrecerle cobijo y comida y apartarlo de las calles por una noche. Era su regalo para él.

—¿Estás bien?

Heloise se volvió y le sonrió antes de abrir la puerta que daba al vestíbulo del segundo piso. Julius seguía observándolos con interés mientras meneaba la cabeza de un lado a otro.

—Sí —la tranquilizó él—. Me gusta tu perro —comentó con amabilidad, y Heloise sonrió.

—No es mío, lo saco a pasear para hacerle un favor a una amiga.

A continuación la niña se llevó el dedo a los labios, abrió la puerta y guió a Billy hasta otra puerta situada a poca distancia. Tenía la llave a punto y se apresuró a abrir y hacerlo pasar.

El mendigo miró alrededor y se le saltaron las lágrimas.

—¿Qué haces? —preguntó con expresión de pánico—. No puedo quedarme aquí, me llevarán a la cárcel.

—No, no lo harán. Yo no les dejaré. El dueño del hotel es mi padre.

—Te matará por esto —le advirtió Billy, preocupado también por ella.

—Qué va, es muy bueno.

Heloise había empezado a encender las luces de la habitación. Era una de las más pequeñas y por eso estaba tan segura de que el plan funcionaría, porque era una de las últimas que asignaban a los clientes y en enero, un mes de temporada baja, no la necesitarían. Billy miraba a su alrededor atónito ante el lujo y el confort que la niña le había proporcionado. Era como estar en el paraíso. En la habitación había una cama de matrimonio y un televisor enorme, por todas partes lucían antigüedades y el cuarto de baño era grande y estaba impecable. En el rostro marchito del hombre solamente se veían los ojos con que contemplaba a la jovencita que lo había llevado hasta allí.

—¿Y tu madre? ¿No se enfadará contigo? —Parecía preocupado de verdad por ella.

—Mi madre se marchó y se ha vuelto a casar.

El hombre lo miraba todo sin atreverse a mover un dedo y Heloise le sugirió amablemente que se sentara.

—Tengo que devolverle el perro a su dueña. ¿Por qué no

ves la televisión un rato? Volveré enseguida y te pediré algo de comer.

Billy asintió sin dejar de mirarla, desprovisto por completo de palabras, mientras Heloise salía con Julius para subir a la habitación de la señora Van Damme.

—Qué paseo tan largo habéis dado —dijo la mujer, que no tenía forma de saber que Heloise no había hecho más que dar la vuelta a la manzana y que el resto del tiempo había estado en el hotel.

La dueña del perro le quitó el jersey de cachemira y Heloise se despidió de ella con un beso en la mejilla y se marchó a toda prisa. En menos de cinco minutos se encontraba frente a la habitación que Billy ocupaba en la segunda planta y abrió la puerta con la llave.

Lo halló sentado en el borde de la cama con expresión aturdida, temeroso de tumbarse. Parecía aterrado y feliz al mismo tiempo, e inmensamente aliviado de volver a verla. Heloise había pensado que tendría que esconderse en algún sitio ya que no podía volver al apartamento si se suponía que iba a pasar la noche con Marie Louise. Y tampoco podía quedarse en la habitación de Billy, aunque estaba segura de que no era peligroso. Durante las dos últimas semanas había hablado mucho con él. Solo estaba aterido, avejentado y cansado a causa de la vida en la calle. Le había dicho que tenía sesenta y dos años, y Heloise quería hacer algo especial por él, para demostrarle que le importaba a alguien.

—¿Qué te apetece comer? —preguntó, tendiéndole la carta, y él pareció desconcertado al instante. Heloise pensó que tal vez necesitaba gafas y no se las podía comprar—. ¿Cuál es tu plato favorito?

—El bistec —respondió él con una amplia sonrisa, aunque le faltaban la mitad de los dientes—. Bistec con puré de patatas, y de postre pudin de chocolate.

Heloise descolgó el teléfono y llamó al servicio de habitaciones para pedir todo eso y una ensalada, pero cambió el pudin por una *mousse* de chocolate acompañada de un gran vaso de leche. Luego colocó el cartel de NO MOLESTEN en la puerta y se sentó junto a Billy mientras él encendía el televisor con el mando a distancia.

—No había visto una habitación así en mi vida. Antes era carpintero. De joven trabajaba en una fábrica de muebles, pero nunca los suministramos a un sitio como este.

Heloise se preguntaba qué le habría ocurrido después, pero no se atrevió a preguntar.

Al cabo de media hora llamaron a la puerta. Heloise no abrió pero contestó de inmediato, y el camarero del servicio de habitaciones reconoció su voz.

—Muy amable, Derek. No estamos vestidas. Déjalo en la puerta, y gracias.

—Claro. Pasadlo bien.

Heloise esperó a oír como se cerraba la puerta del ascensor y luego entró el carrito de la comida en la habitación. Billy abrió los ojos como platos. La comida olía de maravilla, y la niña acercó una silla al carrito.

—Que lo disfrutes —comentó en voz baja. Le anotó su número de móvil y le dijo que la llamara si tenía algún problema o quería más comida—. Mañana por la mañana te pediré el desayuno. Tendrás que marcharte temprano, antes de que empiece el movimiento en el hotel. Te haré salir por la misma puerta.

—Gracias —contestó él, de nuevo con los ojos llenos de lágrimas mientras empezaba a comerse la deliciosa cena—. Eres un ángel del cielo disfrazado de niña.

—No tiene importancia —dijo ella—. Cierra bien la puerta, pon el cerrojo y no salgas al pasillo. —Ni siquiera le había pasado por la cabeza que al día siguiente Billy se negara a marcharse. De momento todo iba según el plan—. Y no contestes al teléfono.

Él asintió y siguió devorando el bistec mientras ella salía de la habitación disimuladamente y bajaba la escalera, contenta de cómo habían ido las cosas. La cara de felicidad de Billy lo compensaba todo.

Se dirigió al salón para comprobar cómo iban los preparativos. Los decoradores y las floristas estaban ultimando los detalles para la boda del día siguiente. Heloise se quedó allí un rato y luego bajó al sótano para visitar la bodega. También pasó por la sala de los uniformes, donde toda la ropa estaba guardada en bolsas tras la limpieza en seco. Sabía que la noche sería larga, aunque todo cuanto tenía que hacer era evitar toparse con su padre. Nadie se sorprendía al verla ir de un lado a otro. Entró en la sala de primeros auxilios, donde sabía que había una cama y una camilla; con suerte, podría quedarse allí el resto de la noche. Pasaban de las doce cuando una cocinera del servicio de habitaciones entró a buscar una pomada para las quemaduras y se sorprendió al encontrarla allí.

—¿Qué estás haciendo aquí? —preguntó con cara de sorpresa al ver a Heloise tumbada en la camilla medio dormida. Estaba escuchando música en el iPod con la luz apagada y se puso de pie de un respingo. Las dos se habían dado un buen susto.

—Estoy jugando al escondite con una amiga —respondió ella nerviosa esbozando una sonrisa—. Seguro que aquí no me encuentra.

—¿Qué te traes entre manos? —preguntó la cocinera con cara de sospecha.

—Nada, pero no se lo cuentes a mi padre, por favor.

—Será mejor que vuelvas a tu habitación.

Heloise no le tenía mucha confianza a esa cocinera; no llevaba mucho tiempo trabajando en el hotel. Entonces la niña regresó al salón, pero todo el mundo se había marchado. Reparó en las voluminosas cortinas de raso y se escondió detrás para pasar el resto de la noche. Todo cuanto tenía que hacer era despertarse a tiempo para ayudar a Billy a salir del hotel. Tuvo suerte de que el equipo de limpieza la despertara cuando empezaron a pasar el aspirador a las seis. Salió de detrás de las cortinas, subió a la segunda planta y llamó a la puerta de Billy. Oyó que tenía encendido el televisor, y desde fuera le dijo quién era.

—¿Eres tú? —susurró él desde el otro lado.

—Sí —respondió ella también en voz baja, y él la dejó entrar. Daba la impresión de que acababa de bañarse, iba bien afeitado y recién peinado y parecía contento de verla—. ¿Has podido dormir un poco?

—Sí, ha sido la mejor noche de mi vida.

Junto a la cama había una botella de vino del minibar vacía, pero Billy no parecía borracho y se le veía bien despierto. Estaba acostumbrado a levantarse temprano para despejar el portal que le servía de cobijo.

—Te pediré el desayuno. ¿Qué te apetece?

—¿Huevos fritos, no muy hechos? —preguntó él con prudencia, y ella los pidió acompañados de magdalenas, una bandeja de pastas, beicon, zumo de naranja y café.

Al cabo de veinte minutos salían por la puerta de la habitación. Billy había tardado diez en devorar el desayuno y Heloise le dijo que tenían que marcharse. Él la miró agradecido mientras se ponía el abrigo raído. Tenía muchísimo mejor aspecto que cuando llegó la noche anterior; además, la estancia había transcurrido sin incidentes. Todo cuanto faltaba por hacer era ayudarle a salir de allí.

Bajaron la escalera trasera en silencio después de que Heloise cerrara con llave la habitación. Solo había dos pequeños tramos, así que no era fácil que las cámaras de seguridad los descubrieran, cosa que la niña esperaba que no ocurriera. Cuando dejara a Billy pensaba volver a la habitación y limpiarla. Justo antes de llegar al rellano intermedio se puso la capucha y volvió la cabeza por si desde seguridad estaban comprobando las imágenes de las cámaras. No quería que la reconocieran. Abrió la puerta exterior y salió detrás de Billy. Cuando se encontraron frente a la puerta trasera del hotel aún era de noche. El mendigo la miró con tal gratitud que a Heloise se le llenaron los ojos de lágrimas.

—Nunca olvidaré lo que has hecho por mí esta noche. Seguro que te has ganado el cielo —dijo, y le rozó el brazo con suavidad—. Lo recordaré siempre.

Entonces se envolvió con el abrigo, se colocó la manta y el saco de dormir bajo el brazo y se alejó arrastrando los pies. Al cabo de unos instantes se volvió para mirarla desde la esquina, mientras Heloise lo observaba antes de subir a arreglar la habitación. Sabía dónde se guardaban los carritos de la limpieza, había ayudado mil veces a las camareras y tenía muy claro lo que debía hacer. Media hora más tarde había cambiado la cama y fregado el cuarto de baño, y nadie podría sospechar que alguien hubiera estado allí. Apartó el carrito y subió al apartamento donde vivía con su padre. Eran casi las ocho de la mañana. Hugues estaba desayunando y leyendo el periódico, ataviado con un traje oscuro que le daba un aspecto inmaculado.

—Os habéis levantado temprano, ¿eh? —comentó con cara de sorpresa—. ¿Dónde está Marie Louise?

—Los sábados por la mañana va a clases de ballet y por eso se ha marchado ya. He limpiado la habitación. Al final Josephine no vino, está enferma —dijo con tranquilidad a la vez que cogía una magdalena de arándanos como las que dos horas atrás había pedido para Billy.

—No es necesario que limpies, pero te lo agradezco.

Su padre le sonrió. Le esperaba un día de mucho trabajo, con la llegada de varios clientes vip y el presidente extranjero.

Cuando llegó al despacho se encontró con que Bruce Johnson, el jefe de seguridad, quería verlo. Hugues supuso que sería para comentar los preparativos y coordinarse con los Servicios Secretos ante la llegada del dignatario. Era un hombre muy corpulento y trabajaba para él desde que inauguró el hotel. Llevaba en la mano la cinta de una de las cámaras de seguridad y su expresión era seria.

—Me gustaría que viera una cosa —dijo en voz baja.

—¿Ha pasado algo? —preguntó Hugues.

Bruce estaba más serio de lo habitual mientras introducía la cinta en un reproductor que aquel tenía en su despacho. Muchas veces habían revisado las imágenes juntos, cuando sospechaban que algún empleado robaba, bebía o se drogaba en horas de trabajo, o mostraba algún comportamiento inapropiado.

—No lo sé, usted dirá. Anoche alguien entró en el hotel por la puerta de atrás. No me he dado cuenta hasta esta mañana temprano, cuando he llegado al trabajo y he comprobado las imágenes grabadas durante la noche. Creo que fue justo pasadas las siete. Y la salida ha sido antes de las siete de la mañana. Me parece que hemos tenido un huésped fantasma. He comprobado las imágenes de las otras cámaras pero no aparece en ninguna. Alguien que conoce muy bien el hotel lo ha ayudado a entrar y a salir.

A Hugues se le heló la sangre al escuchar al jefe de seguridad y se preguntó si Heloise habría estado con algún chico en vez de con la inocente Marie Louise. Si era así significaba que en su vida había empezado una nueva etapa, y no le hacía demasiada gracia. Se preparó para lo peor.

Bruce Johnson introdujo la cinta en el reproductor y juntos vieron a un hombre despeinado y mugriento que entraba por la puerta trasera. Lo acompañaba alguien de poca estatura que llevaba una chaqueta con capucha y daba la espalda a la cámara. Las dos figuras desaparecieron rápidamente escalera arriba. Por la mañana eran ellos mismos quienes bajaban. El mendigo tenía un aspecto más pulcro que la noche anterior. Caminaba con más brío, sonreía, iba más limpio y se había peinado. Quien lo acompañaba volvió a evitar la cámara, y al cabo de unos minutos apareció de nuevo, subiendo a saltos la escalera del hotel.

—¿De qué va esto? —preguntó Hugues enfadado—. ¿Quién es? ¿Qué narices está pasando aquí? ¿Acaso dirijo una casa de beneficencia? ¿Crees que ha sido algún cocinero?

—Vuelva a mirar —le indicó Bruce con tono amable y medio sonriente. El jefe de seguridad del hotel era uno de los mayores fans de Heloise y había cuidado de ella cuando tenía dos años durante el tiempo que el hotel estuvo en obras, velando para que no se hiciera daño—. ¿Hay algo que le resulte familiar?

Hugues escrutó la pantalla con los ojos muy abiertos. Le aliviaba saber que Heloise no había pasado la noche con un chico en lugar de con su amiga, pero había hecho algo mucho más grave y podría haber salido mal parada. Se estremeció al mirar al hombre.

—Dios mío —exclamó con expresión horrorizada—. ¿Me estás diciendo que ha traído a un mendigo al hotel? ¿Dónde ha dormido?

—Probablemente en una habitación.

Bruce descolgó el teléfono y llamó al departamento de limpieza, donde no tenían noticia de que Heloise hubiera ocupado ninguna habitación. A continuación se puso en contacto con el servicio de habitaciones, y allí le anunciaron que la niña había pedido el desayuno desde la 202, pero que lo habían dejado en la puerta porque tenía colgado el cartel de

NO MOLESTEN. Entonces Bruce se volvió hacia el director del hotel y le dio la noticia:

—Ayer pidió un bistec con puré de patatas y *mousse* de chocolate, y esta mañana, a las seis y media, un copioso desayuno con huevos fritos, beicon y una bandeja de pastas.

—No puedo creer que haya hecho una cosa así —dijo su padre asombrado.

Al momento la llamó al móvil y le pidió que bajara a su despacho. Heloise tardó cinco minutos, y al ver a Bruce le dirigió una amplia sonrisa y trató de aparentar despreocupación.

—Esto es muy serio —dijo su padre con expresión sombría y sin preámbulos—. ¿Has traído a una persona al hotel esta noche? ¿A un mendigo?

Heloise veía las imágenes en la pantalla. Vaciló un momento antes de asentir con la cabeza muy alta.

—Sí, he sido yo. Es mayor y está enfermo, pasaba hambre y fuera hace mucho frío. No tiene plaza en ningún asilo —explicó como si lo conociera bien.

—Así que lo has traído aquí, ¿no?

Heloise volvió a asentir, esta vez en silencio mientras su padre la miraba con auténtico pavor.

—¿Y si te hubiera hecho algo, o hubiera atacado a un cliente? Podría haberte herido... o algo peor. ¿Tienes idea de lo estúpido y lo peligroso que es lo que has hecho? ¿Dónde has pasado la noche? ¿Con él? —La idea aún lo aterró más. ¿Y si la había violado?

—Estuve en la sala de primeros auxilios hasta medianoche. Luego me escondí detrás de las cortinas del salón y he dormido hasta las seis. Es un buen hombre, papá. No ha estropeado nada, yo misma he limpiado la habitación.

Bruce Johnson trató de que no se le escapara la risa mientras la escuchaba. Hablaba con mucha sinceridad y seriedad.

También él era consciente de que se había expuesto muchísimo, y por suerte no le había ocurrido nada malo. Estaba seguro de que a los Servicios Secretos no les haría ninguna gracia saber que en el hotel se colaban mendigos y que dormían en las habitaciones.

—No permitiré que traigas a más amigas al hotel si me mientes de esta forma —sentenció su padre con severidad.

—Siempre dices que tenemos responsabilidades con los pobres, y me recuerdas que no todo el mundo tiene tanta suerte como nosotros. Ese hombre podría haber muerto anoche en la calle, papá.

No pensaba disculparse por lo que había hecho, y estaba encantada de que todo hubiera salido tan bien. Si la castigaban, le daba igual; había valido la pena.

—Hay otras formas de cumplir con nuestras responsabilidades —apostilló su padre con dureza—. Donamos comida al banco de alimentos. No quiero que vuelvas a hacer eso nunca más. Podría haber sido un tipo peligroso y haberte herido, a ti o a algún cliente o empleado del hotel.

—Él nunca le haría daño a nadie. Lo conozco —respondió Heloise en voz baja. Y lo probaba el hecho de que todo hubiera salido bien.

—Eso tú no lo sabes. Podría estar mal de la cabeza.

Hugues se esforzaba por no gritarle a su hija, presa del pánico por lo que podría haberle ocurrido. Podrían haberla asesinado en la habitación sin que nadie se hubiera enterado.

—Papá, el hecho de pasar la noche aquí puede haberle cambiado la vida o dado esperanzas. Ha podido vivir como una persona normal por una noche. No es mucho pedir.

—Es demasiado peligroso —insistió su padre—. Te prohíbo que vuelvas a hacerlo. Y quiero que hoy te quedes en el apartamento y te dediques a pensar. Ahora puedes irte —dijo en tono solemne, y Heloise salió del despacho mientras los dos hombres se miraban el uno al otro y sacudían la cabeza, desconcertados.

—Tiene por hija a una pequeña Teresa de Calcuta. Más vale que la vigile de cerca —le advirtió el jefe de seguridad.

—No se me había pasado por la cabeza que pudiera hacer una cosa así. Me pregunto si lo habrá hecho más veces —dijo Hugues un poco aturdido.

—Lo dudo, lo habríamos detectado con las cámaras, aunque anoche se las apañó muy bien. Por lo menos ese hombre ha podido descansar y hacer dos comidas decentes. A lo mejor Heloise tiene razón y eso le cambia la vida —opinó Bruce en voz baja, conmovido por lo que la niña había hecho.

—No empieces —le advirtió su jefe—. No pienso convertir este hotel en una casa de beneficencia.

En ese momento se le ocurrió una idea y pensó en comentarla con Heloise, pero esperaría a hacerlo más tarde.

Bruce extrajo la cinta del reproductor.

—Nuestra pequeña princesa se está haciendo mayor. Y me parece que le esperan unos años moviditos.

Hugues asintió y permaneció sentado en su despacho pensando en lo que su hija había hecho, en lo valiente y compasiva que era, hasta que decidió subir a verla. Estaba tumbada en la cama con los auriculares del iPod puestos, y se incorporó cuando entró su padre.

—Lo siento, papá —se disculpó con un hilo de voz.

—Quiero explicarte una cosa —dijo él con lágrimas en los ojos—. Lo que has hecho es una locura, es muy peligroso y no está bien por muchos motivos, pero quiero que sepas que te quiero y que te admiro por ello. Estoy muy orgulloso de ti, has sido muy valiente. Aun así, necesito que me prometas que no volverás a hacerlo. Solo quería que supieras que me parece una hazaña, yo no habría tenido coraje para hacer lo que tú has hecho.

—Gracias, papá —respondió Heloise, encantada, y le arrojó los brazos al cuello—. Te quiero mucho.

Él asintió y reprimió las emociones que lo abrumaban.

—Yo también te quiero —susurró mientras la abrazaba, y las lágrimas le resbalaron por las mejillas. Por encima de todo, daba gracias porque no le había pasado nada malo. Entonces se volvió para mirarla esbozando una sonrisa—. Tengo un trabajo para ti —anunció con expresión seria—. Me gustaría que colaboraras con el equipo que organiza las donaciones al banco de alimentos. Quiero que aprendas cómo funciona todo, y cuando seas un poco más mayor te pondré al frente del proyecto. Esa es la tarea que te reservo.

Heloise sonrió y volvió a abrazar a su padre. El hombre tenía otra idea.

—Y si quieres hacer más trabajo benéfico, puedes inscribirte como voluntaria en un albergue para familias necesitadas. ¡Pero no se te ocurra volver a traer a ningún mendigo al hotel!

—Te lo prometo, papá —dijo ella con tono solemne. Bruce también había subido a leerle la cartilla.

Hugues se había dado cuenta de que Heloise necesitaba hacer obras benéficas, y pensaba ayudarla en su propósito. Seguía sin dar crédito a lo que había hecho, asombrado por su inocencia y su bondad. Era una chica muy especial. Y él estaba muy orgulloso de ser su padre.

4

Entre los empleados corrió la noticia de lo que Heloise había hecho con Billy, el mendigo, aunque a ella nadie le habló del tema abiertamente. Empezó a trabajar en la cocina para ocuparse de las donaciones al banco de alimentos, y al cabo de unas semanas todo el mundo sabía lo de Billy y lo consideraba tanto una locura como una hazaña. Heloise nunca se cansaba de participar en el proyecto, ni siquiera cuando le tocaba cargar las cajas de comida en el camión que las transportaba. Además, su padre le consiguió empleo en un albergue para familias necesitadas de la ciudad dos días a la semana.

Cada vez que Heloise sacaba a pasear a Julius buscaba a Billy, pero el hombre había desaparecido de las calles. Esperaba que hubiera ingresado en un asilo. Se alegraba de haberlo llevado al hotel aquella noche, y se preguntaba esperanzada si algún día coincidiría con él en el comedor benéfico donde colaboraba puntualmente.

Dos semanas después, con cuatro bodas programadas para febrero, Sally Biend, la jefa de catering, se cayó de una escalera de mano en el salón y se rompió la pierna. Estaba echando un vistazo a la lámpara de araña para comprobar si hacía falta limpiarla antes de la boda que tendría lugar la semana siguiente. Todos se alegraron mucho de que no hubiera sufrido daños mayores.

Heloise fue a hacerle una visita al hospital. Era una de las personas que mejor le caían y siempre le dejaba colarse en las bodas. Su ayudante estaba de baja por maternidad y tuvieron que recurrir a una agencia para encontrar a una sustituta inmediatamente. Ninguna de las candidatas parecía estar a la altura del Vendôme, hasta que llegó la última, con aspecto angelical y excelentes referencias de un hotel de Boston. Era una bendición. Le hicieron un contrato temporal de tres meses, hasta que Sally pudiera reincorporarse, que esperaban que fuera antes de junio, puesto que durante ese mes tenían muchas bodas previstas.

Hilary Cartwright había sido jefa de catering en varios hoteles, antes incluso que en Boston, y daba la impresión de conocer bien su trabajo. Tenía más el aspecto de una modelo que el de las empleadas habituales del hotel, con el cabello liso y rubio, las piernas largas y unos enormes ojos azules. Además, contaba con excelentes referencias. Era atractiva, hablaba bien, salió airosa en la entrevista y decía que era perfectamente capaz de organizar las bodas que tenían previstas. Incluso le comentó al jefe de recursos humanos que a la larga esperaba obtener un contrato indefinido. De momento no había ninguna vacante pero costaba encontrar personal competente.

Heloise fue a echar un vistazo el día anterior a la primera boda que organizaba, y le confesó a la florista que Hilary le parecía muy guapa. Ella no hizo ningún comentario, algo poco habitual. La niña la estaba observando y se quedó de piedra cuando Jan, que solía ser agradable con la gente, se volvió con expresión tirante.

—La señorita Inocencia Cara de Ángel es una arpía redomada.

Heloise nunca la había oído decir una cosa así.

—¿En serio? —No daba crédito.

—No me dejará poner las flores hasta mañana. Ha quitado todo lo que yo había preparado y ha cerrado el salón con llave. Me ha dicho que los adornos eran patéticos, y le ha dado a entender a tu padre que cobro demasiado, que inflo las facturas, que es posible que lo esté engañando a él y a los clientes y que ella puede conseguir flores más bonitas y más baratas a través de una amiga. Tu padre me ha llamado la atención —dijo Jan con lágrimas en los ojos.

No había tenido un solo problema en los ocho años que llevaba en el Vendôme. Hasta la fecha. Gracias a Hilary Cartwright. Se echó a llorar y se sonó la nariz.

Heloise la abrazó y trató de consolarla.

—Mi padre debe de estar de mal humor. He visto que tenía un montón de facturas en el despacho, y eso siempre lo pone muy nervioso.

—No, se ha creído lo que le ha dicho Hilary —insistió Jan echándose a llorar de nuevo, a pesar de que era una de las floristas más reputadas de Nueva York y había ganado varios premios por su trabajo en el hotel.

Las cosas empeoraron al día siguiente. Hilary le montó un buen número a Jan antes de la boda. Empezó a gritar a los camareros y los obligó a poner de nuevo las mesas. Dirigía el salón con mano de hierro. Obtenía buenos resultados pero con un estilo agresivo y hostil que en el Vendôme no utilizaba nadie. Sally siempre era amable con todo el mundo y hacía aflorar lo mejor de las personas. Hilary en cambio era el mismísimo demonio, y a pesar de su aspecto dulce quienes trabajaban con ella acababan estresados y llorando. Nada de lo que hacía ni decía era dulce.

Sin embargo, cuando Hugues acudió a comprobar cómo iban las cosas Hilary se convirtió en un corderito y lo miró con sus inocentes ojos azules mientras las personas a las que había tratado tan mal la observaban boquiabiertas. Heloise nunca habría imaginado una cosa así de su padre, pero cayó de cabeza en la trampa y se derritió a sus pies. Heloise jamás había observado en él ese efecto y se escandalizó. Cuando abandonó el salón parecía que lo hubieran embrujado.

—¿Has visto eso? —le dijo a Jan—. Está completamente chiflado por ella, se cree todo lo que le dice. —Estaba horrorizada.

—Estos tres meses sin Sally se nos van a hacer muy largos —observó Jan con tristeza.

El director del hotel parecía estar enamorándose de la rubia de ojos azules con cara de ángel y modales de capitán de asalto.

Después de que Hugues saliera del salón, Hilary centró la atención en Heloise y le preguntó qué estaba haciendo allí.

—He venido a echar un vistazo —respondió ella en tono amable. Ese era su terreno, no el de Hilary, y no pensaba permitir que la expulsara por muy firme que se pusiera.

—Solo se permite la entrada a los invitados de la boda, ¿verdad? —repuso Hilary, lanzándole una clara indirecta a Heloise, que estrenaba un vestido para la ocasión.

Consistía en una falda de terciopelo verde oscuro y un cuerpo también de terciopelo, completado por un cuello de encaje blanco, medias blancas y unas bailarinas negras muy brillantes. Parecía sacada de un anuncio de ropa para niñas de su edad, pero era evidente que a la mujer no le gustaba su estilo. Le pidió que abandonara el salón antes de que empezara la boda, ante lo cual aquella se limitó a negarse y a alegar que había asistido a todas las bodas celebradas en el hotel desde que tenía seis años. Se hizo entonces una larga pausa, y Hilary asintió.

La joven había decidido no enfrentarse a Heloise de buenas a primeras. Permitió su discreta asistencia a la boda, pero no le quitaba el ojo de encima esperando que hiciera algo inoportuno. Cuando la vio pedirle una Coca-Cola a un camarero, ella ordenó de inmediato que no se la sirviera y le recordó que no figuraba en la lista de invitados. Sin embargo, la que estaba en su terreno era Heloise, y allí imperaban otras normas. La hija del dueño del hotel no representaba peligro alguno; todos la habían visto criarse en el Vendôme. Pero estaba claro que a Hilary no le caía bien; solo le interesaba Hugues.

—No puedes pedir bebidas —le dijo con firmeza—. Si deseas ver a la novia, de acuerdo, pero si lo que quieres es comer y beber, sube a tu apartamento. Y no bailes ni hables con los invitados.

Su tono era brusco y sus ojos, fríos como el hielo. Los otros empleados la observaban.

—Siempre hablo con los invitados —respondió la niña segura de sí misma, sin amilanarse. No pensaba permitir que una extraña la quitara de en medio; esa era su casa—. Estoy aquí en representación de mi padre —dijo con un tono que denotaba mayor coraje del que sentía. Hilary imponía mucho respeto.

—Y yo soy la responsable de esta boda. No te han invitado, y seguro que tu padre está de acuerdo conmigo.

Heloise tampoco tenía claro que Hugues discrepara en eso, así que no insistió. Sin embargo, dos camareros que habían oído la conversación entraron en la cocina y le dijeron al chef principal que se avecinaban problemas, que la nueva jefa de catering no había permitido que la hija del dueño pidiera una Coca-Cola.

—No durará mucho en ese plan —rió el cocinero, y alzó los ojos con aire de exasperación. Todos se mostraron de acuerdo en que Hilary no duraría ni tres meses allí si se portaba mal con Heloise; su padre no lo toleraría.

La boda transcurrió en perfecto orden. Heloise se quedó un buen rato y se marchó antes de que cortaran el pastel, algo poco habitual en ella. La cuestión era que se sentía incómoda después de lo que Hilary le había dicho y notaba que no le quitaba los ojos de encima ni un momento. Subió a su apartamento y vio una película, y más tarde, cuando la boda ya había terminado, bajó al despacho de su padre para saludarlo. Estuvo a punto de desmayarse cuando vio a Hilary allí sentada con su cara angelical, riéndose mientras Hugues servía sendas copas de champán. Nada menos que de Cristal, el mejor.

—¿Qué hace ella aquí? —soltó Heloise al tiempo que la joven se volvía a mirarla con aire victorioso.

—Estaba poniendo a Hilary al corriente de las siguientes bodas que van a celebrarse en el hotel —dijo él con tono tranquilo, aparentemente sin inmutarse.

Le parecía curioso que siempre que quería disfrutar de un momento de intimidad apareciera su hija. No sabía por qué, pero se palpaba la tensión entre ella y la nueva jefa de catering. La cosa no tenía pies ni cabeza. Había invitado a esta a tomar una copa en su despacho después de la boda. La chica había cumplido muy bien con su trabajo y le había dicho que deseaba hablar con él, y Hugues quiso que se sintiera cómoda. Además, era un bombón. No tenía nada de malo que tomaran una copa juntos.

—¿Por qué no subes al apartamento, Heloise? —propuso—. Llegaré puntual a la hora de cenar.

Era obvio que quería estar a solas con Hilary. La niña abandonó el despacho y subió al apartamento con aire molesto.

—Es muy posesiva contigo y con su territorio —comentó su subalterna con una inocente sonrisa, y él la miró con pesar y asintió.

—Ha sido el único amor de mi vida desde los cuatro años,

prácticamente desde que tiene uso de razón. Le gusta tenerme para ella sola.

El hombre sonrió con aire de disculpa.

—Dentro de pocos años te dejará —dijo Hilary con aire pensativo—. Y te quedarás solo. —Parecía que lo dijera por su bien—. No puedes permitir que gobierne tu vida, solo es una niña.

Y Hilary era una adulta hecha y derecha que había visto en el hotel una oportunidad de oro y pensaba sacarle el máximo provecho mientras durara. Le encantaría convertirse en la novia, o mejor, en la esposa del dueño del Vendôme. Llevaba años leyendo noticias sobre Hugues en las revistas de hotelería. Aquella vacante era su sueño, igual que él. Lo veía como una gran oportunidad a largo plazo y se lanzó a por ella en cuanto le ofrecieron el puesto. Había cumplido bien con su deber, y su plan consistía en seducir a Hugues Martin; no pensaba permitir que una repelente jovencita de doce años se interpusiera en su camino.

Entre los dos vaciaron media botella de champán, y luego él subió a su apartamento. Se sentía atraído por Hilary pero su sentido común le impedía liarse con una subordinada. La chica le tentaba muchísimo, y se dijo que tal vez, como era una empleada temporal, podrían salir juntos cuando dejara el hotel. Le gustaba de verdad; y ella se aprovechaba de eso y flirteaba con él.

Cuando llegó al apartamento Heloise estaba viendo una película con mala cara. Apenas habló durante la cena, y prácticamente todos los esfuerzos de Hugues para entablar conversación fueron vanos, hasta que por fin lo miró con lágrimas en los ojos.

—Esa mujer quiere pescarte, papá. Es una mentirosa, trata a todo el mundo fatal. Le ha gritado a Jan y la ha hecho llorar.

—Trabaja bien —repuso su padre en voz baja, defendiendo a Hilary—. Nunca se había celebrado una boda tan bonita en el hotel. Ha salido de maravilla. Lo controla todo a la perfección. Y no quiere pescarme —la tranquilizó. Más bien era al revés. Era él quien le iba detrás a ella—. No tienes de qué preocuparte, el único amor de mi vida eres tú. —Se le acercó y le dio un beso en la mejilla, y Heloise lo miró con aire cauteloso, deseando que siempre fuera así.

—Vale, lo siento —dijo, más calmada, y pasaron el resto de la cena charlando.

De todos modos, odiaba a aquella mujer con todas sus fuerzas. Notaba que iba detrás de Hugues, y por algún motivo le parecía una persona falsa, aunque no sabía decir por qué.

Durante las semanas siguientes Hilary fue haciéndose enemigos entre los empleados y dedicó todos sus esfuerzos a seducir a su jefe. Tenía un objetivo claro. Se dejaba caer de vez en cuando por su despacho, utilizaba cualquier excusa para hablar con él y constantemente le pedía consejo sobre cómo se hacían las cosas en el Vendôme. Era un poco agobiante, aunque a él no parecía importarle, más bien se sentía halagado, y Jennifer también lo notó. Todo el mundo se daba cuenta. Cuando la joven llevaba un mes en el hotel saltaba a la vista que su objetivo era conquistar al dueño, a poder ser para llevarlo al altar, pero como mínimo a la cama. Le pedía que supervisara todas las bodas, flirteaba con él sin vergüenza alguna, y a pesar de que Hugues conservaba la elegancia y la discreción todos notaban que la chica le atraía. Jennifer los descubrió una vez besándose en el despacho. Nunca lo había visto actuar de ese modo. Hilary no se desviaba de su objetivo por nada del mundo.

Jennifer se sentía incómoda con ella. Todas sus artimañas y sus tretas saltaban a la vista pero utilizaba argumentos tan convincentes y aparentaba tal inocencia que Hugues se estaba tragando el anzuelo, lo cual era muy impropio de él. Solía ser más despierto, pero Hilary actuaba con mucha astucia. Tenía veintisiete años, dieciocho menos que él, y a Jennifer le parecía una mujer peligrosa. Heloise tenía la misma impresión. Lo que notaban todos a excepción de Hugues era que la joven no se comportaba con sinceridad. Lo estaba manipulando como si fuera una marioneta.

Daba la impresión de que la chica lo tenía cada día más atado. Hugues parecía volverse completamente loco cada vez que ella entraba en la sala. La pequeña sentía una rabia enorme por ella y no paraba de quejarse de ella a Jan y a Jennifer. Quería proteger a su padre pero no sabía cómo hacerlo. Y entonces intervino el azar.

Cuando Hilary llevaba dos meses y medio en el hotel todos los empleados la odiaban, en cambio al jefe lo tenía en el bolsillo. Pero la providencia se puso de parte de Heloise. Estaba haciendo un trabajo de ciencias para el colegio y no había tenido tiempo de comer, así que cuando llegó a casa estaba muerta de hambre. En lugar de pedir que le subieran la comida al apartamento, como solía hacer, bajó a la cocina para prepararse algo. Entró en la despensa sin tener muy claro lo que le apetecía, y allí encontró a Hilary enroscada a uno de los ayudantes del chef como una serpiente, con la falda subida hasta la cintura y la mano de él entre las piernas de ella.

Heloise nunca había visto nada tan gráfico, pero captó de qué iba la cosa. Estaba demasiado sorprendida para pronunciar palabra mientras el chico empujaba a la joven contra la pared y trataba de subirse los pantalones de cuadros. Heloise no dijo nada, pero con una lucidez impresionante sacó el móvil y les hizo una foto. El ayudante del chef era italiano, atractivo a más no poder y tenía veinticuatro años. Incluso a ella le resultaba evidente lo que había estado a punto de ocurrir.

Salió de la despensa antes de que pudieran detenerla o quitarle el móvil. Estaba ya a media escalera cuando ellos salieron con aire avergonzado. Hilary intentaba aparentar dignidad pero solo conseguía poner cara de tonta, y el italiano sonreía. El personal de cocina en pleno sabía lo que llevaba ocurriendo desde hacía semanas siempre que la chica no estaba pendiente de Hugues. Eso solo lo hacía para divertirse mientras que lo del dueño del hotel era un plan a largo plazo, una inversión de futuro, tal como todo el mundo había deducido. Aquella mujer era una pieza de cuidado.

Heloise fue a toda velocidad al despacho de su padre, entró resollando, se plantó frente a su escritorio y lo miró.

—¿De dónde vienes? Parece que hayas corrido una maratón —dijo él con expresión sonriente.

Sin decir nada, Heloise buscó la foto de Hilary y el italiano en el móvil, la plantó en la mesa de su padre, delante de sus narices, y salió corriendo. Aquello servía para ilustrar el viejo dicho de que una imagen vale más que mil palabras.

Nadie supo nunca lo que ocurrió después, pero esa noche él le devolvió el teléfono a su hija sin pronunciar palabra. La fotografía de los dos jóvenes pillados in fraganti había desaparecido. Hugues no comentó nada con Jennifer ni ninguna otra persona sobre el tema. Al cabo de dos días volvió Sally. Todavía caminaba con la ayuda de una muleta pero estaba contenta de haber regresado, un poco antes de lo previsto. En cuanto a Hilary, se esfumó sin dejar rastro el día después de que Heloise le hiciera aquella foto. Nadie se atrevió a nombrarla, y el ayudante del chef fue lo bastante inteligente para no mencionar el episodio. Para él solo había sido un pasatiempo.

Hugues parecía un poco incómodo cuando el día posterior al incidente se encontró con Jennifer en su despacho. El episodio era una clara advertencia. Por suerte no se había liado del todo con la joven pero había estado a punto de hacerlo. Y ella lo tenía todo muy bien planeado; incluso el propio

Hugues lo había comprendido. No era la chica inocente que aparentaba. Por puro azar Heloise lo había salvado de un destino funesto.

—Supongo que nunca es demasiado pronto ni demasiado tarde para comenter estupideces —le dijo a Jennifer con una sonrisa avergonzada cuando ella le puso delante una taza de café.

—Ella hacía muy bien su trabajo —comentó esta en voz baja, y salió del despacho.

Todos estaban muy contentos de que Heloise hubiera calado a Hilary y la hubiera dejado en evidencia delante de su padre. Los había sacado de un buen apuro.

5

Heloise había cumplido diecisiete años y el Hotel Vendôme seguía siendo todo su mundo. Terminó el curso que correspondía al penúltimo de la educación secundaria y completó la primera etapa del bachillerato en el Liceo Francés, tras lo cual su padre le había buscado un trabajo para el verano. Ocupó un puesto en recepción, ataviada con un traje de chaqueta azul marino como las demás empleadas. También hacía suplencias en conserjería, y Hugues le había conseguido unas prácticas en un pequeño hotel muy tranquilo de Burdeos. Lo regentaba un viejo amigo de la escuela de hotelería y pensó que sería una gran experiencia para el verano. No esperaba que acabara dedicándose a la hotelería, y tampoco era ese el futuro que deseaba para ella, pero tenía ganas de que hiciera algo más que vagar por el Vendôme. Además, iba a pasar parte del mes de agosto en Saint Tropez con su madre y Greg. Hugues creía en la importancia de mantenerse ocupado. En otoño la chica tenía previsto solicitar plaza en la universidad, a ser posible en Barnard o en la Universidad de Nueva York para poder quedarse en la ciudad, y Hugues pensaba que estaría bien incluir la experiencia de los dos puestos de verano que habría cubierto en el Vendôme y en Burdeos. A Heloise también le pareció buena idea. Igual que su padre, no soportaba estar ociosa.

Con casi dieciocho años, la mayor novedad de su vida, dejando a un lado los cambios de su cuerpo, fue el descubrimiento de los chicos. Con algunos había mantenido relaciones sin importancia en la escuela, y la señora Van Damme le había presentado a su nieto Clayton a principios de ese año cuando el chico viajó desde Saint Paul para hacerle una visita. Se habían visto una vez con anterioridad, cuando los dos tenían trece años, pero no se recordaban. El joven había cursado los cuatro años de secundaria en un internado y acababa de graduarse en el momento en que Heloise empezó las prácticas en el hotel. Su abuela lo invitó a pasar unos días con ella en Nueva York y él estaba entusiasmado con la idea, y se prendó de Heloise. Fueron varias veces a cenar y al cine, y también a un concierto en Central Park. En otoño Clayton iba a ingresar en Yale. Heloise y él y lo pasaron muy bien juntos hasta que llegó el día en que ella debía marcharse a Francia. Su relación no iba en serio, y se dieron cuenta enseguida de que preferían ser solo amigos. Entre ellos no había química pero sí los cimientos de una sólida amistad. Él iba un año por delante en los estudios, y ambos se sentían inquietos ante la perspectiva de ingresar en la universidad y hablaban de ello. Era un chico muy agradable, y a su abuela le encantaba verlos juntos. Les tenía mucho cariño a los dos.

Heloise era muy guapa. Llevaba el cabello rojizo recogido en un moño siempre que trabajaba en la recepción, y a Clayton le encantaba provocarla y se dedicaba a pasearse por el vestíbulo cada vez que salía del hotel. Los otros empleados de la recepción le gastaban bromas al respecto, pero a Heloise no parecía importarle. Todo el mundo le preguntaba si era su novio, y ella decía que no.

Hugues acababa de cumplir cincuenta años y se pasaba el día trabajando, más incluso que antes. En las sienes le habían crecido algunas canas que salpicaban su pelo oscuro. Se sentía más orgulloso que nunca de Heloise. Estaba muy contento de que hubiera superado la primera etapa del bachillerato y de que al año siguiente fuera a obtener el título. Quería que pensara en los estudios universitarios, en lo que le apetecía hacer. Hacía tiempo que había renunciado al sueño de tenerla consigo en el Vendôme porque deseaba para ella algo mejor que eso, y la animaba a plantearse estudiar derecho, lo cual a ella no le llamaba nada la atención. Hugues creía que esa carrera le abriría muchas puertas mientras que el trabajo en el hotel le hipotecaría la vida. Lo único que no quería era que se fuera lejos porque la echaría demasiado de menos, y se lo decía sin reservas. De todos modos, Heloise tampoco quería marcharse. No tenía ningunas ganas de abandonar el mundo de algodones en el que vivía y jamás se había rebelado en contra de esa idea. Su vida seguía girando en torno al Vendôme.

Se puso muy contenta con la llegada de un estudiante que iba a hacer prácticas en recepción durante el verano. Era un chico inteligente y de buena familia que procedía de Milán, estudiaba hotelería en Europa y tenía previsto estar tres meses en el Vendôme. Al instante hubo química entre ellos, y solían coincidir en los turnos de recepción. Él se llamaba Roberto, tenía veintiún años, y Hugues se puso muy nervioso una noche en que los vio cuchicheando tras el mostrador. Al día siguiente se lo dijo a Jennifer, que era su mejor fuente de consejos parentales y de intuición femenina.

—No quiero que se líe con ese chico —le dijo descontento, y ella se echó a reír.

—Me parece que no pintas gran cosa en eso, o al menos la influencia te va a durar poco. Uno de estos días se enamorará perdidamente, y tú no podrás hacer nada excepto rezar por que sea un buen muchacho.

Sus dos hijos ya se habían casado y ella era abuela. Lo que más le preocupaba acerca de Hugues era que algún día Heloise encontraría al hombre de sus sueños y se marcharía, y a él se le partiría el corazón. Estaba muy pendiente de ella en su día a día, sobre todo porque Heloise apenas veía a su madre ni hablaba con ella y eso había fortalecido más de lo habitual el vínculo con su padre. Jennifer se daba cuenta de que los dos sufrirían cuando llegara el momento de cortar el cordón umbilical.

A Hugues empezaban a inquietarle los pretendientes.

—Me preocupa Roberto. Le romperá el corazón.

El chico era cuatro años mayor que Heloise, tenía más experiencia que ella y flirteaba con todas las recepcionistas. Heloise estaba loca por él y le confesó a Jennifer que lo encontraba guapo y sexy, lo cual era evidente.

—Dentro de unas semanas Heloise se marchará —le recordó la secretaria para tranquilizarlo—. Pero tarde o temprano tendrá novio, así que será mejor que te vayas acostumbrando —le advirtió.

—Ya lo sé, ya lo sé —dijo él, preocupado. Jennifer siempre lo enfrentaba con la realidad—. De momento, ve echándoles un vistazo de vez en cuando y ponme al día. Ese chico es un poco mayor para ella, y tiene demasiada labia para mi gusto.

Durante las semanas siguientes les quedó claro que Heloise estaba loca por Roberto, y parecía que él le correspondía. Pero no era tonto. Quería que Hugues quedara contento con él y no se le pasaba por la cabeza hacerlo enfadar jugando con su hija. Por eso actuó con cuidado y respeto. Algunas veces la invitaba a cenar, ella lo acompañaba de visita por la ciudad cuando tenían un día de fiesta, y en los ratos de descanso salían a pasear por el parque. Sin embargo, por lo que Hugues sabía, no se habían acostado juntos, y en su opinión la marcha de Heloise a Burdeos resultó providencial. No se habría fiado de que pasaran todo el verano juntos. Roberto era demasiado guapo y atractivo. Jennifer le contó que antes de marcharse Heloise le había confesado que era virgen. Había habido muchos besuqueos y toqueteos en la trastienda de la recepción, pero nada peligroso. Y cuando ella volviera de Saint Tropez a finales de agosto Roberto ya no estaría. Hugues se sentía aliviado.

Heloise se marchó a París el 1 de julio, y desde allí se trasladaría a Burdeos en tren. El amigo de Hugues que regentaba el *château* en el que la chica iba a trabajar le había prometido que estaría pendiente de ella. Su mujer y él tenían una hija de la misma edad. Heloise tenía previsto cubrir un puesto en la conserjería y colaborar en todos los trabajos que precisaran. Se trataba de un negocio familiar, pequeño y muy cuidado, y los clientes no solían pasar allí más de los días necesarios para visitar la región. La joven estaba muy emocionada con el viaje y el empleo, aunque cuando llegó se desilusionó un poco. El hotel era un lugar de paso y no había tanto trabajo como en el Vendôme, ubicado nada más y nada menos que en Nueva York. El Château de Bastagne era pequeño y tranquilo; sin embargo, le gustó conocer a la hija del matrimonio, que la acompañaba a hacer turismo por la zona y le presentó a sus amigos. Todas las personas a las que conoció se dedicaban a la viticultura, y ella aprendió mucho sobre el vino y el cultivo de la vid. Allí todo era ecológico, no se utilizaban sistemas de irrigación como se hacía en California. Uno de los propietarios de las viñas le explicó que las vides tenían que «sufrir» para producir un buen vino. Heloise siempre tenía un montón de cosas que explicarle a su padre cuando la llamaba, y él estaba encantado.

—Es interesante de cara a la solicitud de plaza en la universidad —observaba.

A Heloise le caían bien los jóvenes de su edad que había conocido en Burdeos. Sintió tener que marcharse a Saint Tropez cuando llegó el 1 de agosto, sobre todo porque nunca sabía qué esperar con respecto a su madre. Al dejar Burdeos tenía la impresión de haber hecho buenos amigos, y prometió que algún día volvería.

Su madre y Greg habían comprado una casa en Saint Tropez. Hacía más de un año que Heloise no veía a Miriam y no tenía claro cómo le sentaría la visita, aunque el sitio merecía la pena como destino turístico y le apetecía aprovechar para conocerlo.

Desde Burdeos cogió un avión hasta Niza, donde su madre había dispuesto que un helicóptero la llevara a Saint Tropez. Llegó a las diez de la noche, y Miriam fingió estar encantada con la visita y no paró de repetirle lo guapa que era, como si no la hubiera visto nunca. Los hermanastros de Heloise correteaban por la casa. Arielle tenía diez años y Joey, nueve, y se mostraban tan poco disciplinados como de costumbre mientras una niñera inglesa hacía vanos esfuerzos por controlarlos.

Cuando Miriam se presentó en la puerta llevaba un vestido de encaje transparente sin nada debajo, y a sus cuarenta y dos años seguía siendo igual de atractiva que siempre. En la casa había varios cantantes de rock famosos acompañados por mujeres de muy diversa índole. Greg la saludó con la mano sin dejar de tocar la batería, y Miriam, con una copa en la mano, la acompañó a su habitación, pero al abrir la puerta había una pareja haciendo el amor apasionadamente.

—¡Uy! ¡Aquí no es! —dijo con una risa ahogada—. Qué tonta. Tenemos tantas habitaciones que ya no sé de quién son. Me parece que la tuya es esta —añadió, abriendo la puerta contigua.

Era un dormitorio pequeño y agradable, decorado con encaje blanco y cintas azules, que tenía una cama con dosel. Dentro no había nadie. Heloise estaba aturdida, y en cuanto se quedó sola cerró la puerta. Miriam regresó junto a los invitados. Por lo visto se estaba preparando una noche desenfrenada. La casa era muy bonita, con vistas al mar y una piscina en la que los invitados se bañaban desnudos. Cuando Heloise bajó para unirse al grupo todos estaban bebiendo como cosacos y tomando drogas. Había un montón de cocaína a la vista, y unos se pasaban porros mientras otros se hacían rayas. Heloise se sentía incómoda allí y se negó a probar nada. Acabó por retirarse a su habitación, deseando poder volver a Burdeos con sus amigos. Miriam, Greg y sus invitados tenían un comportamiento muy desagradable que sobrepasaba el aguante de Heloise. El mundo en el que su madre vivía inmersa en Saint Tropez le parecía temible, pero se había propuesto probar a adaptarse ya que la veía muy poco y quería darle una oportunidad. Además, esperaba que las cosas tomaran un cariz más tranquilo.

Al día siguiente telefoneó a su padre. Él hacía dos años que no tenía vacaciones y le dijo que la envidiaba por poder pasar un mes en Saint Tropez, aunque tampoco era su destino favorito. La mayoría de los invitados de Miriam y Greg procedían de Inglaterra y pertenecían al mundo de la música, y parecía que sus principales diversiones eran el sexo y las drogas, cosa que Heloise no le contó a su padre. No quería incomodarlo. A la hora de comer todo el mundo estaba borracho otra vez.

Cuando Hugues le preguntó sobre ello por teléfono trató de aparentar normalidad y mostrarse tranquilo, y Heloise hizo lo propio para no preocuparlo. No quería que la apartara de su madre, ya que la veía poquísimo. Sin embargo, él era consciente de que Miriam no llevaba una vida sana.

—Es todo un poco raro —reconoció Heloise, pero no quiso decirle que todos, a excepción de los niños, se drogaban. La noche anterior había visto a su madre esnifar un raya de cocaína—. Esto parece jauja.

Esa era la persona en quien se había convertido Miriam; o tal vez en el fondo siempre hubiera sido así.

—¿Estás bien? No te han hecho nada, ¿verdad?

A Hugues no le apetecía que ninguno de los amigotes de Greg tratara de ponerle la mano encima a Heloise, aunque confiaba en que ella sabría mantenerlos a raya. De todos modos, le preocupaba que no hubiera nadie que la amparara. En el hotel estaba muy protegida ya que todos los empleados estaban pendientes de ella.

—Yo estoy bien. Es solo que aquí todo funciona según las costumbres roqueras.

Esa mañana había intentado hablar con Arielle y con Joey pero parecía que tampoco conectaba con ellos a pesar de sus esfuerzos. Sus vidas no tenían nada que ver con la de ella, pertenecían a mundos muy distintos. Heloise era una sosa en comparación con todos los que habitaban aquella casa.

—¿Se drogan? —Hugues parecía preocupado, no se fiaba un pelo de su ex mujer y su marido.

—No lo sé —mintió Heloise—. No te preocupes, es que hace rato que no los veo, y esto es muy diferente del ambiente de Burdeos.

Allí todo le había resultado muy fácil y divertido, más incluso de lo que imaginaba.

—Bueno, si te sientes a disgusto, vete. Dile a tu madre que en casa ha habido una emergencia y has tenido que volver. Puedes coger el avión en Niza.

—No te preocupes, papá. Soy mayor —lo tranquilizó—. Ya veremos qué tal va. Siempre puedo ir unos días a París antes de volver a casa.

Dos amigas de la escuela estaban pasando el verano allí con sus familiares.

—No quiero que vayas a París sola. A lo mejor en Saint Tropez mejoran las cosas, ten paciencia —dijo con buena voluntad, puesto que no tenía ni idea de lo que estaba ocurriendo alrededor de su hija y ella no quería explicárselo para no preocuparlo; y lo cierto era que se habría preocupado muchísimo.

Esa noche Heloise lo pasó peor que nunca. Todos estaban borrachos y esnifaban cocaína, y en las habitaciones tenían lugar escenas de sexo, incluida la cama redonda de Greg y su madre con otra pareja. Ellos mismos lo habían anunciado a los cuatro vientos antes de subir al dormitorio. Aquello era más de lo que la joven estaba dispuesta a soportar, más de lo que deseaba saber sobre su madre, y se sintió muy incómoda allí. Tenía la impresión de que aquello la sobrepasaba, aunque con ella no se metía nadie. Algunos amigos de Greg habían intentado un acercamiento pero se habían dado cuenta de que no le iba la marcha. Tampoco se llevaba bien con sus hermanastros, que estaban muy mimados y se comportaban fatal. Lo más triste era que estar allí hacía que se sintiera aún más lejos de su madre, quien le parecía una criatura de otro planeta. Miriam era bastante más inmadura que Heloise, y solo parecía importarle Greg. Incluso daba la impresión de haber perdido también el interés por sus otros hijos, a los que no prestaba ninguna atención.

Heloise pasó allí dos días más. Luego, sin decir nada, decidió poner fin a las vacaciones en Saint Tropez. Todo era demasiado raro, y no le servía para acercarse a su madre. Además, la sacaba de sus casillas ver que todo el mundo se drogaba; compadecía a sus hermanastros por tener que crecer en un ambiente así. La joven no avisó a su padre de que se marchaba, en parte para no preocuparlo y en parte porque no quería que la obligara a volver a casa. Prefería pasar antes unos días en París. Se excusó con su madre diciéndole que había surgido un imprevisto y tenía que volver a Nueva York, y Miriam no le puso pegas ni le preguntó por qué. Veía que su hija no era feliz allí, y tampoco a ella le resultaba muy cómodo tenerla cerca.

Se marchó a la semana siguiente, mientras todos dormían, y les dejó una nota de agradecimiento. Cogió un taxi hasta Niza que le costó doscientos dólares, y allí se embarcó en un avión. A las cuatro había llegado a París, y buscó alojamiento en un albergue juvenil situado en un antiguo convento de Le Marais, en el distrito cuarto. Para desplazarse hasta allí tomó un taxi. No era un lugar muy lujoso, pero estaba limpio y le pareció apropiado, con jóvenes llenos de vida que andaban con la mochila a la espalda. Entre ellos había algún estadounidense que la saludó al entrar. También había ingleses y australianos, unos cuantos italianos y dos japoneses. Heloise consiguió alojamiento en una habitación doble por poco dinero.

El dormitorio en cuestión tenía el tamaño de una caja de cerillas, pero se sentía tremendamente aliviada de estar allí. Habría hecho casi cualquier cosa con tal de alejarse de Saint Tropez. Su madre había vuelto a decepcionarla, pero ya se estaba acostumbrando. Además, le parecía maravilloso estar en París y poder descubrir la ciudad por sí misma. De niña la había visitado en una ocasión con su padre, pero esta vez quería ir a su aire: ver museos, sentarse en los cafés, comer en los pequeños *bistrots* y entrar en los hoteles que habían servido de inspiración a Hugues para fundar el Vendôme.

El primero de la lista fue el Ritz, en la Place Vendôme. Le habían advertido que, si quería que la dejaran entrar, no se le ocurriera presentarse en vaqueros, por lo que se vistió con unos sencillos pantalones negros y una blusa blanca, y se recogió el cabello pelirrojo en un moño que le daba un aspecto más adulto, tal como hacía en el hotel. La impresionó el elegante ambiente en el instante mismo en que cruzó la puerta: los grandes vestíbulos con espejos, los paneles de madera... Los botones eran de su misma edad y llevaban un

uniforme casi idéntico a los del Vendôme. Recorrió todo el
vestíbulo y echó un vistazo al elegante bar. Cada centímetro
del hotel destilaba belleza, desde las flores hasta las lámparas
de araña, y comprendió por qué su padre se había inspirado
en él para crear su propio hotel de estilo similar.

A continuación utilizó un plano para ir al Hôtel de Cri-
llon, otro establecimiento de lujo situado en la Place de la
Concorde. En una guía que había comprado leyó que la antigua guillotina estaba situada justo en la puerta del hotel. También era precioso. Luego fue a Le Meurice, otro de los grandes hoteles situado en la rue Royale, que durante la Segunda
Guerra Mundial había sido un cuartel general alemán.

Dejó para el día siguiente la visita al Plaza Athénée y al
George V, que ahora estaba abierto todo el año, y ambos
también la impresionaron por su elegancia y su belleza. Con
todo, el que le robó el corazón fue el Ritz, y regresó allí una
y otra vez. Tomaba el té en el jardín y el domingo comió en el
Salón César mientras intentaba adoptar ideas para el Vendôme.

Fotografió los arreglos florales del George V con el móvil
para poder enseñárselos a Jan. El florista estadounidense Jeff
Leatham había creado unos diseños de estilo completamente
novedoso, distintos de todo lo que Heloise había visto hasta
entonces, con largos tallos que sobresalían formando curio-
sas formas por encima de altos jarrones transparentes y que
transformaban una instalación en una completa obra de arte.
La joven quería imitarlo en el vestíbulo del Vendôme. Por primera vez tenía la impresión de estar actuando como la socia
de su padre, y se sintió más orgullosa que nunca de la joya en
que había transformado el hotel de Nueva York. París era la
meca de la industria hotelera, y Heloise visitó varios establecimientos más pequeños aunque también elegantes, como el
Saint James, en el distrito decimosexto, que combinaba el buen

gusto francés con la atmósfera de los clubes masculinos ingleses gracias a los retratos antiguos, los paneles de madera y los amplios sofás de cuero del bar.

Pasó una semana en París descubriendo todos los hoteles de los que había oído hablar y otros más pequeños de la Rive Gauche. Por las noches volvía al albergue y planificaba las visitas del día siguiente. Al cabo de unos días tuvo que cambiar de albergue porque había agotado los días de alojamiento permitidos, así que buscó otro cercano, también en Le Marais.

No se preocupó tanto de visitar los monumentos como los hoteles. Tomaba nota de lo que veía, y hacía fotografías siempre que había algo que pensaba que valía la pena imitar en el Vendôme.

Cuando por fin tuvo noticias de su padre, estaba molesto. Llevaba varios días tratando de localizarla en la casa de Saint Tropez pero nadie respondía al teléfono, hasta que por fin Miriam le dijo que hacía más de una semana que Heloise había regresado a Nueva York. Cuando intentó llamarla al móvil, tardó otros dos días en poder hablar con ella. Al final telefoneó a sus amigos de Burdeos, y la hija de la familia sabía que Heloise estaba en París porque la había llamado para saludarla y explicarle sus aventuras.

—¿Dónde te alojas? —preguntó, enfadado porque no le había avisado.

Heloise se había vuelto muy independiente ese verano, cosa que no le hacía ninguna gracia. La chica, sin embargo, estaba explorando el mundo, buscando su lugar en él, y no quería que su padre la obligara a volver a casa, así que se mantuvo incomunicada el mayor tiempo posible.

—Estoy en París, visitando todos los hoteles de los que he oído hablar, y me hospedo en un albergue muy agradable en Le Marais. Papá, casi se me saltan las lágrimas cuando veo esos hoteles, son preciosos. —Hablaba de ellos como si fueran santuarios—. El Ritz es el hotel más bonito que he visto en mi vida, después del Vendôme, claro.

Hugues, a pesar de lo afectado que estaba por la cantidad de días que había pasado sin tener noticias suyas, se echó a reír ante el comentario.

—Lo sé todo sobre esos hoteles. Estuve trabajando allí. ¿Por qué no me llamaste cuando te fuiste de Saint Tropez? ¿Qué ocurrió en casa de tu madre?

—No fue muy agradable —respondió ella sin concretar más. Su padre sabía que debía de haberlo pasado muy mal si se había marchado—. No quería que me pidieras que volviera a casa —dijo con sinceridad—. Me apetecía visitar París, sola, y me alegro mucho de haber venido.

Desde que estaba allí lo veía todo más claro, y había descubierto su vocación. Era algo que pensaba comentar con su padre cuando volviera a casa, pero no tenía ganas de hablarlo por teléfono.

—Bueno, pues te lo pido ahora. Coge un avión inmediatamente. No te quiero dando vueltas por París a tu aire, ya llevas demasiados días así.

Heloise se habría quedado toda la vida.

—Estoy bien, papá. ¿Puedo quedarme unos días más? No me apetece irme todavía.

Hugues refunfuñó pero por fin accedió a que lo hiciera a condición de que lo llamara dos veces al día.

—Vale, te lo prometo.

Su padre, en secreto, estaba impresionado por lo bien que se las había apañado sola. No cabía duda de que se había hecho mayor.

—Y no vayas en metro de noche. Pide un taxi. ¿Necesitas dinero?

—No, tengo suficiente.

A Hugues le sorprendió mucho descubrir lo independiente que se había vuelto. Se había marchado de casa de su madre, fuera cual fuese el motivo, había viajado hasta París y parecía estar pasándolo bien sola. Tenía muchas ganas de verla pero sabía que la experiencia le haría bien. Había estado trabajando en Burdeos, había decidido marcharse de Saint Tropez y estaba disfrutando en París. Estaba siendo un verano muy interesante, y Heloise estaba encantada. Le dio mil gracias a su padre por permitirle que se quedara y le prometió volver a casa al cabo de una semana. Al cabo de otra más iniciaría el último curso en el Liceo Francés, así que ese viaje encajaba a la perfección en el calendario, aunque a Hugues le hubiera pillado desprevenido.

Heloise regresó a Nueva York ocho días más tarde según lo prometido, tras varias visitas más al Ritz y una copa en el bar Hemingway durante su última noche en la ciudad. Había salido un par de veces con sus amigas de la escuela, y varios chicos habían intentado acercársele en bistrots y bares, pero ella había sabido mantenerlos a raya. Al salir del Ritz tomó un taxi hasta el albergue y a primera hora de la mañana se embarcó rumbo a Nueva York. El viaje a París había sido un éxito rotundo.

Durante el vuelo estuvo callada y pensativa, y cuando aterrizó se apresuró a llegar a la salida del aeropuerto. Había telefoneado a su padre desde París para decirle cuál era su vuelo y él la estaba esperando con el Rolls Royce y el chófer del hotel. Heloise se arrojó en sus brazos con una sonrisa de oreja a oreja y él la estrechó con fuerza, muy agradecido de tenerla en casa. La había echado de menos; mucho más de lo que le había confesado y estaba dispuesto a reconocer.

—Más te vale conseguir plaza en Barnard o en la Universidad de Nueva York —le advirtió durante el trayecto hacia el centro de la ciudad—. No pienso dejar que te marches lejos tanto tiempo otra vez.

Heloise estuvo unos minutos sin decir nada, asomada a la ventanilla en silencio, y por fin se volvió para mirarlo con una expresión seria y decidida que Hugues no había observado nunca en ella. Por primera vez tenía delante a una mujer en lugar de a una niña.

—No iré a la Universidad de Nueva York ni a Barnard, papá. Quiero solicitar plaza en la École Hôtelière de Lausana.

Lo dijo en voz baja. Era la misma escuela en la que Hugues se había formado, pero lo último que deseaba para su hija era que hiciera carrera en el mundo de la hotelería. Representaba demasiado sacrificio y tendría que renunciar a tener vida propia.

—He buscado en internet y tienen un plan de estudios de dos años en el que encajo bien. Uno de los dos cursos está destinado a hacer prácticas en el sector. Algún día me gustaría dirigir el hotel contigo, y tengo muchas ideas fantásticas que podríamos empezar a probar ya.

—Antes soñaba con que algún día dirigieras conmigo el Vendôme —confesó Hugues con tristeza—. Pero quiero algo mejor para ti. Con el hotel apenas tendrás vida privada, no te quedará tiempo para tu marido ni tus hijos. Mírame a mí, trabajo dieciocho horas al día. Deseo otra cosa para ti.

—Pero es lo que yo quiero y lo que más me gusta hacer —repuso Heloise de forma categórica, y miró fijamente a su padre con expresión decidida—. Quiero trabajar contigo, no dar vueltas por el hotel como hacía de niña. Y cuando seas mayor te sustituiré.

Había pensado en todo, y después de lo que había visto ese verano en Europa estaba completamente segura de a qué quería dedicar su futuro.

—Muchas gracias pero aún me quedan unos cuantos años por delante —replicó él, aunque estaba conmovido—. Insisto en que deseo para ti algo mejor que jornadas de dieciocho horas. Dices que quieres trabajar en el Vendôme porque es lo que has vivido siempre.

Para Heloise el hotel era el mundo conocido, pero Hugues quería que disfrutara de una vida mejor que la suya.

—No, lo digo porque he visitado todos los grandes establecimientos de París y me gusta mucho lo que has hecho en el Vendôme. Tal vez juntos podríamos incluso mejorarlo. Me encanta vivir y trabajar en él, esa es la única vida que siempre he querido.

Al oírla decir eso, Hugues se sintió sumamente culpable por no haberle buscado otras actividades para que saliera más a menudo. No quería que su vida de adulta transcurriera entre las paredes de un pequeño hotel del Upper East Side de Manhattan y pasó el resto del trayecto tratando de convencerla de que se equivocaba.

—¿Por qué insistes? —preguntó ella al final—. ¿Es que a ti no te gusta lo que haces, papá?

—Me encanta, pero no es lo que quiero para ti. Te deseo una vida mucho mejor.

Nada más decirlo reparó en que era exactamente el mismo discurso que sus padres habían utilizado con él treinta años atrás. Le estaba dando a su hija los mismos motivos que ellos le habían dado a él cuando querían que se hiciera banquero, médico o abogado. Habían intentado por todos los medios evitar que ingresara en la École Hôtelière, tal como él hacía con Heloise. De pronto se sumió en el silencio mientras la observaba y caía en la cuenta de que debía tomar sus propias decisiones, y si eso era lo que le gustaba y lo que quería hacer en la vida, él no tenía ningún derecho de interferir y disuadirla.

—No quiero que renuncies a tener vida propia por el hotel —dijo con tristeza—. Me gustaría que tuvieras hijos, que te casaras y llevaras una vida más agradable que la mía.

—¿Eres infeliz en el hotel? —preguntó Heloise mirándolo, y él negó con la cabeza.

—No, me encanta —respondió él con sinceridad.

A pesar de la opinión de sus padres, había encontrado temprano su lugar en el mundo.

—Entonces ¿por qué a mí no me dejas hacer lo que me gusta? Siempre me ha encantado estar en el hotel, no hay nada que pueda gustarme más que eso. Es lo que he aprendido de ti y lo que algún día querría inculcarles a mis hijos para que sigan con el negocio.

Hugues rió por lo bajo al oírla decir eso.

—Y seguramente ellos querrán ser médicos o abogados.

Heloise le sonrió.

—Bueno, yo lo que quiero es trabajar contigo hasta que los dos seamos mayores.

—Claro, pero de momento quieres dejarme y marcharte dos años a una escuela de Suiza —observó él con tristeza.

—Podrías ir a verme, y volveré a casa para las vacaciones, en Navidad y en verano.

—Más te vale —masculló él, rodeándola con el brazo.

A Heloise el viaje a París le había cambiado la vida, los dos eran conscientes de ello. Había pasado de la infancia a la juventud, y la vida de adulta que deseaba estaba al lado de su padre, dirigiendo el Hotel Vendôme.

—No tendría que haber dejado que pasaras el verano en Europa —masculló él de buen talante, mirándola y observando lo mucho que había madurado en dos meses. Tenía un aspecto estupendo y parecía muy segura de sí misma y del futuro que deseaba; más segura que nunca.

—Habría ocurrido de todos modos. No quiero estudiar en Barnard ni en Nueva York. Lo que quiero es ir a una escuela de hotelería. Estoy orgullosa de lo que hacemos aquí, y quiero aprender más para ayudarte.

—Muy bien —dijo él con un suspiro cuando se detenían frente al hotel. Se volvió hacia su hija con aire de resignación—. Muy bien, tú ganas. Bienvenida a casa.

Hugues salió del coche detrás de Heloise y juntos entraron en el vestíbulo mientras los botones, los recepcionistas y los conserjes acudían a saludar y a dar la bienvenida a la chica. Su padre se dio cuenta de que aquella niña había desaparecido para siempre, y quien había vuelto era la mujer en la que se había convertido. En algún lugar entre París, Burdeos y Saint Tropez, de la crisálida había nacido una mariposa.

6

Heloise empezó el último curso en el Liceo Francés más segura de sí misma que nunca. Tenía claro lo que quería hacer, y se había fijado objetivos definidos. En octubre envió la solicitud a la École Hôtelière de Lausana.

Le explicó lo que había hecho a la señora Van Damme, cuyo viejo perro, Julius, había muerto hacía varios años y ahora tenía una pequinesa blanca que se llamaba Maude. La señora Van Damme aprobó categóricamente la decisión de Heloise de estudiar hotelería, puesto que era lo que más le gustaba. Su nieto, Clayton, estaba en Yale y en el futuro quería especializarse en fotografía, cosa que la joven ya había descubierto aquel verano hablando con él, y su abuela también lo animaba a perseguir su sueño. Decía que a fin de cuentas eso era lo único que uno tenía, y si había un camino que merecía la pena seguir era el que convertía esos sueños en realidad. A Heloise le alegró tener noticias de Clayton aunque hacía meses que no se veían. Ella había estado muy ocupada todo el verano, y él disfrutaba de su primer año de universidad y apenas ponía los pies en Nueva York. Sin embargo, de vez en cuando la telefoneaba y le explicaba que Yale le gustaba pero que estaba pensando en trasladarse a Brown, donde podría estudiar fotografía.

La salud de la anciana señora se había debilitado durante el último año. Heloise estaba preocupada por ella y siempre se prometía a sí misma que la visitaría más a menudo, pero estaba ocupadísima con los estudios y, además, ese era el último año que pasaba en Nueva York si, tal como esperaba, conseguía ingresar en la École Hôtelière de Lausana.

Cerca del día de Acción de Gracias la señora Van Damme enfermó. Cogió un mal resfriado que derivó en bronquitis y acabó en neumonía. Hugues pasaba por su habitación a diario para ver cómo estaba, y también la joven acudía sin falta al salir de la escuela y le llevaba pequeños jarrones con flores que preparaba Jan. Su hijo viajó desde Boston para visitarla, y tras consultarlo con el médico que la trataba decidieron ingresarla en el hospital. La señora Van Damme abandonó el hotel en ambulancia. Heloise se despidió de ella con un beso y le prometió que cuidaría de la perra. Fue con su padre a verla y le llevaron un gran ramo de flores. Pero a medida que pasaban los días la anciana mostraba cada vez menos interés por las cosas y una noche de la semana anterior a Navidad murió sin hacer ruido. Tenía ochenta y nueve años y era lo más parecido a una abuela que Heloise había conocido, ya que los suyos habían muerto todos antes de que ella naciera. Sintió mucho la pérdida de aquella mujer que toda la vida le había mostrado su amabilidad y agradeció mucho que su hijo le permitiera quedarse con Maude.

Asistieron al funeral, que se celebró en Saint Thomas, junto con muchos de los empleados del hotel. Eran tantos que Hugues le pidió a Jennifer que alquilara una furgoneta para trasladarse hasta allí. Incluso Mike, el técnico, estuvo presente, ataviado con un traje negro, además de Ernesta, Bruce, Jan, varias camareras de pisos, el ascensorista, dos botones, Jennifer, Heloise y Hugues.

Heloise vio a Clayton y a sus padres, pero apenas tuvieron tiempo de saludarse cuando salieron de la iglesia. El chico parecía tan destrozado como ella por la pérdida. Al vivir en el hotel donde la anciana se alojaba, Heloise había tenido oportunidad de verla más a menudo y tal vez la conocía mejor que su propio nieto, que apenas iba a Nueva York y la visitaba poco. Para Hugues y su hija ese era un día muy triste y empañaba la perspectiva de las Navidades.

El Vendôme gozaba de plena ocupación en esa época, y Heloise ya había puesto en práctica algunas de las ideas que había observado en París. Jan trataba de decorar el vestíbulo con arreglos florales similares a los de Jeff Leatham para el Georges V con la ayuda de las fotografías que había hecho la joven. Y habían incluido en el menú muchas especialidades del Ritz. Los clientes empezaban a alabar la espectacular decoración floral y la estupenda comida. Hugues se sentía orgulloso de su hija, y ella estaba encantada. También aplicaba los conocimientos adquiridos en Burdeos a algunos vinos seleccionados de sus bodegas. Nada más regresar a Nueva York se había puesto manos a la obra para volver a organizar las donaciones al banco de alimentos, y una o dos veces por semana acudía al comedor benéfico y al albergue para familias necesitadas. Hugues estaba impresionado.

Con todo, el mejor momento de Heloise llegó en enero, cuando recibió la noticia de que la École Hôtelière de Lausana la había admitido para empezar en otoño. No había solicitado plaza en ningún otro centro, y cuando recibió la carta se puso contentísima. Era justo lo que quería hacer; era su sueño. Llamó a todas sus amigas de la escuela para explicárselo; ninguna sabía aún en qué universidad iba a estudiar, ya que las adjudicaciones tenían lugar en marzo. Ella, en cambio, lo tenía todo atado.

A partir de ese momento los meses pasaron volando, entre el día a día del hotel y los clientes importantes: vips, dignatarios extranjeros, actores famosos y políticos. Hugues consiguió por los pelos evitar una huelga del personal de cocina. Algunos empleados dejaron el trabajo, otros se jubilaron y hubo algunas incorporaciones nuevas. Heloise rara vez podía dejar lo que estaba haciendo para colarse en los banquetes de boda, y pasaba todos los fines de semana trabajando en la recepción para adquirir experiencia y práctica. Hugues observaba cómo llevaba a cabo sus tareas con un sentimiento agridulce, puesto que sabía que se marcharía al cabo de pocos meses, aunque en definitiva solo estaría fuera un par de años. Esperaba que eligiera el Hotel Vendôme para realizar las prácticas, pero Heloise no estaba segura de ello, ya que se planteaba la posibilidad de desarrollar su potencial en otro hotel, tal vez de Europa, antes de establecerse definitivamente allí.

A Hugues le entristecía que su hija se marchara a estudiar a Europa, y así se lo dijo a Jennifer. Sin embargo, ella consideraba que también a él le haría bien. Para ambos había llegado el momento de cortar el cordón umbilical, aunque sabía que les resultaría doloroso porque su relación era muy, muy estrecha.

Durante la primavera Heloise salió con algunos chicos de su clase pero no tuvo nada serio con ninguno. Toda su atención estaba centrada en el cambio de ciudad y el inicio de los estudios en Lausana. Solo pensaba en eso y no hablaba de otra cosa. Además, Hugues había previsto que viajaran juntos un mes por Europa antes de dejarla en la École Hôtelière. Serían sus primeras vacaciones de verdad desde hacía varios años. Jennifer lo tenía todo organizado. Pasarían unos días en el Hotel du Cap-Eden-Roc en Antibes, desde allí se trasladarían en coche hasta el Splendido de Portofino, cogerían un avión rumbo a Cerdeña y luego irían a Roma, volverían en coche hacia el norte para visitar Florencia y Venecia, y por fin llegarían a Lausana. Los dos esperaban ilusionados el momento.

Jennifer no podía alcanzar a imaginar lo solo que iba a sentirse Hugues cuando regresara. Ella había pasado por una situación parecida cuando sus hijos se marcharon a estudiar a la universidad, y le aconsejó sabiamente que se embarcara en algún proyecto nuevo de cara al otoño. Heloise apoyó la iniciativa y convenció a su padre de que reformara algunas de las habitaciones más grandes para darles un aire fresco y nuevo, sobre todo la suite presidencial y las del ático. El hotel tenía catorce años y era el momento de renovarlo. Siempre se habían hecho pequeños arreglos menores para mantener el establecimiento en buenas condiciones, pero la joven propuso que se cambiaran los colores, las telas y el estilo de las grandes suites. Todos convinieron en que para ello haría falta un interiorista, y Jennifer obtuvo una lista de profesionales del diseño. Eran cuatro, tres mujeres y un hombre, y Hugues estuvo de acuerdo en entrevistarlos cuando regresara a finales de agosto tras acompañar a su hija a Lausana. Tanto Jennifer como Heloise creían que era justo lo que el hombre necesitaba para mantenerse ocupado y distraído cuando ella no estuviera.

El viaje por Italia y Francia fue el más emocionante que Heloise había hecho jamás y lo pasaron de maravilla. Se alojaron en los mejores hoteles de cada localidad, comieron de fábula, se fijaron en los detalles y los puntos fuertes de todos los establecimientos y decidieron adoptar unos cuantos. Aquella escapada fue una estupenda oportunidad para ambos, y a Hugues lo invadió una profunda tristeza cuando llegaron a Lausana y se registraron en el Beau Rivage Palace, donde él había trabajado cuando era joven con un contrato de prácticas. Alojarse allí fue como viajar al pasado. Se acordó de sus padres, de lo enérgicamente que se habían opuesto a que estudiara en la reputada escuela en la que Heloise estaba a punto de ingresar. Por mucho que le entristeciera dejarla marchar, no pudo evitar sonreír al ver, a su pesar, lo feliz que se sentía ella, cuánto le emocionaba la perspectiva de empezar las clases y aprender todo cuanto pudiera antes de volver al hotel y trabajar con él. Era conmovedor.

La escuela era tan bonita como recordaba, con edificios modernos y espaciosos, pasillos despejados, árboles espléndidos y cuidadas extensiones de césped. Disponían de servicio de limpieza para los alumnos y teléfono en la gran mayoría de las habitaciones además de acceso a internet en toda la instalación. El funcionamiento era impecable. Incluso entregaban a cada alumno un ordenador que este debía devolver al marcharse.

Heloise tuvo que elegir dos de los dieciocho deportes que ofrecían, y se decidió por la natación y la danza contemporánea. Querían fomentar la salud del cuerpo y de la mente y esperaban que los alumnos trabajaran con ahínco.

Había una biblioteca excelente, una cocina muy novedosa y varios restaurantes dentro del campus que a los habitantes de la ciudad les gustaba frecuentar. Ofrecían clases de enología para adquirir conocimientos sobre vinos a las que la joven decidió asistir debido al interés que le había despertado el tema en Burdeos. También había dos bares regentados por estudiantes que todas las noches se llenaban a rebosar.

Heloise se matriculó en dirección hotelera, donde las clases eran en inglés y en francés. Cincuenta alumnos cursarían esta especialidad, y otros ciento treinta estudiaban la carrera, entre los que se contaban ochenta y cinco nacionalidades con hombres y mujeres a partes iguales. Ni Hugues ni la propia Heloise se cuestionaban que allí se lo pasaría muy bien y aprendería todo lo que necesitaba saber. Aun así, al hombre se le rompía el corazón al tener que separarse de ella.

El fresco otoñal ya se respiraba en el ambiente de finales de agosto y los bosques y las montañas que rodeaban la escuela estaban preciosos. A Hugues le recordaban mucho a su juventud. También había llevado a Heloise a Ginebra un día. La ciudad estaba a solo una hora del campus, y allí le mostró dónde vivía con sus padres cuando era niño. Ese viaje era para él una especie de reencuentro consigo mismo.

Cuando dejó a su hija en su estudio los dos se echaron a llorar. La chica parecía tan triste como lo estaba él el día en que se había marchado de casa, pero al cabo de una hora se encontraba deshaciendo la maleta, y un numeroso grupo de jóvenes la invitó a salir a cenar con ellos, de modo que esa misma noche ya tenía media docena de nuevos amigos. Hugues estaba en el avión de vuelta a Nueva York, mirando por la ventanilla y preguntándose qué iba a hacer sin ella. En cuanto llegó a su apartamento y vio a la perra aún la echó más de menos. La pequinesa lo miraba con aire expectante, como si se preguntara dónde estaba Heloise. Deshizo la maleta por la noche, y a las seis de la mañana bajó al despacho. Cuando Jennifer entró a las ocho se sorprendió de verlo allí con una pila de trabajo terminado sobre la mesa.

—¿Qué haces aquí a estas horas? ¿Tienes *jet lag*? —preguntó mientras le servía una taza de café y la dejaba sobre su escritorio.

—Puede ser —admitió él—. El apartamento está tan silencioso sin Heloise que no podía soportarlo, y como estaba despierto he bajado a trabajar.

—¿Te acuerdas de lo que le prometimos que haríamos hoy? —le dijo con tono maternal.

Hugues sufría el síndrome del nido vacío. Tal como todo el mundo preveía, le costaba mucho dejar a su única hija en una escuela a casi cinco mil kilómetros de distancia después de haberle hecho de padre y de madre.

—¿Qué le prometimos?

Al parecer no lo recordaba.

—Elegir a un interiorista para que puedas empezar a renovar las suites de las plantas novena y décima.

Jennifer sacó de nuevo la lista de los interioristas seleccionados y él la miró con cara de aburrimiento.

—¿De verdad tengo que hacerlo? No tengo tiempo de pensar en eso. El comité amenaza con convocar una huelga.

—Por eso necesitas un profesional, para poder ocuparte de cosas como esa.

—Ya elegiré las telas con Heloise cuando vuelva a casa. Después de esperar tanto no vendrá de unos meses.

Hugues intentaba eludir la cuestión.

—Sí, sí que viene de unos meses. Se lo prometiste a tu hija, y yo le prometí que me encargaría de que escogieras a un interiorista y empezaras las reformas antes de que volviera.

Él refunfuñó, pero echó un vistazo a las fotografías de apartamentos y hoteles que su secretaria le tendía. Una imagen era demasiado moderna y austera; las habitaciones que había decorado el hombre estaban recargadas en exceso. Los cuatro interioristas eran los que gozaban de mejor reputación en Nueva York. Los trabajos de las otras dos mujeres parecían más acorde con el estilo del hotel, eran elegantes y sofisticados sin resultar exagerados.

—¿Las convoco a las dos a una entrevista para ver cuál te gusta más? Después puedes pedirles que entreguen un proyecto de las suites, y un presupuesto aproximado.

—Bueno —respondió Hugues con tono de impaciencia, pero Jennifer no se inmutó.

Heloise y ella habían decidido seguir adelante tanto si a él le apetecía como si no. Y de momento no le apetecía. Lo último que deseaba era tener un decorador que lo persiguiera agitando ante sus narices muestrarios y cartas de color. El proyecto en conjunto le resultaba una lata, pero era necesario llevarlo a cabo para renovar y modernizar el Vendôme.

Jennifer salió del despacho con las fotografías y Hugues se concentró de nuevo en el trabajo y olvidó el plan de decoración. Esa tarde recibió un mensaje de texto de Heloise en el que le decía que las clases eran tan seguidas que no tenía tiempo de hablar, pero que todo era fantástico. El evidente entusiasmo que denotaba el mensaje aún lo deprimió más, aunque era consciente de que su preocupación era irracional. ¿Y si su hija encontraba trabajo en otro hotel, como el Ritz, y no volvía? Se torturaba con mil temores. La echaba muchísimo de menos.

Pasó varios días de mal humor, y le extrañó que una semana después Jennifer le anunciara que había concertado entrevistas con las dos interioristas para esa tarde, una detrás de la otra.

—No tengo tiempo —gruñó, cosa impropia de él.

Se mostraba brusco con ella y con todo el mundo desde que su hija se había marchado. Lo estaba pasando mal. Jennifer lo comprendía, ya que había padecido lo mismo cuando sus dos hijos se fueron a estudiar a la universidad con un año de diferencia. El trabajo la había mantenido ocupada y había atenuado el sufrimiento, por lo que tenía la responsabilidad moral de ayudar a Hugues a superarlo. Era un buen jefe y con los años se había convertido en un buen amigo, y se alegraba de poder ayudarlo si conseguía que se acostumbrara al hecho de que Heloise estuviera estudiando en Suiza. El plan de decoración que había trazado con su hija parecía la mejor manera de intentarlo por el momento.

A pesar de las muchas quejas y protestas, al final Hugues se presentó en el despacho cinco minutos antes de la hora en que se había convocado la primera entrevista. Lanzó una mirada furibunda a su secretaria, que le había concertado a la fuerza las dos citas.

—No me mires así —dijo ella sonriéndole—. Las suites de la novena y la décima planta serán aún más bonitas con la nueva decoración y podrás cobrar más por el alojamiento. Además, si no las renuevas, Heloise nos matará a los dos cuando vuelva.

—Ya lo sé, ya lo sé —respondió él con aspecto de estar agotado, y al cabo de diez minutos llegó la primera interiorista.

Contaba con excelentes referencias. Había decorado algunas de las casas más importantes de Nueva York, un hotel en San Francisco, dos en Chicago y otro en Nueva York, todos de un tamaño y una atmósfera similar al Vendôme. Hugues estuvo comentando el proyecto con ella unos minutos y se sumió en el aburrimiento de forma instantánea. La mujer hablaba de forma soporífera de tejidos, texturas, revestimientos para las ventanas y tonos de pintura. Su edad rondaba los sesenta años, contaba con un numeroso equipo y podría haber hecho el trabajo sin dificultades, pero lo que decía no le despertaba el más mínimo interés. La interiorista pidió a Jennifer que la acompañara a ver las cuatro suites y cuando regresó dijo que nada de lo que había le servía. Todo estaba obsoleto y pasado de moda. Quería dar a las suites un aire completamente nuevo. Hugues encontró exagerada su postura, y sospechó que el presupuesto también lo sería. Le pidió una cifra aproximada, consciente de que las telas y los muebles que eligiera la harían variar; aun así quería saber entre qué cantidades oscilaba, y a continuación le dijo que ya la avisaría. Sin embargo, nada de lo ocurrido durante la entrevista lo impulsaba a darle el proyecto. Cuando Jennifer volvió a entrar lo vio con cara de aburrimiento.

—Tengo la impresión de que podría acabar costándote una fortuna —comentó esta, y Hugues se mostró de acuerdo.

—Me canso solo de escucharla. Si la decoración es tan sosa como ella, las suites quedarán peor de lo que están.

En realidad las suites no tenían mal aspecto. Jennifer estaba de acuerdo con él, y al cabo de veinte minutos hizo pasar a la segunda interiorista. Era más joven que la primera, parecía callada y prudente y llevaba un maletín con esbozos, muestras y propuestas para enseñarle. Había echado un vistazo a las suites en internet y tenía varias ideas interesantes que, para su gran sorpresa, a Hugues le gustaron. El proyecto rebosaba vida y energía.

Se llamaba Natalie Peterson, y se la conocía sobre todo por su trabajo en casas importantes de Southampton y Palm Beach, así como algunas de Nueva York. También se había encargado de decorar un pequeño y elegante hotel en Washington D.C. Tenía treinta y nueve años, así que su lista de méritos no era tan larga como la de la primera candidata, pero había ganado varios premios de diseño. Impresionaban su forma de presentar y realizar los trabajos, y a Hugues le gustó su entusiasmo. Transmitía vitalidad y aliento, y le brillaban los ojos.

—¿Qué es lo que le ha hecho plantearse este proyecto? —le cuestionó, cosa que a Hugues le pareció interesante—. ¿Qué motivo hay detrás? Mantener el hotel a la última moda, aumentar su fama, poder poner un precio más elevado a las suites...

—Hacer feliz a mi hija, porque es ella la que quiere que lo haga, y si no empiezo antes de que vuelva en Navidad, me cortará la cabeza.

Natalie se echó a reír ante la sincera respuesta, y le sonrió desde el otro lado del escritorio.

—Parece que la jovencita tiene una gran influencia sobre su padre —comentó con acierto.

—Ya lo creo. Ha sido el único amor de mi vida desde que tenía cuatro años.

Esas palabras hicieron que Natalie se preguntara si era viudo o divorciado.

—¿Está estudiando fuera?

Hugues asintió con aire orgulloso.

—En la École Hôtelière, la escuela de hotelería de Lausana. Hace solo una semana que ha empezado. A mí no me hacía gracia, aunque también estudié allí.

—¿No le gusta esa escuela? —preguntó la mujer con interés. Sentía curiosidad por Hugues. Le parecía un hombre serio y un triunfador, y era obvio que se desvivía por su hija.

—No me gusta que esté tan lejos. Y no quiero que se dedique a la hotelería, pero ella está decidida a hacerlo. Pasarán dos años enteros antes de que pueda tenerla de nuevo en casa, a menos que haga las prácticas en el Vendôme. No veo el momento de que vuelva —dijo con sinceridad y una expresión nostálgica que conmovió a Natalie.

Parecía muy vulnerable al hablar de ello. La interiorista había buscado información sobre él, sabía lo que le había ocurrido y que acababa de cumplir cincuenta y dos años, aunque parecía más joven y estaba en muy buena forma física.

—¿Usted tiene hijos? —le preguntó, y ella sonrió.

—No, no. No me he casado. He estado demasiado ocupada montando el estudio y ahora me parece un poco tarde. No quiero tener que quedarme en casa porque los niños están enfermos o enfrentarme a crisis de adolescencia en lugar de ocuparme de mis proyectos. —Hugues se echó a reír ante lo que decía. Parecía una persona en paz consigo misma—. Creo que su hija es una persona lo bastante valiosa para hacerla feliz. ¿Por qué no empiezo a trabajar en una de las suites y luego vemos qué tal va? Incluso podría estar terminada antes de que ella vuelva por Navidad si conseguimos que nos entreguen las telas en un plazo razonable. Además, me gustan mucho los muebles que tiene y podría incorporarlos en la reforma.

A él le encantó oír eso. La propuesta resultaba mucho más económica que la de la otra interiorista, que quería deshacerse de todo. En las habitaciones había piezas bonitas, solo hacía falta renovarlas un poco y darles un toque diferente, y le agradaba la forma de pensar de esa mujer. También le gustaba la idea de que empezara por decorar una suite en lugar de lanzarse a por las cuatro a la vez. A pesar de que ya tenía un nombre, dado que era bastante más joven que la otra decoradora estaba dispuesta a ajustar las tarifas y el precio final, y disponía de más tiempo aunque su equipo era mucho menos numeroso y hacía casi todo el trabajo ella misma. Le explicó que solo contaba con dos colaboradoras y un ayudante de diseño, y por esa razón los gastos generales eran bajos. La primera interiorista dirigía un despacho de doce personas y tenía tres jóvenes diseñadores trabajando para ella, además de un experto en cromatismo. Cuando Hugues le hizo preguntas al respecto, Natalie explicó que se ocupaba ella misma de elegir los colores, y por el momento los clientes estaban contentos. Él había oído comentarios positivos del hotel que había reformado en Washington y le pidió un presupuesto de la primera suite por si se decidía a encargársela. Ella le prometió que lo tendría sobre la mesa al cabo de una semana. Parecía estar ávida por ocuparse del proyecto, cosa que a Hugues también le gustó. Era práctica y realista y no se daba aires de grandeza. Ella se levantó, le agradeció la entrevista y le dijo que no quería robarle más tiempo. Ya habían acordado que Jennifer le enseñaría la suite antes de que se marchara.

—Intentaré hacerle llegar el presupuesto esta semana. Y si decide que me ocupe yo del proyecto, ahora dispongo de tiempo, ya que tengo otro cliente que todavía está acabando de construir su casa. Como en este caso no se tienen que hacer obras, podríamos empezar de forma bastante inmediata. De todos modos, si alguna vez se plantea retocar la estructura, trabajo con un arquitecto muy bueno.

Hugues había disfrutado durante la entrevista y sonreía en el momento de estrecharle la mano y acompañarla a la puerta. Jennifer la estaba esperando para llevarla arriba, y al cabo de veinte minutos regresó con aire satisfecho.

—Me cae bien —dijo sin esperar a que él le preguntara—. Parece sensata y vital, y es joven.

Tenía edad suficiente para gozar de cierta experiencia pero a la vez era lo bastante joven para mostrarse flexible y no albergar ideas demasiado rígidas.

—A mí también —reconoció Hugues—. Creo que a Heloise le gustaría todo lo que ha dicho y le encantaría trabajar con ella. Además, quiere conservar los muebles y eso supone un ahorro importante.

—¿Le encargarás el proyecto?

Jennifer se alegraba de ver que su jefe volvía a sonreír y estaba de mejor humor. Le emocionaba embarcarse en una cosa que haría feliz a su hija cuando volviera a casa.

—Todavía no. Ha dicho que esta semana me enviaría un presupuesto aproximado. De todas formas, ha venido muy bien preparada.

Le había causado una buena impresión.

Natalie, fiel a su palabra, le envió el presupuesto al cabo de tres días. El precio por realizar el proyecto y supervisar el trabajo era razonable, y todavía podía resultar más económico si aceptaba su sugerencia de aprovechar los pintores que el hotel tenía en plantilla.

—¿Qué te parece? —le preguntó Jennifer después de verlo, y Hugues sonrió otra vez.

—Si lo mantiene, me parece fantástico.

Estaba a punto de pedirle a Jennifer que la llamara, pero decidió hacerlo él mismo. Natalie no tardó en responder al teléfono. Parecía una persona optimista y feliz, cosa que a Hugues también le gustó.

—Trato hecho —se limitó a decirle—. Creo que el importe es razonable. ¿Cuándo puede empezar?

—¿Qué le parece la semana que viene? —Tendría que espabilarse para acabar el trabajo pendiente, pero quería darle una buena impresión para que le encargara la reforma de las otras suites—. Nos pondremos con ello enseguida. Esta misma semana haré propuestas de telas y colores.

Ella sugería pintar el dormitorio de amarillo pálido y la zona de estar en cálidos tonos de beige y marrón topo, si a Hugues le parecía bien. Él estuvo de acuerdo, y Natalie le propuso reunirse el lunes por la mañana, a menos que dispusiera de tiempo durante el fin de semana.

—Yo ya no tengo fines de semana —explicó él, sobre todo desde que Heloise no estaba.

Antes de vez en cuando se tomaba un poco de tiempo libre para hacer algo juntos, pero ahora trabajaba los siete días de la semana. En el hotel siempre tenía quehaceres.

—Pues yo tampoco —se limitó a responder Natalie—. Esa es la ventaja de no tener hijos. —Ni marido, estuvo a punto de añadir, pero se contuvo. No se había casado pero había vivido con un hombre durante casi ocho años, hasta hacía tres, cuando él se fugó con su mejor amiga. Desde entonces no había hecho más que trabajar, y no lo lamentaba. Había tenido unos años de apogeo laboral y consideraba que poder decorar aunque solo fuera una suite del destacado Hotel Vendôme supondría un golpe maestro—. ¿Qué tal el domingo por la tarde? Lo único que pido es que no sea muy tarde. Me gustaría enseñarle las muestras en la suite mientras todavía hay luz. Los colores también tendrán que quedar bien con iluminación artificial y no resultar apagados, pero se hará una idea más precisa de la gama si antes las ve a la luz del día.

Se comportaba de un modo muy profesional.

—¿Por qué no viene a comer? Tenemos un menú que está

muy bien, sobre todo desde que mi hija hizo algunos cambios. Después podríamos subir a la suite a ver las telas.

Él lo consideraba una propuesta adecuada, y lo pasaba bien hablando con Natalie. Además, el ritmo de trabajo de los domingos nunca era tan frenético como el del resto de la semana.

—Me parece estupendo. Muchas gracias. ¿A qué hora?

—La esperaré abajo a las once. No quiero robarle toda la tarde —dijo Hugues con simpatía.

—Gracias otra vez.

Los dos colgaron el teléfono, tras lo cual Natalie soltó un grito de alegría y comunicó la buena noticia a sus colaboradores.

—¡El trabajo es nuestro! —exclamó, y todos se hicieron eco de su regocijo—. Tendremos que espabilarnos y hacerlo rápido. Me interesa mucho que nos encarguen la reforma de las otras tres suites. Quién sabe si luego vendrá la suite presidencial, así que más vale que no nos durmamos con esto. Es necesario enseñarle telas que podamos conseguir enseguida. Nada de pedidos de géneros raros que tardan catorce semanas, ni de restos de serie ni de tejidos que tengan que fabricarse expresamente.

—Entendido —dijo Pam, su mano derecha, y Natalie comentó que durante los siguientes dos días saldría a ver telas.

También había pensado en buscar algún cuadro nuevo para las habitaciones sin salirse del presupuesto. Por suerte tenía recursos para conseguir obras de arte, y pidió a Ingrid, otra colaboradora, que se encargara de ello. Cuantas más cosas pudiera mostrarle a Hugues el domingo, mejor. Quería empezar con la reforma de inmediato.

El resto de la semana fue de locos. Tenían varios trabajos más entre manos, y encargó a Jim, el ayudante de diseño, que parara los golpes mientras salía a buscar telas e ideas para el Vendôme.

Cuando Natalie llegó al hotel a las once en punto de la mañana del domingo llevaba dos enormes bolsas de lona llenas de muestras de tejidos y de planchas con mezclas de pintura que había realizado para Hugues. Él salió de su despacho y le propuso que las dejara en recepción de camino al comedor. Un botones le cogió las dos bolsas. Natalie iba vestida con una chaqueta de Chanel y unos vaqueros, y calzaba unos sensuales zapatos de tacón alto. Sin embargo, toda su persona destilaba moderación y elegancia. Llevaba el largo cabello rubio recogido hacia atrás, al estilo de Grace Kelly cuando era joven. Hugues se fijó en su collar y sus pendientes de perlas. No había nada en ella que resultara demasiado llamativo, la rodeaba una aureola de profesionalidad y buen gusto. Lucía un bolso también de estilo Grace Kelly en un neutral tono castaño con un fular de Hermès anudado en el asa. A Hugues le agradó entrar con ella en el restaurante, y ella alabó la bonita decoración de la sala, que resultaba apropiada y era a la vez acogedora y elegante. Hacía tiempo que el local se había convertido en uno de los más populares de la ciudad, famoso por la comida de calidad, los buenos vinos y la atmósfera distinguida pero informal.

Durante la comida, que Natalie calificó de excelente, hablaron de trabajo y de viajes. Ella explicó que había vivido en Londres cuatro años, y luego regresó a Nueva York.

—¿Echa de menos vivir en Europa? —le preguntó a Hugues—. El hombre seguía teniendo un aire muy europeo tanto por sus ademanes como por su forma de vestir, y no cabía duda de que el estilo y el funcionamiento del hotel recordaban a los del viejo continente. Esa era una de las cosas que más valoraban los huéspedes.

—En realidad no. Me siento cómodo aquí. Llevo casi veinte años viviendo en Nueva York. Solo espero que mi hija no decida quedarse en Europa después de estudiar en Lausana.

—Lo dudo, le costaría mucho renunciar a todo esto, y a un padre que la quiere tanto. Seguro que cuando acabe los estudios querrá volver.

Natalie le dirigió una cálida sonrisa.

—Nunca se sabe. Solo tiene diecinueve años, y estoy convencido de que con esa edad lo pasa bien allí.

Heloise tenía muchas ganas de ir a esquiar a los Alpes, se lo había explicado en un correo electrónico.

Natalie le transmitió algunas de las ideas que tenía para las habitaciones, y estaba impaciente por mostrarle lo que había llevado. En cuanto terminaron de comer fue a buscar las bolsas a la recepción, y Hugues cogió la llave y subieron a la suite. A Natalie le gustó lo que vio. Era más agradable incluso de lo que recordaba, y su primera propuesta fue cambiar algunos muebles de sitio para que pareciera más espaciosa. Trasladó uno a la zona del dormitorio y sugirió poner lámparas nuevas. A Hugues nunca le habían entusiasmado las que había, así que estuvo de acuerdo. Entonces Natalie colocó las muestras de pintura en la pared y extendió las telas por grupos mientras explicaba cómo las combinaría.

Con solo echar un vistazo a lo que había elegido, la habitación cobraba vida. Había marrones cálidos, grises intermedios, un marfil y pálidos azules grisáceos. Todo combinaba de forma muy armoniosa, y poco a poco fueron descartando las telas que a Hugues le gustaban menos. Natalie propuso que cambiaran la alfombra, y a él le pareció bien, y también le complacieron sus ideas para vestir las ventanas. Los dos se fijaron enseguida en el color más apropiado para la pared. Además, iba a resaltar algunas molduras de la zona de estar en marrón topo. A Hugues le encantaron su propuesta y el modo de presentarla.

Natalie colocó todo lo seleccionado dentro de una bolsa y dejó lo que habían descartado apilado en el sofá. Luego entraron en el dormitorio y repitieron la operación. Los tonos amarillos que la interiorista había elegido quedaban perfectos. En menos de dos horas habían tomado todas las decisiones importantes, y Natalie se comprometió a encargar todo el material durante la semana siguiente. Luego se sentaron en la zona de estar y le mostró a Hugues fotografías de los cuadros que le gustaban. Él eligió dos de inmediato, y le impresionó su módico precio. Natalie le pareció una gran profesional en su área.

A las tres en punto regresaron al vestíbulo, y los dos estaban muy satisfechos de lo que habían conseguido hacer en tan poco tiempo. Una de las bolsas contenía todas las muestras del material que hacía falta encargar y en la otra estaba todo lo que Hugues había rechazado, entre lo cual se encontraban cosas que también le habían gustado, pero no tanto como las otras. Natalie le había ofrecido buenas opciones, y Hugues estaba satisfecho con el precio de las telas que había elegido. La interiorista había evitado los géneros más caros, como los brocados y los terciopelos, y se había limitado a proponer telas resistentes que aguantarían bien el uso diario.

—Estoy muy contento —dijo, y le sonrió—. Ha hecho que todo fuera muy ameno. Ojalá mi hija estuviera aquí.

—Pero cuando vuelva a casa la dejaremos boquiabierta con la magnífica renovación de la suite —prometió Natalie, que no veía el momento de empezar.

También quería que él quedara boquiabierto, ya que era quien pagaba.

Hugues volvió a darle las gracias y la acompañó hasta la salida. El portero avisó a un taxi y cargó en él las bolsas mientras Natalie le estrechaba la mano con una sonrisa.

—Gracias por la comida, y por una tarde tan estupenda —dijo con amabilidad.

—Gracias por el fantástico proyecto de la suite.

Le devolvió la sonrisa mientras subía al taxi, y la despidió con la mano cuando este se alejó. Luego entró en el hotel con paso ligero y expresión feliz. Era la primera vez que se divertía tanto desde que Heloise estaba en Lausana. El conserje lo saludó con la cabeza cuando se cruzó con él a la vez que se preguntaba quién sería esa mujer tan guapa. Hacía años que no veía a Hugues tan plácido y relajado.

7

El miércoles siguiente Natalie lo tenía todo encargado: las telas, la pintura, las molduras y los dos cuadros que Hugues había elegido, y también había encontrado unas lámparas y unos apliques perfectos para el dormitorio. El jueves se acercó al hotel para enseñarle muestras de las alfombras, y a él le impresionó todo lo que había conseguido hacer. No le explicó nada a Heloise cuando habló con ella por teléfono, prefería esperar a que volviera a casa para darle una sorpresa.

Le había dicho a Natalie que la suite tenía que permanecer cerrada el menor tiempo posible. Por eso no le encargaba todavía la cotizadísima suite presidencial y las del ático; primero quería ver lo rápida que era trabajando. Ella, por su parte, estaba segura de que si empezaban a finales de octubre, cuando ya tuvieran todas las telas, la habitación estaría reformada y lista para alojar huéspedes antes de Acción de Gracias. Habían convenido en dejar el cuarto de baño tal como estaba, ya que los sanitarios eran bonitos y con una mano de pintura bastaría para darle luminosidad y cambiar su aspecto. Natalie le aseguró a Hugues que lo tenía todo bajo control, y él le prometió que si el resultado final era tan bueno como creía, le encargaría las otras tres grandes estancias y más adelante también las suites más importantes. La interiorista no cabía en sí de gozo, y Hugues tampoco. Ya estaba pensando en pedirle consejo sobre lo que podía hacerse con algunas de las otras habitaciones sin tener que reformarlas de arriba abajo.

Cuando llegó el fin de semana, se reunieron para que pudiera echarles un vistazo, y Natalie sugirió llevar a cabo algunas reparaciones y modificaciones que no resultarían caras pero servirían para darles un aspecto nuevo. Volvieron a comer en el restaurante, y todos los días encontraban algún motivo para hablar. Jennifer sonreía cada vez que Natalie llamaba a Hugues, o cuando él la mencionaba. Al parecer estaba disfrutando con la interiorista, y Jennifer se alegraba de verlo relajado, motivado y contento en compañía de una mujer con quien deseaba compartir algo más allá de los furtivos encuentros relámpago que habían tenido lugar durante años. El tiempo que pasaba con ella aportaba cosas positivas a su vida.

—No me mires así —le dijo a su secretaria un día en que ella le anunció otra llamada de Natalie. Era la tercera del día, y él la telefoneaba con igual frecuencia.

—Solo hablamos de trabajo, lo está haciendo muy bien. A Heloise le entusiasmará.

Ella no estaba tan segura. Si Hugues se interesaba por la interiorista tanto como parecía al margen de las cuestiones profesionales, Jennifer temía que Heloise se sintiera amenazada. No sabía nada de las relaciones que su padre había mantenido a escondidas durante los últimos quince años, y ella jamás lo había compartido con nadie. La experiencia le resultaría completamente nueva.

Hugues le habló a Natalie de Heloise la segunda vez que quedaron para comer, y luego fueron a dar un paseo por Central Park. Era una agradable tarde de septiembre. Le explicó que para él su hija era muy importante, y que era una chica especial.

—Estoy impaciente por conocerla —dijo ella mientras paseaban juntos, disfrutando de la cálida temperatura. Hugues se había dejado la americana en el despacho y ella llevaba una camiseta y unos vaqueros—. Por lo que todo el mundo dice, la chica forma parte del engranaje vital del hotel.

—Compré el Vendôme cuando Heloise tenía dos años. Y al cabo de otros dos, cuando tenía cuatro, Miriam nos dejó. Desde entonces ha campado a sus anchas por él, y le gusta tanto como a mí.

—Debió ser difícil para los dos que su madre se marchara —dijo Natalie con amabilidad, y Hugues asintió mientras pensaba en Miriam, cosa que ya rara vez ocurría.

Heloise había llenado un vacío en su vida. No había tenido ninguna otra relación seria pero sí una hija a la que adoraba.

—Por desgracia no ve a su madre a menudo. Ella lleva una vida muy distinta, está casada con Greg Bones. —Natalie no lograba imaginar al atractivo director, con su elegancia suiza, junto a una mujer que luego se había casado con Bones—. Aquello fue hace mucho tiempo, casi quince años. Ahora tiene dos hijos más, y Heloise y ella no encuentran muchas cosas que compartir cuando se ven. Supongo que se parece demasiado a mí.

Miró a Natalie con una sonrisa. Le gustaba hablar con ella.

—Lo cual en mi opinión es una suerte —comentó ella, devolviéndole la sonrisa.

Greg Bones era famoso por su adicción a la cocaína y la heroína, y por las consiguientes estancias en centros de rehabilitación; Natalie pensó que ni siquiera estar de visita en su casa debía de ser muy bueno para la joven.

—Gracias a Dios que no ha intentado conseguir la custodia de Heloise. Creo que ella es feliz conmigo. Todo el mundo la adora, y el hotel es un pequeño universo seguro y protegido. Es como criarse en un barco.

La forma de describirlo sonaba curiosa pero la interiorista entendía lo que quería decir. El Vendôme disponía de todos los servicios, era casi un pequeño núcleo independiente.

—Debe de echarlo de menos —comentó Natalie con aire comprensivo.

Hugues suspiró mientras reposaban sentados en un banco del parque.

—No lo suficiente, me temo. Acaba de empezar a salir con un chico francés de la escuela de hotelería, y parece que se está enamorando. Lo que más temo es que decida quedarse en Europa.

—No lo hará —respondió la interiorista con seguridad—. Aquí la esperan demasiadas cosas buenas. Da la impresión de que algún día dirigirá contigo el hotel.

—No quiero que lo haga. Es mejor que se dedique a otra cosa. Aunque una vez que decidió que quería estudiar hotelería no hubo forma de disuadirla. Cuando lo intenté se puso hecha una fiera. Pero no es la clase de vida que quiero para ella, pues un negocio así no te deja tiempo para nada.

Natalie se daba cuenta de que era cierto. Cada vez que lo llamaba, fuera la hora que fuese, estaba trabajando.

—¿Nunca has sentido la tentación de volver a casarte?

Tenía curiosidad por saberlo. Hugues era muy reservado y se mostraba un poco distante, excepto con ella. Natalie lo hacía sentirse cómodo y relajado, y a ella le ocurría lo mismo.

—La verdad es que no. Lo prefiero así. Estoy demasiado ocupado para tener vida conyugal, y durante todos estos años me he encargado de Heloise, lo cual no es poco. ¿Y tú?

En ese momento se volvió a mirarla. Era guapa, y no se había casado. Vivía para el trabajo, igual que él, y no tenía hijos. En cierta manera a Hugues se le antojaba una vida triste, sobre todo por lo de no tener hijos.

—Viví con un hombre ocho años. Durante mucho tiempo

nos fue bien, y de repente las cosas se torcieron. Nunca quiso comprometerse más allá de la convivencia. Al final llevábamos vidas paralelas, teníamos muy poco en común.

—¿Y qué ocurrió? —Hugues notaba que la historia encerraba algo más, y en ese momento ella lo miró a los ojos.

—Me dejó por mi mejor amiga. Hace tres años. A veces suceden cosas así, como en el caso de tu mujer y Greg Bones.

—Lo mejor de todo es que tengo la impresión de que si se hubiera quedado conmigo, habríamos acabado mal. Cuando nos conocimos Miriam me deslumbró y me enamoré perdidamente de ella. Pero entonces era muy joven, y a la larga hace falta algo más que eso para que un matrimonio funcione.

Ella sonrió ante la afirmación. Era obvio que Hugues no deseaba volver a casarse ni mantener ninguna relación seria. Parecía contento con su vida tal como era. Natalie se preguntaba si además se debía a que la traición de Miriam lo había dejado demasiado maltrecho para volver a confiar por completo en una mujer. No le preguntó por la vida que había llevado desde la ruptura, creía que no le correspondía.

—Tienes razón, yo también estoy ya a salvo de flechazos —dijo en el momento en que él le pasaba el brazo por los hombros, y permanecieron allí sentados tranquilamente un buen rato, el uno al lado de la otra.

Natalie se mostraba amable, sencilla y abierta, trabajaba mucho, hablaba con sinceridad de sí misma y de los demás y parecía aceptar las cosas tal como eran. Hugues se sentía cómodo en su compañía, y a ella le ocurría igual. Parecía como si hubiera sido amigos desde siempre, y se llevaban bien. Habían tomado decisiones con rapidez y coincidían en sus gustos y opiniones sobre muchas cosas.

—¿Te apetece que nos tomemos un helado antes de regresar? —propuso él cuando pasó un vendedor ambulante empujando el carrito, y Natalie sonrió ante la idea.

Hugues compró dos helados, y pasearon un rato mientras contemplaban a las familias, a los niños y a las parejas que se besaban. Cuanto más tiempo pasaba, menos ganas tenía él de marcharse.

—¿Querrás cenar conmigo una noche de estas? —le preguntó a Natalie mientras poco a poco enfilaban el camino de vuelta, y ella asintió.

—Claro. Será mejor que salgamos fuera. La gente habla mucho. —Natalie se daba cuenta de que en el hotel se hacían muchos comentarios—. Ni tú ni yo tenemos necesidad de complicarnos la vida.

Él apreció su discreción. No estaba seguro de lo que había entre Natalie y él, pero le gustaba, aunque la cosa no fuera más allá de la amistad. Sería una buena amiga. Sin más comentarios regresaron al hotel, y ella se marchó tras volver a agradecerle que la hubiera invitado a comer.

A la mañana siguiente Hugues la llamó al despacho y la invitó a cenar. Le dijo que iría a recogerla y sugirió ir a un restaurante del West Village. A Natalie le pareció una propuesta excelente. Estaba muy animada cuando esa noche él acudió a su casa. Lo pasaron muy bien juntos y fueron los últimos en salir del restaurante. La temperatura era cálida y estuvieron un rato caminando cogidos del brazo hasta que él se detuvo con la intención de parar un taxi.

—Me he divertido mucho contigo, Natalie —dijo, sonriéndole.

—Yo también.

Hacía mucho tiempo que no pasaba una noche tan agradable con un hombre al que apenas conocía, y se sentía como si fueran viejos amigos. Intercambiaron ideas y hablaron de las cosas que querrían hacer y no podían a causa de su vida extremadamente ajetreada. Lo primordial era que habían podido relajarse. A los dos les sentó bien alejarse del despacho y la presión del trabajo. También Natalie dirigía un negocio de gran movimiento en el que tenía que compatibilizar diversos proyectos además de las reformas del hotel; por mucho que le gustara trabajar para Hugues tenía otros clientes importantes.

—¿Cuándo volveré a verte? —preguntó, parado frente a ella.

Sentía el irresistible impulso de besarla, pero creía que era demasiado pronto y no quería que huyera asustada. Ella le había confesado que hacía mucho tiempo que no salía con ningún hombre y como mínimo Hugues quería que conservaran la amistad.

—Mañana por la tarde —dijo Natalie riendo en respuesta a su pregunta—. Me gustaría que les echáramos juntos un último vistazo a las muestras de pintura.

Hugues empezaba a pensar en encargarle una reforma integral del Vendôme como excusa para tenerla cerca. Le encantaba estar con ella. Notó el delicado aroma del perfume que usaba cuando se le acercó y le acarició el pelo. Se preguntó si ella lo consideraría demasiado mayor; le llevaba trece años y le preocupaba que a Natalie la diferencia de edad pudiera parecerle excesiva. De repente le importaba mucho lo que opinara de él.

—A lo mejor este fin de semana podríamos hacer algo juntos. ¿Te gustaría ir al cine? —preguntó con pies de plomo.

—Suena bien —respondió ella en voz baja, y él la atrajo hacia sí y la miró a los ojos.

—A mí todo lo que sea estar contigo me suena bien —susurró, y sus labios se unieron sin apenas rozarse. El beso que se dieron los puso a ambos en ebullición.

Ella lo miró sorprendida, pensando si había sido un error.

A fin de cuentas Hugues era un cliente, aunque durante un delicioso instante lo hubiera olvidado. Y volvió a olvidarlo cuando él la besó de nuevo.

—¿Estás a gusto? —le preguntó, y cuando ella asintió volvieron a besarse.

Resultaba difícil dejarlo, hasta que él paró y se limitó a abrazarla y a sonreír. Hacía muchísimo tiempo que no se sentía tan feliz. Se le había olvidado lo que suponía que una mujer le importara tanto como para desear cuidarla.

—Será mejor que te acompañe a casa —dijo al fin, y levantó el brazo para detener un taxi. Era tarde y al día siguiente los dos tenían que trabajar.

Se acurrucaron en la cabina, y cuando ella llegó a su destino él volvió a besarla.

—Gracias —dijo Natalie, mirándolo con una sonrisa—. Lo he pasado de maravilla.

—Yo también —dijo él, y entonces ella dio media vuelta y se alejó en dirección al edificio donde vivía mientras el portero le aguantaba la puerta.

Antes de entrar se despidió con la mano, y él cerró los ojos y pensó en ella durante todo el trayecto hasta el hotel. Eran las dos de la madrugada pero no se sentía nada cansado cuando subió a su apartamento y se desvistió. Estaba impaciente por volver a verla.

8

En octubre Natalie aceleró la remodelación de la suite. Los empleados del hotel eran eficientes y con un poco de supervisión por su parte los pintores consiguieron dar con la tonalidad exacta. Estaba pendiente de todos los detalles, lo cual la obligaba a ir personalmente a diario. A veces Hugues subía a la suite para ver qué tal iban las cosas, o bien era ella la que bajaba para hacerle alguna pregunta o enseñarle muestras. No quería molestarlo, pero ambos se valían de la mínima excusa para conocerse mejor y compartir algún momento de sus apretadas jornadas. Más de una vez él la invitaba a subir a comer a su apartamento y pedía unos sándwiches al servicio de habitaciones. Le encantaba su compañía, y ella sentía lo mismo.

—La verdad es que tendría que encargarte también la decoración del apartamento —dijo un día mirando a su alrededor. Desde que lo estrenaron no habían cambiado nada. Heloise seguía ocupando un dormitorio infantil lleno de recuerdos de cuando era niña. Incluso la muñeca que le había regalado Eva Adams reposaba en una estantería—. Yo no sabría por dónde empezar —reconoció—. Aunque supongo que es lo último en lo que debería fijarme.

De momento los dos tenían la atención centrada en la suite

que Natalie estaba decorando, una de las más grandes y más agradables. Hugues estaba contentísimo con las modificaciones que la interiorista había hecho en otras habitaciones y que consistían solo en añadir o suprimir cuatro detalles, o en cambiar muebles u objetos de una estancia a otra. Cada espacio adquiría un aire completamente nuevo. También había propuesto renovar algunas lámparas e incluir obras de arte escogidas para dar al hotel un ligero toque de modernidad sin alterar su atmósfera elegante. Tenía muy buen ojo para las pequeñas cosas.

—Aquí hace falta únicamente una buena mano de pintura, un poco más de luz y tal vez cambiar las cortinas. A ver si nos sobra material cuando terminemos con la suite.

A Hugues le encantó la idea, y le sonrió mientras se terminaban el sándwich. Natalie era práctica y realista, trabajaba de sol a sol y tenía muy buen gusto. La combinación daba un resultado excelente, y tanto su filosofía de vida como su ética profesional se parecían mucho a las de Hugues. Una de las cosas que más le gustaba de ella era su obvia integridad. Era una mujer honrada, jamás se mostraba brusca ni insolente, y eso mismo era lo que ella más valoraba de Hugues. Y además, había entre ellos una atracción que ninguno de los dos podía describir pero que no tenía en cuenta la jerarquía, la posición social ni la edad. Natalie y Hugues experimentaban un sentimiento mutuo, y les encantaba lo cómodos que se sentían juntos. Cuando terminaron de comer ella estiró sus largas piernas y sonrió. Llevaba la melena lisa y rubia bien recogida, y a él le gustaba mucho su aspecto. Tenía un aire a la vez distinguido y sensual, igual que él con su habitual indumentaria formada por una camisa blanca, un traje oscuro y una elegante corbata.

También los fines de semana se daban cita en secreto, fuera del hotel, e iban al cine y a alguna pizzería o hamburguesería del centro de la ciudad. Ninguno tenía claro si su relación era seria, pero permanecían juntos bastante tiempo y siempre lo pasaban bien. Hugues había adoptado la costumbre de telefonearla todas las noches antes de acostarse. Ella llevaba los mismos horarios que él, y ambos solían trabajar hasta después de la medianoche. Su llamada de buenas noches era una manera agradable de poner fin a la jornada. Y al día siguiente se las arreglaban para encontrarse, bien de forma accidental o bien deliberada. A los dos les costaba concebir la vida en solitario como habían hecho hasta entonces.

—¿Qué faltará hacer cuando terminen de pintar? —quiso saber Hugues.

La remodelación había durado más de lo previsto, aunque los pintores se estaban apresurando todo lo posible bajo la estrecha supervisión de Natalie y ya estaban dando los últimos retoques a las molduras. El resultado final era mejor de lo que ambos habían esperado, y el cuarto de baño, ya terminado, lucía una nueva capa de pintura y una lámpara de araña en desuso que Natalie había encontrado guardada en un armario trastero del sótano del hotel. En la mayor medida posible utilizaba material ya existente para evitar que aumentaran los gastos, cosa que Hugues también le agradecía.

—Todos los muebles están en la tapicería. He mandado cambiar el marco de algunos cuadros. Los electricistas colocarán los interruptores nuevos la semana que viene, aunque la alfombra tardará como mínimo dos, y luego ya se podrá inaugurar la suite. Te prometí que la tendrías lista para Acción de Gracias, y me parece que falta poco.

Natalie parecía satisfecha y Hugues también. Convinieron en que los dos cuadros nuevos le conferirían mucho carácter al espacio.

La interiorista no veía la hora de que los huéspedes opinaran sobre la remodelación de la suite, sobre todo los que ya se habían alojado allí con anterioridad. Había tantos clientes que repetían su estancia en el hotel que la mayoría de los habituales conocían bien la suite y mostraban su descontento por no poder ocuparla. Todos decían que les había gustado mucho alojarse allí, y el encargado de la gestión de reservas les aseguraba que todavía les gustaría más cuando terminaran de remodelarla. Tanto Hugues como Natalie confiaban en que fuera cierto.

—Este fin de semana hay una exposición en el Armory —comentó Hugues cuando terminaron de comer. Como siempre la comida estaba deliciosa, e incluso en un plato tan simple como unos sándwiches el servicio de cocina había añadido los toques y detalles que los avalaban—. ¿Te gustaría ir? —le preguntó. Buscaba cualquier excusa para pasar tiempo con ella, aunque ello significara tener que remodelar todo el hotel. Estaba perdidamente enamorado.

—Suena bien. —Ella le sonrió mientras terminaba los últimos bocados—. Me encantaría encontrar un cuadro para el vestíbulo, algo con carácter —dijo con aire pensativo, y le describió el lugar exacto mientras él la contemplaba complacido. Tenía la sensación de que Natalie se estaba prendando del Vendôme tal como le había ocurrido a él mismo en su día. Era cierto, y también del dueño.

—Tengo muchísimas ganas de que Heloise vea la suite —dijo él con gran placer.

—Y yo tengo muchísimas ganas de conocerla a ella —repuso Natalie—. Aunque debo reconocer que también estoy nerviosa. En el hotel es famosísima, mucho más que la protagonista de *Eloise en Nueva York*.

—Todos la quieren mucho —convino Hugues—. La conocen desde que era un bebé y la han visto crecer, y de pequeña la llevaban entre algodones. De hecho, todavía lo hacen. Ayudaba a empujar el carrito de las camareras, se pasaba horas enteras en la cocina y seguía a los técnicos a todas partes. Incluso llegué a temer que de mayor quisiera ser fontanera. En este oficio tiene que saberse un poco de todo y te puede tocar hacer cualquier cosa.

Natalie sabía que el trabajo de Hugues era así.

—¿Qué crees que le parecerá que estemos saliendo juntos, además de haber reformado la suite?

Natalie había pensado en ello repetidas veces durante el último mes, desde que él empezó a proponerle que se vieran fuera del trabajo. La cosa no había pasado de alguna que otra cena y unos cuantos besos que resultaban muy adictivos, pero Heloise era esencial en la vida de Hugues, hasta el punto que Natalie sabía que lo que pensara de la relación marcaría su rumbo. Y la joven había tenido a su padre para ella sola mucho tiempo.

—Creo que vale más que dejemos que el tiempo ponga las cosas en su sitio. Heloise se ha hecho mayor y tiene su propia vida, y a ese novio francés que tanto me preocupa. Me parece que está preparada para acceder a que también yo tenga mi propia vida.

Hasta ese momento su hija jamás le había puesto pegas porque no sabía que hubiera estado saliendo con mujeres. Pero a Natalie pensaba presentársela de entrada, lo cual para él significaba dar un gran paso.

—No creo que tengas por qué preocuparte —opinó la interiorista, y él se le acercó y la besó.

Ella se deslizó entre sus brazos y estuvieron besándose mucho rato. Poco a poco estaban forjando un vínculo más sólido y la atracción que sentían el uno por la otra era cada vez mayor pero los dos querían que las cosas sucedieran de forma natural. Ninguno presionaba al otro. Además, los dos habían salido mal parados en anteriores ocasiones, así que tomaban sus precauciones a la hora de elegir compañía. No obstante, Natalie era muy distinta de las mujeres con las que durante años Hugues había mantenido relaciones esporádicas. La decoradora empezaba a importarle de veras. Y ella quería tomarse su tiempo y dejar que todo fuera paso a paso, lo cual a Hugues también le parecía lo más adecuado. No tenían prisa y los dos creían que si tenía que haber algo entre ellos, si lo suyo debía transformarse en una relación seria, ocurriría en el momento oportuno. Natalie conocía la reticencia de Hugues a casarse y comprometerse. Lo pasaban bien juntos y todos los días descubrían cosas nuevas del otro. Ella no pedía nada más, y él estaba contento con eso.

—Creo que es mejor que vuelva al trabajo —comentó Hugues con pesar al ver que la cosa subía de tono—. Tengo problemas con el primer sumiller, y no quiero perderlo. Le he prometido que nos reuniríamos para hablar. Eso por no mencionar que uno de los técnicos se ha empeñado en demostrar que su lesión se debe a un accidente de trabajo, y amenaza con presentar una demanda.

Se le veía muy afectado por ello. En catorce años solo una clienta había interpuesto una demanda tras caerse en la bañera y hacerse un buen corte. Estaba bebida cuando ocurrió y la culpa era suya, pero Hugues se avino a llegar a un acuerdo para evitar que el nombre del hotel se viera perjudicado puesto que la mujer en cuestión era famosa.

Era un riesgo que corrían a diario tanto con los huéspedes como con los empleados, por no hablar de los sindicatos y de la tarea de dirigir un negocio como aquel, con la constante avalancha de reservas y clientes exigentes. En ocasiones resultaba una pesada carga, y Hugues seguía detestando la idea de que un día Heloise tuviera que hacerse cargo de todo eso. A él le encantaba lo que hacía, pero el éxito y la buena reputación no procedían de la nada y debían ser cuidados y protegidos con constancia. Natalie iba tomando más conciencia de ello a medida que lo iba conociendo mejor. Dirigir un hotel no era fácil, y Hugues hacía muy bien su trabajo, además de tener un don de gentes natural que le servía sobre todo para tratar con los clientes potencialmente problemáticos. Apaciguaba cualquier situación por difícil que fuera y se ocupaba del menor detalle.

Y era muy agradable con ella. Natalie lo consideraba una persona encantadora y un padre obviamente abnegado. Su ex mujer debía de ser bastante tonta para haberlo abandonado, sobre todo teniendo en cuenta con quién se había casado después. Greg Bones no era ningún ángel y no tenía ninguna de las cualidades que ella apreciaba en un hombre.

Dejaron el apartamento tras besarse por última vez antes de salir al pasillo, y cuando bajaron en el ascensor habían recuperado todo el aspecto de profesionales eficientes. Natalie se dirigió a la suite que estaba decorando y Hugues bajó hasta el vestíbulo y fue a su despacho. Al cabo de unos minutos, mientras ella terminaba de revisar el trabajo de los pintores y los felicitaba por el resultado, Jennifer se dejó caer por allí para ver qué tal iban las cosas. Hugues había puesto por las nubes el acabado de las paredes, así que tenía ganas de comprobar hasta qué punto tenía razón. Quedó impresionada del maravilloso efecto que la interiorista había obtenido sin tener que contratar a pintores especializados. Le pareció una obra de decoración muy elegante y refinada, y, como todo el mundo, tenía muchas ganas de verla acabada.

—Ayuda mucho el hecho de que aquí hay muy buena iluminación —dijo ella con modestia, cosa que a Jennifer también le pareció positiva.

Natalie no era una persona fatua ni endiosada. A pesar de su evidente talento, era muy sencilla. Jennifer le había llevado una caja de bombones del hotel que degustaron juntas mientras comentaban lo irresistibles que eran.

—Si yo trabajara aquí pesaría trescientos kilos. Cada vez que pruebo la comida me parece excelente —alabó Natalie mientras paladeaba un bombón.

—A mí me lo vas a contar —repuso Jennifer con expresión afligida.

Como estaban solas, la interiorista decidió aprovechar para preguntarle una cosa que la inquietaba cada vez más.

—¿Qué tal es Heloise? Todo el mundo habla de ella como si fuera una mocosa con coletas, y su padre la quiere tantísimo que cuesta hacerse a la idea de cómo es realmente.

Natalie se preguntaba si sería una consentida de tomo y lomo o si de verdad era tan agradable como se decía.

—Se parece mucho a su padre —respondió Jennifer con aire pensativo—. Es muy inteligente y siente tanta pasión por este hotel como él. Es el único hogar que ha conocido y los empleados son y han sido siempre su familia. No tiene a nadie en el mundo aparte de su padre, y él la considera una chica extraordinaria.

—Ya lo sé. —Aquella le sonrió a la vez que cogía otro bombón.

Eran realmente irresistibles. Tenían unas decorativas motitas doradas y una «V» de chocolate. Los fabricaban en exclusiva para ellos y eran uno de los muchos detalles que Hugues había insistido en ofrecer desde el principio, incluso en aquellos momentos en que suponía un gran esfuerzo económico. Un gran número de clientes los adquirían como obsequio en la tienda de la planta baja, cosa que formaba parte del negocio.

—Parece que tienen una relación muy especial, lo cual es comprensible ya que la niña se crió sin madre. Imagino que debe de ser muy posesiva con él. Todo indica que no ha habido ninguna otra mujer en su vida durante mucho tiempo.

Jennifer se daba cuenta de que Natalie estaba intentando

obtener información, pero no le importó. Ella habría hecho lo mismo, y además saltaba a la vista que algo se cocía entre su jefe y la interiorista a la que había contratado. La chica le caía muy bien, y pensó que tal vez fuera el tipo de persona que Hugues necesitaba. Además, Natalie no se quejaba del tiempo que él dedicaba al hotel; de hecho también empezaba a hacérselo suyo, cosa que Jennifer sabía que para él era importante. Claro que la aprobación de Heloise aún sería más importante; sería esencial, y de ello dependería la decisión final que él tomara. Natalie lo había intuido perfectamente.

—¿Posesiva? —preguntó Jennifer, riendo—. Hugues es todo suyo, lo tiene en el bolsillo desde el día en que nació. Y de niña era graciosísima, con el pelo rojizo, los grandes ojos verdes y las pecas. Ahora es una joven muy guapa, y tiene el alma puesta en su padre y en este hotel. A él le ocurre lo mismo, así que yo de ti me andaría con pies de plomo con Heloise. Si se da cuenta de que quieres robárselo, será tu acérrima enemiga de por vida.

—Yo nunca haría semejante cosa; no les haría eso a ninguno de los dos —repuso Natalie en voz baja, y hablaba en serio—. Respeto la relación tan especial que tienen. Solo me pregunto qué tal le sentaría a ella que en la vida de su padre hubiera alguien más, aunque no le pisara para nada el terreno.

—No sé qué decir —opinó Jennifer con sinceridad—. Es algo que no ha ocurrido nunca, por lo menos de forma seria.

—Y Natalie empezaba a creer que lo suyo sí que era serio, o que con el tiempo podría serlo—. Siempre he pensado que habría sido mejor que Hugues hubiera tenido una novia cuando Heloise era pequeña. Entonces necesitaba a una mujer a su lado, mientras que ahora es un poco tarde. Ya tiene diecinueve años y se ha hecho mayor. Además, no está acostumbrada a compartir a su padre con nadie, y no creo que se plantee la posibilidad de que él se comprometa a estas alturas; ni siquiera Hugues imaginaba lo que iba a pasar. Es una situación nueva para los dos.

Jennifer dijo eso último con aire pensativo.

—Creo que Heloise deberá hacer un gran esfuerzo de adaptación si su padre tiene una relación seria con una mujer. A los dos les vendría bien, pero ella tendrá que hacerse a la idea, y puede que haga falta tiempo y mucha diplomacia.

Era un buen consejo para Natalie, aunque ya lo había pensado por sí misma.

—La chica tiene muy buen corazón, igual que su padre —la tranquilizó aquella—. Lo único que ocurre es que Hugues la considera la niña de sus ojos, y esta es su casa. La mujer que se enamore de él tendrá que tener eso en cuenta.

Era una clara advertencia, y la interiorista le agradeció el acertado consejo y la franqueza. Jennifer conocía a todas las partes implicadas desde hacía mucho tiempo.

—Gracias. Me has ayudado mucho —agradeció Natalie sonriendo mientras ambas se debatían ante el tercer bombón.

Jennifer decidió permitirse el capricho y Natalie resistió la tentación, cosa que explicaba que entre ellas hubiera una diferencia de siete kilos. La secretaria de dirección siempre tenía una caja de esos deliciosos bombones encima del escritorio.

—De hecho es más o menos lo que imaginaba. Me parece que también para él supondrá un gran esfuerzo de adaptación si con el tiempo ella tiene novio, cosa que es probable. Debe de resultarle difícil verla crecer.

—Le está costando lo indecible —dijo Jennifer con sinceridad—. Creía que Heloise siempre llevaría coletas, y el chico francés con el que sale, un compañero de clase, lo tiene preocupadísimo. Lo único que quiere es que vuelva a casa cuanto antes para que no se organice la vida allí. Pero por mucho que queramos a los hijos no podemos retenerlos para siempre.

Uno de mis hijos vive en Florida y el otro en Texas, y son todo cuanto tengo aparte de este empleo. Los echo muchísimo de menos.

Jennifer tenía más de cincuenta años, vivía para el trabajo y también hacía años que no salía con ningún hombre. Cuando fue contratada se enamoró de Hugues, pero pasó página enseguida al darse cuenta del trato tan profesional que mantenía con los empleados. Él siempre decía que Jennifer era la mejor secretaria que había tenido en la vida, y a ella le bastaba con eso. Se enorgullecía de su labor y les tenía un gran cariño a Hugues y a su hija que se reflejaba en todo lo que decía de ellos.

—Intenta no preocuparte por Heloise —le aconsejó a Natalie, y le dio unas palmaditas en el hombro mientras se preparaba para salir de la suite y regresar al despacho—. Es una buena chica que quiere mucho a su padre, y a ti también te querrá. A fin de cuentas solo desea lo mejor para él. Únicamente tienes que darle margen para que se haga a la idea, y tener en cuenta que puede que tarde un poco más de lo normal. Han tenido que superar muchos obstáculos juntos, y a veces eso hace difícil la integración de una tercera persona, pero es lo que los dos necesitan.

Natalie asintió, y cuando Jennifer se fue siguió hablando con los pintores. La sabia mujer que tan bien conocía a Hugues y a su hija le aconsejaba plantearse bien las cosas, y ella era lo bastante inteligente para tener en cuenta sus palabras. Lo que todos necesitaban era tiempo. No se estaba lanzando a una aventura a ciegas, y Hugues tampoco. Natalie avanzaba paso a paso. Y no pensaba hacer oídos sordos a los consejos que Jennifer le había dado con relación a Heloise.

9

Tal como Natalie había prometido, la suite en la que llevaba trabajando casi dos meses estuvo terminada la semana anterior a Acción de Gracias, y el resultado fue totalmente satisfactorio. Estaba tan segura de que acabarían en el plazo acordado que le aseguró a Hugues que podían reservarla con toda tranquilidad para ese fin de semana, lo cual a él le fue muy bien. Uno de sus clientes habituales, un senador de Illinois, había pedido ocupar esa suite y varias habitaciones más para pasar la fiesta en Nueva York con sus hijos y nietos. Fue una suerte poder confirmarle la disponibilidad.

El lunes anterior a esa fecha Hugues estuvo en la suite con Natalie examinando cada detalle con asombro y admiración. La interiorista había conseguido crear un ambiente cálido y elegante que recordaba más al propio hogar que a una habitación de hotel, y así había logrado justo el efecto que los dos deseaban. Los cuadros quedaban estupendamente. A Natalie le había llevado todo el fin de semana colgarlos, y el lunes por la tarde, después de acabar con el último, invitó a Hugues a subir a verlos. En gran parte se había ocupado ella misma de situarlos y colocarlos, como siempre, y se había mostrado muy exigente con los revestimientos para las ventanas que había confeccionado una costurera francesa con quien trabajaba desde hacía años. La suite era exquisita. Natalie había colocado varios jarrones con orquídeas en puntos estratégicos. Hugues lo contempló todo con evidente placer, y entonces tomó a Natalie en sus brazos y la besó. La relación que habían iniciado cuando ella empezó a trabajar en el Vendôme era un premio adicional que ninguno de los dos esperaba, algo que a Hugues no le había pasado siquiera por la cabeza cuando la contrató para reformar la suite.

—¿Te gusta? —preguntó ella feliz, como si fuera una niña pequeña que deseaba aplaudir con júbilo al ver la expresión de entusiasmo de Hugues.

—¡Me encanta! —le confirmó él.

El resultado final era mejor de lo que esperaba y de lo que la propia Natalie había imaginado. Hugues paseó de una punta a otra de la suite, examinando todos los detalles, hasta que se dio la vuelta y le cogió la mano.

—Aunque lo más importante es que te quiero... al margen de tu trabajo aquí. Pero lo cierto es que me gusta. Tienes muchísimo talento.

Además, había conseguido hacerlo todo con un presupuesto muy inferior al previsto gracias a la reutilización de objetos que ya tenían en el hotel.

—Estos dos últimos meses han sido los más felices de mi vida —dijo mientras la atraía hacia sí para que se sentara a su lado en el sofá—. Me ha encantado verte a diario.

—Lo mismo digo —respondió ella, todavía asombrada por lo que acababa de decirle. También ella se había enamorado de él. Hugues volvió a besarla y a continuación llamó al servicio de habitaciones para pedir que subieran una botella de champán.

Él mismo descorchó la botella de Cristal en cuanto la subieron, y el camarero desapareció al instante tras hacer un comentario sobre el fantástico aspecto de la suite. Hugues tenía una cosa planificada, y en cuanto dieron el primer sorbo de champán se dirigió a Natalie con dulzura.

—Cuando trabajaba en el Ritz el director general me dijo una vez que nunca sabes lo cómoda que resulta una habitación hasta que duermes en ella. Estaba pensando que... a lo mejor... si te parece bien... podríamos pasar la noche aquí y probar la suite. Me gustaría que fuéramos los primeros en ocuparla, ahora que todo es nuevo. ¿Qué dices? —le preguntó, y le dio un beso.

Ella le sonrió y lo rodeó con los brazos. Jamás se había sentido tan feliz con un hombre. Hugues era atento, amable y considerado, además de una persona encantadora.

—Me entusiasma la idea —dijo ella mientras se besaban, y entonces lo miró con expresión de apuro—. Pero ¿qué dirán en el hotel?

Era un tema que siempre le preocupaba.

—No hay motivo por el que no podamos cenar aquí sin que se arme ningún escándalo. Lo que ocurra después es cosa nuestra. Soy el dueño y tengo todo el derecho de dormir aquí si me apetece. Por la mañana puedes salir por una puerta trasera para que tu reputación no se vea afectada. Una vez mi hija utilizó ese recurso para alojar a un mendigo, y si ella puede hacerlo, nosotros también.

A Natalie le hizo gracia la anécdota.

—No tuvo que resultarle nada fácil.

—Pues no. Heloise es muy generosa y estaba decidida a probar que quien presume de caritativo debe demostrar que lo es. El hombre pasó la noche a resguardo del frío y pudo cenar y desayunar antes de marcharse. Al día siguiente apareció en las grabaciones de las cámaras de vigilancia, pero Bruce, el jefe de seguridad, actuó con mucha discreción. Confío en él por completo. Bueno, ¿qué opinas de lo de pasar aquí esta noche?

Lo preguntó con aspecto de chiquillo esperanzado. Llevaban dos meses saliendo juntos y ambos estaban preparados para avanzar en la relación.

—Digo que te quiero, Hugues —respondió ella en voz baja.

Natalie lo sabía sin necesidad de decírselo, y él también. Pidieron que les subieran la cena a la suite y se dieron un banquete. Hugues puso música y los dos se relajaron y estuvieron hablando hasta casi medianoche. El camarero que había subido la cena y recogió las bandejas no vio nada anormal en que cenaran en la suite recién remodelada para celebrar que estaba acabada, y ni siquiera lo comentó en la cocina. Después, como colgaron el rótulo de NO MOLESTEN, las camareras de pisos los dejaron tranquilos, y además en teoría la habitación no estaba ocupada y no había motivo para que entrara nadie. Hugues dejó conectado el móvil por si había alguna emergencia, puesto que esa era la forma en que los empleados solían localizarlo debido a la dificultad de saber por dónde andaba. Por otra parte, no tenía nada de sorprendente que el dueño del hotel quisiera probar la nueva suite. Tenía todos los frentes cubiertos, así que bajó la intensidad de la luz, besó a Natalie y, cuando los dos se sintieron preparados, la guió hasta el dormitorio.

Retiró la colcha sin estrenar y entre los dos la colocaron sobre una silla. Entonces ella se deslizó entre sus brazos y se dejó llevar por sus caricias y sus besos. La cama los envolvía como una nube, y todo el deseo contenido durante los meses, los años y toda una vida que habían pasado el uno sin el otro los llevó hasta un lugar que ninguno de los dos había soñado jamás ni tenía la esperanza de alcanzar. Ella se sintió como si ese fuera el destino que siempre la había aguardado y, después de hacer el amor, se tumbó relajadamente entre sus brazos mientras él la miraba con la ternura de quien lleva más de veinte años sin amar a una mujer. No podía apartar de ella los ojos, las manos ni los labios, y por fin, alrededor de las cuatro de la madrugada, se dieron un baño en la enorme bañera. Luego regresaron a la cama y se durmieron al instante, abrazados como dos niños felices.

El sol entraba a raudales en el dormitorio cuando se despertaron al día siguiente, y Hugues no pudo resistir la tentación de volver a hacer el amor con Natalie, aunque era más tarde de lo que ambos habían previsto. Creía que aún podía ayudarla a salir del hotel sin que nadie lo notara ni dar qué hablar, pero ninguno de los dos quiso pensar en ello mientras volvían a hacer el amor y después se duchaban juntos. Hugues no podía dejar de mirar a Natalie mientras se vestía. Estaba enamorado de ella en cuerpo, alma y pensamiento.

—¿Te he dicho ya esta mañana cuánto te quiero? —susurró contra su pelo, y mientras se vestían volvió a besarla pensando que era una pena dejarla para volver al despacho. Habría querido quedarse a su lado para siempre.

—Yo también te quiero —susurró ella a su vez.

Apenas se sentían capaces de separarse cuando se besaron por última vez y por fin salieron de la suite. Hugues colocó en la puerta el cartel para indicar a las camareras que limpiaran la habitación y acompañó a Natalie por la escalera de emergencia de la parte trasera del hotel, la misma que Heloise había utilizado con Billy. Sabía que las cámaras captarían su imagen, pero también sabía que Bruce Johnson no comentaría nada sobre ello si los veía, y el resto de los empleados de seguridad tampoco. Se veían continuamente enfrentados a las indiscreciones que cometían los huéspedes con sus actuaciones ilícitas, y eran una tumba. Los clientes del Vendôme confiaban en su discreción, igual que Hugues. Una vez abajo, abrió la puerta y salió al exterior junto con Natalie en esa fría mañana de noviembre.

—¿Quieres venir a mi casa esta noche? —preguntó ella, y él asintió.

Sabían que ninguno de los dos olvidaría esa primera noche juntos en la suite recién reformada. Había resultado un gran acierto que fueran los primeros en alojarse allí. Y la aventura en la que acababan de embarcarse, tras dos meses de preparación, también era un acierto para ambos.

—Te quiero —susurró Natalie cuando él la besó.

Luego Hugues paró un taxi en la esquina.

—Hasta esta noche —le prometió, y se despidió agitando la mano mientras ella se alejaba, con la sensación de que se llevaba una parte de sí; la mejor: el corazón

Había descubierto que en él había sitio tanto para Natalie como para su hija. Las dos partes no entraban en conflicto porque las quería a ambas; así de simple.

Rodeó la esquina hasta la entrada principal del hotel y dio los buenos días al portero, que pareció un poco sorprendido ya que no lo había visto salir. Sin embargo, el hombre estaba demasiado ocupado para plantearse el motivo. Al cabo de un momento Hugues entró en el despacho con paso decidido y expresión de paz y felicidad, y le dirigió una sonrisa a su secretaria.

—Buenos días, Jennifer —dijo, y entró en su despacho privado.

Al instante descolgó el teléfono y pidió el capuchino de costumbre, y en cuestión de cinco minutos lo subieron y su secretaria se lo dejó sobre la mesa.

—¿Has descansado bien?

Era algo que solía preguntarle al empezar el día.

—Pues sí. Anoche probé la nueva suite para asegurarme de que todo está a punto para alojar al senador el miércoles.

—¿Y qué te ha parecido? —preguntó Jennifer con interés.

—Absolutamente perfecta. Luego tienes que subir a verla. —Sabía que ella no había tenido tiempo de ver la suite el día anterior, cuando se ultimaron los detalles finales—. Natalie ha hecho un trabajo fantástico. Por cierto, quiero que empiece con las otras tres suites tal como comentamos, en cuanto pasen las Navidades. Solo falta que Heloise vea cómo ha quedado esta.

La decoración resultaba más moderna que la anterior, aunque los cambios habían sido muy discretos y no había nada que desentonara. A Jennifer no le sorprendió la decisión de que Natalie se ocupara de las otras suites. De hecho, era lo que esperaba, por varios motivos. Por un breve instante le pasó por la cabeza la idea de que Hugues pudiera haber pasado la noche en la suite con la mujer que se había encargado de reformarla. Casi tenía la esperanza de que hubiera sido así, pero rápidamente resolvió que no era asunto suyo. Todo cuanto deseaba era que Hugues fuera feliz, y lo cierto era que parecía contento, más de lo habitual un martes por la mañana.

Hugues llamó a Natalie después de leer los mensajes y tomarse el café. Estaba sentado ante su escritorio pensando en ella y decidió telefonearla. Ella parecía tan contenta como él cuando respondió tras ver su número en la pantalla.

—Estoy loco por ti, Natalie —le aseguró, y lo mejor era que su relación no tenía nada de alocada. Por el contrario, tenía mucho sentido para ambos.

—Yo también por ti. Me muero de ganas de verte esta noche.

—Siempre podemos volver a colarnos en la suite esta tarde, si te apetece. El senador no llegará hasta mañana.

Los dos se echaron a reír ante la propuesta. Sabían que de momento era más seguro quedar en casa de Natalie, hasta que se sintieran preparados para compartir su secreto con todo el mundo. Hugues quería decírselo a Heloise en primer lugar, creía que era un privilegio que le correspondía y Natalie estuvo de acuerdo. Lo habían comentado la noche anterior durante el baño. Hugues dijo que prefería esperar a Navidad en vez de decírselo por teléfono, cosa que a Natalie también le pareció más adecuada. Faltaban solo cuatro semanas para que la chica regresara y eran capaces de actuar con discreción durante ese tiempo. Además, en parte era divertido mantener la relación en secreto.

—Por cierto, quiero que te encargues de decorar las otras tres suites. Podemos hablarlo en cuanto tengas tiempo.

—Gracias —dijo ella, sonriendo.

Estaba contenta de que le encargara la reforma de las otras habitaciones pero sentía mucho más entusiasmo por la relación con Hugues y lo ocurrido la noche anterior.

—Hasta esta noche.

A partir de ese momento se inició la jornada de trabajo. Hugues estuvo ocupadísimo hasta las nueve de la noche, y en cuanto le fue posible cogió un taxi para dirigirse a casa de Natalie. Ella lo recibió vestida con un bonito jersey y unos vaqueros, y antes de que le diera tiempo de descorchar el champán ya estaban en la cama, explorando todo lo que habían empezado a descubrir el uno de la otra la noche anterior. No se saciaban. Y resultó un placer estar lejos del hotel y no tener que preocuparse por que los descubrieran.

Cuando terminaron él se quedó un rato en la cama, contemplándola con cariño y admiración.

—¿Cómo es posible que por fin haya tenido la suerte de encontrarte? —preguntó, y hablaba en serio.

—Yo me siento exactamente igual. Tengo la impresión de que he malgastado de una forma muy tonta todos estos años hasta que apareciste tú.

Lo besó, y él le sonrió.

—No los has malgastado, es el precio que los dos hemos

tenido que pagar para merecer estar juntos. Y me da igual el tiempo que hemos tardado en encontrarnos y lo solo que me he sentido mientras tanto; merecía la pena esperar por ti, Natalie. Sería capaz de recorrer medio mundo de rodillas con tal de estar contigo.

Ella sonrió ante aquellas palabras tan románticas y sus labios volvieron a unirse.

—Bienvenido a casa, Hugues —dijo ella en voz baja, y él la atrajo hacia sí y se sintió verdaderamente acogido.

10

El día que Heloise regresó de Suiza para pasar las vacaciones de Navidad en Nueva York, el hotel en pleno bullía de excitación. El chef de pastelería preparó su tarta de chocolate favorita, Ernesta se aseguró de que las camareras limpiaran su dormitorio a fondo, Jan hizo que le subieran las flores que más le gustaban y en el vestíbulo lucía toda la decoración de Navidad. Hugues estaba contentísimo de que su hija volviera a casa y se moría de ganas de verla. Habían transcurrido casi cuatro meses, el período más largo que había pasado lejos de ella en toda su vida. Fue a buscarla al aeropuerto en el Rolls Royce.

Natalie y él habían hablado de ello la noche anterior y ella reconoció que la ponía nerviosa la perspectiva de conocer a su hija. ¿Y si no le caía bien? Hugues dijo que eso era absurdo, estaba seguro de que simpatizarían, aunque prefería no explicarle nada la misma noche de su llegada y darle unos cuantos días de margen para que se situara. Habían ocurrido muchas cosas. Natalie y él pasaban todas las noches juntos desde hacía cuatro semanas, así que se echarían de menos durante la quincena que Heloise estuviera en el hotel. La chica tenía tres semanas de vacaciones, y a Hugues le molestaba que pensara pasar la tercera esquiando con su novio francés en

Gstaad, donde los padres de él tenían una casa. Había tratado de oponerse pero Heloise se lo había quitado de encima arguyendo que irían todos sus amigos. Por otra parte, sentía una inmensa gratitud por los ratos que pasarían juntos durante las siguientes dos semanas. Esperaba que todo fuera como en los viejos tiempos, cuando ella vivía en el hotel. En algún momento de esos quince días le explicaría lo de Natalie y le diría que quería presentársela.

El avión de Suiza llegó media hora antes de lo previsto pero Hugues ya la estaba esperando, y Heloise le dio un abrazo tan fuerte que apenas podía respirar. Se la veía distinta, más mayor, con un repentino porte sutilmente más europeo y el cabello un poco más corto, cosa que también le daba un aspecto más sofisticado. La relación con el chico francés, su primer novio de verdad, la había cambiado en cierta forma. Quien se había marchado de Nueva York era una muchacha y quien volvía era una mujer.

Habló con entusiasmo de la escuela de hotelería durante todo el trayecto hasta la ciudad, y cuando llegó una cantidad sorprendente de empleados la esperaban en el vestíbulo. Parecía una escena familiar, con decoración navideña incluida. Le ofrecieron abrazos y sonrisas, le dieron palmadas en la espalda y la hicieron ir de un lado a otro. En medio se encontraba Jan con un ramo de rosas de tallo largo reposando sobre su brazo. Jennifer salió del despacho para darle un abrazo. Ningún vip había gozado jamás de un recibimiento tan caluroso ni espléndido en el hotel. Tres botones los acompañaron en el ascensor y ayudaron a Heloise a subir la única maleta que llevaba. Ella no cabía en sí de gozo cuando entró en el apartamento, y volvió a abrazar a su padre, que lucía una expresión igual de radiante.

—¡Todo tiene un aspecto magnífico! —exclamó al mirar a su alrededor y ver flores por todas partes. Las habitaciones estaban inmaculadas—. Y tú también —dijo, con una sonrisa de oreja a oreja. Nunca había visto a Hugues con tan buen aspecto—. ¡Te he echado muchísimo de menos!

—A mí me lo vas a contar —repuso él exagerando la expresión de pena para disimular sus sentimientos—. Me he pasado cuatro meses con la sensación de que me faltaba algo, como el hígado, el corazón y las dos piernas. —Entonces se acordó de la suite—. Espera a ver la novecientos doce, la hemos reformado de arriba abajo.

Le había explicado que estaban de obras pero quería reservarle la sorpresa de verla terminada.

—¿Ha quedado bien?

Heloise parecía impaciente, y él se sacó la llave del bolsillo con una sonrisa pícara.

—Ven a verla. Hay una reserva para esta noche pero aún está libre.

La cogió de la mano, bajaron por la escalera de servicio hasta la novena planta y Hugues abrió la puerta de la suite. Dejó que Heloise entrara primero y la oyó ahogar un grito al ver lo que habían hecho.

—¡Madre mía, papá! ¡Ha quedado de fábula! Es impresionante, justo lo que necesitábamos. Tiene un aire moderno, alegre y elegante, y los cuadros son preciosos. Y me gustan mucho las lámparas y las alfombras.

Dejó la zona de estar para entrar corriendo en el dormitorio, donde aún le gustó más lo que vio.

—Esa decoradora es increíble. Ha hecho un trabajo maravilloso.

Hugues le había hablado de Natalie en los últimos cuatro meses pero con cuidado de no mencionarla demasiado para que su hija no presintiera que había algo entre ellos. Al parecer lo había hecho bien puesto que no observó ni un atisbo de sospecha en sus ojos. Heloise solo veía la decoración.

—Me encanta, solo puedo decir que me encanta —repitió mientras se sentaba en el sofá y seguía mirando alrededor.

A Heloise le gustaban tanto como a Hugues los pequeños detalles y accesorios que Natalie había añadido y los objetos que había trasladado de otras estancias y que, como por arte de magia, quedaban mucho mejor en la suite.

—Y además, ha salido más barato de lo previsto. Le acabo de encargar la reforma de las otras tres suites. También ha retocado algunas de las otras habitaciones.

—Es muy, muy buena —alabó Heloise con admiración—. Me gustaría conocerla en algún momento. ¿Es joven? Todo lo que hace tiene un agradable toque de frescura pero no desentona en absoluto con el resto.

La decoración del hotel era clásica y elegante con un punto de originalidad.

—Para mí sí que es joven, para ti no —dijo Hugues en relación con la edad de Natalie—. Creo que tiene treinta y nueve años.

Lo sabía perfectamente pero no quería que se notara lo seguro que estaba de su edad ni lo bien que la conocía. Era la oportunidad de oro para confesarle a su hija que salía con Natalie y que estaba muy enamorado, pero no quería precipitarse y darle un disgusto la primera noche. No tenía claro qué hacer, así que no comentó nada de ella al margen de la edad y de la decoración de la suite.

—Seguro que es muy simpática —apostilló Heloise.

—Sí que lo es —admitió él con un hilo de voz, y entonces su hija le pidió que volvieran a subir al apartamento.

Esa noche les sirvieron la cena allí, y la chica le contó muchísimas cosas de la escuela y de François, el chico con el que salía.

—¿Estás enamorada de él? —preguntó su padre con nerviosismo, temeroso de lo que pudiera oír.

—Es posible, no lo sé. No quiero distraerme y suspender el curso, en la escuela son bastante exigentes. Pero estamos enviando solicitudes a los mismos hoteles para hacer las prácticas el verano que viene. Queremos trabajar en el Ritz, el George V o el Plaza Athénée.

A Hugues se le cayó el alma a los pies en cuanto la oyó decir eso.

—Creía que ibas a hacer las prácticas aquí conmigo —le recordó.

—Puedo hacer las dos cosas —respondió Heloise con muy buen criterio—. Puedo trabajar seis meses en París y el resto aquí. De esa forma pasaré las Navidades en casa.

Hugues esperaba tenerla de vuelta seis meses antes, en junio. Eso significaba que tardaría un año entero en regresar, y los últimos cuatro meses ya se le habían hecho eternos. Sin embargo, a Heloise no. Era obvio que se estaba divirtiendo mucho en Lausana, yendo a clase y saliendo con François y todos sus amigos. Le explicó a su padre que pasaría la Nochevieja con diez de ellos en Gstaad, en casa de los padres de François. El chico pertenecía a una familia muy bien situada que poseía un hotel en el sur de Francia, así que el contacto con la profesión era algo que François y ella tenían en común entre otras muchas cosas. El chico era su primer novio y, lo reconociera o no, su padre notaba que estaba enamorada.

Después de la cena, Heloise se dedicó a recorrer el hotel para a visitar a sus viejos amigos. Conocía a todo el personal de los turnos de noche. Pasó a ver a los telefonistas y a los recepcionistas y saludó con un beso al conserje de guardia antes de subir de nuevo al apartamento. Cuando entró, Hugues estaba hablando con Natalie, y al momento le dio las buenas noches y colgó.

—¿Con quién hablabas? —preguntó Heloise con una sonrisa.

Su padre seguía viéndola como una niña, aunque en realidad ya no lo fuera, y por eso le resultaba difícil explicarle que estaba enamorado de Natalie. Reconocerlo lo incomodaba y hacía que en cierta forma considerara que le era desleal a ella. Sabía que se trataba de una tontería, pero así se sentía.

—Precisamente con Natalie Peterson, la interiorista de la novecientos doce. Le he explicado que te encanta la decoración y me ha dicho que le gustaría mucho conocerte. Puede que quedemos dentro de un par de días.

—Claro. —Heloise no hizo ningún comentario pero no le había pasado por alto que la llamada había tenido lugar a las diez de la noche. Dio por sentado que se habrían hecho amigos durante la remodelación de la suite—. Será divertido —añadió con una sonrisa, y fue a la cocina para servirse una copa de vino.

Su padre se sorprendió. La consideraba aún demasiado joven para eso. Siempre había permitido que Heloise tomara un poco de vino con las comidas si quería, pero pocas veces decía que sí. Esperaba que no se estuviera acostumbrando a emborracharse con sus compañeros de estudios. A tanta distancia podía controlar muy pocas cosas y ejercer escasa influencia, y en ello radicaba la dificultad de todos los padres que se veían en su misma situación. Cuando los hijos crecían iban a su aire y tomaban sus propias decisiones, buenas o malas, con todas las consecuencias que acarrearan. Lo único que los padres podían hacer era rezar para que no asumieran riesgos excesivos y las consecuencias no resultaran nefastas.

—¿Qué haremos mañana? —preguntó la chica, sentada en el sofá con las piernas cruzadas mientras se tomaba el vino ante su padre, que aún trataba de hacerse a la idea.

—Lo que quieras. Durante las próximas dos semanas estoy a tu entera disposición.

Hugues tenía trabajo pero había avisado a todo el mundo

de que no podrían contar con él al cien por cien mientras su hija estuviera en la ciudad. También había advertido a Natalie de que se verían poco. Ella tenía previsto pasar la Nochebuena y los días posteriores en Filadelfia. Se marchaba en tren con su sobrino mayor, que había empezado a estudiar derecho en Columbia.

—Tengo que ir a comprar regalos —explicó Heloise—. En Lausana no me dio tiempo, estuve de exámenes hasta ayer.

—¿Qué tal te han ido? —preguntó su padre, preocupado. Temía que François la distrajera.

—Creo que bien. Muchas cosas las he aprendido aquí —respondió ella con aparente tranquilidad.

Estuvieron un rato hablando de la escuela, de Suiza y de cómo eran las cosas cuando Hugues vivía allí, hasta que Heloise empezó a bostezar y se fue a la cama. Según las costumbres suizas era muy tarde. Y Hugues le dio un beso y la arropó, tal como había hecho durante diecinueve años hasta que se marchó a estudiar a Europa.

—Buenas noches, papá... Qué bien se está en casa —dijo con voz soñolienta. Lanzó un beso al aire, se acomodó sobre un costado, y estaba casi dormida cuando él salió del dormitorio.

Hugues entró en su habitación y dedicó un rato a pensar en Heloise y en lo agradable que resultaba tenerla de vuelta en casa. Luego volvió a llamar a Natalie. Ella aún estaba despierta y se preguntaba cómo habría ido todo.

—¿Cómo está tu hija?

—Enamorada, creo. Pero parece contenta de estar aquí. Dice que el verano que viene quiere hacer prácticas en un hotel de París antes de volver a Nueva York, o sea que pasará un año entero más fuera de casa.

Lo dijo con tono de decepción y Natalie sintió lástima por él. Le estaba resultando muy duro tenerla lejos.

—Pasará muy deprisa —lo tranquilizó—, y siempre puedes ir a visitarla.

—Es muy difícil dejar el hotel.

Natalie sabía que tenía razón. Hugues estaba pendiente de todo, trabajaba casi todo el tiempo y debía permanecer localizable. Cuando estaba con ella siempre tenía el móvil encendido, incluso de noche, y pocas veces dejaba que saltara el contestador salvo cuando hacían el amor. En cualquier otro momento, respondía a las llamadas.

—Así, ¿cuándo la conoceré? —Natalie parecía emocionada ante la idea. Tenía ganas de romper el hielo cuanto antes para poder conocerla mejor.

—¿Qué tal si quedamos mañana para tomar algo? Después del trabajo.

—Me parece perfecto —dijo ella satisfecha—. Estoy impaciente. Es como si fuera a conocer a una estrella de cine o a alguien importante —añadió, riendo.

—Para mí lo es —repuso él con aire resuelto, aunque eso Natalie ya lo sabía muy bien—. ¿Cómo te va a las siete? Si todo sale bien, a lo mejor incluso podemos cenar todos juntos.

—¡Estupendo!

—Te echo de menos —susurró él. No quería que Heloise lo oyera; sabía que dormía profundamente pero prefería no arriesgarse.

—Yo también. Te quiero, Hugues.

Natalie esperaba que algún día pudiera querer también a su hija, lo deseaba por el bien de todos. No pretendía sustituir a la madre de Heloise, cosa que no habría estado bien, sino que aspiraba a ser su amiga. A ella le gustaría ser más como una tía muy cercana y entrañable.

—Yo también te quiero, Natalie —respondió él con dulzura, y enseguida colgaron.

Hugues se detuvo un momento en la puerta del dormitorio de Heloise. La chica dormía plácidamente y en su cara se dibujaba una pequeña sonrisa. Cerró la puerta despacio y se dirigió a su dormitorio con una sensación de paz que no experimentaba desde que ella se había marchado. Esa noche sabía dónde estaba; sabía que estaba a salvo y que por la mañana se verían para desayunar. Todo había vuelto a su sitio.

A la mañana siguiente Hugues y Heloise pidieron que les subieran el desayuno al apartamento. En lugar de un camarero acudieron dos, y ambos la saludaron con un beso, emocionados de verla, y le dijeron que el hotel no era el mismo sin ella, que más valía que se diera prisa y terminara los estudios para poder volver.

Después la chica salió a hacer las compras navideñas, y su padre insistió en que se llevara un todoterreno de la flota del hotel puesto que estaba nevando y sabía que no encontraría ningún taxi libre.

Pasó todo el día fuera, quedó para comer con una vieja amiga del Liceo Francés y cuando regresó a las cinco de la tarde se la veía cansada pero contenta. Entró con paso alegre en el despacho de su padre y Jennifer la miró con una sonrisa.

—Te aseguro que es todo un placer tenerte aquí —dijo la secretaria, y Heloise se detuvo a darle un beso antes de entrar en el despacho privado de su padre. Lo encontró firmando cheques, y él levantó la cabeza encantado en cuanto la oyó entrar.

—¿Aún nos queda dinero, o te lo has gastado todo? —preguntó con una sonrisa.

—Casi todo, pero te he dejado un poco para que compres mi regalo.

Se rió de su propia broma, y su padre soltó una carcajada.

—¿En serio? ¿Qué te gustaría?

—No lo sé, algo que me sirva para la escuela, tal vez una diadema o un abrigo largo de pelo de marta. —De repente se puso seria—. De hecho, quería preguntarte si puedes comprarme unos esquís nuevos. Los viejos están hechos polvo, y me gustaría estrenar unos en Gstaad.

Era una propuesta razonable, y a Hugues le parecía bien.

—Es lo que estaba pensando.

Ya le había comprado una parka forrada de borreguito en Bergdorf que le parecía apropiada para la escuela, además de una esclava de oro con su nombre grabado en el anverso y «Con cariño, papá» en el reverso. Más difícil le había resultado elegir el regalo de Natalie, que era sencilla y elegante y parecía tener de todo. Quería obsequiarla con algo que resultara romántico y que pudiera llevar puesto, y al final se había decidido por un antiguo relicario con un brillante en forma de corazón acompañado de una larga cadena de oro que encontró en Fred Leighton y que esperaba que le gustara.

—¿Quieres que esta noche salgamos a cenar fuera o nos quedamos aquí?

En cuanto formuló la pregunta, Heloise puso cara de apuro. No quería herir sus sentimientos, y tenía ganas de que hicieran cosas juntos, pero también quería ver a sus amigas. Había quedado para cenar con dos de ellas y luego tenían previsto ir a una fiesta en TriBeCa.

—Lo siento, papá, pensaba salir. ¿Qué tal si vamos a un restaurante mañana por la noche? Me la reservaré.

—No seas tonta, no pasa nada. Es lógico que quieras ver a tus amigas. —Hugues intentó no aparentar desilusión y tuvo que recordarse a sí mismo que Heloise era joven y él no era la única persona importante de su vida—. Por cierto, Natalie Peterson, la interiorista, vendrá a tomar algo sobre las siete. Tiene ganas de conocerte.

—Yo también tengo ganas de conocerla, pero no sé si me dará tiempo. Hemos reservado una mesa en el centro a las ocho.

—No hace falta que te quedes mucho rato. Está encantada de que te haya gustado la suite.

Heloise sonrió, y al cabo de unos minutos cogió los paquetes y subió al apartamento para arreglarse. Hugues intentaba parecer más tranquilo de lo que estaba. No quería insistir en que saludara a Natalie, pero para él era importante que se conocieran, aunque quería aparentar despreocupación.

A las seis y media también él subió al apartamento y Heloise corría de un lado a otro envuelta con una toalla mientras hablaba por el móvil con una amiga y acababa de ultimar los planes de la noche. Saludó a su padre con la mano y entró en su dormitorio. A las siete en punto llamaron de la recepción para anunciar que la señorita Peterson estaba abajo. Hugues dio instrucciones de que la hicieran subir.

Él mismo le abrió la puerta, pero no se atrevió a besarla por si Heloise salía de la habitación de forma inesperada. En vez de eso, le habló en voz baja.

—La cosa es un poco complicada. Heloise tiene previsto salir esta noche, y le he dicho que vendrías a tomar algo para celebrar que le ha gustado mucho la suite.

—Muy bien —dijo Natalie, relajada.

Estaba acostumbrada a tratar con jóvenes como ella gracias a sus sobrinos. Su hermano, que vivía en Filadelfia, tenía cuatro hijos, y dos eran gemelas de la edad de Heloise.

Hugues le sirvió una copa de champán, y al cabo de media hora Heloise apareció vestida con unos leggings negros, una casaca de cuero negro y unas sandalias negras de tacón altísimo. Aún llevaba el pelo húmedo. Hugues no la había visto jamás con un atuendo semejante, y no sabía si la casaca hacía de blusa o de vestido. Su hija siempre había sido más clásica, pero con esa indumentaria tan atrevida se la veía peligrosamente sofisticada y adulta. Una adulta muy moderna, como las que frecuentaban los pasillos y el bar del hotel.

—Esta es Natalie, la interiorista que ha hecho maravillas con la novecientos doce —dijo a modo de presentación, y Heloise le sonrió.

Natalie parecía una persona agradable. Tenía un aspecto amable y sencillo y su sonrisa denotaba sinceridad.

—Me ha encantado tu decoración —dijo la joven con franqueza mientras su padre le ofrecía una copa de champán y la invitaba a tomar asiento—. Solo puedo quedarme cinco minutos. A las ocho menos cuarto he quedado con los demás, y luego tenemos que llegar al centro.

Había dejado de nevar pero en esa época del año, justo antes de Navidad, sería difícil encontrar un taxi. Heloise aceptó el champán de todos modos, se sentó en el sofá y dio un sorbo.

—Mi padre dice que te encargará más reformas. Seguro que también quedarán preciosas —comentó con tono amable y una sonrisa serena.

—A lo mejor esta vez podrías ayudarme tú a elegir las telas —propuso Natalie con naturalidad mientras la observaba.

Era una chica muy guapa y tenía un aire más sofisticado del que esperaba, o del que Hugues había dejado entrever.

—Sería divertido, pero me marcho dentro de muy poco. Seguro que mi padre y tú lo haréis muy bien.

Miró el reloj y al instante se levantó aterrada.

—Tengo que irme —dijo mirando a su padre, y le dio un beso en la mejilla antes de volverse hacia Natalie, ajena a lo que había entre ambos—. Encantada de conocerte —dijo, y al cabo de dos segundos oyeron que la puerta se cerraba.

—Lo siento —se disculpó Hugues con cara de decepción—. Quería que tuvierais la oportunidad de hablar pero a Heloise le apetece ver a sus amigas. No había tenido eso en cuenta.

Lo que no había tenido en cuenta, pensó Natalie, era que Heloise tenía su propia vida.

—No pasa nada —dijo ella con tono conciliador—. Los jóvenes no quieren perder tiempo con carcamales como tú y yo.

—Puede que yo sea un carcamal pero tú seguro que no lo eres —repuso él con una sonrisa.

Era lo último que Natalie aparentaba, con la minifalda, los zapatos de tacón y la bonita blusa que lucía.

—Para ella sí. —Natalie era realista—. Para ella somos casi una reliquia, y solo estará dos semanas en Nueva York, así que es lógico que quiera ver a sus amigas. ¿Crees que sospecha algo de lo nuestro?

—Nada en absoluto —aseguró él. Había tenido mucho cuidado de ocultárselo—. No le he hablado de ti salvo para comentar la decoración de la suite. Antes prefiero que os conozcáis, y acaba de llegar.

Natalie asintió y lo besó mientras él volvía a llenar las dos copas.

—Ha cambiado mucho desde que se fue —dijo con cierta incomodidad—. Creo que es cosa de ese chico.

—Yo creo que es cosa de la edad. Y de que está estudiando fuera. A mis sobrinos les pasó lo mismo cuando se marcharon a Stanford. El hecho de alejarse de casa los hace madurar.

—Y a mí me hace sentir viejo —apostilló él.

Lamentaba que Heloise no hubiera tenido tiempo de hablar más con Natalie. Deseaba desesperadamente que le cayera bien, pero apenas habían podido saludarse.

Fueron a cenar a La Goulue, en Madison Avenue, y pasaron una relajada noche en un entorno que a ambos les gustaba. Luego regresaron paseando al hotel. Hugues no quería ir a casa de Natalie por si Heloise volvía temprano. Subieron para tomar la última copa, y antes de medianoche Natalie se marchó. Heloise llegó a las cuatro, mucho después de que Hugues se durmiera.

A la mañana siguiente, durante el desayuno, se la veía un poco cansada y Hugues no se atrevió a volver a mencionar a Natalie. No quería insistir demasiado y que descubriera sus intenciones.

—¿Qué harás hoy? —le preguntó sin preámbulos.

—Iré a patinar a Central Park con unas amigas. Y mañana por la noche saldré otra vez por el centro. Todo el mundo está pasando las vacaciones de Navidad en Nueva York —añadió con toda la lógica, y Hugues empezaba a darse cuenta de que tendría que ponerse a la cola para hacer cosas con ella.

Las posibilidades de pasar una noche con Natalie y Heloise para que se conocieran eran ínfimas. Había muchas otras cosas que su hija quería hacer en el escaso tiempo de que disponía.

Llegó la Nochebuena y Heloise no había encontrado un solo hueco en su apretada agenda para que volvieran a verse. Hugues pensaba salir a comer con Natalie para intercambiar los regalos, y esa noche ella se marcharía a Filadelfia. Se encontrarían en el hotel y comerían en el restaurante de la planta baja. Natalie llegó puntualmente a las doce, cuando Heloise estaba a punto de salir de nuevo con sus amigas.

—Ah, hola —saludó al ver a la interiorista en la puerta del apartamento, ignorando lo que hacía allí. La miró con expresión desconcertada. Era obvio que no sospechaba nada de su relación con Hugues.

—Feliz Navidad —dijo Natalie con una sonrisa—. He quedado para comer con tu padre.

—Creo que está en el despacho.

En el preciso momento en que lo dijo, Hugues llegó. Estaba a la vez contento y nervioso de ver a las dos mujeres de su vida juntas, y se preguntó qué se habrían dicho. Saludó a Natalie con un amable beso en la mejilla, tal como habría hecho con cualquier amiga.

—Hola, papá. Voy a salir —dijo Heloise mientras se ponía el abrigo.

—Ya lo veo. Supongo que esta noche no quedarás con nadie. Pasaremos la noche juntos tranquilamente, como en los viejos tiempos. Y luego iremos a la misa del gallo.

—Claro —respondió ella, como si no se hubiera planteado ninguna otra opción, pero lo cierto era que hasta el momento había salido todas las noches.

Quedaban seis días para que se marchara. La visita había sido corta y ajetreada, pero Hugues la agradecía. Solo con tenerla de nuevo en casa y verla todas las mañanas se sentía feliz.

Heloise abrió la puerta, les dirigió una sonrisa, dijo adiós a su novia y se marchó. Hugues se quedó un poco triste.

—Apenas nos hemos visto desde que ha vuelto —se quejó a su novia, que seguía sin haber podido entablar una conversación con Heloise. La esperanza de que pudieran llegar a conocerse se había esfumado.

—¿Crees que tendrás oportunidad de contarle lo nuestro antes de que se marche? —preguntó Natalie con cierta preocupación—. Me siento un poco deshonesta por no habérselo explicado. Es alguien muy importante y se merece esa atención.

«Y yo también me la merezco», pensó a continuación, pero no lo dijo. Tenía la impresión de que estaban escondiendo la cabeza bajo el ala en lugar de sincerarse con su hija, y se sentía incómoda.

—Ya sé que se lo merece —convino Hugues, que seguía sin tener ni idea de cómo se lo tomaría Heloise.

Para ella Natalie era solamente alguien que había trabajado para el hotel, nada más. Resultaba imposible imaginar cómo le sentaría que para su padre fuera alguien importante.

—Tengo que encontrar la manera de que pasemos tiempo juntos para poder decírselo, pero la Nochebuena no es el momento adecuado. Y falta solo una semana para que se marche. —Eso tampoco le daba margen para tranquilizarla y permitir que se hiciera a la idea si la cosa le molestaba. Qué desastre—. Haré todo lo que pueda —aseguró, y rodeó a Natalie con los brazos, aunque notaba que también ella estaba disgustada.

—Supongo que no resulta fácil en una situación así, al estar estudiando fuera. De todas formas no me parece correcto que estemos saliendo juntos y ella no sepa nada.

Habían empezado a acostarse juntos alrededor de Acción de Gracias pero salían desde septiembre y estaban ya en Navidad.

—Tengo la sensación de estar escondiéndome y no me gusta nada. A lo mejor basta con que se lo digas y le des tiempo de que se haga a la idea mientras está en Suiza.

—Eso no —repuso Hugues con firmeza—. Sería diferente si alguna otra vez hubiera tenido novia, pero no es así. Esta es mi primera relación seria y es muy posible que le cueste asimilarlo.

Incluso a él le costaba.

—A mí también me cuesta asimilarlo —dijo ella con tristeza—, y creo firmemente que la sinceridad es muy importante a la hora de formarse una primera impresión. Estamos enamorados, no hay nada de malo en ello.

De todos modos, los dos sabían que tal vez para Heloise sí que lo hubiera. Natalie tenía la esperanza de que no fuera así, pero debido a la relación tan estrecha que Hugues tenía con su hija la situación era del todo inusual y costaba adivinar las consecuencias.

—Deja que encuentre el momento adecuado para decírselo antes de que se marche. Te prometo que lo haré —le aseguró él, y entonces ambos hicieron un esfuerzo para hablar de otros temas.

Hugues pidió que les subieran la cena al apartamento en lugar de bajar al restaurante para poder estar a solas, y cuando terminaron le dio un beso y le entregó su regalo. A Natalie le encantó el relicario, le dio mil gracias y se lo puso inmediatamente. Dijo que sentía mucho haberle dado tantas vueltas a la cuestión de contarle lo suyo a Heloise, pero que la incomodaba mucho tener secretos con su hija. Quería comportarse con naturalidad y que fueran amigas, pero de momento no lo había conseguido. A continuación le entregó su regalo a Hugues. Le había comprado una bella colección encuadernada en piel de primeras ediciones de los clásicos franceses que él nombraba a menudo. Eran veinte en total, y él se sintió orgulloso de poseerlos.

Estuvieron un rato abrazados, y Hugues se moría de ganas de hacerle el amor, pero no se atrevieron por si por casualidad Heloise regresaba. Natalie tuvo que marcharse a las tres en punto para poder coger el tren que la llevaría a Filadelfia, y tardaría dos días en volver. Aún había alguna posibilidad de que comiera o cenara con Heloise si Hugues encontraba el momento de confesarle cuál era su situación.

A la hora de la despedida él la besó con ternura, y los dos se desearon una feliz Navidad. Luego él se fue a su despacho. No volvió a ver a su hija hasta las seis de la tarde, y la chica, fiel a su palabra, pasó una tranquila Nochebuena con su padre. Cenaron en el restaurante del hotel y luego subieron al apartamento para más tarde ir a la misa del gallo en Saint Patrick's. Habían regresado de la iglesia cuando Miriam llamó a Heloise desde Londres. Le dijo que se había levantado temprano para preparar los regalos de los niños y que quería desearles a ella y a su padre una feliz Navidad.

—Gracias, mamá —dijo Heloise con tono amable.

Su madre sabía que desde septiembre estudiaba en Lausana pero no la había invitado a que fuera a Londres alegando que estaba demasiado ocupada. Greg y su grupo estaban grabando un nuevo álbum. La conversación fue breve, y después de colgar la joven permaneció unos instantes en silencio. Tras hablar con su madre siempre la invadía una sensación de vacío. Intentó explicárselo a su padre y él lo sintió mucho por ella. Miriam siempre la decepcionaba, sin remedio. Era la típica persona narcisista y ejercía su papel de madre de un modo nefasto.

—Supongo que es una suerte que hayamos estado los dos solos todos estos años. —Heloise sonrió a su padre con tristeza—. No concibo qué vida hubiéramos tenido a su lado. Ni siquiera me acuerdo de la época en que estabais casados. —Era demasiado pequeña para recordarlo—. Y supongo que también es una suerte que no hayas vuelto a casarte —añadió, y le sonrió mientras él se estremecía por dentro sabiendo lo que sabía, a pesar de que Natalie y él no tenían planes de casarse. Todo era demasiado reciente, aunque podía imaginarse perfectamente pasando el resto de la vida a su lado si su hija daba su consentimiento.

Para Hugues era un gran cambio que contrastaba con los quince años en que se había negado a comprometerse y a tener una relación seria.

—Me gusta tenerte para mí sola —dijo Heloise con franqueza—. No creo que hubiera estado dispuesta a compartirte con nadie.

Era una confesión importantísima hecha en un momento crucial, y Hugues se molestó un poco.

—¿Y ahora? —le preguntó él en voz baja, mirándola a los ojos.

Ella se echó a reír como si la pregunta fuera absurda.

—Tampoco quiero compartirte con nadie, papá. Me gusta ser el único amor de tu vida.

—¿Y qué pasará cuando algún día seas tú quien se enamore y se case?

Era una pregunta muy directa.

—Pues que viviremos todos juntos, y seremos felices y comeremos perdices. De momento, me gusta que las cosas sigan como están.

Heloise no había hecho planes de casarse con François; los dos eran demasiado jóvenes y la idea ni siquiera le había pasado por la cabeza.

Hugues exhaló un suspiro al escucharla, y ella no percibió la tristeza de sus ojos. No procedía en absoluto que le contara lo de Natalie después de lo que la chica acababa de decirle. Imaginaba que si lo hacía provocaría una gran confusión y entre ellos se abriría una brecha, cosa que no deseaba en absoluto. No quería herir los sentimientos de su hija. Su madre ya le había causado bastante sufrimiento de por vida.

—Entonces será mejor que vuelvas a casa y seas el amor de mi vida —bromeó para aligerar la tensión del momento—. Si te quedas en París con François, vendré a buscarte.

Heloise se echó a reír, y al cabo de un momento lo tranquilizó.

—No te preocupes, papá. El año que viene por Navidad vendré para quedarme, te lo prometo. —Se le acercó en el sofá y lo rodeó con el brazo—. Siempre seré tu chica. —Lo había sido toda la vida, y seguía sin concebir otra posibilidad. Ni siquiera se planteaba que pudiera existir otra mujer en su vida, no había nada que se lo hiciera pensar—. Te quiero, papá —dijo en voz baja a la vez que reposaba la cabeza en el hombro de su padre. A diferencia de su madre, él jamás le había fallado.

—Yo también te quiero —susurró él, y la atrajo hacia sí con la sensación de que había traicionado a Natalie al no hablarle de ella a su hija.

Sin embargo, a la primera que debía serle fiel era a Heloise; siempre había sido así y siempre lo sería. Como decía el antiguo refrán, la sangre siempre tira. Y el vínculo que lo unía a su hija era más fuerte que cualquier otro.

11

Cuando Natalie regresó a Nueva York el día después de Navidad Hugues le explicó que esa noche pensaba llevar a Heloise al teatro. Representaban la obra de mayor éxito de la temporada y los dos tenían muchas ganas de verla. Le habría encantado invitarla a ella también pero no se atrevía. Durante la Nochebuena se había dado cuenta de que le era imposible contarle a su hija lo de su relación con Natalie antes de que volviera a Suiza, sobre todo después de que ella le hubiera confesado que aspiraba a ser el único amor de su vida. En vista de semejante afirmación, no auguraba que lo de Natalie fuera una sorpresa agradable. Y no quería arriesgarse.

No volvió a quedar con esta hasta la noche en que Heloise se marchaba, momento que a ambos les invadió una gran tristeza. Hugues le prometió que viajaría a Europa para las vacaciones de Semana Santa y la llevaría a Roma. Faltaban casi cuatro meses, lo cual a ambos se les antojaba mucho tiempo, pero a él le sería muy difícil dejar Nueva York antes de esa fecha y Heloise estaría ocupada con los estudios.

Los ojos de Hugues se llenaron de lágrimas cuando dejó a su hija en el aeropuerto, y durante el trayecto de regreso la tristeza lo embargó y decidió pasar por casa de Natalie, que se sorprendió de verlo allí. Había intentado que no la afectara lo absorbido y distante que había estado durante la visita de Heloise. Se habían visto por última vez para comer el día de Nochebuena, seis días atrás, lo cual significaba que habían estado separados mucho tiempo.

—¿Te parezco odioso? —preguntó él cuando Natalie abrió la puerta y lo hizo pasar.

—No seas tonto, ¿por qué tendrías que parecérmelo?

Natalie sonreía pero estaba más distante que la última vez que se habían visto, cuando intercambiaron los regalos. No obstante a Hugues le gustó comprobar que llevaba puesto el relicario.

—Porque no le he contado a mi hija lo nuestro —dijo respondiendo a la pregunta. Se sentía culpable, y tenía la impresión de que Heloise no lo merecía—. En Nochebuena, tras la misa del gallo, me dijo que está encantada de ser el único amor de mi vida, y después de eso me resultó imposible hablarle de ti y de mí. Creo que necesitará más tiempo para hacerse a la idea, los días que le quedan en Nueva York no bastarán. Vas a suponer una sorpresa descomunal.

—Pensaba que sería una sorpresa agradable, no un trauma —dijo Natalie, decepcionada. No le resultaba cómodo encontrarse en esa tesitura y no era en absoluto la posición que tenía ganas de ocupar. Deseaba hacerse amiga de Heloise, no destrozarle la vida—. ¿Cuándo volverás a verla?

—En Semana Santa. La llevaré de vacaciones a Roma. A lo mejor allí encuentro el momento de explicárselo.

—¿Antes no?

—No creo que deba decirle una cosa así por teléfono o por correo electrónico. Además, para entonces ya hará más tiempo que salimos juntos, lo cual me parece bien —reflexionó.

Si la relación se había agotado no tendría que explicarle nada y no le habría hecho pasar un mal momento. Natalie comprendió el mensaje implícito.

—¿Por qué? ¿Porque habré superado el período de prueba?

Natalie empezaba a estar molesta de verdad y ponía mala cara. No tenía ninguna intención de demostrar nada. Amaba a Hugues, y creía que él también la amaba a ella.

—No, no se trata de pasar ningún período de prueba —repuso él, alterado—. Tienes que comprenderlo, mi hija no ha tenido una verdadera madre y toda su familia soy yo. Cualquiera que entre en ese pequeño círculo representa una amenaza para ella. Ya sabes cómo son los chiquillos.

Se esforzaba por justificar una situación tan inusual, y aunque Natalie era comprensiva, no le encontraba sentido a todo lo que decía.

—Heloise no es ninguna chiquilla, Hugues —respondió con un hilo de voz—. Tiene diecinueve años. Hay gente que a esa edad ya tiene hijos. Mi madre, por ejemplo. Estoy intentando entenderlo, pero es una situación muy rara. No me hace ninguna gracia esconderme, no estamos haciendo nada malo y nos limita muchísimo. Ni siquiera podemos movernos con libertad por el hotel por si alguien se lo cuenta. A mí no me gusta vivir así. Soy una mujer honesta, y te quiero. Estoy dispuesta a hacer alguna concesión pero deseo que sepas que no pienso vivir siempre a escondidas.

Natalie le estaba dejando las cosas muy claras.

—Ni yo quiero que lo hagas —insistió él—. Dame tiempo hasta Semana Santa. Cuando vaya a visitarla a Europa se lo diré, te lo prometo.

Entonces ella poco a poco esbozó una sonrisa. La situación se le antojaba un poco absurda, pero en ocasiones la vida era así.

—¿Todavía me quieres? —preguntó Hugues acercándose a ella, y Natalie volvió a sonreír.

—Claro que te quiero. Si no, nada de todo esto supondría un problema. Te quiero mucho, y quiero que llevemos una vida normal y pública para poder presentarme en todas partes y ser oficialmente tu pareja. Estoy orgullosa de salir contigo.

Ella le había contado a su familia lo de Hugues durante las Navidades, y su hermano mayor se había alegrado mucho por ella. Nunca le había caído bien su novio anterior, lo consideraba un imbécil. Hugues, en cambio, parecía un buen tipo. James, el hermano de Natalie, trabajaba como banquero en Filadelfia y su mujer, Jean, era abogada. La pareja tenía cuatro hijos estupendos, y juntos formaban una familia muy unida, por lo que les alegró saber que Natalie ya no estaba sola.

Hugues envió al chófer con el coche de vuelta al hotel y pasó el resto de la noche intentando compensar a su novia por lo desatento que se había mostrado durante las últimas dos semanas y por no haberle contado lo suyo a Heloise. Al cabo de una hora estaban en la cama, haciendo el amor. Se quedó a dormir en casa de Natalie, y pensó que pasaría la Nochevieja con ella. Quería dar la bienvenida al nuevo año en su compañía y empezarlo con buen pie. Ya habían planeado celebrar la velada en casa de ella en cuanto él pudiera dejar la fiesta organizada en el hotel. Esa noche ofrecían copas en el bar y una cena de gala en el restaurante, y siempre había huéspedes que llegaban a las tantas borrachos y montaban el número en el vestíbulo. A algunos tenían que ayudarles a subir a la habitación. Hugues y Natalie, por su parte, habían decidido comportarse con discreción mientras Heloise no supiera nada de lo suyo, aunque a la interiorista no le hiciera mucha gracia. A ambos se les hacía una montaña verse a escondidas, y tenían la sensación de que no jugaban limpio, pero convinieron en que era lo mejor si no querían que los empleados del hotel los descubrieran.

Por la mañana Hugues se marchó de casa de Natalie y regresó al despacho. El estudio de ella cerraba durante una semana, entre Navidad y Año Nuevo, pero el negocio de Hugues no daba tregua. Además, en Nochevieja siempre doblaban las medidas de seguridad por si había muchos clientes borrachos o alguien perdía el control. Habría preferido quedarse a pasar la noche en el hotel, pero deseaba estar con Natalie y por eso se había avenido a ir a su casa. Se presentó allí a las nueve con caviar, langostas y champán en una pequeña nevera. Se acomodaron en el sofá para darse el festín, y al terminar las campanadas hicieron el amor. Era la forma ideal de dar la bienvenida al nuevo año.

12

Después de las vacaciones Natalie empezó a trabajar en la reforma de las suites que Hugues le había encargado. Puso en ello tanta energía y creatividad como con la primera, y a finales de marzo el resultado fue igual de espectacular, con lo que el hotel contaba con cuatro suites renovadas que hacían las delicias de todo el mundo. Los huéspedes que se habían alojado en ellas antes pujaban por reservarlas, y Hugues estaba entusiasmado. La nueva decoración les permitió subir las tarifas de esas suites y de las otras habitaciones en las que Natalie había volcado sus dotes artísticas. Por otra parte, a ella trabajar en el Vendôme le estaba resultando muy lucrativo. Hugues se había convertido en su mejor cliente. Al final había decidido retrasar unos meses la reforma de la suite presidencial y las del ático por cuestiones de presupuesto, no porque no le gustara el estilo de Natalie, aunque prometió asignarle el proyecto a lo largo del año.

Empezaba a ser habitual la presencia de Natalie en el hotel: hablaba con los pintores, instalaba cortinas, probaba cómo quedaban los cuadros que ella misma acarreaba por los pasillos... Ernesta le expresó cuánto le gustaba el nuevo estilo de las habitaciones, y a Jan le entusiasmó tanto que incluso completó la decoración con una clase especial de orquídeas. Bruce, el jefe de seguridad, también la alabó. Natalie consiguió varias piezas de arte para Hugues que, gracias a su tacto y su buen gusto, le dieron un toque especial al hotel. Todo el mundo estaba encantado. Hugues le hablaba de ella a Heloise siempre que tenía la oportunidad, pero ninguna de las veces lo hacía de forma que la chica pudiera entrever su relación. Se le hacía raro decírselo por teléfono, así que estaba esperando a las vacaciones de Semana Santa, cuando iría a buscarla a Lausana y pasarían juntos una noche en Ginebra antes de llevarla a Roma.

Natalie seguía sintiéndose incómoda por el hecho de que la hija de Hugues no supiera que salía con él. Llevaban seis meses saliendo juntos, y no le parecía apropiado mantenerlo en secreto. A esas alturas la mayoría de los empleados del hotel habían adivinado que lo suyo era algo más que una mera relación profesional, pero nadie les preguntó nada y nadie se atrevió a hacerle ningún comentario a su jefe. A medida que pasaba el tiempo la cosa se estaba convirtiendo en una especie de secreto a voces. Por fin Hugues se lo confesó a Jennifer, aunque ella ya lo sabía. Natalie se lo había dicho varios meses antes. La mujer era su principal admiradora y se alegraba mucho por los dos. Hugues merecía una vida mejor que la que había llevado durante años, y su secretaria estaba encantada de que hubiera encontrado una mujer en quien depositar su amor, aparte de su hija y las amantes pasajeras que le habían alegrado la vida con un par de cenas y alguna que otra noche desenfrenada. Jennifer se había encargado de hacer las reservas en los restaurantes, pero solo él sabía dónde había pasado aquellas noches.

En repetidas ocasiones Natalie le había revelado a Jennifer lo mucho que le molestaba que Hugues no le hubiera explicado a Heloise que estaban juntos, pero la secretaria comprendía mejor que ella el peligro potencial que entrañaba la situación dada la estrecha relación entre el padre y la hija, por lo que le insistía en que tuviera paciencia. Ella era paciente, pero tenía una necesidad imperiosa de que en Semana Santa Hugues le hablara a Heloise de lo suyo. Le parecía que no sería real hasta que la chica supiera de su existencia. Le dijo a Hugues que empezaba a sentirse como una amante clandestina, un oscuro secreto. Él insistió en que no era cierto; era su compañera sentimental. Pero quería mucho a su hija. A Natalie empezaba a parecerle una situación en extremo neurótica y esperaba que el velo de misterio que rodeaba su relación se desvaneciera pronto. Hacía mucho tiempo que estaba preparada para actuar abiertamente.

Dejando aparte de la tensión ocasionada por ese motivo, las cosas entre ellos iban bien. Estaban más enamorados que nunca. A Natalie le habría encantado acompañarlo a Europa en Semana Santa, pero era imposible planteárselo mientras Heloise no supiera que para su padre era algo más que la interiorista que estaba remodelando cuatro suites del hotel. Incluso le había propuesto que se vieran en París después de que su hija empezara de nuevo la escuela, pero él le dijo que tenía que volver a Nueva York porque varios clientes importantes tenían prevista su llegada a finales de abril, y bastantes más en mayo y junio. También andaría ajetreado en primavera.

El miércoles anterior a la Semana Santa cogió un avión a Ginebra. Aterrizó allí el jueves, fue a Lausana a recoger a Heloise y esa noche se alojaron en el Hotel d'Angleterre de la misma ciudad, una pequeña joya. Se trataba de un establecimiento de reducidas dimensiones con bellas habitaciones, lo cual suponía un gran inicio para su viaje. La mañana del Viernes Santo volaron a Roma y estuvieron paseando por la via Veneto, echaron monedas a la Fontana di Trevi, se comieron un helado y por la tarde contemplaron embelesados la capilla

Sixtina. Tan solo estar allí resultaba emocionante, y el domingo por la mañana aguardaron en la plaza junto con millones de personas para recibir la bendición del Papa. Era una opción perfecta.

Se alojaban en el Excelsior, el hotel favorito de Hugues desde que de muy joven viajara a Roma con sus padres. Fue muy agradable poder compartir esos recuerdos con su hija. Les gustaba mucho viajar juntos y siempre lo pasaban bien. De todos modos esa vez estaba decidido a hablarle de Natalie, se lo había prometido y tenía toda la intención de cumplir su palabra. Heloise y él estarían juntos una semana entera y la chica tendría tiempo de sobra para asimilar la noticia de que su padre estaba enamorado de una buena persona que además deseaba conocerla mejor.

Por la tarde se encontraban sentados en un café, disfrutando del sol de primavera, y él aprovechó para preguntarle qué tal iban las cosas con François. Heloise siempre le hablaba de él de forma un tanto imprecisa, lo cual Hugues nunca sabía si interpretar como que su relación no era importante o, por el contrario, como que tenía muchísimo peso. Se mostraba sorprendentemente evasiva en relación con ese tema, algo muy poco propio de ella.

—Bien —dijo Heloise mirando al vacío mientras su padre la observaba en busca de señales que revelaran una situación alarmante.

Siempre estaba pendiente de cualquier indicador que pudiera significar que no pensaba volver a Nueva York, aunque para su tranquilidad de momento no había descubierto ninguno.

—¿Qué quiere decir «bien»? ¿Que estás tan chiflada por él que te tiene sorbido el seso? ¿O que te gusta pero la cosa no pasa de ahí?

Ella rió ante la forma de expresarse de su padre. Iba vestida con unos vaqueros, unas bambas y un jersey, y se había hecho coletas por primera vez en años. Parecía más joven incluso de lo que era.

—Ni tanto ni tan poco. Le quiero pero tengo intenciones de volver a casa, si me lo preguntas por eso. Hemos conseguido la plaza de prácticas en París —anunció, y Hugues enarcó las cejas de golpe. Era la primera noticia al respecto, y también eso lo puso un poco nervioso aunque sería una buena experiencia para ella.

—¿Dónde?

El corazón se le disparó al formular la pregunta.

—En el George V. Es uno de los mejores hoteles de París, y nos servirá para tener contacto con Four Seasons, la empresa que lo gestiona; nos irá bien por si alguna vez queremos trabajar en otro hotel de la cadena.

—¿Qué significa eso? No necesitas para nada tener contacto con Four Seasons si piensas trabajar conmigo. ¿Ha cambiado en algo el plan inicial?

—No, ya te lo he dicho. Sigo pensando en volver a casa por Navidad. Empiezo en el George V el 1 de junio. François y yo tenemos intención de buscar un piso para vivir juntos. Él se quedará todo el año pero yo solo estaré seis meses.

El plan de pasar seis meses en París sí que lo conocía, pero ahora se le antojaba demasiado precipitado, y lo de vivir con François en París era nuevo.

—¿Vais a vivir juntos?

Ella asintió.

—¿No te parece atarte demasiado?

—No, solo serán seis meses —dijo Heloise con tono práctico—. Además, no me apetece vivir sola. Ya tengo veinte años, papá; bueno, entonces ya casi los habré cumplido. Todo el mundo lo hace, y es una buena experiencia.

—¿Quién dice que es una buena experiencia? —preguntó

él, molesto—. Te pagaré un alquiler, no tienes necesidad de vivir con él.

—Pero quiero hacerlo —insistió ella, sonriéndole.

—¿Y si fuera yo el que se va a vivir en pareja? —le soltó sin rodeos en un intento por abrir la puerta que llevaba seis meses cerrada.

—No seas tonto, tú no te vas a ir a vivir con nadie. Si alguna vez lo hicieras, no me parecería bien. A tu edad no es adecuado, pero yo aún estoy estudiando, no es lo mismo.

—¿Por qué no? ¿Y si me enamoro? —preguntó, tratando de formularlo de forma hipotética antes de presentarle la realidad, para tantear el terreno y ver qué decía.

—Seguramente me daría un ataque y tendría que matarla —dijo Heloise con una sonrisa mientras a Hugues se le hundía el mundo bajo los pies—. Eres mío —añadió sin vacilar un segundo, con la confianza que le ofrecía tener un padre que jamás se había enamorado de nadie. Le encantaba que fuera así, y no temía expresarlo.

—Puedo seguir siendo tuyo y querer a otra persona además de a ti; me refiero a tener una novia.

Estaba dándole vueltas al tema pero no tenía valor para soltarlo, sobre todo en vista de las respuestas de Heloise. Al parecer no la avergonzaba lo más mínimo mostrarse tan categórica.

—No, no puedes —repuso ella mientras sorbía una limonada con una pajita—. No te doy permiso. Además, seguro que andaría detrás de ti por dinero o montaría un buen lío en el hotel. Tú no necesitas a ninguna mujer, papá; ya me tienes a mí.

En su cara apareció una sonrisa de oreja a oreja y se recostó en el sillón, y él no tuvo ánimo para arruinar el resto de la semana diciéndole que estaba enamorado de Natalie. Una semana o dos no le parecía suficiente tiempo para darle ese tipo de noticia, sobre todo si tenía en cuenta su resistencia expresada abiertamente. Por la forma en que lo miraba, Hugues fue consciente de que no sería más valiente en Semana Santa de lo que lo había sido en Navidad. ¿Cómo iba estropear la semana que tenían para estar juntos si se veían solo cada tres o cuatro meses? No podía arriesgarse. Heloise significaba mucho para él. Si la perdía, no le bastaría con Natalie. Quería tenerlas a las dos, no a la una o a la otra.

—Explícame lo de las prácticas y todo lo que implica —dijo él, apagado, aunque la chica parecía no darse cuenta de su mirada triste.

Hugues sabía que le había fallado a Natalie y había roto su promesa, a pesar de que el viaje acababa de empezar. A la vuelta tendría que explicárselo, si era capaz. Con un poco de suerte, ella lo comprendería. Empezaba a plantearse si sería mejor no decirle nada a Heloise hasta que regresara a casa en diciembre. Si se lo explicaba antes, a lo mejor decidía quedarse en Francia. No había forma de saber hasta qué punto se sentiría traicionada, hasta qué punto se enfadaría; era imposible medir el grado de su reacción antes de pronunciar las palabras y, por tanto, darle la noticia. Heloise era su única hija, el gran amor de su vida, y no estaba dispuesto a hacer peligrar su relación. Tal vez fuera un cobarde pero no quería perderla. Amaba muchísimo a Natalie pero ni siquiera eso le compensaba.

El resto del viaje lo pasaron visitando museos e iglesias, cenando estupendamente en restaurantes casi siempre pequeños e informales del Trastévere, situado al otro lado del Tíber. El Domingo de Pascua recibieron la bendición del Papa. Luego visitaron el Coliseo, y disfrutaron de su relación de padre e hija. Ella pasó mucho tiempo hablando con François por el móvil, y sin cesar le enviaba mensajes diciéndole dónde estaban. Con todo, Hugues no reunió fuerzas para explicarle que en Nueva York había una mujer de la que estaba enamorado y con la que salía, y que en su vida cabían ambas. Cuando regresaron a Lausana, una semana después del inicio del viaje a Roma, Heloise seguía sin tener ni idea de lo importante que era Natalie para él. Al llegar a la escuela François la estaba esperando. Nada más verlo la expresión de la joven se tornó radiante, y él la besó. A Hugues le molestó que el chico pudiera tener con ella una intimidad que a él no le estaba permitida, aunque en realidad estaba molesto consigo mismo por haber sido demasiado cobarde para darle la noticia, por no haber sido capaz de arriesgarse a que se enfadara con él. Natalie decía que tarde o temprano lo aceptaría, pero ¿y si no era así?

La última noche invitó a Heloise y a François a cenar en La Grappe d'Or, en la rue Cheneau-de-Bourg. Era el mejor restaurante de Lausana. Descubrió en François a un muchacho agradable aunque un poco pagado de sí mismo porque sus padres eran dueños de un hotel muy conocido y creía saberlo todo sobre la profesión. Aun así no era mal chico, y su hija estaba loca por él. Con muchísima suerte al final del año se sentiría preparada para dejarlo, y Hugues cayó en la cuenta de que durante todo ese tiempo Natalie y él tendrían que seguir viéndose a escondidas. Claro que a lo mejor al cabo de unos meses Heloise habría madurado y estaría preparada para recibir la noticia. Eso esperaba, pero de momento tenía que volver a Nueva York y decirle a su novia que había roto su promesa y Heloise seguía sin saber nada de lo suyo.

La abrazó con fuerza al despedirse por la noche, y a la mañana siguiente cogió el primer vuelo con destino a Nueva York, que aterrizó en JFK a las nueve de la hora local, de modo que pudo ir directo a trabajar. Había hablado varias veces con Natalie durante su ausencia, aunque ella, por no presionarlo, no le había preguntado si ya había hablado con Heloise. Ahora tendría que decirle que no le había dado la noticia. La situación le pesaba tanto que cuando aterrizaron tenía la sensación de ir arrastrándose por la pista, y había llegado el momento de afrontarla.

A las diez y media estaba en el despacho y lo primero que hizo fue ocuparse del papeleo. Luego dio una pequeña vuelta por el hotel para comprobar que todo estaba en orden, y cuando se dirigía de nuevo al despacho uno de los conserjes le comentó que Natalie estaba arriba, colocando un cuadro nuevo en una de las suites. Hugues le dio las gracias, subió en ascensor a la decimoséptima planta y entró en la suite. La interiorista estaba sola, peleándose con un cuadro enorme. Soltó un grito triunfal cuando consiguió encajarlo en el gancho, justo en el momento en que él entraba. Se volvió con una sonrisa, y Hugues cruzó la habitación a zancadas y la abrazó con fuerza a la vez que cerraba los ojos y pensaba que ojalá no le hubiera fallado pero que no había tenido otra opción.

—¡Ya estás aquí!

Natalie estaba encantada de volver a verlo, y él la besó con una ternura que contenía la disculpa y el arrepentimiento de quien la había traicionado. Ella se apartó para mirarlo. Por la forma en que la abrazaba había notado que algo no iba bien.

—¿Qué ocurre?

Parecía preocupada, así que Hugues se lo soltó de inmediato. No quería sumar una mentira a la traición.

—No le he contado nada a Heloise. El primer día que estuvimos en Roma me dijo cosas que me hicieron ver que le costaría mucho aceptarlo. Me entró miedo de que cuando lo sepa decida no volver a casa. Lo siento, Natalie; quería decírselo pero no he podido.

En la habitación se hizo un silencio sepulcral. Durante un instante la expresión de Natalie reveló un enfado que se convirtió en tristeza, hasta que asintió. Era una mujer sensata. Quería a Hugues y temía perderlo, igual que él temía perder a su hija.

—Muy bien. —Tenía las espaldas hundidas, y Hugues también. Los dos tenían sensación de fracaso. Heloise los había vencido sin siquiera saber que estaba habiendo un combate—. Pero tarde o temprano lo sabrá; no podemos mantenerlo siempre en secreto.

La relación de pareja iba muy bien, cada vez mejor, excepto en ese aspecto, que no era ninguna tontería. Hugues estaba dividido entre su hija y ella, y antes o después tendría que demostrarle a todo el mundo que en su vida tenían cabida las dos.

—¿Lo habéis pasado bien? —preguntó Natalie mostrando su gran generosidad, y Hugues sintió que la amaba más que nunca por lo buena y razonable que era y lo mucho que demostraba quererlo.

—Sí. —La atrajo hacia sí—. Pero te he echado mucho de menos.

Al no poder hablar de ella aún la había añorado más. Todo cuanto quería era abrazarla, besarla, acariciarla y hacerle el amor, y compensarla por lo que no había hecho a pesar de habérselo prometido. Se moría de ganas de tenerla en sus brazos cuando colgó el cartel de NO MOLESTEN en la puerta de la suite desocupada, pasó la cadena y la arrastró al dormitorio. Al instante se desnudaron. Ella estaba tan ansiosa como él. Había pasado toda la semana pensando en lo que podría ocurrir; sin embargo ya no le preocupaba. Solo deseaba volver a estar con él, daba igual que su hija lo supiera o no. Lo único que les importaba mientras hacían el amor era lo mucho que se querían; todo lo demás se había desvanecido. Cuando hubieron colmado su pasión, Natalie ya lo había perdonado por no decírselo a Heloise. Estuvieron un rato tumbados en la cama sin aliento, y él le sonrió y volvió a atraerla hacia sí. La amaba aún más que antes.

13

Durante los siguientes dos meses llevaron una vida completamente normal. El hermano de Natalie, James, y su mujer visitaron la ciudad y salieron a cenar con la pareja. Los dos hombres se cayeron muy bien. James pensaba que Hugues era una gran persona y que armonizaba a la perfección con su hermana. Estuvieron toda la noche hablando de trabajo mientras Natalie conversaba con su cuñada sobre los niños y los casos en los que estaba trabajando.

El estudio de la interiorista vivía un momento de auge, y seguía haciendo algunas cosas para el Vendôme. En cierta forma era como si la hija de Hugues no existiera porque no tenía vínculo alguno con ella y no sabía cuándo lo tendría si llegaba el momento. Había dejado de preocuparse por que fueran amigas. La chica formaba parte de otra parcela de la vida de Hugues, y estaban construyendo la relación de pareja sin ella. Era una relación sólida y fuerte en la que habían encajado fácilmente sus respectivas actividades. No podían vivir juntos porque él ocupaba un apartamento en el hotel, aparte de que en diciembre Heloise volvería. Por lo demás todo iba bien y el lazo se estrechaba día a día.

Hugues estaba muy ocupado en el hotel, y disfrutaba hablando de ello con Natalie, que era inteligente, demostraba interés por todo y siempre le daba buenos consejos. Pasaron el fin de semana del Memorial Day en los Hamptons, y mientras cenaban en Nick & Toni's Natalie comentó que le gustaría ver una exposición del MoMA y Hugues le dijo que el fin de semana siguiente estaría en París.

—¿Por trabajo?

Natalie parecía sorprendida. Era la primera vez que sacaba el tema, así que debía de ser un asunto de última hora; si no, lo habría mencionado.

—No, voy a ver a Heloise. El 1 de junio empieza las prácticas en el George V, y le dije que antes iría a hacerle una visita.

Natalie se quedó callada unos instantes y luego asintió. De vez en cuando surgía algo que le recordaba que había una parte muy importante de la vida de Hugues que no podían compartir. Le dolía, pero intentaba no pensar en ello. Era una sensación parecida a la que le produciría que tuviera una esposa en algún lugar lejano y ella fuera su amante, la mujer a la que quería y con quien llevaba una vida oculta. Le habría gustado acompañarlo a París, y tenía tiempo libre, pero era impensable. No podía ser mientras Hugues no le contara su relación a Heloise, y él ya ni siquiera planteaba la posibilidad de decírselo. Habían optado por seguir el camino menos costoso y disfrutaban de lo que tenían.

—Se me hace un poco raro —reconoció, pero no le preguntó si esa vez le hablaría de ella. Sabía que encontraría alguna excusa para no hacerlo porque supondría darle un gran disgusto a Heloise y no quería correr ese riesgo. Natalie no deseaba llevarse otra decepción, y estaba segura de que ocurriría—. Me gustaría ir contigo a París.

—Tal vez el año que viene —apuntó él con un hilo de voz, sintiéndose un canalla.

A veces Natalie se preguntaba si cuando Heloise volviera

a casa en diciembre Hugues la abandonaría para evitar dar explicaciones. La cosa empezaba a recordarle a la relación que había mantenido durante ocho años con un hombre que rehuía el compromiso. Hugues no parecía ser este tipo de hombres, pero Natalie era consciente de que no podría comprometerse de verdad mientras no hablara con Heloise. Ella era como un fantasma de quien estaba enamorado, y solo Heloise era algo real para él.

—¿Y qué ocurrirá cuando vuelva en diciembre? —le preguntó con tristeza.

—Que no tendré más remedio que decírselo.

Sin embargo, los dos sabían que no era cierto. Ese juego podía durar toda la vida, mientras Natalie se lo permitiera. Se sentía completamente deshinchada oyéndole decir que se marchaba a París a ver a su hija sin siquiera prometerle que esa vez se lo diría. Sabía que no lo haría, y el propio Hugues también. Tenía demasiado miedo de incomodarla, de que se distanciara o de perderla, y no estaba dispuesto a correr el riesgo ni siquiera por una mujer a la que amaba.

Durante el trayecto de vuelta al hotel Natalie estuvo muy callada. Hugues notaba la tensión y optó por no decir nada; no quería tener que darle más vueltas al tema. Lo hacía sentirse culpable con respecto a Natalie y nervioso con respecto a su hija. A la mañana siguiente ella fue a dar un paseo sola por la playa, y Hugues se dio cuenta de que seguía estando molesta. Sin embargo, no podía decir nada para consolarla excepto que le contaría su relación a Heloise cuando la viera, y no quería volver a romper su promesa. Pensó que era un impresentable.

Natalie no volvió a sacar el tema en todo el fin de semana; no quedaba nada por decir. Cuando Hugues la dejó en su casa el domingo por la noche no lo invitó a subir. Era la primera vez que ocurría, y él fue directamente al Vendôme. Faltaban cuatro días para que se marchara a París. Al día siguiente llamó a Natalie y le preguntó si podía ir a verla. Ella se mostró muy agradable y preparó una elaborada cena, pero Hugues notaba que los separaba un muro. La había decepcionado demasiadas veces al no hablar con Heloise, y eso había acabado por convertirlo en un problema incluso mayor sin que ninguno de los dos supiera bien por qué.

—Mira, ya sé que parece tonto —empezó a decirle él al final de la cena—, sé que no es correcto actuar a escondidas, pero eso nos da más tiempo para afianzar la relación sin que intervengan factores externos. Cuando esté en casa se lo diré, no te quepa duda; es solo que no quiero correr riesgos antes de que vuelva. Podría plantearse otras opciones, sobre todo la de quedarse en París con su novio. Es demasiado joven y no ve las cosas igual de claras que nosotros; quién sabe si actuaría por despecho. Cuando esté en casa lo solucionaré, te lo prometo.

Ella se lo quedó mirando un buen rato, y negó con la cabeza.

—Yo tampoco veo las cosas claras. Y no soy joven. Esto es denigrante, me he convertido en una especie de amante. Te gusta que estemos juntos pero no piensas decírselo a tu hija. ¿Qué significa eso? ¿Que te avergüenzas de mí? ¿Que no estoy a la altura? ¿Cómo se supone que debería sentirme? Para serte sincera, me siento como una mierda.

—Ya lo sé, y me sabe fatal. Es una situación muy rara. Mi hija y yo hemos vivido solos casi dieciséis años y siempre me ha tenido a su entera disposición. Hemos hablado de esto mil veces, ya sabes por qué no se lo he dicho todavía.

Hugues parecía tan incómodo como Natalie, pero ella estaba realmente molesta.

—A lo mejor no se lo dices nunca. ¿Qué me garantiza que lo harás cuando vuelva? Hace seis meses que nos acostamos juntos y aún no sabe nada. Y a lo mejor no llega a saberlo.

—Mira, voy a estar una semana con ella, eso es todo. Desde Semana Santa no he vuelto a verla. Es posible que le haga otra visita en otoño, y estará a punto de volver.

—Y después ¿qué? ¿Y si te pide que rompas conmigo y no te deja tranquilo hasta que lo hagas? Quién sabe qué clase de poder tiene sobre ti. De momento va ganando, y puede que yo acabe siendo la gran perdedora. Ya he vivido esta situación.

—Aquello fue distinto. Se fugó con tu mejor amiga.

—No tiene nada de distinto. No era capaz de comprometerse, y tú tampoco. No te atreves a decírselo a tu hija, no tienes huevos.

Era lo más fuerte que le había dicho jamás, pero Hugues sabía que se lo tenía merecido así que no protestó. No pensaba contarle nada a Heloise durante el viaje a París y esa vez no se comprometería a hacerlo, daba igual lo que Natalie le dijera. La quería, pero la relación con su hija tenía demasiado peso para correr semejante riesgo. Y lo cierto era que no sabía lo que haría si una vez en Nueva York Heloise insistía en que dejara a Natalie. Era un planteamiento horrible para los dos.

Esa noche regresó al hotel en lugar de quedarse a dormir en casa de su novia, y no volvieron a verse antes del viaje a París. Hugues sabía que era una mala señal y estuvo preocupado durante todo el vuelo. En cuanto aterrizó la llamó al móvil, pero ella no contestó. Él albergaba el temor de que esta vez las cosas hubieran ido demasiado lejos pero no podía hacer nada. No conseguía quitarse de la cabeza la imagen de su hija en Roma diciéndole que quería ser el único amor de su vida, aunque era consciente de que era absurdo.

Sin embargo, ¿hasta qué punto estaba dispuesto a demostrárselo tanto a ella como a sí mismo? ¿Y si se distanciaba durante años? Además, no era justo que Natalie le exigiera que corriera un riesgo semejante cuando Heloise vivía a casi cinco mil kilómetros de distancia y se veían tan pocas veces. Se dijo que ella no lo comprendía porque no tenía hijos. Con todo, en lo más profundo de su ser algo le decía que estaba siendo injusto con ella y lo hacía sentirse detestable. Lo cierto era que de momento también a Natalie se lo parecía. Había interrumpido toda forma de contacto con él, ni siquiera contestaba a sus sinceros mensajes de disculpa y amor eterno. Mientras su relación siguiera siendo un secreto, no creería ni una sola palabra de lo que dijera ni querría saber nada más de él. Hugues esperaba que a su regreso se hubiera tranquilizado.

Intentó pasarlo bien en París con Heloise pero el viaje fue corto y estresante. La chica estaba organizando el pequeñísimo apartamento que habían encontrado y él la acompañó a Ikea para ayudarla a elegir todos los muebles en un solo día. François y Heloise estaban nerviosos por su estancia de prácticas y la tensión los llevaba a discutir constantemente. Además, en mitad del viaje se declaró una huelga de transportes, con lo cual no había autobuses, ni metro, ni taxis ni trenes, y cerraron el aeropuerto. La ciudad era una horrenda maraña de coches y bicicletas con los que la gente intentaba llegar al trabajo.

A pesar de todo, la estancia en el Ritz resultó tan agradable como siempre, y varias veces llevó a los chicos a cenar fuera las noches en que no habían reñido. Hugues disponía de muy poco tiempo para estar a solas con su hija, y lo ocurrido con Natalie le acarreó un gran pesar durante todo el viaje. Tampoco esa vez habría resultado en absoluto apropiado contarle a Heloise lo de su relación. La joven estaba muy alterada ante la perspectiva de trabajar en el George V y habría reaccionado fatal. Casi fue un alivio marcharse el día antes de que iniciara las prácticas. Heloise le prometió que lo llamaría para explicarle qué tal iban las cosas, y él les deseó buena suerte a los dos.

Resultaba extraño dejarla en compañía de François. Heloise iba construyendo su vida pero no le daba a su padre la libertad de hacer lo mismo. Hugues pensó que las dos mujeres a las que amaba actuaban de forma muy poco razonable, y cuando el avión llegó a Nueva York se sentía exhausto. La huelga de transportes había durado hasta el día anterior, y el avión estaba atestado de pasajeros cuyos vuelos se habían cancelado. La guinda del pastel la puso el hecho de que el equipaje no llegara a su destino.

Un coche lo recogió y lo llevó al hotel. Se alegraba de estar de vuelta. No había resultado un viaje fácil. Intentó llamar a Natalie durante el trayecto desde el aeropuerto pero, como la semana anterior, solo conseguía que le saltara el contestador. Telefoneó al estudio y le dijeron que no estaba. No la encontraba en ninguna parte. Estuviera donde estuviese no quería hablar con él. En cuanto llegó al despacho descubrió por qué. Jennifer le entregó una carta que Natalie le había dejado a principios de semana. Indicaba que era personal así que la secretaria no la había abierto, y el sobre pesaba. Hugues fue enseguida a su despacho y cerró la puerta para poder leerla tranquilo. Apenas había dirigido la palabra a Jennifer excepto para decirle que había perdido el equipaje. Le había pedido al conserje que llamara a la aerolínea para que lo buscaran.

La carta decía todo aquello que no quería oír. Natalie lo amaba fervientemente, en cuerpo y alma, y la habría hecho feliz pasar el resto de su vida con él, pero era una mujer honrada, no una cualquiera indigna de que una joven de diecinueve años supiera de ella. Si él no la amaba lo bastante para explicárselo a su hija después de siete meses, estaba claro que en su vida no había lugar para ella. No pensaba tolerar que la humillara por más tiempo ocultando su existencia y negando la relación que tenían. Había dicho que comprendía el problema y los miedos con respecto a su hija, pero si los dieciséis años que le había dedicado en exclusiva servían de algo, la chica tendría que ser capaz de perdonarle prácticamente cualquier cosa, y más el estar enamorado de alguien que también lo amaba y que se había mostrado amable con ella. Al final de la carta Natalie decía que le deseaba lo mejor, que lo suyo había acabado y que no volviera a llamarla. Firmaba con un simple: «Te quiero. Natalie». Punto y final.

Permaneció sentado frente al escritorio con la sensación de que en el despacho había explotado una bomba. Sabía que lo merecía pero no deseaba que ocurriera. Y lo único que podía cambiar las cosas era contárselo a Heloise, cosa a la que no estaba dispuesto. Por lo menos hasta al cabo de seis meses. Además, tal vez Natalie tuviera razón, tal vez ni siquiera entonces se sentiría preparado. Estaba consternado ante su propia falta de coraje, pero lo cierto era que la relación con su hija le importaba más que la de Natalie. Lo tenía claro, y ella también. Todo cuanto podía hacer era aceptar su decisión y dejarla tranquila, por consideración. La amaba, pero tal como ella señalaba en su carta de forma tan conmovedora, no lo bastante. No lo bastante para mostrarle respeto y tratarla bien. Estaba de acuerdo en que merecía algo mejor. No era una cualquiera. Era una mujer que merecía todo aquello a lo que aspiraba, solo que él no podía ofrecérselo. Tenía los ojos llenos de lágrimas cuando dobló la carta, la metió en el sobre y la guardó bajo llave en un cajón de su escritorio. Ocultó la cara entre las manos y estuvo así unos minutos antes de levantarse y salir del despacho. Se le veía destrozado.

—¿Va todo bien? —le preguntó Jennifer en voz baja. Él vaciló pero acabó por asentir, y salió al vestíbulo para hacer un seguimiento de cómo iban las cosas en la recepción.

Jennifer no sabía lo que ponía en la carta aunque lo imaginaba. Natalie no le había dicho nada pero era consciente de lo molesta que estaba porque Hugues nunca le contaba lo suyo a Heloise. Y también de que tarde o temprano Natalie se hartaría y desaparecería. La expresión de Hugues revelaba que acababa de hacerlo. Deseaba que no fuera así, pero siete meses eran mucho tiempo esperando a que un hombre le revelara su relación a su hija. Lo sentía mucho por ambos. Era evidente que Hugues quería a Natalie, pero a su hija la quería más, y Jennifer también era consciente de que no le habría puesto las cosas fáciles. A Heloise jamás le gustaría que hubiera otra mujer en su vida, daba igual quien fuera. Consideraba a Natalie una gran mujer que merecía algo mejor. Y al parecer ella misma también lo creía.

Jennifer no volvió a ver a Hugues en todo el día. Anduvo de un lado a otro por el hotel poniéndose al día, y por fin subió a su apartamento, cerró la puerta con llave, colocó el cartel de NO MOLESTEN, se tumbó en la cama y lloró hasta quedarse dormido.

14

Tanto para Natalie como para Hugues el verano fue largo, caluroso y solitario. Ella aceptó varios trabajos, aunque ninguno lo disfrutó tanto como la remodelación de las suites del Vendôme. Se avino a decorar una casa de playa en Southampton, otra en Palm Beach y dos apartamentos en Nueva York. Todos sus nuevos clientes eran muy agradables y valoraban mucho su trabajo, pero jamás se había sentido tan falta de inspiración y tan deprimida como esos tres meses de verano.

Cada día sentía que tenía que arrastrarse hasta el trabajo, y las primeras semanas después de dejar a Hugues estuvo literalmente enferma. Había pasado por eso antes y sabía que no podía obviarlo; solo lo curaba el tiempo. Estaba enamorada de verdad y dejarlo le había supuesto una agonía.

Sus tres colaboradores estaban preocupados por ella y se encargaban de casi todo. Natalie no podía concentrarse. Por fin consiguió interesarse otra vez por el trabajo y se refugió en él. Fue dos veces a Palm Beach para reunirse con el cliente y el arquitecto que había diseñado la casa, y mientras estaba fuera un nuevo cliente llamó al estudio porque quería que decorara una gran casa de Greenwich. El negocio prosperaba, pero ella se sentía fatal.

En septiembre seguía muerta de miedo pero se iba acostumbrando a la nueva situación y trabajaba mucho. Se esforzaba al máximo durante el día y pasaba la mayoría de las noches en blanco. Pensaba en Hugues continuamente pero no tenía nada que decirle, y después de que le dejara la carta en el hotel él no había vuelto a llamarla. Quería pasar página pero no tenía ni idea del tiempo que le llevaría. Cada día se le hacía eterno, y cada mes se le antojaba un siglo.

El fin de semana del día del Trabajo tenía la sensación de haber estado tres meses sumergida con un bloque de cemento en la cabeza. Jamás se había sentido tan deprimida, ni siquiera cuando su antiguo compañero se fugó con su mejor amiga. La pérdida de Hugues le resultaba dolorosísima, y sentía que nunca le hubiera dado una verdadera oportunidad. Él le había enviado una breve nota en respuesta a su carta en la que le decía lo mucho que la amaba y cuánto lo sentía. Reconocía que no había hecho las cosas bien pero no se atrevía a hacer nada dadas las circunstancias. Volvía a decirle que la amaba y le deseaba lo mejor. Era consciente de que tenía todo el derecho a dejarlo, pero se sentía fatal, igual que ella se había sentido durante el verano. Todo cuanto podía hacer para aliviar la tristeza era trabajar sin tregua y no tomarse ni un momento de descanso. Quienes habían estado a su lado cuando su mujer lo dejó decían que nunca lo habían visto tan mal.

Nadie sabía qué había ocurrido exactamente, pero llamaba la atención la repentina ausencia de Natalie y la gente sospechaba que no se debía a que hubiera acabado el trabajo. Lamentaban no tenerla allí. Era una mujer agradable que contagiaba alegría y caía bien a todo el mundo. Y quien más lo sentía era Hugues.

Empezó a dar largos paseos por el parque en solitario y todos los días se quedaba a trabajar hasta medianoche. Tenía muy mal genio, cosa impropia de él, y no toleraba la menor tontería de nadie. Sus empleados trataban de evitarlo en la medida de lo posible y esperaban que pronto volviera a ser el de antes. Jennifer intentaba no ponerlo de mal humor pero recibió varios desplantes, lo cual era aún más raro. En septiembre todavía se le veía demacradísimo y su secretaria estaba preocupada por él. No se había atrevido a volver a mencionarle a Natalie después de que en junio, tras el viaje a París, le hubiera pedido que le pagara la última factura, cosa que hizo. Por lo que ella sabía no habían vuelto a tener contacto desde entonces.

El fin de semana del día del Trabajo las temperaturas alcanzaron los cuarenta grados y en las plantas quinta y sexta tuvieron problemas con el aire acondicionado. Los técnicos andaban como locos intentando que la instalación volviera a funcionar mientras los huéspedes no paraban de quejarse. Hugues ordenó en recepción que no cobraran la estancia de las habitaciones afectadas pero los clientes quedaron descontentos de todos modos. El calor en la ciudad era insoportable, tanto que resultaba imposible ir a cualquier parte o hacer cualquier cosa. A pesar de eso Hugues decidió tomarse un descanso, y cuando empezó a refrescar un poco, o sea sobre las siete de la tarde, fue a Central Park. Había pensado en sacar a pasear a la perra que tenía Heloise pero también para ella hacía demasiado calor, así que la dejó con la florista, la persona con quien había pasado más tiempo durante los últimos meses en ausencia de su hija, ya que la quería más que él mismo.

Paseaba cerca del lago vestido con los pantalones del traje y en mangas de camisa. Se había quitado hasta la corbata. En ese momento se abrió el cielo, retumbó un trueno, brilló un relámpago y empezó a llover a cántaros. Era lo único que podía salvar a la ciudad del calor achicharrante. Hugues quedó empapado al instante y la camisa se le pegó al cuerpo, pero hacía tanto calor que no le importaba. Siguió caminando mientras se trasladaba mentalmente a junio, a la carta de Natalie y las cosas que debería haber hecho de otro modo. Ya era demasiado tarde. Y seguía echándola de menos.

Continuó rodeando el lago en mitad de la tormenta que no cesaba, y casi había dado la vuelta completa y estaba en el lugar de partida cuando vio a una mujer vestida con pantalón corto y camiseta de deporte que se parecía a Natalie. Estaba tan mojada como él y al correr salpicaba el barro del camino. Hugues se dijo que esa mujer le recordaba a Natalie porque había estado pensando en ella. Llevaba el pelo largo recogido en una cola de caballo que al mojarse se le había pegado a la espalda. Era obvio que tampoco le molestaba que lloviera. La mujer se volvió para cambiar de sentido y entonces Hugues vio que no se trataba de ninguna ilusión, era Natalie, y avanzaba hacia él. Ella se quedó igual de sorprendida y ninguno de los dos supo qué mirar ni adónde ir, así que siguieron avanzando el uno hacia la otra y a él se le ocurrió que podía probar a saludarla. Ella bajó la cabeza al suelo y estuvo a punto de pasar de largo cuando una fuerza superior hizo que Hugues diera un paso adelante y le cortara el camino. Ella lo miró con una expresión que estuvo a punto de romperlo en pedazos. Se la veía tan abatida como a él.

—Lo siento, me porté como un imbécil —dijo mientras permanecían bajo la lluvia torrencial.

—No pasa nada. —Le sonrió con tristeza, sin hacer el menor esfuerzo por marcharse—. Te quería de todos modos. Tal vez debería haberte dado tiempo, pero no podía soportarlo más.

—No te culpo. Tenía miedo de perder a Heloise, y acabé por perderte a ti.

La lluvia les resbalaba por la cara, y Hugues parecía destrozado.

—Seguramente elegiste bien, es tu hija.

—Te quiero —dijo él sin tocarla. Tenía miedo de intentarlo; no quería ofenderla.

—Yo también. De todas formas no hubiéramos durado mucho, lo más probable es que ella te hubiera obligado a dejarme.

Se había dado cuenta de que la hija de Hugues ejercía una influencia nefasta sobre él.

—No lo permitiré... si... si me das otra oportunidad. No sé si es mejor que se lo diga antes de que vuelva a casa, solo faltan tres meses. Pero entonces pelearé como un león por nosotros.

Natalie sonrió ante sus palabras, aunque no le creía.

—¿Puedo llamarte? —preguntó él.

Los dos estaban tan empapados que parecía que no llevaran ropa, y Hugues pensó que ojalá fuera cierto. Recordaba perfectamente el cuerpo de Natalie, había soñado con él noche tras noche, y también con su cara y sus ojos. A través de la camiseta y los pantalones de gimnasia empapados veía casi todas sus curvas.

—No lo sé —dijo ella con franqueza—. No quiero volver al punto en el que estábamos, no quiero tener que verte a escondidas mientras sigues ocultándole la relación.

Hugues asintió.

—¿Y si se lo digo cuando vuelva en diciembre?

—Es probable que le entren ganas de matarte. —Natalie le sonrió, y él estuvo a punto de derretirse—. A lo mejor es una suerte que no haya tenido hijos.

—La experiencia merece la pena —dijo él con tacto—. Y tú también. Me encantaría que volviéramos a vernos.

Ella no contestó. También le habría gustado mucho pero seguramente habrían vuelto a la situación en la que estaban y todavía habría sido peor si al enterarse Heloise se ponía hecha una fiera. Natalie no quería llegar a ese punto. Sin embargo, Hugues estaba más dispuesto a arriesgarse que en junio, porque ahora sabía cuánto la amaba. Lo había aprendido en los últimos tres meses. Con eso le bastaba para enfrentarse a su hija y luchar por la relación.

—No me gustaría fastidiarte la vida —observó ella con tono amable.

Daba la impresión de que quería pasar página. Ver a Hugues le había afectado mucho y no tenía las respuestas que él esperaba, del mismo modo que él no las había tenido en su momento.

—Cuídate —dijo él con tristeza, y se hizo a un lado.

Tenía que dejar que se marchara. Sabía que no tenía otra opción. Ella prosiguió su camino, y cuando llevaba un trecho se volvió para mirar a Hugues, que seguía quieto bajo la lluvia, contemplándola. El chaparrón no amainaba, y entonces Natalie se detuvo y se echó a llorar. Hugues se le acercó y la abrazó, pero a ninguno de los dos le quedaba nada que decir. Conocían toda la historia y cómo había acabado. No obstante en ese momento él la besó; no pudo evitarlo. Y ella le echó los brazos al cuello y respondió al beso. Permanecieron besándose bajo la lluvia, pegados el uno a la otra.

—No quiero perderte —musitó Natalie en el momento en que se separaron y se miraron a los ojos.

—No me perderás, te lo prometo. No volveré a cometer la misma estupidez.

—No fue ninguna estupidez, tenías miedo.

—Ahora soy más valiente —repuso él, y Natalie sonrió—. ¿Quieres venir al hotel a secarte?

Ella asintió. Regresaron al hotel en silencio y entraron en el vestíbulo chorreando, por lo que corrieron hasta el ascensor. El ascensorista sonrió a Natalie, contento de volver a verla. No dijo nada pero reparó en que el señor Martin sonreía por primera vez en meses.

Hugues la hizo pasar al apartamento y fue a por dos toallas. Ella se quitó los zapatos y los dejó en el recibidor, y lo primero que hizo fue secarse el pelo.

—Si quieres, podemos enviar tu ropa a la lavandería para que la sequen.

—Gracias —respondió ella con tono amable.

Entró en el cuarto de baño y cuando salió llevaba uno de los gruesos albornoces del hotel. Hugues se había puesto otro. Avisó a una camarera y le entregó la ropa mojada de Natalie para que la pusieran en la secadora. Cuando la camarera se marchó, la interiorista esbozó una sonrisa. Iba descalza y bajo el albornoz no llevaba nada pero Hugues no se atrevió a acercársele.

—¿Té? —le ofreció.

—Gracias.

Natalie no esperaba volver a poner los pies allí, en el apartamento que Hugues ocupaba en el hotel. Había intentado dejar atrás todo lo que sentía, igual que había hecho él, y ninguno de los dos lo había logrado.

Cuando les subieron el Earl Grey él le sirvió una taza tal como a ella le gustaba; se sentó y se lo quedó mirando. No sabía qué hacer a continuación. ¿Era un encuentro anecdótico o una oportunidad única? Ninguno de los dos lo sabía. El azar los había reunido. Natalie hacía footing en Central Park cuando se puso a llover, y allí estaba él.

Hugues no pronunció palabra; se limitó a tocarle la mano.

—Hablaba en serio cuando te he dicho aquello en el parque. Lucharé por nosotros, si me das la oportunidad.

Ella no respondió, solo lo miró y dejó la taza en la mesa. Le tendió los brazos y él la estrechó. Primero cayó el albornoz de Natalie; luego el de Hugues. Él la llevó al dormitorio, la tendió en la cama y se limitó a mirarla.

—No tienes que luchar por mí —respondió ella en voz

baja—. No quiero que haya ninguna guerra. Lo único que quiero es construir una familia que nos permita ser felices juntos.

Hugues asintió. Era lo mismo que deseaba él. Lo había descubierto, y también lo mucho que le importaba Natalie, lo mucho que siempre le había importado. No dijo nada más; le hizo el amor como ambos llevaban tres meses deseando, y ella se entregó con todo el cariño y el anhelo que no había conseguido sofocar. Cuando hubieron terminado, permanecieron tumbados en la cama, conmovidos ante lo que habían estado a punto de perder y habían reencontrado. Esa vez los dos tenían claro que no permitirían que acabara ahí, costara lo que costase.

15

Hugues volvió a París para ver a Heloise en octubre. Hacía un tiempo espléndido. Se alegraba mucho de ver a la chica, que estaba emocionadísima ante la perspectiva de volver a casa. No mencionó a Natalie, pero su hija notaba que algo había cambiado, y durante la cena planteó la cuestión.

—Ya eres una persona adulta —dijo él con tono tranquilo—. Los dos somos adultos. Creo que a mí también me hacía falta madurar. Seguramente se te hará raro volver a casa después de pasar tanto tiempo fuera; has hecho tu vida e incluso has vivido en pareja. —Hugues le sonrió. Heloise estaba encantada de haber hecho las prácticas en el George V—. Te has vuelto muy independiente.

La joven parecía preocupada ante la idea de que las cosas fueran a cambiar. La intención de su padre era prepararla para lo que se encontraría al volver. De todos modos, lo pasaron bien juntos. Esa vez Hugues solo estuvo en París cuatro días porque tenía mucho que hacer en Nueva York. Cuando regresó le hizo una propuesta a Natalie.

Le pidió que decorara para su hija una pequeña suite muy agradable de la quinta planta que tenía varias habitaciones. Sabía que a Heloise le impactaría que su padre la impulsara a independizarse, pero también sería bueno para ella. Hugues estaba preparando el terreno para la relación que quería tener con su hija, y Natalie se dio cuenta de ello enseguida. Esa vez las cosas eran distintas, en el buen sentido. Se sentía amada y respetada.

—¿Cómo crees que se lo tomará?

—Puede que se sienta molesta, asustada, enfadada; contenta, tal vez. Le pasará lo mismo que a todos los jóvenes cuando están madurando.

Le pidió a Natalie que dejara la suite muy bonita, como solo ella era capaz de hacerlo, y que no escatimara en gastos. Quería darle una sorpresa a Heloise cuando volviera, así que disponía de dos meses. No era mucho tiempo pero sabía que ella podía conseguirlo.

Natalie se puso manos a la obra de inmediato, y para Acción de Gracias la suite estaba casi lista. Le prometió a Hugues que en dos semanas más la tendría terminada. El resultado era juvenil a la vez que elegante y distinguido, ideal para una chica que había vivido seis meses en París. Hugues había decidido no desmontar su antiguo dormitorio por el momento para que pudiera trasladarse a su nuevo apartamento cuando se sintiera preparada, lo cual también a Natalie le pareció lo más sensato.

Dio los últimos retoques tres días antes de la fecha prevista para el regreso de Heloise. Hugues no sabía qué tal se sentiría a la vuelta ya que dos semanas antes lo había llamado hecha un mar de lágrimas porque había roto con François. Decía que llevaban meses discutiendo. Él estaba enfadado porque se marchaba, pero ella había descubierto que la engañaba con otra empleada de prácticas del hotel. Habían dejado la relación y se alojaba en casa de una amiga. Pensaba dejar los muebles de Ikea en el apartamento y estaba muy disgustada por lo de la ruptura. Hugues lo sentía mucho por ella pero en cierta forma le aliviaba la noticia porque significaba que ya nada la ataba allí.

Había estado preparándole una fiesta de bienvenida en el salón. Jennifer lo había organizado casi todo, y Sally, la jefa de catering, se encargaba del resto. La fiesta iba a celebrarse al día siguiente de su llegada. El día después de Navidad Heloise tenía previsto marcharse a esquiar con unos amigos, y empezaría su labor oficialmente en el hotel cuando pasara Año Nuevo. Antes quería divertirse un poco, ya que en el George V había trabajado mucho.

En el Vendôme todo el mundo estaba muy ocupado antes de su llegada. El apartamento nuevo estaba listo y habían terminado de organizar todo lo relativo a la fiesta. El hotel gozaba de plena ocupación. Natalie tenía muchísimo trabajo y Hugues sorteaba los problemas habituales. Un huésped borracho se había caído en un pequeño tramo de escalera y amenazaba con demandarlos. En la cocina habían robado comida y tuvieron que despedir a tres empleados clave en una época de mucho ajetreo. A pesar de lo ocupados que estaban, Hugues y Natalie eran felices y vivían tranquilos. Ella se sentía nerviosa por el regreso de Heloise pero tenía la impresión de que Hugues lo resolvería de la mejor manera posible para todos. Llevaba mucho tiempo esperando ese momento, y por fin confiaba en que lo haría. Desde septiembre volvían a ser felices, después de un verano agónico. Jennifer se alegraba mucho de verlos juntos otra vez. Hugues había cambiado para bien desde que había vuelto con Natalie, estaba mucho más tratable de lo que lo había estado durante el verano. Volvía a ser el de antes, e incluso se había vuelto más agradable. Y Natalie se sentía muy a gusto en el Vendôme y la mayoría de las noches las pasaba en el apartamento de Hugues.

El padre de Heloise fue a buscarla al aeropuerto con la furgoneta del hotel para poder cargar las maletas. Llevaba dieciséis meses fuera de casa aunque a juzgar por todo lo que llevaba encima parecían dieciséis años. Había vuelto con ocho maletas y varias cajas llenas de objetos comprados en el mercado de las pulgas de París. La chica se arrojó en sus brazos nada más verlo. Tenía un aspecto muy sofisticado gracias al abrigo negro de Balenciaga que se había comprado justo antes de partir, con permiso de Hugues, y las botas de tacón alto. Llevaba la melena pelirroja cubierta por un gorro de punto. Estaba muy elegante, y pasó todo el trayecto hasta el hotel charlando animadamente. No mencionó a François y su padre notó que estaba mejor. Era obvio que se sentía preparada para pasar página; de hecho François y ella habían hablado de dejarlo correr cuando volviera a Nueva York, pero él había elegido una manera bastante desagradable de hacerlo.

Igual que el año anterior, cuando había vuelto por Navidad, muchos empleados la estaban esperando en el vestíbulo, que lucía mucho con el árbol y la decoración. Hacía un año entero que no pisaba el hotel, y la fiesta del día siguiente sería una buena sorpresa, igual que el apartamento nuevo. Sin embargo, Hugues todavía no estaba preparado para darle la noticia. No quería agobiarla y creía que era mejor dejarle unos días para que se aclimatara antes de enseñárselo. No quería que tuviera la sensación de que la echaba del nido en el que se había criado. Natalie se alojaría unos días en su casa hasta que Hugues tuviera la oportunidad de contarle lo suyo a Heloise. Esta vez sabía que lo haría. Él anhelaba tanto como ella que estuvieran juntos, aunque eso supusiera darle un disgusto a su hija. Heloise tenía su propia vida, y él también necesitaba su parcela. De todos modos para ella sería un cambio importante y era muy posible que no le gustara. Hugues esperaba que lo comprendiera pero era consciente de que tal vez no fuera así. Estaba preparado para un verdadero arrebato.

Igual que el año anterior, la noche de su llegada a Nueva

York Heloise salió con amigos después de cenar con su padre. Se moría de ganas de ver a todo el mundo, pero parecía más estable y más madura. Había aprendido muchas cosas gracias a la estancia de prácticas en el George V. Los últimos dos meses había trabajado en conserjería, donde siempre había una actividad frenética, y había demostrado que incluso en la línea de fuego era capaz de conservar la calma.

Hugues tenía previsto asignarle un puesto en el mostrador de recepción, por lo menos durante el primer mes, donde podría perfeccionar las habilidades para tratar con los clientes. Después había pensado tenerla un mes en contabilidad, ya que era importante que aprendiera todas las facetas del negocio. También le irían bien algunas semanas en el servicio de habitaciones, y unos cuantos meses en conserjería. Quería que hubiera completado el período de formación en junio. Luego tendría que volver a Lausana para la graduación, y Hugues quería acompañarla. Tal vez incluso pudiera ir Natalie si todo salía bien. Él era bastante optimista al respecto, y Natalie esperaba que estuviera en lo cierto.

La mañana posterior a su regreso, Heloise desayunó con Hugues y luego recorrió el hotel y entregó pequeños obsequios comprados en París a personas especiales como Jan y Ernesta. Para las telefonistas, para Jennifer y para Bruce, el jefe de seguridad, había comprado unas cajas de bombones belgas. Estuvo charlando un rato con cada uno de ellos, y luego salió para ultimar las compras navideñas.

Le había dicho a su padre que era posible que esa noche volviera a salir con sus amigos pero él le pidió que se quedara en el hotel para ayudarle. La chica se sorprendió un poco de que su padre quisiera ponerla a trabajar tan pronto, pero no discutió y tras preguntarle a qué hora dijo que allí estaría. Tras el período de prácticas en París parecía más madura en todos los aspectos. La habían formado bien.

—Basta con que estés de vuelta a las siete y media. Nos encontraremos aquí. Tienen que llegar unas personas muy importantes —dijo con intención de llevarla a la fiesta sorpresa preparada en el salón. También había invitado a Natalie, ya que quería que se uniera a ellos en una ocasión así.

Heloise aseguró que sería puntual y se marchó.

A las siete y media estaba arreglada y a punto, como había prometido. Hugues la estaba esperando con su indumentaria formal, y cogieron el ascensor para bajar. Le había pedido a su hija que se pusiera un vestido de cóctel porque tenían que pasar por una fiesta que se celebraba en el salón. Ella había elegido un bonito vestido negro de encaje adquirido en París y unos zapatos de tacón, y llevaba el pelo recogido en un moño. A Hugues le encantaba el aspecto que tenía, y le sonrió mientras el ascensor los llevaba hasta la segunda planta. Le había dicho que primero pasarían por el salón, y luego bajarían al vestíbulo para recibir a los vips cuando llegaran. Heloise no le preguntó de quiénes se trataba sino que lo siguió hasta el salón sin decir nada. Sonaba música y había globos por todas partes, y en el momento de entrar Heloise vio a todos sus amigos y a la mayoría de los empleados del hotel esperándola a la vez que gritaban «¡Sorpresa!». Ella se quedó unos instantes verdaderamente atónita y luego se volvió hacia su padre.

—¿Es para mí?

No daba crédito. Incluso sus amigos del Liceo Francés estaban en el salón, y todo el mundo le sonreía mientras ella se esforzaba por contener las lágrimas. Estaba conmovidísima por lo que su padre había hecho, y porque había acudido todo el mundo.

—Sí. ¡Bienvenida a casa!

Había más de un centenar de personas. Heloise no podía creer que le hubieran preparado una fiesta semejante, y encima en el salón. Tardó unos minutos en asimilarlo antes de recuperarse y disponerse a hablar con la gente.

Hugues se acercó a Natalie mientras Heloise avanzaba entre la multitud, y por fin la chica volvió junto a él y le dio las gracias otra vez. Estaba emocionada por lo fantástica que era la fiesta. Su padre seguía estando al lado de Natalie.

—Seguro que te acuerdas de Natalie —dijo, presentándolas de nuevo mientras trataba de aparentar la máxima normalidad—. Ha decorado varias habitaciones más desde la Navidad pasada, y hay una que creo que te gustará especialmente —añadió con aire misterioso sin ofrecerle más detalles.

Heloise estaba demasiado emocionada para prestar verdadera atención a lo que le decía. Intercambió unas cuantas palabras con la interiorista y volvió a mezclarse con la gente.

Por fin Hugues y Natalie se marcharon, como casi todos los invitados y los empleados más mayores, y los jóvenes estuvieron bailando hasta las dos de la madrugada. Hugues y Natalie se quedaron un buen rato en el bar y luego él pidió que la acompañaran a casa en el Rolls Royce. Lamentaba no poder pasar la noche con ella, pero sabía que era demasiado pronto para desaparecer. Heloise solo llevaba dos días en Nueva York.

Por la mañana, la chica volvió a darle las gracias a su padre por la magnífica fiesta. No había sospechado nada, y creía de verdad que esa noche le haría trabajar. Entonces lo miró con aire pícaro.

—¿Anoche estabas flirteando con la decoradora o fueron imaginaciones mías? Es muy guapa y creo que le gustas.

Daba la impresión de que la joven lo encontraba gracioso y no parecía nada preocupada puesto que estaba sonriendo. Su padre era guapo, y las mujeres siempre intentaban conquistarlo. Él les seguía un poco el juego pero Heloise creía que la cosa nunca iría más allá y que era definitivamente un solterón.

—Eso espero —respondió él en voz baja mientras desayunaban—. Hace un año que nos vemos. Es una persona muy especial, y espero que llegues a conocerla bien.

Por fin había abierto la puerta que llevaba un año aterrorizándolo. Le sentó como una bocanada de aire fresco; ya no tenía que mentirle.

Pero Heloise se lo quedó mirando como si acabara de arrojarle un cubo de agua helada. No daba crédito a lo que acababa de oír.

—¿Qué quiere decir que hace un año que os veis? ¿Te estás acostando con ella?

Miraba a su padre con incredulidad. No estaba preparada para semejante noticia y deseaba que él dijera que le había gastado una broma o que solo eran amigos. Sin embargo, no fue así. Se habían acabado las contemplaciones y había llegado el momento de madurar. Era una promesa que le había hecho a Natalie y que hacía tiempo que debería haber cumplido por el bien de todos, incluida Heloise, le gustara o no. De momento todo parecía indicar que no le gustaba.

—¿Sois novios? —La chica lo miró fijamente, esperando una respuesta que en realidad no quería oír.

Él respondió con toda tranquilidad.

—Sí, Heloise, somos novios.

—¿Por qué no me lo has dicho antes?

Parecía enfadada y dolida, y seguramente lo estaba.

—Quería hacerlo pero nunca encontraba el momento. Estabas muy lejos, y además lo dejamos correr durante un tiempo.

Heloise no sabía qué decir. Se puso de pie y se acercó a la ventana mientras le daba vueltas al tema. Luego se volvió hacia su padre con una expresión de desconsuelo que le partió el corazón.

—¿Por qué? ¿Para qué necesitas una novia? Nunca habías tenido ninguna. —Se preguntaba si sería porque ella no estaba—. ¿Te sentías solo? —preguntó, y lo miró con lástima. Natalie parecía una mujer decente y respetable, pero Heloise habría preferido que se hubiera comprado un perro—. Nunca habías tenido novia. ¿Por qué ahora sí?

—Había salido con algunas mujeres —respondió él con franqueza. No quería continuar mintiéndole; además, ya tenía edad para saberlo y era mucho mejor decirle la verdad—. Aunque con ninguna llegué demasiado lejos —siguió diciendo—. Por eso no te las presenté. Con Natalie es diferente.

—¿A qué te refieres? —Heloise miró a su padre a los ojos con expresión de pánico. No quería ceder su puesto a nadie—. Tenemos una relación muy especial. ¿Por qué tienes que estropearla?

—Natalie no estropeará nada —respondió Hugues con delicadeza. Tenía ganas de cruzar la sala y abrazarla pero no lo hizo. Daba la impresión de que su hija necesitaba espacio y distancia, así que lo respetó—. Tú también vivías con François en París. ¿Por qué no puede haber alguien especial en mi vida?

En ese momento la expresión de pánico de Heloise se intensificó. Natalie era todavía lo bastante joven para tener hijos, aunque esperaba que no se lo planteara. Se ahorró el comentario de que su padre tenía cincuenta y tres años y le llevaba trece a la interiorista. Estaba destrozada pero mantuvo las formas. Al parecer la noticia la había alterado.

Su padre decidió hablarle con tranquilidad.

—Hemos pasado unos años maravillosos los dos juntos, y eso es algo que no cambiaría por nada del mundo, pero has crecido. Has vivido seis meses con un chico y, aunque estaba preocupado, no me quejé porque creo que tienes derecho a tomar tus propias decisiones. Por favor, respeta las mías. Natalie y yo nos llevamos muy bien, y no va a quitarte nada que sea tuyo.

Sin embargo, ya lo había hecho. Heloise sabía que había perdido en parte a su padre. Las cosas no eran como antes, ella ya no era el único amor de su vida. Le entraron ganas de volver a acurrucarse en el vientre materno.

Hugues, al percibir ese sentimiento en su mirada, le habló con mucha claridad.

—No vas a perderme; eso es imposible. Nadie te sustituirá jamás. Cada cual tiene su sitio —le aseguró con una expresión de grandísimo amor paterno.

—No, no es verdad —exclamó ella con lágrimas en los ojos. Era lo peor que le había sucedido en la vida, dado que no tenía conciencia del momento en que su madre los abandonó—. Me marcho a Francia —determinó mientras caminaba de un extremo a otro de la sala, y Hugues trató de aparentar una tranquilidad que no sentía.

—No, no te marchas. Tienes que hacer las prácticas en el hotel, si no, no te darán el título. Además, vives aquí.

—Pues Natalie no. No quiero encontrármela.

—No pienso hacer que se esconda, Heloise. Las dos me merecéis mucho respeto. Tendría que habértelo explicado todo hace un año pero no lo hice, y fue un grandísimo error que no pienso repetir. Espero que lo vayas asimilando, y que te acostumbres a tratar con Natalie. Ella quiere que os hagáis amigas.

—Yo ya tengo amigos, no la necesito. Me dobla la edad.

Hugues no dijo nada y esperó a que Heloise se calmara, pero ella cogió el abrigo y se volvió para mirarlo.

—Gracias por estropearme la vida —le dijo.

Con las lágrimas resbalándole por las mejillas, salió del apartamento y dio un portazo. Hugues estaba seguro de que iría a casa de alguna amiga para criticarlo pero estaba tranquilo porque ya se lo había dicho. Solo le quedaba hacerse a la idea de que Natalie formaba parte de su vida, y sabía que eso le llevaría cierto tiempo. No le sorprendía su reacción, solo lo sentía por ella.

Más tarde telefoneó a Natalie y le explicó cómo había ido la conversación excluyendo el comentario de que le había estropeado la vida. Esa vez había cumplido su palabra, le había contado a Heloise lo de su relación y ella había reaccionado como era de esperar. A Natalie le alivió saber que la cosa no había pasado de ahí.

—¿Cómo está? —preguntó con tono preocupado. Esperaba que no lo estuviera pasando demasiado mal, por el bien de todos.

—De momento, muy enfadada. Y seguro que también asustada, y dolida. Pero lo superará. Solo necesita un poco de tiempo.

Hugues estaba tranquilo y seguro de sí mismo porque había hecho lo que tenía que hacer.

Esa noche Heloise se quedó a dormir en casa de una amiga, y el día de Nochebuena seguía sin dirigirle la palabra a su padre. Natalie la pasó en Filadelfia, en casa de su hermano, como hacía todos los años, así que Hugues no la invitó a unirse a ellos, cosa que por otra parte era lo más apropiado. Fue una noche muy tensa. Heloise no quiso cenar con él y prefirió cubrir el turno de recepción.

Natalie se presentó en el hotel el día después de Navidad, cuando llegó a Nueva York. Estaba cenando tranquilamente en el apartamento cuando llegó Heloise, y al verla fue directa a su dormitorio y cerró de un portazo sin pronunciar palabra. El miedo y el dolor que sentía se habían transformado en furia, y parecía que hubiera pasado un tornado. Se estaba comportando como una niña.

—¡Uau! —exclamó Natalie en voz baja, y comprendió por qué a Hugues le había costado tanto decírselo. Heloise no se andaba con chiquitas.

La hija de Hugues había hablado con varias personas del hotel con las que se llevaba bien, incluida Jennifer, y todos le habían dicho que Natalie era una buena persona y muy apropiada para su padre, lo cual solo sirvió para que se pusiera más furiosa. Quería que todo el mundo odiara a la decoradora tanto como ella pero nadie le hacía caso. Se había quedado sola para defender ese frente ya que todos creían que era hora de que Hugues volviera a tener una relación seria. Heloise pensó que eran todos unos traidores y también empezó a detestarlos. Sin embargo, a quien más odiaba era a su padre por haber cometido la gran traición de sustituirla. No tenía ninguna intención de compartir su cariño con Natalie ni con nadie. Le pertenecía a ella y solo a ella.

—Se le pasará —dijo Hugues para tranquilizar a Natalie, aunque también ella estaba molesta.

Su intención no era destruir la familia ni estropear la relación que tenía con su única hija. Aun así, no podían hacer más que aguardar a que pasara el chaparrón, aunque daba la impresión de que la espera sería larga.

Al día siguiente Heloise se marchó a esquiar a Vermont con unos amigos y no se despidió de su padre. En cierta forma era mejor que estuviera unos días fuera, así Natalie podría quedarse en el apartamento y pasarían la Nochevieja en paz. No tenían planes más allá de estar juntos. A esta le preocupaba estar arruinándole la vida a Hugues.

—¿Prefieres que lo dejemos correr? —le preguntó con remordimientos ante los problemas que había ocasionado.

—¡Ni hablar! —exclamó él con tono categórico—. Todo esto lo he hecho por nosotros, y es lo que debía hacer. Lo mejor es que me ayudes a capear el temporal; no puede abandonarse el barco a la primera de cambio.

Ella asintió sin saber qué hacer para aplacar los ánimos aparte de ofrecerle apoyo y esperar a que pasara.

—¿Crees que algún día me dará una oportunidad? —preguntó con nerviosismo.

—Tardará. De niña ya era muy tozuda, y no ha cambiado nada. Habrá que esperar a que amaine la tempestad pero seguro que durante un tiempo será bastante desagradable.

Hugues le pasó el brazo por la espalda y la besó. Así como el año anterior había temido mucho la reacción de Heloise, ya se sentía preparado y dispuesto a soportarla. Ahora quien estaba asustada era Natalie.

Cuando se acostaron ella pasó casi toda la noche agitada y removiéndose, y por la mañana se la veía cansada.

—Deja de preocuparte por eso. Solo necesita que le demos tiempo —afirmó él con seguridad.

Por fin en Nochevieja Natalie se relajó y tuvieron una agradable celebración; vieron películas antiguas y bebieron champán. Hugues intentó ponerse en contacto con Heloise para que se desearan un feliz año nuevo, como hacía siempre, pero ella no contestó al teléfono, así que le dejó un mensaje en el contestador y le mandó un SMS. A Natalie la dejaba pasmada su sangre fría pero él estaba tranquilo porque ya había dicho lo que tenía que decir y no quiso hablar del tema en toda la noche. Era su celebración de fin de año.

Para gran asombro de todo el mundo, cuando Heloise regresó seguía estando enfadada, e incluso lo demostraba más. Según su punto de vista Hugues la había traicionado, y si algo no podía perdonarle era eso. El segundo día del año empezó a trabajar en el mostrador de recepción, y siempre que veía a su padre ponía mala cara. Él la dejó completamente a su aire y no forzó las cosas. La joven ya sabía lo que debía saber, que Natalie formaba parte de su vida. Tenía que asimilarlo le gustara a no.

La chica no dio su brazo a torcer en todo el mes de enero y apenas intercambió unas cuantas palabras con él durante cinco semanas aparte de ignorar a Natalie. A esas alturas Hugues estaba un poco deshinchado. Se preguntaba cuánto tiempo duraría el rencor, y al parecer sería bastante. Jennifer también intentó hacer entrar en razón a Heloise pero fue inútil, no quería escucharla a ella ni a nadie. Decía que odiaba a Natalie y no había nada que hacer. Sin embargo, la mujer tuvo la valentía de mostrarse en desacuerdo.

—Esto no es como cuando la jefa de catering quería conquistar a tu padre y la pillaste liándose con el ayudante del chef —le advirtió.

El recuerdo de aquel episodio hizo sonreír a Heloise. Se había olvidado por completo de Hilary.

—Natalie es una persona seria —siguió diciendo Jennifer—. No te creará problemas ni quiere alejar a tu padre de ti. Tienes que darle una oportunidad.

—¿Por qué? No necesito otra madre, ya tengo una. Y no quiero compartir a mi padre con ella.

Por lo menos Heloise era sincera aunque parecía una criatura de cinco años, lo cual formaba parte del problema porque lo cierto era que había momentos en que se comportaba como tal. Actuaba como una niña mimada y consentida. Jennifer le dejó las cosas claras y eso aún la puso más furiosa. La secretaria de su padre le dijo que no estaba siendo razonable y que en el fondo era más comprensiva, ante lo cual la chica se alejó hecha una furia y volvió al mostrador de recepción, donde por otra parte estaba demostrando ser muy capaz. Su padre se alegró de oír eso y decidió seguir dejándola a su aire. Natalie se mantenía alejada del hotel siempre que Heloise trabajaba en recepción.

A principios de febrero la joven seguía mostrándose enfadada y molesta, por lo que Natalie estaba hecha un manojo de nervios y Hugues empezaba a hartarse de todo. La interiorista no paraba de proponer que dejaran correr lo suyo, cosa que a Heloise le habría encantado, pero él solo quería que las dos se tranquilizaran. Todas las mañanas hablaba de ello con Jennifer, y ella siempre le aconsejaba que tuviera paciencia y esperara, aunque ya lo hacía.

—¿Por qué no te casas con ella? —le preguntó su secretaria una mañana—. Puestos a pasarlo mal, soluciónalo de una vez por todas. Heloise está como una fiera pero aún lo estará más si decidís casaros algún día. ¿No vale más que lo hagas y punto? Así Natalie podrá trasladarse a vivir contigo.

Hugues todavía no le había enseñado a su hija el apartamento nuevo. No quería estropearlo todo destapando el pastel en un momento tan delicado. Quería que supiera apreciarlo, por eso estaba esperando a que se calmara, pero de momento seguía enfadadísima, y empezaba a dar la impresión de que no se le pasaría. Sin embargo la propuesta de Jennifer le pareció acertada y estuvo dándole vueltas durante unos días. A lo mejor tenía razón. Heloise llevaba dos meses hecha una furia así que la cosa no podía estropearse mucho más. Además, le encantaba la idea de pasar el resto de su vida con Natalie. La pareja había hablado de ello unas cuantas veces, antes de que la joven volviera y estallara la guerra.

Sin comentárselo a nadie, para San Valentín le compró a Heloise un bonito abrigo rojo de Givenchy y durante el desayuno se lo dio. Notó que se sentía tentada de devolvérselo pero acabó por abrirlo con una expresión hosca que desapareció en cuanto vio la prenda.

—¡Papá! ¡Me encanta! —exclamó, y durante cinco minutos se transformó en la de siempre.

Heloise se puso el abrigo y Hugues la abrazó, pero ella al instante se encerró en su habitación dando un portazo. Por lo menos se había abierto un claro entre las nubes que le daba esperanzas. Tal vez algún día el huracán habría pasado. La furia implacable de la chica empezaba a pasar a la historia.

Esa noche llevó a Natalie a cenar en La Grenouille, su restaurante favorito, y luego fueron a casa de ella para charlar y relajarse, y acabaron haciendo el amor. Los dos últimos meses habían sido muy estresantes para ambos. Los dos tenían mucho trabajo, y Heloise les estaba haciendo la vida imposible. Últimamente a Hugues le apetecía mucho salir del hotel siempre que era posible para estar con su novia y disfrutar en paz del tiempo que pasaban juntos.

Estaban en el piso de esta, en la cama, hablando de Heloise una vez más cuando Hugues cambió de asunto. No quería que Natalie se pusiera de mal humor. Últimamente la chica era casi el único tema de conversación; siempre estaban tratando de intuir cuánto tardaría en perdonarlos, aunque en vista del éxito quizá no lo hiciera nunca. Los dos últimos meses se les habían hecho eternos.

Para distraer a Natalie empezó a provocarla y la besó, pero entonces se detuvo a mirarla con cara de preocupación, como si hubiera visto algo que no le gustaba.

—¿Qué es eso que tienes en la oreja? —le preguntó, y ella se asustó.

—¿En la oreja? ¿Tengo algo en la oreja?

Empezó a pasarse la mano por si era un escarabajo o algún otro bicho.

—Tienes una cosa —insistió él con el entrecejo fruncido—. Déjame ver.

Se acercó y ella se echó a reír porque empezó a hacerle cosquillas.

—¿Qué haces?

—Creo que se ha quedado dentro. A lo mejor me hacen falta unos alicates.

—No digas tonterías —dijo ella volviéndose para mirarlo, y le dio un beso que hizo que Hugues se distrajera unos instantes.

Se moría de ganas de volver a hacer el amor con ella, pero antes tenía otro plan.

—¿Tienes unos alicates?

—No, no tengo alicates. Además, ¡ni se te ocurra meterme una cosa así en la oreja!

—¡Ah, ya lo tengo! ¡Aquí está! ¡Sabía que había algo!

Él le entregó un objeto y al principio Natalie no sabía qué era, pero cuando lo miró se quedó boquiabierta. Se trataba de un precioso solitario con un brillante. Hugues había decidido seguir el consejo de Jennifer y había ido a Cartier. El anillo de compromiso era mucho más valioso de lo que la interiorista hubiera imaginado jamás, y se quedó mirando a Hugues, estupefacta.

—¿De verdad?

—A mí me parece que sí que es auténtico —repuso él echándose a reír—. Es una suerte que haya podido sacarlo, pensaba que igual había que cortarte la oreja. —Entonces se puso serio—. ¿Quieres casarte conmigo, Natalie?

Mientras formulaba la pregunta le deslizó el anillo en el dedo, y luego la besó.

—Sí, sí quiero —respondió ella en cuanto pudo tomar aire—. Querría casarme contigo aunque no me regalaras ningún anillo. No me esperaba para nada algo así.

Eso a Hugues todavía le hizo más gracia. Le encantaba mimarla. Además, se lo merecía; había esperado mucho tiempo a que él hiciera las cosas bien, así que ahora quería ir más allá.

—¿Cuándo nos casamos? —le preguntó feliz y relajado mientras permanecían tumbados en la cama y ella, con una amplia sonrisa, inclinaba el precioso brillante para ver sus destellos.

—No lo sé. ¿Mañana es demasiado pronto? Pero ¿y si cambias de idea?

—No cambiaré de idea. —Se quedó callado un momento—. En junio tengo que ir a Lausana para la graduación de Heloise, y espero que a esas alturas puedas venir con nosotros. Cuando volvamos me gustaría prepararle una fiesta; estará a punto de cumplir veintiún años y querría hacerlo coincidir. ¿Qué tal en julio, para no robarle protagonismo? ¿Qué te parece?

—Perfecto —respondió ella, y se volvió para besarlo.

Había sido una noche maravillosa: habían hecho el amor, Hugues le había pedido matrimonio y le había regalado un anillo precioso. Y le esperaba toda una vida a su lado. Sin embargo, de repente parecía preocupada otra vez.

—¿Y qué le diremos a Heloise?

—Que vamos a casarnos —se limitó a responder él—. De todas formas, ya me odia. No creo que la cosa pueda empeorar mucho.

—Pues yo creo que sí —repuso Natalie con nerviosismo.

—Lo superará. —Hugues estaba convencido de ello. Además, al volver con Natalie le había asegurado que esta vez era la definitiva y era un hombre de palabra—. Cuando se le pase le pediré que me haga de testigo.

—Yo le pediré a mi hermano que me acompañe al altar —dijo Natalie con alegría—. Ahora que lo pienso, es posible que a Heloise le guste mi sobrino. Es un chico muy guapo. Podemos aprovechar la ocasión y presentárselo en la boda.

Le encantaba cómo sonaba eso: en la boda. No cabía en sí de gozo.

—Sería un punto a nuestro favor —comentó Hugues sintiéndose tan feliz como ella—. Imagino que lo celebraremos en el salón del hotel, ¿no? —preguntó.

—Claro. Podemos pedirle al cura que nos case allí.

Natalie no era muy creyente, y él estaba divorciado, así que a los dos les pareció genial. En general lo de la boda era genial. Y también lo sería la vida que les esperaba después. Hugues volvía a tener vida propia, y la viviría junto a una mujer que lo amaba. Incluso era posible que algún día tuviera otra hija.

16

Hugues decidió comentárselo todo a Heloise a la mañana siguiente. Después de marcharse de casa de Natalie regresó al hotel, vio a su hija en recepción y le pidió que fuera a su despacho. Al cabo de unos minutos apareció ataviada con el traje de chaqueta azul marino que constituía el uniforme de las recepcionistas.

—¿He hecho algo mal? —preguntó con aire nervioso, olvidándose por unos instantes de lo enfadada que estaba con su padre. Se planteaba si habría cometido algún error en el trabajo o si algún cliente se habría quejado de ella, pero él sacudió la cabeza y le pidió que tomara asiento.

—No, más bien te parecerá que soy yo quien hace las cosas mal, pero de todos modos ya estás enfadada. Me gustaría dejar claro que te quiero mucho y que nadie podrá sustituirte jamás; eres mi hija. Aunque en mi vida también hay lugar para Natalie. Son relaciones muy distintas. Durante muchos años estuvimos solos tú y yo, vivíamos de una forma muy peculiar y a los dos nos encantaba. Pero no siempre estarás sola, y tampoco es cuestión de que yo lo esté, no me parece justo.

Heloise se removía en la silla mientras lo escuchaba. Él se limitó a observarla y prosiguió.

—De todas formas, como ya estás enfadada imagino que

no tengo gran cosa que perder. Quiero que seas la primera en saber que anoche le pedí a Natalie que se casara conmigo, y ella ha aceptado. Me gustaría que nos acompañes en la celebración, en vez de buscar un padrino prefiero que me hagas tú de testigo. Además, por mucho que te enfades seguiré queriéndote. Espero que le des a Natalie una oportunidad y que algún día os llevéis bien. La boda será en julio, después de tu graduación. Ese también será un momento importante.

Heloise lo miraba fijamente, dolida y en silencio, con las lágrimas resbalándole por las mejillas.

—¿Cómo puedes hacerme una cosa así? Siempre habías dicho que no volverías a casarte. —No podía creer que estuviera a punto de hacer lo que tanto había recalcado que no haría. Era la peor noticia que le habían dado en la vida. Tenía ganas de hacerle daño—. Seguro que te abandona, igual que mamá —dijo con expresión airada.

Hugues hizo un esfuerzo por no reaccionar de forma automática a su comentario. En vez de eso, le habló con tono calmado desde el otro lado del escritorio.

—Natalie no se parece en nada a tu madre. Espero que nuestro matrimonio funcione, pero si no es así seguramente será porque yo lo he estropeado, no porque ella se ha fugado con un cantante de rock. Natalie es una persona responsable. Dale una oportunidad. A lo mejor incluso te cae bien.

Heloise lo escuchaba con aire triste. Estaba a punto de perder a su padre por una mujer a quien apenas conocía. Lamentaba haberse marchado a estudiar fuera porque si no, estaba segura de que nunca habría ocurrido una cosa así. La noticia que Hugues le había dado con tanto entusiasmo le destrozaba el alma.

Entonces él se puso de pie y rodeó el escritorio con una mirada de gran cariño hacia ella. Notaba lo mal que lo estaba pasando y le habló con tono tranquilo. Se le acababa de ocurrir una idea, y esperaba que el momento fuera oportuno y la ayudara.

—Por favor, ve a la recepción y pide la llave de la quinientos dos.

Salieron juntos del despacho y Hugues esperó junto al ascensor a que Heloise regresara con la llave. La chica no le había preguntado para qué la quería, estaba demasiado enfadada. La secretaria de dirección sonrió al verla; no sabía a qué estaba esperando su padre para enseñarle la suite que llevaba dos meses desocupada.

Subieron en silencio a la quinta planta, y al salir al pasillo él le quitó la llave de las manos. Heloise no tenía ni la más mínima idea de para qué la quería. Hugues abrió la puerta, encendió la luz y le indicó que pasara. Ella entró y dio un vistazo a la suite. Notó que la habían decorado hacía poco. La salita estaba pintada en tonos beige y tierra y el dormitorio en una delicada gama de rosa pálido. La tapicería era preciosa y a la joven le encantaron los cuadros que había colgados. Además aún olía a pintura, lo cual proporcionaba un aire de frescor, y el sol entraba a raudales por la ventana.

—Es muy bonita —dijo Heloise sin aspavientos—. Los cuadros me gustan mucho. ¿Para qué me la enseñas, para que te diga lo buena decoradora que es Natalie o por otra cosa?

Mientras formulaba la pregunta su padre le entregó la llave.

—Llevaba dos meses esperando este momento.

—¿Por qué?

—Porque la hemos decorado para ti. Es tuya, para cuando quieras utilizarla. Puedes seguir viviendo en el apartamento si lo prefieres, pero he pensado que tal vez necesites un poco de intimidad. En París vivías a tu aire, y a lo mejor aquí también te apetece tener tu propio espacio. No te estoy echando de casa; simplemente quiero que sepas que cuando tengas ganas de estar sola, esta suite es para ti. Quédate con la llave.

Notó que, poco a poco, la expresión de Heloise cobraba vida y sus ojos se llenaban de entusiasmo al oír eso. La chica no sabía qué decir, pero entonces a sus ojos asomó una mirada de preocupación.

—¿Lo haces para tenerme contenta porque vas a casarte?

—No. Natalie empezó a decorar la suite en octubre, y lo de la boda lo decidí hace dos semanas.

—Pues ojalá no lo hubieras hecho —le espetó con tristeza, y él la atrajo hacia sí y le dio un abrazo.

—Te prometo que todo irá bien. No me perderás por nada del mundo. —Hugues siguió estrechando a su hija mientras las lágrimas le resbalaban por las mejillas. Detestaba verla sufrir por su culpa pero sabía que hacía bien casándose con Natalie—. Puedes instalarte aquí cuando quieras. O si lo prefieres puedes quedarte a vivir con nosotros en el apartamento. A lo mejor deseas reservarte este espacio solo para cuando invites a tus amigos. Eso sí, si vives con nosotros espero que trates bien a Natalie.

Le estaba dejando las cosas muy claras. Heloise permaneció callada un buen rato, y al final dejó de llorar y sonrió. Estaba conmovida por lo que su padre había hecho por ella.

—Gracias, papá. Es una suite muy bonita; me encanta.

Entonces lo abrazó y le dio un beso en la mejilla. Era obvio que se debatía entre el sufrimiento y la alegría de tener su propio espacio. Los altibajos emocionales eran constantes desde que había vuelto a Nueva York. Se moría de ganas de invitar a sus amigos a ver su nueva casa y no le apetecía nada tener que seguir trabajando. Dio una vuelta por la suite y todo lo que vio le gustó mucho. Intentaba disfrutar del regalo de su padre y olvidarse de que iba a casarse con Natalie.

—Los cuadros son preciosos —dijo por fin.

Lo eran: tenían un aire moderno, vivo y juvenil.

—Los he elegido yo, especialmente para ti —respondió

su padre con tono amable—. Me alegro de que te gusten, habría sido una gran decepción no acertar —añadió con franqueza.

—Sigo estando enfadada por lo de la boda —aclaró Heloise con igual sinceridad, pero ya había pasado lo peor. Simplemente estaba descolocada porque no esperaba que su padre volviera a casarse.

—Ya lo sé. Espero que se te pase algún día. ¿Querrás hacerme de testigo? —le preguntó con expresión seria.

—Es posible. —Volvió a ponerse triste mientras contemplaba la nueva suite—. Natalie tiene muy buen gusto. Pero no necesitas casarte, me tienes a mí.

—Eso no cambiará nunca, no hay nadie que pueda sustituir a un hijo. Pero tú no vivirás siempre sola y a mi edad es muy agradable tener compañía. Además, la quiero. Aunque a ti también te quiero y te querré siempre.

Heloise asintió mientras escuchaba a su padre, y se guardó la llave de la suite en el bolsillo del uniforme como si tuviera miedo de que se la quitara por haber estado tantas semanas enfadada con él.

—Gracias, me gusta mucho.

—Bien —exclamó su padre, y le pasó el brazo por los hombros—. A mí me gustas mucho tú. Y ahora, a trabajar.

Heloise le sonrió y bajaron juntos al vestíbulo. Todos los empleados de recepción sonreían porque en cuanto había pedido la llave supieron adónde iba.

—¿Qué te ha parecido? —preguntó la secretaria, y Heloise la miró con expresión radiante.

—Es muy bonita.

La chica se volvió hacia su padre, y él se alejó con una sonrisa.

Más tarde Hugues llamó a Natalie para explicarle lo ocurrido.

—¿Le ha gustado?

—¿Estás de broma? Pues claro que le ha gustado. Le he explicado que vamos a casarnos y que no tiene por qué vivir con nosotros si no quiere, que puede vivir en su propia suite si lo prefiere. Así no se sentirá tan incómoda porque podrá hacer lo que más le apetezca.

—¿Le ha molestado lo de la boda? —preguntó Natalie aún con nerviosismo. No quería tener que convivir siempre con una hijastra furibunda, ni siquiera durante seis meses.

—Creo que más bien le ha sorprendido pero se acostumbrará —dijo él con confianza—. Me parece que le ha sentado bien ver que tiene una suite para ella sola. Le ha encantado la decoración. Ah, y me ha dicho que tarde o temprano tú también reaccionarás y te fugarás con una estrella de rock.

Lo dijo sonriendo, había sido un comentario muy infantil por parte de Heloise.

—Qué horror —exclamó Natalie—. Yo nunca te haría eso.

—Ya lo sé.

La mañana había sido muy intensa y Hugues estaba agotado. Esperaba que Heloise empezara a entrar en razón y se aviniera a conocer mejor a Natalie. También a ella la ayudaría tener a una mujer en la familia, además de a él. La relación les haría mucho bien a ambos.

—Le he pedido que sea mi testigo —anunció.

—¿Y qué te ha dicho?

—Que tal vez. No es mala respuesta para empezar. En julio ya se le habrá pasado.

—Yo he llamado a mi hermano y sí que quiere llevarme al altar. Solo me falta el vestido.

Quedaban únicamente cinco meses para la boda y había mucho que hacer.

—Tendrías que hablar con la jefa de catering lo antes posible —dijo él—. Es muy agradable. Ah, y tenemos que concretar la fecha. Por suerte el salón no suele estar muy solicitado en julio. Todo el mundo prefiere casarse en mayo o junio, o el día de San Valentín, o por Navidad. —Sin embargo a ellos les gustaba julio—. Por cierto, ¿adónde quieres ir de viaje de novios?

Como ya se lo había dicho a Heloise podían hacer planes.

—A algún lugar bonito —dijo ella con candidez—. Decídelo tú.

Nada más oír su respuesta él ya había elegido el sitio: el One & Only Palmilla de Baja California. Había enviado allí a muchos clientes y todos quedaban encantados. Era el lujo en estado puro y el destino perfecto para una luna de miel. O eso o el Hotel du Cap en Antibes, aunque le parecía que en Baja California lo pasarían mejor.

—Gracias por dejar tan bonita la suite de Heloise. Algún día te lo agradecerá pero puede que tarde un poco.

—No hace falta que me agradezca nada, la idea fue tuya, y además me has pagado o sea que es a ti a quien debería darle las gracias.

—Ya lo ha hecho —dijo él con una sonrisa mientras se sentaba frente a su escritorio.

Charlaron unos minutos y luego colgó. Al cabo de poco entró Jennifer con documentos para firmar y un capuchino, y Hugues le sonrió.

—Gracias por la excelente propuesta —dijo—. Anoche le pedí a Natalie que se case conmigo. Todo fue idea tuya, y ha salido de perlas. Me dijo que sí y la boda será en julio, si podemos reservar el salón.

—Tengo contactos así que creo que podré ayudarte —bromeó ella—. Por cierto, enhorabuena a los dos. Dile a la novia que le deseo lo mejor. ¿Se lo has dicho ya a Heloise? —preguntó intentando disimular la preocupación.

—Sí, hace un rato.

—¿Le ha parecido bien?

—No, pero cambiará de idea. Se ha quedado de piedra.

A Jennifer no le sorprendió oír eso pero se alegraba de que Hugues hubiera seguido su consejo.

Sonrió mientras él firmaba los documentos y salió del despacho. Se alegraba mucho por Hugues. Y estaba completamente segura de que Natalie era la mujer perfecta para él. En cuanto consiguieran tener a Heloise de su parte todo iría como una seda. Lo de la boda le parecía muy emocionante, y con suerte Heloise lo asimilaría pronto. Por otra parte, Jennifer se alegraba de que la chica fuera a tener la madre de la que había carecido tanto tiempo. A los dos les iría bien contar con Natalie, aunque Heloise todavía no lo supiera.

17

Los meses que faltaban para la boda de Hugues y Natalie y para la graduación de Heloise fueron muy ajetreados para todos. La interiorista intentaba seguir al frente del estudio mientras planificaba la boda, buscaba momentos para estar con su prometido y se ganaba la simpatía de una hijastra que continuaba librando una guerra fría contra ella y la ignoraba cada vez que coincidían en la misma habitación. En el mejor de los casos la cosa la cargaba de tensión. Hugues trataba de ser paciente y tranquilizarlas a ambas pero nada de lo que dijera o hiciera servía para cambiar el rechazo de Heloise por acercarse a Natalie y aceptarla como futura esposa de su padre. Le hacía el vacío expresamente y se negaba a implicarse en nada relativo a la boda, por lo que esta tuvo que encargarse personalmente de hablar con la jefa de catering y la florista y de buscar a un responsable de eventos que organizara la celebración.

Heloise invitaba con frecuencia a amigos a su nuevo apartamento y reconocía que se sentía muy a gusto allí pero seguía viviendo en casa de su padre y ocupando su antiguo dormitorio, por lo cual se tropezaba con Natalie muy a menudo cuando esta quedaba con Hugues para cenar o ultimar los planes de la boda. Siempre que podía era él quien iba a casa de su prometida, y lo único que podía hacer respecto de Heloise era tratar de mantenerla lo más ocupada posible con el trabajo en el hotel para que pensara en otra cosa. Muchas veces le pedía que doblara el turno, le asignaba largas jornadas y horarios de noche, y también la iba cambiando de sección para que adquiriera diferentes conocimientos relativos al oficio. Era lo que en la École Hôtelière esperaban, y cuando accedieron a que hiciera las prácticas con él se había comprometido a no darle un trato especial por ser su hija.

Heloise tendía a pensar que lo sabía todo porque se había criado en el hotel pero todavía tenía mucho que aprender. Sin embargo, todo el mundo coincidía en que era muy trabajadora y diligente, siempre dispuesta a hacer lo que le pedían.

Su padre estaba orgulloso de ella pero había una cosa con la que la chica no transigía: Natalie. Lo último que le había dicho era que no pensaba asistir a la boda, ni como testigo ni como invitada, y Hugues no insistió. No quería empeorar las cosas presionándola, solo confiaba en que para julio se le hubiera pasado el enfado ya que seguía esperando que fuera su testigo.

Cuando llegó el momento de ir a Lausana para la graduación era obvio que a Heloise no le apetecía nada que Natalie los acompañara, y ella dijo que no le importaba quedarse porque tenía muchas cosas que hacer. La boda se celebraría el 7 de julio, el fin de semana después del día de la Independencia, ya que era la única fecha en que el salón estaba libre. Heloise solo hizo un comentario y fue que se alegraba porque todos los invitados habrían salido a causa del fin de semana largo y no asistiría nadie.

La fiesta de celebración de la graduación y del vigesimoprimer cumpleaños de Heloise iba a tener lugar en el mismo salón tres semanas antes, el 15 de junio. La chica estaba impaciente por que llegara la fecha, igual que todos los empleados del hotel; esta vez no se trataba de ninguna sorpresa. La propia Heloise se estaba encargando de los preparativos en estrecha colaboración con Sally, la jefa de catering, que era también la responsable del menú de la boda. La hija de Hugues no quería saber nada de lo que estaban preparando y se negaba a hablar de ello con Sally y con Jan.

Heloise obtuvo unas notas de prácticas excelentes. Su gracia, su dedicación, su buen juicio y su trato con los invitados y los compañeros le habían valido muchos elogios. Todos sus supervisores habían observado la atención que prestaba al menor detalle y su innata capacidad para el trabajo en la hotelería. Los años que había vivido con su padre en el Vendôme le habían hecho un buen servicio. La única crítica en la que todo el mundo coincidía era su excesiva independencia y la tendencia a tomar decisiones unilaterales. Se preveía que a la larga no participaría tanto como miembro del equipo sino que dirigiría el negocio, cosa que de todos modos correspondía a su objetivo. Pero en cuanto regresara de Lausana seguiría trabajando en el hotel con un contrato de prácticas regular y cubriría vacantes en recepción y en conserjería. Casi ninguno de los huéspedes a los que había atendido sabía que era la hija del dueño. Seguía las mismas normas e instrucciones para tratar a los clientes que sus compañeros, y llevaba el mismo uniforme formal, que consistía en un traje de chaqueta azul marino para las mujeres diseñado por el propio Hugues y un frac y pantalones de rayas para los hombres. Los empleados del hotel debían cuidar su aspecto de forma muy estricta y durante las horas de trabajo Heloise siempre llevaba la vistosa melena pelirroja recogida en un pulcro moño y muy poco maquillaje, aunque tampoco solía utilizarlo demasiado.

Tenía previsto volar a Ginebra una semana antes de la graduación y su padre lo haría cuatro días después. La chica quería disponer de un poco de tiempo para estar con sus compañeros de clase antes de que llegara su padre. La mañana en que emprendía el viaje se presentó en su despacho. Lo encontró firmando cheques, como de costumbre.

—¿Ya te vas?

Hugues levantó la cabeza en cuanto la oyó entrar, y ella asintió. A pesar de las diferencias que tenía con su hija estaba orgulloso de la titulación que se había ganado a pulso. Al principio no le había hecho ninguna gracia que estudiara hotelería, pero se daba cuenta de que tenía una capacidad innata para el negocio. Había vivido de noche y de día en el hotel y respiraba su ambiente desde que tenía dos años, y, tal como le ocurría a Hugues, ese era el oficio que más le gustaba y el único al que quería dedicarse. Sobre todo deseaba trabajar con su padre en el Vendôme.

—¿Necesitas dinero? —le preguntó él, como habría hecho cualquier padre. Formulaba esa pregunta cada vez que cruzaba la puerta para salir, aunque solo fuera a cenar una pizza con amigos.

—No hace falta —respondió ella sonriéndole—. Me han dado un poco en contabilidad.

Hugues recibía todos los informes de pagos. Heloise recibiría un pequeño salario por el trabajo de prácticas cuando regresara de Lausana. De momento el tiempo que había trabajado en el hotel le había servido para cumplir los requisitos de la titulación y su padre había asegurado a todo el mundo que si hacía las prácticas de los estudios en el Vendôme no le haría favores ni le daría ningún trato preferencial. Se regiría por las mismas normas que los demás.

—Nos veremos allí el viernes cuando llegues —siguió diciendo con cordialidad—. Esa noche hay organizada una cena para los padres y después de la graduación habrá una recepción.

Él le sonrió y se acercó para darle un abrazo, cosa que a Heloise le recordó lo mucho que se alegraba de que Natalie no los acompañara a Lausana. Siempre estaba presente, y al menos por una vez, tal vez la última, tendría a su padre para ella sola. La vida que llevaban estaba a punto de cambiar definitivamente, aunque según su punto de vista ya lo había hecho. Ella respondía actuando como si Natalie no existiera. No la había invitado a la graduación y ni siquiera se había disculpado por ello. No era grosera de un modo directo en su trato con ella, sino que la ignoraba por completo, lo cual ya implicaba bastante grosería.

—Que tengas buen viaje. —Hugues la miraba con todo el cariño que sentía por ella, a pesar de lo difíciles que le había puesto las cosas durante los últimos seis meses—. Tengo muchas ganas de que llegue el día de la graduación, y el de la fiesta que daremos aquí cuando volvamos.

No mencionó la boda ya que era un tema que le resultaba delicado. Esa semana y la siguiente la protagonista sería solo ella. Como era de esperar, su madre no asistiría a la graduación. Heloise la había invitado pero tenía previsto marcharse de vacaciones a Vietnam con Greg y, a pesar de que se lo habían notificado con un año de antelación, dijo que no podía cambiar los planes. Se repetía la misma historia. A la chica le daba igual siempre que su padre no faltara a la cita. Hugues la acompañó a la puerta, donde la esperaba un chófer para llevarla al aeropuerto.

—Gracias, papá —dijo ella con un hilo de voz.

Esos últimos días se la veía más tranquila. Estaba emocionada ante la perspectiva de la graduación y de pronto se sentía muy madura. El trabajo en el hotel, a pesar de que era su padre quien estaba al frente, la había formado en muchos aspectos. Todo era muy distinto de cuando era niña ya que tenía responsabilidades, se enfrentaba a alguna que otra situación difícil y debía contentar a los supervisores, que siempre eran rectos y exigentes a pesar de que la conocían desde hacía años. Debía satisfacer los criterios de calidad del Vendôme, no solo los de la École Hôtelière.

—Hasta el viernes —se despidió, y entró en el coche con el vestido de la graduación cubierto por una funda.

Agitó la mano cuando el automóvil se apartó de la acera. Hugues la observó alejarse con aire reflexivo mientras pensaba en todos los años que habían compartido y la vida tan peculiar que habían llevado arropados por el pequeño universo del hotel. Sabía lo difícil que debía de resultarle a Heloise aceptar que alguien más entrara en ese círculo y por eso se había mostrado más tolerante con su comportamiento de los últimos meses de lo que lo habría sido en otras circunstancias. Era consciente de que a pesar de sus malos modos y el rechazo hacia Natalie su hija lo quería, igual que él la quería a ella. Le costaba hacerse a la idea de que era una adulta de casi veintiún años, y que estaba a punto de graduarse en la misma escuela que él. Regresó al hotel con una sonrisa en los labios mientras pensaba en ello.

Cuando Heloise llegó a Lausana se encontró con sus compañeros del año anterior. Todos estaban igual de emocionados que ella ante la graduación y contaban mil anécdotas sobre las prácticas que habían hecho en distintos lugares del mundo. Las de Heloise habían sido más tranquilas que las de la mayoría, en un entorno conocido, lo cual hizo que se alegrara de haber trabajado en el George V los seis meses anteriores. Era la primera vez que veía a François desde entonces. Lo acompañaba su nueva novia y Heloise se sintió ofendida. Varios de los alumnos iban acompañados de personas especiales; ella, en cambio, no había salido con nadie desde su regreso a Nueva York. No había tenido tiempo con tanto doblar turnos.

Todas las noches quedaban para cenar en algún restaurante cercano, incluidos los del campus y dos bares regentados por estudiantes, y durante esos días asistió a varios seminarios de final de grado y a un ensayo de la ceremonia de graduación. Fueron unos momentos muy entrañables. Algunos alumnos se habían matriculado en un programa internacional de dirección hotelera que duraba dos años y otros pensaban cursar un máster allí mismo. Heloise, sin embargo, volvería a Nueva York y completaría su formación en el Vendôme.

El viernes llegó su padre. Iba a alojarse en el hotel de la propia escuela, en el que los alumnos adquirían experiencia. Para cualquier huésped era todo un lujo poder alojarse en él. Hugues había servido allí unos meses cuando era joven y siempre le resultaba divertido regresar y comprobar cómo habían cambiado las cosas. Los años de estudios en la École Hôtelière habían sido de los mejores de su vida, antes de iniciar la etapa profesional. Mientras paseaba por el inmaculado campus tan familiar para él no podía evitar preguntarse si algún día un nieto suyo también estudiaría allí. Costaba imaginarlo, pero dado el profundo cariño que Heloise sentía por la profesión era posible que ocurriera una cosa así en un futuro lejano. De pronto se sintió como si fuera el primer miembro de toda una dinastía en lugar del propietario de un pequeño hotel.

—¿En qué piensas, papá? —le preguntó Heloise acercándose a él.

Lo estaba buscando y lo vio paseando solo. Esos días había decidido enterrar el hacha de guerra, sobre todo porque Natalie no estaba, y casi parecía que hubieran vuelto a los viejos tiempos.

Él levantó la cabeza y al ver que era Heloise le sonrió y le pasó el brazo por los hombros.

—Es una tontería, pero estaba pensando que tal vez algún día tus hijos también estudiarán aquí.

No era lo que más ilusión le hacía, pero al seguir ella sus pasos la cosa se había convertido en una especie de tradición. Imaginó lo que dirían sus padres. No era el futuro que deseaban para él pero le había proporcionado una vida agradable y una profesión que todavía adoraba.

—Yo no quiero tener hijos —dijo ella con aire pensativo mientras paseaban cogidos del brazo, y a Hugues le sorprendió oír eso. Siempre había creído que Heloise se casaría y tendría hijos, incluso después de saber que quería trabajar en el Vendôme.

—¿Por qué no? —preguntó, mirándola a los ojos.

—Dan demasiado trabajo —respondió a la vez que hacía un ademán como para apartar de sí la idea, y él se echó a reír.

—El hotel también. Y permíteme que te diga que por mucho trabajo que den tener hijos compensa. Mi vida no sería nada sin ti.

Los fuertes sentimientos que le profesaba eran patentes en su voz.

—¿Ni siquiera ahora que tienes a Natalie? —Heloise estaba obsesionada con ella. Miró a su padre con expresión triste y este respondió con seguridad.

—Ni siquiera ahora que tengo a Natalie. No es lo mismo. Yo quería mucho a tu madre, y a Natalie también la quiero, pero el amor que se siente por una mujer, o por un hombre, no tiene nada que ver con el que se siente por un hijo. No pueden compararse. Lo que siento por ti no cambiará nunca, sin embargo el amor por la pareja dura lo mismo que la relación, a veces toda la vida y a veces no. Pero a ti te querré hasta la muerte.

Era una afirmación muy seria y Heloise se quedó callada un buen rato a la vez que se detenía y lo miraba a los ojos.

—Yo creía que las cosas habían cambiado —dijo con un hilo de voz, y él negó con la cabeza.

—Nunca cambiarán. Jamás mientras viva.

Entonces Heloise asintió y su expresión reflejó alivio. A Hugues le costaba hacerse a la idea de que por muy adulta que pareciera seguía siendo una niña que creía que iba a perder a su padre por culpa de otra persona, o que ya lo había perdido. Eso explicaba el rechazo hacia Natalie. Y no resultaba tan sorprendente si se tenía en cuenta que a los cuatro años había perdido a su madre por un hombre. Pero lo cierto era que a Miriam nunca la había tenido. Su madre había representado un papel durante un breve espacio de tiempo. El hecho de que huyera y la abandonara significaba para ella la máxima traición y exacerbaba el miedo que le inspiraba Natalie y la rabia que sentía hacia su padre. Por fin lo comprendía mejor, y se alegró de haber ido solo a Lausana. La abrazó con fuerza unos instantes mientras le acariciaba el largo y sedoso cabello, y luego regresaron cogidos del brazo con la sensación de estar en paz. Hugues le había dicho a su hija todo lo que necesitaba oír. No le bastaba con saberlo, o con darlo por hecho, o con esperar que fuera así; necesitaba oír las palabras, y tenía que ser él quien se las dijera.

La cena de la víspera de la graduación celebrada en el hotel de la escuela fue muy alegre. Tuvo lugar en un auditorio lleno de guirnaldas y adornos, y varios alumnos además del director pronunciaron discursos, algunos muy emotivos. Después la mayoría de los estudiantes acudieron a pequeños locales nocturnos y bares de los alrededores de Lausana, y también hicieron su última visita a los bares del campus. Heloise salió con sus amigos, y sintió auténtica tristeza por tener que separarse de ellos. Después de la graduación quedarían esparcidos por todo el mundo, y dos de los alumnos pensaban trabajar con contratos de prácticas en Nueva York pero no eran personas con las que tuviera mucha relación. Se enteró de que François tenía trabajo asegurado en el Plaza Athénée de París, y él lo prefería a trabajar en el hotel familiar del sur de Francia. A partir de ese momento todos se irían abriendo camino para ascender en el escalafón del negocio de la hotelería, y tendrían que obedecer a sus supervisores y atender las necesidades de los clientes. No era un trabajo fácil, y lo sabían, pero era lo que habían elegido y no veían la hora de empezar. Solo dos alumnos habían abandonado los estudios, uno a causa de la enfermedad de un familiar y otro, una chica, porque se había quedado embarazada y programó la boda a toda prisa, pero había dicho que los retomaría. Eran ciento setenta y ocho los alumnos de la clase de Heloise que obtendrían la graduación, y en toda la escuela no llegaban a doscientos incluidos los de posgrado. La École Hôtelière estaba reconocida como la más prestigiosa del mundo y obtener allí el título ofrecía muchas ventajas.

Al día siguiente se celebró una emotiva ceremonia de graduación que siguió todas las antiguas tradiciones de la escuela, y estas no habían cambiado un ápice desde que más treinta años antes Hugues obtuviera su título allí. Se entregaron premios y Heloise obtuvo dos menciones honoríficas. Al final de la ceremonia el público que llenaba el auditorio se puso en pie y aplaudió acompañado por la música de una orquesta, y luego la multitud en pleno profirió una gran ovación y los alumnos quedaron convertidos en distinguidos titulados de la prestigiosa École Hôtelière de Lausana. Las lágrimas resbalaban por las mejillas de Heloise y arrasaban los ojos de su padre cuando se reunieron y se dieron un abrazo.

—Estoy muy orgulloso de ti —dijo él con voz entrecortada, y por unos instantes Heloise tuvo la sensación de que no existía nadie más en toda la sala ni en el mundo entero aparte de ellos dos.

De nuevo Hugues se alegró de haber acudido solo a la graduación. Necesitaba compartir ese momento con Heloise para mostrarle toda su dedicación y su amor. Le supo muy mal por ella que su madre no hubiera asistido. Era una necia y en toda la vida no había sido capaz de subirse al tren en el que viajaba Heloise. Se había perdido todas las ocasiones importantes, y esa vez no era una excepción. No le importaba nadie más que sí misma. Por su parte, Hugues sentía haber dado a la chica una madre tan poco adecuada y esperaba que algún día se llevara bien con Natalie. Era demasiado tarde para que le hiciera de madre pero le iría muy bien contar con el apoyo incondicional de una amiga adulta al margen de Jennifer, Ernesta y Jan, que habían sido tan buenas con ella. Natalie formaría parte de la familia. Hugues se había esforzado por hacerle de padre, de madre, de tutor y de consejero, pero seguía teniendo la impresión de que su hija necesitaba a una mujer a su lado, y sintió no haberle ofrecido antes esa posibilidad. Visto de ese modo, había esperado demasiado, y cuando llegó el momento Heloise en lugar de agradecerlo lo había vivido como una amenaza y le había declarado la guerra a Natalie. Esperaba que pronto cesaran las hostilidades pero prefirió no nombrarle nada al respecto mientras estuvieran en Lausana.

La cena de la graduación fue un banquete de lujo con comida excelente y una orquesta muy profesional. La recién graduada bailó con Hugues, y también con sus amigos. Después de dos años de duro trabajo había llegado la ocasión de reconocer y celebrar sus éxitos. A la mañana siguiente se reunieron por última vez después de haber salido hasta las seis de la madrugada. Heloise ni siquiera se había acostado. Después de abrazar a sus amigos e intercambiar datos de contacto subió con su padre al coche que los trasladó al aeropuerto de Ginebra, y en cuanto se embarcaron en el avión se quedó dormida. Él la cubrió suavemente con una manta y la contempló con una sonrisa. Parecía de nuevo una niña pequeña con la vistosa melena pelirroja y las pecas, pero era toda una mujer con una carrera y una vida por delante. Sin embargo, a pesar de todos sus logros, él siempre la consideraría su pequeña. Se inclinó para darle un beso y la contempló mientras dormía en el avión con rumbo a Nueva York.

18

En cuanto hubieron regresado a Nueva York los dos se incorporaron a la vida cotidiana. Hugues resolvía las situaciones complejas de costumbre en el hotel: las discusiones entre empleados, las amenazas de demandas, las exigencias del comité y la llegada de clientes importantes. La primera noche en Nueva York a Heloise le tocó cubrir el turno en recepción. Tenía el diploma guardado en la maleta pero allí no significaba nada. Seguía con la obligación de ayudar a unos huéspedes recién llegados que habían perdido el equipaje a comunicarse con la aerolínea, de encontrar una habitación libre para una clienta que no se sentía cómoda en la que ocupaba, cosa rara puesto que se trataba de una de las nuevas suites, pero las borlas de las cortinas eran verdes y la clienta en cuestión decía que ese color la ponía nerviosa y le provocaba migrañas. De milagro logró cambiarle la suite por la de otra clienta que no había llegado todavía. A medianoche tuvo que llamar a un médico porque a un niño de cinco años le había subido mucho la fiebre, y avisó a seguridad porque una pareja de la cuarta planta que estaba borracha inició una pelea doméstica y en la medida de lo posible era mejor que no interviniera la policía para que el hotel no acabara apareciendo en el suplemento *Page Six* del *New York Post*. A las dos de la madrugada se enfadó varias veces con el servicio de habitaciones porque no respondían al teléfono, y a otro cliente tuvo que explicarle por qué la conserjería no abría hasta las cinco. Más muerta que viva terminó el turno a las siete, y cuando subió al apartamento de su padre se encontró con que Natalie estaba allí. No la había visto todavía desde su regreso a Nueva York pero estaba tan cansada que no le hizo ni caso. Pasó junto a la mesa en la que estaba desayunando con Hugues y, tras un escueto saludo, se dirigió a su dormitorio. Detestaba la expresión con que su padre miraba a Natalie, parecía que estuviera a punto de formarse un charco en el suelo por cómo se derretía. Heloise creía que era ridículo que un hombre de su edad estuviera tan enamorado, pero en ese momento trató de obviar la cuestión.

—¿Qué tal ha ido la noche? —preguntó él.

—Bien. Hemos tenido un poco de lío en la cuarta planta. Los Moretti se han peleado y los clientes de las dos habitaciones contiguas querían que llamáramos a la policía.

—¿Qué has hecho? —Hugues parecía preocupado, y Heloise respondió con una ligera expresión de vergüenza.

—He enviado una botella de Dom Perignon a los clientes que se quejaban, y Bruce ha estado casi una hora con los Moretti. Parece que él había dicho cosas desagradables de su suegra, y Bruce se ha quedado con ellos hasta que el señor Moretti estaba tan cansado y tan borracho que se ha ido a la cama y a su señora le hemos ofrecido una habitación de cortesía en otra planta. No se me ha ocurrido qué otra cosa hacer. Ah, y a las dos he enviado un médico a la seiscientos diecinueve porque el hijo tenía faringitis y una infección de oído.

—Has actuado bien en todos los casos —la alabó su padre.

A Heloise esa noche le había servido más que los dos años anteriores enteros para aprender que el trabajo en el hotel implicaba tanta diplomacia e inventiva como voluntad de servir, y que era imprescindible pensar con rapidez. A la chica se le daba bien y tenía madera para ello.

—A los Moretti les hace falta un buen psiquiatra —dijo con una mueca mientras se despojaba de la chaqueta del uniforme y la arrojaba sobre una silla. Los zapatos se los había quitado de una patada en la puerta.

En ese momento Heloise miró a Natalie. Faltaban menos de cuatro semanas para la boda y pocos días para su fiesta.

—¿Qué tal van los preparativos de la boda?

Natalie sonrió y a continuación exhaló un suspiro.

—Mi cuñada se rompió un tobillo patinando la semana pasada. Mis dos sobrinas tienen mononucleosis y es posible que no puedan venir. En Holanda hay convocada una huelga de compañías aéreas, así que no se sabe si llegarán las flores. Aún no hemos elegido el menú y tu padre no quiere que haya pastel de boda. Y tres de mis clientes quieren que terminemos la decoración de su piso esta semana, mientras están de viaje. Aparte de eso todo va bien.

Heloise no pudo evitar echarse a reír. Se la veía un poco más tranquila después de haber obtenido el graduado y haber pasado tres días a solas con su padre en Lausana. Natalie se alegraba de no haberlos acompañado. Sabía que a Heloise le habría parecido una intrusa, y de todos modos tenía tanto trabajo que no habría podido ir.

—Tres semanas no están mal, esas cosas suelen pasar a cuatro días vista así que juegas con ventaja —dijo Heloise en un tono mucho más agradable del que había empleado durante meses, y su padre sonrió. El tiempo que habían pasado juntos en Lausana le había sentado bien.

—No me parece muy tranquilizador lo que dices.

Natalie parecía nerviosa y había perdido peso, pero cuando miraba a Hugues se la veía feliz. Su futura hijastra todavía la tenía un poco asustada pero la trataba con más cordialidad que en todo el año anterior. Tal vez estaba cansada de la noche de la graduación y del vuelo y no le quedaban fuerzas para ser desagradable, Natalie no lo tenía muy claro. Visto el mal carácter de los últimos meses no se fiaba ni un pelo.

—Sally te ayudará a ultimar las cosas. Es fantástica. ¡Y se le da muy bien solucionar problemas! —dijo Heloise, sociable—. Una vez que el rabino no se presentó consiguió otro en media hora. El hombre estaba celebrando su luna de miel en el hotel y lo sacó de la cama para que casara a los novios, y encima avisó a un conocido que era solista en un coro. Todo salió redondo. Por cierto, ¿por qué no quieres que haya pastel? —preguntó volviéndose hacia su padre con cara de reproche.

—Me parece tonto. A lo mejor es porque he estado en demasiadas bodas. Además, siempre está malo, y yo quiero un buen postre —protestó él.

—El pastel de boda no puede faltar. Si quieres pídete otro postre cuando estéis en la habitación, pero en la fiesta tiene que haber un pastel —lo amonestó mientras cogía una magdalena de la mesa y se la comía de camino al dormitorio. Estaba tan cansada que apenas podía pensar—. A las tres empiezo a trabajar otra vez. Menudo rollo de horario hay en recepción —dijo como de pasada, y se encerró en su habitación aunque esa vez se ahorró el portazo.

En cuanto se hubo cerrado la puerta Natalie miró a Hugues con cara de sorpresa.

—¿Va mejor? —preguntó. Sin duda lo parecía.

—Es posible —respondió él en voz baja para que Heloise no lo oyera.

Se preguntaba si después de la boda se trasladaría al apartamento nuevo. Tenía ganas de disponer de más tiempo a solas con Natalie, sobre todo si su hija seguía comportándose tan mal con ella, pero de momento la chica no había dado señales de que pensara marcharse de allí, tal vez para fastidiarla.

—Creo que tiene miedo de perderme —susurró—. Pero le expliqué que eso no sucederá nunca. Tú no puedes apartarme de ella, y sé que tampoco lo pretendes. Por culpa de su madre solo me tiene a mí, por lo menos de momento. Hemos estado solos durante diecisiete años y eso te convierte en una amenaza mayor de lo que habrías supuesto en otras circunstancias.

Natalie asintió. Ya lo habían hablado otras veces, y comprendía mejor la situación que la propia Heloise. Por ese motivo se había mostrado tan comprensiva a pesar de que el comportamiento de la chica durante los últimos seis meses era más de lo que podía soportarse. Deseaba que se tranquilizara y se alegraba de que todo pareciera indicar que lo haría. Ya había perdido la esperanza de que algún día llegaran a ser amigas.

—¿Su madre no estaba en la graduación?

—No, por supuesto que no. Está de vacaciones en Vietnam con Greg, aunque la avisamos hace un año. Igualmente se lo habría perdido si hubiera pedido hora en la peluquería o tuviera que ir a hacerse otro tatuaje —comentó enfadado.

—Tiene que ser duro para Heloise. Uno no encuentra nunca explicación a por qué los padres no están cuando deberían estar. Por lo menos si han muerto es comprensible, pero si están vivos y no se presentan lo único que puedes deducir es que les importas un pimiento. Después de una cosa así es muy difícil sentirse querido. Las decisiones de los padres pueden ser tremendas —observó Natalie, dando a entender que sabía de qué hablaba.

—Durante todos estos años he intentado compensar esa carencia y me ha tenido siempre a su lado. Miriam, en cambio, no ha estado nunca con ella. A veces pienso que pesa más el daño que hace un padre ausente que todo el bien que pueda hacer el que está presente.

Natalie asintió, y entonces volvió a sacar el tema del pastel de boda y le recordó lo que había dicho Heloise.

—De acuerdo, de acuerdo. Habrá pastel de boda. Elígelo tú, yo me encargaré de pedir otro postre. Lo del pastel me parece chabacano y ridículo, y no quiero pasar la vergüenza de que me lo hagas comer y acabes manchándome toda la cara. —Al proceder de Europa Hugues era demasiado refinado para semejante tradición. La detestaba y nunca la había entendido—. Estoy de acuerdo si me lo das con un tenedor.

—Prometido —dijo ella, satisfecha.

Natalie quería disfrutar de una boda con todas las costumbres, tradiciones y pequeños rituales. Algo prestado, algo azul. Había encargado una liga con una puntilla azul y pensaba ponerse una moneda dentro del zapato. Llevaba cuarenta y un años aguardando ese momento y ya había perdido toda esperanza cuando apareció Hugues, así que pensaba disfrutarlo a costa de lo que fuera. Él lo sabía y lo encontraba conmovedor, y por eso había accedido a todos sus deseos con excepción del pastel.

—Y no obligues a los pasteleros a preparar catorce especialidades para probarlas como hacen todas las novias. Encárgalo como quieras.

Ella ya sabía que sería una mousse de chocolate recubierta por un fondant de crema de mantequilla de color marfil con adornos de cintas de mazapán y flores frescas. Le había enseñado al pastelero una fotografía de lo que quería exactamente. Era la boda de sus sueños, y solo pensaba casarse una vez en la vida así que tenía que cumplir todas sus expectativas. El vestido le encantaba; quedaba discreto incluso para alguien de su edad. Era sencillo y elegante, y Natalie esperaba que Hugues se cayera de espaldas. En el hotel se habían celebrado muchas bodas y se habían alojado muchas novias, pero quería ser la más bella que Hugues hubiera visto jamás.

Al cabo de una hora se separaron para atender sus respectivos trabajos. Natalie iba a encontrarse con unos clientes nuevos y también había aceptado echar un vistazo a una de las habitaciones, ya que tenía goteras y era una buena oportunidad para reformarla. Hugues tenía programada una decena de reuniones seguidas en el hotel, y otra en la asociación de hoteleros, de donde había sido presidente en varias ocasiones a lo largo de los años. Siempre resultaba útil para mantener una buena relación con propietarios y directores de otros establecimientos. Heloise, por su parte, volvió a recepción a las tres, y había prometido sustituir durante dos horas a uno de los conserjes.

El ritmo de los días posteriores fue igual de frenético. Heloise apenas tenía tiempo de prepararse para la fiesta, y Sally se ocupó de todos los detalles, aunque el día anterior lo revisaron todo las dos juntas. Se esperaba que fuera una gran celebración de la graduación y de su cumpleaños. Habían decorado el salón en blanco y dorado, con flores blancas en todas las mesas y globos dorados colgados del techo. Hugues contrató a una orquesta fantástica y permitió que los amigos de su hija se quedaran hasta las cuatro de la madrugada. Después sirvieron el desayuno en una sala más pequeña. Heloise dijo que era la mejor fiesta a la que había asistido en su vida; lo pasó en grande. Su padre quería recompensarla por haberse esforzado en los estudios, y también quería que se sintiera especial y no se viera desplazada por la boda.

Hugues y Natalie desaparecieron discretamente sobre las once y dejaron que los jóvenes se divirtieran a su aire. La fiesta fue un alegre preludio de la boda y Natalie disfrutó mucho. Ya no le cabía ninguna duda de que Heloise se mostraba más amable con ella desde la graduación. Se comportaba con más madurez y a todas luces estaba menos enfadada con su padre y con su futura esposa. Por fin daba la impresión de haber entendido que no iba a arrebatárselo. No le entusiasmaba que fuera a casarse con Natalie pero había dejado de tener como objetivo convertir su vida en un infierno. Incluso estaba un poco avergonzada de su anterior comportamiento, se lo había confesado a Jennifer al volver de Lausana.

Natalie pasó las semanas anteriores a la boda rompiéndose la cabeza para asignar los asientos a los invitados, ya que a pesar de ser un fin de semana largo asistirían un poco más de doscientos. Por el momento todo marchaba según los planes, aunque Natalie, que jamás había organizado un evento semejante, estaba visiblemente nerviosa. Le parecía mucho más difícil que diseñar un apartamento o una casa, o hacer un buen seguimiento de todos los encargos. No se sentía nada cómoda y confiaba en el personal del hotel para que la guiaran y la aconsejaran a la vez que trataba de no molestar a Hugues. Él ya tenía bastante con dirigir el negocio. Además, quería sorprenderlo.

La noche anterior a la celebración de la boda daban una cena a modo de ensayo general a la que asistirían los familiares y amigos que no vivían en la ciudad. Los únicos familiares aparte de Heloise eran el hermano y la cuñada de Natalie con sus hijos; Hugues solo tenía a su hija. Con todo esperaban sesenta invitados en la cena previa que tendría lugar en una sala de la planta superior que utilizaban como comedor privado. No habría música ni baile, por lo tanto no era difícil de organizar. Aun así tenían que poner flores y decidir los platos y los vinos, y encargaron al calígrafo los letreros y los planos de asignación de asientos. Natalie se sentía como si estuvieran en guerra con tanta lista y tanto plano y la radio con la que se comunicaba con Sally a todas horas. No había contado con Heloise para organizar la boda por deferencia hacia ella pero sí que la había invitado a su despedida de soltera, aunque ella no aceptó alegando tenía que trabajar, y era cierto pero también lo era que se negaba a celebrar que fuera a casarse con su padre. Aceptar habría sido pura hipocresía, además la habría incomodado presenciar cómo mujeres de mediana edad le regalaban a Natalie ropa interior provocativa para que sedujera a su padre. Era mejor así.

El mes anterior los empleados de sexo masculino habían sorprendido a Hugues con una cena de despedida de soltero en la que se sirvió comida marroquí y unas bailarinas exhibieron la danza del vientre. Aparte de eso, el acto fue bastante comedido. Habían invitado a sus amigos, todos empleados o directores de otros hoteles. Debido a las largas jornadas de trabajo a Hugues le resultaba muy difícil cultivar las amistades, cosa que era propia del oficio. El personal y los clientes del hotel copaban las posibilidades de relación y no dejaban tiempo para nada más. La fiesta resultó muy divertida y Hugues bailó con varias danzarinas pero nadie hizo nada vergonzoso ni fuera de lugar como ocurría en muchas de las despedidas de soltero que se celebraban en el hotel, en las que alguno de los invitados contrataba servicios de prostitución. Nadie se atrevió a hacerle una cosa así a Hugues, no iba con él, y todo consistió en divertirse de forma sana.

El día antes de la boda Natalie estaba hecha un manojo de nervios. Había guardado el vestido de novia en una habitación de otra planta, donde también la peinarían y la maquillarían. Su hermano y su cuñada se alojaban en el Vendôme con solo dos de sus hijos ya que las gemelas seguían enfermas de mononucleosis. Ese día había contratado una sesión de masaje, manicura y pedicura. Por la tarde Heloise la vio en la peluquería con una mascarilla. Se detuvo a saludarla y Natalie abrió los ojos al oírle la voz. Apenas se habían visto desde hacía varios días.

—¿Qué tal? —preguntó la chica con amabilidad.

—Fatal —respondió Natalie intentando no mover mucho

la boca para que no se agrietara el producto que llevaba en la cara, que parecía una especie de arcilla de color verde. Se sentía como la bruja de *El mago de Oz*—. Tengo la cara hecha un asco y el estómago me da vueltas. La cantante que tenía que actuar con la orquesta no puede salir de Las Vegas y no vendrá. Ojalá nos hubiéramos fugado para celebrar una boda relámpago en lugar de liarnos con esto.

Parecía que estuviera a punto de echarse a llorar.

—Todo irá bien —la tranquilizó Heloise—. Intenta relajarte.

La chica suspiró al reconocer en silencio que sabía muchas más cosas sobre la organización de ceremonias que su futura madrastra, y hasta la fecha no había hecho nada para ayudarla.

—¿Quieres que hable con Sally? —preguntó en voz baja.

Natalie la miró de hito en hito y asintió.

—¿Te importa? No sé qué hacer para solucionarlo, y los nervios hacen que parezca un cero a la izquierda.

También tenían parte de culpa los tranquilizantes que se estaba tomando pero eso no se lo dijo a Heloise. Hugues lo sabía y hacía cuanto podía para serenarla. Pero la medicación, asociada a los nervios que comportaba de por sí organizar una boda, la tenía bloqueada, y se notaba.

—Falta muy poco para que me toque el descanso y subiré a verla a su despacho —prometió Heloise con una sonrisa—. Tú ocúpate de tu pelo y de tus uñas y déjanos el resto a nosotras. Y haz la siesta.

Natalie asintió y la siguió con la mirada mientras se alejaba. Tenía la sensación de que el final de la guerra se acercaba. No estaba segura de que hubiera terminado todavía pero no había oído a Heloise lanzar ningún torpedo desde que había regresado con su padre de Lausana.

Media hora más tarde la joven estaba en el despacho de

Sally ultimando los detalles. Lo tenían casi todo bajo control, y junto con la eficiente jefa de catering solucionó lo que faltaba e hizo unos cuantos cambios imperceptibles relativos a la situación de los invitados y la medida de las mesas. Alguien había encargado sillas que no resultaban apropiadas y Heloise las cambió por unas mejores.

La situación de los invitados, los planos de los asientos, el lugar donde anunciar la ceremonia para que todo el mundo lo viera... Eran diferencias sutiles pero en conjunto contribuían a mejorar la celebración. Todo lo hicieron entre Sally y Heloise, y la jefa de catering le dijo que era todo un detalle por su parte.

En principio iba a hacerse un ensayo de la boda pero se canceló porque los parientes de Natalie iban a llegar más tarde de lo previsto y no quedaba tiempo antes de la cena. Heloise le indicó a Sally que subieran las flores de su futura madrastra y su cuñada, tanto las que la novia llevaría en el pelo como las de los dos ramos, a la habitación donde estaba guardado el vestido. Y debían tener en cuenta que el muguete para la solapa del novio tenía que ir a parar a la habitación de Hugues, no a la de ella. De repente a Heloise ya no la ponía enferma pensar en la celebración. Se había reconciliado y quería ser útil.

—¿Y tú? —preguntó Sally con cautela. No habían encargado flores para ella—. ¿Llevarás un ramo? —Era la primera vez que se atrevía a preguntarle algo relativo a la boda pero parecía que por fin se podía contar con ella.

—Yo no asistiré —respondió la joven en voz baja un poco avergonzada.

—¿Ah, no? —Sally pareció sorprendida, pero entonces se dio cuenta de que la novia no le había nombrado para nada a la chica. No le preguntó por qué, ya lo sabía, igual que el resto de los empleados del hotel. Heloise no había mantenido precisamente en secreto lo mucho que desaprobaba la boda desde el momento en que se anunció.

—Mi padre me pidió que fuera su testigo en lugar de buscar a alguien que le hiciera de padrino.

Era una tradición más bien europea. Sin embargo, ella no le había dicho que sí y él no había insistido. Si al final decidía ir a la boda, se lo agradecería, pero no esperaba más ya que ni siquiera eso estaba claro. Heloise había amenazado repetidas veces con no presentarse. Pensó en ello mientras miraba a Sally, su buena amiga desde la infancia.

—Más te vale hacerme un ramito de muguete para que me lo ponga en el vestido.

Eso serviría para identificarla con el novio, no con la novia. Era lo que habría llevado el padrino; o eso o una pequeña rosa blanca, pero ella prefería el muguete, cuyas flores habían sido siempre sus favoritas. Le encantaban los ramos de novia que las incluían. Natalie llevaría orquídeas blancas, que conjuntaban con el vestido y añadían distinción.

Heloise terminó de ultimar los detalles con Sally, y ambas quedaron satisfechas. Habían atado muchos cabos sueltos que Natalie no tenía claros y que la encargada del catering no había querido decidir por ella. Heloise lo tenía todo bajo control y había tomado excelentes decisiones. Le encantaban las bodas y se le daba muy bien organizarlas.

A continuación subió al apartamento de su padre ya que aún no tenía que volver al trabajo porque era su hora de comer. Natalie acababa de llegar y estaba tumbada en el sofá con mal aspecto.

—¿Te encuentras bien? —preguntó la joven con actitud solícita. Estaba muy satisfecha de los pequeños cambios que había realizado junto con Sally.

—No, estoy hecha un asco. ¿Has hablado con Sally?

Parecía aterrorizada, y Heloise sonrió.

—Está todo controlado. No tienes que preocuparte ni de pensar en ello. Dedícate a descansar hasta mañana. Por cierto, ¿qué te pondrás esta noche?

Heloise ni siquiera se lo había planteado. No se había comprado nada para la boda puesto que no sabía si iba a asistir.

—Un vestido de raso azul —respondió Natalie—. Las flores de las mesas también son azules.

—Ya lo sé, he hecho una revisión general. —Sonrió—. ¿Quieres una taza de té?

Natalie asintió con aire inquieto, y sonrió agradecida cuando al cabo de unos minutos Heloise le tendió una taza de Earl Grey. La chica había cambiado mucho, hasta tal punto que la tenía impresionada. Hugues tenía razón; se le había pasado el enfado.

—Supongo que es lo que haría una madre, aunque la mía no era así. Era una de esas mujeres estiradas de Main Line que se comportan como si sus hijos fueran unos extraños y que nunca se quitan el vestido el tiempo suficiente para hacer el amor ni para parir. Era más fría que un témpano. —Heloise sonrió ante la descripción y pensó en su propia madre, con su vida de estrella de rock—. Mi padre murió cuando yo tenía doce años, y entonces mi madre me matriculó en un internado y apenas volví a verla. Se trasladó a vivir a Europa, y un par de semanas al año nos recibía a mí y a mi hermano. Él y yo tampoco nos veíamos. Nuestra madre murió cuando yo estudiaba en la universidad, y fue como asistir al funeral de un desconocido. Nunca llegué a saber cómo era en realidad, y ella no tenía ningún interés en saber cómo era yo. Con mi hermano apenas tuve trato hasta que acabé la universidad. Por suerte ahora nos llevamos bien. Tiene diez años más que yo, así que cuando murió mi padre ya era mayor. Mi madre, en cambio, siempre ha sido un misterio absoluto para ambos. No debería haber tenido hijos; los tuvo porque era lo que hacía todo el mundo pero en cuanto mi padre murió se deshizo de mí. Mi hermano ya llevaba años en un internado, y cuando empezó la universidad tampoco nos veíamos mucho. No sé qué vida llevó mi madre después de que mi padre muriera; siempre he pensado que a lo mejor tenía otro novio, y espero que fuera así por su bien. Conmigo solo hablaba del tiempo y de los buenos modales, y jugaba mucho al bridge. Yo no formaba parte de su campo de interés, solo me tenía en cuenta un par de semanas al año. O sea que aunque estuviera viva no me habría ayudado a organizar la boda. Gracias por hablar con Sally.

Heloise miraba a Natalie con aire pensativo, y le sonrió. Estaba conmovida por la información que había compartido con ella.

—Mi madre también es bastante peculiar. Está casada con un cantante de rock famoso, supongo que mi padre ya te lo ha contado. Él toma muchas drogas y siempre anda con gente muy rara, cosa que a mi madre le encanta. Dejó a mi padre por él cuando yo tenía cuatro años, y enseguida tuvo dos hijos más y yo pasé a la historia. Nuestra relación se parece mucho a la que comentabas entre tú y tu madre. Parece que no tenga nada que ver conmigo y cuando nos vemos me trata como si fuera una desconocida. Odio ir a su casa. Nos vemos una vez al año; bueno, si le va bien, y casi nunca le va bien. Creo que cuando se divorció de mi padre también lo hizo de mí.

Heloise hablaba con sinceridad, y por la expresión de sus ojos Natalie notó que estaba muy dolida.

—Tiene que ser muy duro —comentó con tono comprensivo.

Era la primera vez que se dirigían la una a la otra como seres humanos, y resultaba que estaban unidas por un inesperado vínculo. El Club de las Madres Locas, tal como Natalie lo llamaba cuando estaba con sus amigos. O tal vez deberían llamarlo el Club de las Madres Nefastas. Al parecer el mundo estaba lleno de ellas, y cada niño que caía en sus manos quedaba marcado para siempre. Natalie había pasado años yendo a terapia para superar su historia.

—Sí que lo es —reconoció Heloise ante ella, pero lo más importante era que lo reconocía ante sí misma.

—Yo lloraba semanas enteras cada vez que veía a mi madre —confesó Natalie—. Lo que voy a decir es muy feo, pero las cosas fueron más fáciles cuando murió. Porque yo no podía defraudarme. Lo peor es tenerlas con vida y que no quieran verte o que se comporten como si no se acordaran de quién eres. Siempre he detestado esa sensación.

—Yo también detesto ver a mi madre —dijo Heloise. Era un alivio poder hablar de ello y admitir la verdad. No le gustaba comentarlo con su padre porque se inquietaba con solo oír pronunciar el nombre de Miriam y, además, ella sentía que la estaba traicionando al decirle lo mal que iban las cosas, así que rara vez lo hacía—. Siempre es doloroso. Y cuando estoy en su casa me parece que no me tienen en cuenta para nada. Es como si alojara a una extraña, a alguien a quien no conoce de nada. No sé cómo fue capaz de abandonarnos de esa forma, pero lo hizo. Claro que con sus otros dos hijos tampoco se ha portado muy bien, son unos malcriados —añadió con una sonrisa.

—Todo tiene que ver con cómo es ella —le explicó Natalie—. No es porque tú hayas hecho algo malo o hayas dejado de hacer lo que sea. Yo tardé años en comprenderlo, pero las personas así no tienen nada que ofrecer a los demás, sean quienes sean. El problema está en ellas.

—Ya —dijo Heloise como si mientras hablaban se le hubiera encendido una bombilla. Natalie comprendía la situación perfectamente.

—Siempre me ha dado miedo llegar a tener hijos porque temo ser como ella. Y no quiero hacerle a nadie lo que ella me ha hecho a mí —dijo Natalie con franqueza.

—Yo siento lo mismo —dijo Heloise con un hilo de voz—. Mi padre es fantástico, pero es muy raro que te eduque un solo progenitor mientras el otro está en alguna parte del mundo y no quiere saber nada de ti. Odiaba tener que explicarles eso a mis amigos, aunque hubo una época en que los deslumbraba la historia de Greg. La verdad es que es un imbécil.

—Por lo menos tienes a tu padre —le recordó Natalie, y Heloise asintió.

Tenía a su padre, pero no le tocaba más remedio que compartirlo con ella; aunque la situación no le parecía tan horrible como antes. Entendía por qué se había enamorado de la interiorista. Era honesta, sincera y cariñosa, y se esforzaba. Heloise se dio cuenta de que en seis meses no había perdido los nervios ni una sola vez a pesar de lo mal que se había portado con ella. Decía mucho sobre su persona.

—Yo apenas veía a mi padre, y era más frío incluso que mi madre —siguió diciendo Natalie—. Creo que a ninguno de los dos le gustaban los niños.

—Mi padre es genial —aseguró Heloise.

Se miraron la una a la otra unos instantes e intercambiaron una sonrisa.

—Gracias por ayudarme a organizar la boda. Lo cierto es que estoy asustadísima —confesó aquella.

Se veía tan joven y vulnerable que a la chica le dio lástima. Ya no le parecía una temible enemiga; era una mujer muy humana que se sentía sola, que había tenido unos padres desastrosos y estaba muy contenta de haber conocido a Hugues. Eso sí que se veía capaz de afrontarlo, no era la Mata Hari que se temía.

—Todo irá bien —dijo Heloise para tranquilizarla—. Te

lo prometo. Y si ocurre algo, yo me encargaré de solucionarlo. —Era perfectamente capaz de hacerlo, con o sin ayuda de Sally. Después de la conversación con Natalie sentía que habían creado un vínculo—. Tú dedícate a relajarte y a pasarlo bien. Es tu día.

—Cuando empecé a planificar lo de la boda no tenía ni idea de que fuera tan complicado y tan estresante. Se me ha escapado de las manos —reconoció con una mueca—. No pensaba que llegara a casarme nunca, así que no sabía nada de lo que había que hacer.

—No es tan difícil —dijo Heloise con desenvoltura—. Cuesta mucho más decorar un espacio, y a ti se te da muy bien. Esto no son más que cuatro tonterías. Por cierto, mi apartamento me encanta. Lo has dejado precioso. Todos mis amigos están celosos. —Sonrió, y Natalie hizo una mueca de satisfacción.

Esa tarde tendría lugar una buena sesión de limpieza. Había que tirar la basura y abrir las cortinas para que entrara el sol.

—Fue un trabajo divertido.

Natalie se levantó del sofá con mucho mejor aspecto que antes. Tenía ganas de abrazar a la chica pero no quería pasarse de la raya. La relación había avanzado a pasos agigantados en las últimas dos horas, ambas eran conscientes de ello, y no quería estropearlo todo forzando ni agobiando a Heloise.

—Tengo que volver a la recepción. Nos veremos esta noche en la cena —se despidió esta a la vez que se ponía la chaqueta del uniforme y los zapatos—. Y recuerda que solo hace falta que estés guapa y lo pases bien. El resto déjanoslo a los demás. Y no tengas miedo ni te preocupes por nada.

—Gracias.

Natalie sonrió con expresión conmovida, y al cabo de un momento Heloise se marchó para volver al trabajo. Cinco minutos después Hugues entró en el apartamento sin siquiera haberse cruzado con su hija.

—¿Qué estás haciendo aquí? —preguntó, sorprendido de ver a Natalie allí a esas horas con aire de estar un poco desorientada.

—Intento recuperar fuerzas —respondió ella con franqueza—. Acabo de tener una conversación muy interesante con Heloise —le explicó, y se la veía satisfecha.

—¿Sobre qué?

Hugues, asombrado y contento, se sentó junto a su futura esposa en el sofá. Estaba emocionado ante la perspectiva de casarse con ella y se sentía impaciente.

—Sobre las madres. La mía tampoco era precisamente un encanto. Le he explicado la historia, y ella me ha contado la suya. El físico y la forma de vida varían, pero por dentro se parecían mucho: unas narcisistas, mujeres que no deberían haber tenido hijos.

Hugues coincidía con ella. A él le había tocado cubrir el vacío, y estaba seguro de que los otros dos hijos de Miriam acabarían siendo un desastre, o unos drogadictos como su padre.

—Me ha parecido muy agradable hablar con Heloise —siguió diciendo Natalie—. Es un encanto. Y va a ayudarme con la boda —añadió, agradecida—. Se ha portado muy bien conmigo.

Las lágrimas le resbalaron por las mejillas al pronunciar esas palabras. Se sentía enormemente aliviada. Había pasado seis meses muy duros al ser objeto del odio de Heloise, incluso había tenido que volver a visitar a su terapeuta.

—Me alegro de que haya sentado la cabeza —dijo Hugues, también aliviado, y entonces se acercó a besar a la novia—. Estás preciosa, por cierto. ¿Qué tienes previsto para ahora? —preguntó a la vez que se quitaba la chaqueta.

—Nada. ¿Por qué? Quería hacer la siesta para estar descansada esta noche. Y a las cinco tengo contratado un masaje.

—Perfecto. Yo he cancelado el que tenía a las tres. A las seis voy a cortarme el pelo, y también necesito hacer la siesta.

La miró con aire pícaro y ella sonrió, y a continuación corrieron al dormitorio como si fueran chiquillos. El cartel de NO MOLESTEN ya estaba colgado en la puerta. En cuestión de segundos se habían desnudado y Hugues se metió en la cama con Natalie e hicieron el amor como dos jóvenes desenfrenados. Le emocionaba pensar que al día siguiente sería suya para siempre.

19

La cena previa a la boda transcurrió sin complicaciones, y Natalie estaba preciosa. Llevaba un vestido de raso azul hielo sin tirantes acompañado por los pendientes de brillantes que Hugues le había entregado como regalo de boda y que combinaban a la perfección con el anillo y el collar de perlas de su madre.

Heloise encontró en su ropero un sencillo vestido de cóctel de color negro. Lamentaba no haber salido de compras, aunque de todos modos la protagonista de esa noche era Natalie, no ella. Le cayeron bien su hermano y su cuñada, que andaba coja con el tobillo escayolado, y también los dos hijos de la pareja. El más joven tenía diecisiete años, acababa de terminar la secundaria y en otoño ingresaría en Princeton, y el mayor, Brad, de veinticinco años, estudiaba en la facultad de derecho de Columbia y era sumamente atractivo. Ocupaban mesas distintas, así que no tuvieron muchas oportunidades de hablar, pero Heloise recordó que en la boda sí que se sentaban juntos, y parecía que se había fijado en ella.

Hugues y el hermano de Natalie pronunciaron sendos discursos, y su cuñada leyó un precioso poema compuesto por ella misma acerca de los novios que venía a decir que eran la pareja perfecta; y Heloise, sabiendo todo lo que sabía de la novia y de su solitaria infancia, en lugar de censurarlo como habría hecho antes se sintió conmovida y lo encontró entrañable y divertido. A Natalie le encantó. Disfrutaba cada minuto de las celebraciones relacionadas con la boda, y a última hora subió para acostarse en la habitación individual donde tenía el vestido porque no quería ver a Hugues hasta la ceremonia. Él se despidió con un beso en la puerta de la suite y subió a su apartamento acompañado por Heloise.

—¿Estás nervioso, papá? —le preguntó al llegar.

Lo normal sería que se hubiera alegrado, pero por primera vez a la joven se le hacía raro no tener cerca a Natalie, y más bien la echaba de menos tras la conversación que habían mantenido por la tarde.

—Sí, creo que sí —reconoció él—. Es un gran paso, incluso para un viejo como yo.

No imaginaba que volvería a casarse ni siquiera en un millón de años, pero eso era precisamente lo que iba a hacer.

—Tú no eres ningún viejo, papá.

A Heloise le parecía joven y atractivo.

—¿Me harás de testigo mañana? —le preguntó, y ella asintió. Tenía muchas ganas, y Hugues agradecía que por fin mostrara simpatía por Natalie.

—Claro que sí.

No sabía lo que se pondría, pero recordó un vestido que había llevado en la Nochevieja de hacía tres años. Era corto y de un pálido color oro viejo. Daba un aspecto sobrio y formal, el escote no era excesivo, y hacía juego con una chaqueta corta que podría ponerse durante la ceremonia. El vestido no tenía tirantes y la haría parecer más extremada durante el baile. Pensaba sacarlo del armario y probárselo.

Hablaron un rato más hasta que Hugues decidió irse a la cama, y Heloise se dedicó a vagar por el apartamento. Tenía la sensación de que aquella ya no era su casa, no porque se sintiera desplazada por Natalie sino porque había madurado. Se planteaba trasladarse a la propia cuando los novios regresaran de la luna de miel, y seguro que a ellos también les iría bien. No necesitaba demostrar que tenía razón ni defender más el territorio, empezaba a tener la sensación de que en esa relación cabían los tres. Natalie no le había arrebatado nada; al contrario, se había unido a ellos y disponía de su propio lugar.

Heloise se despertó a las seis de la mañana, tal como hacía antes cuando se celebraba alguna boda importante en el hotel. Se puso unos vaqueros, una camiseta y unas sandalias y bajó a revisar cómo iba todo en el salón. Estaban colocando las flores, las mesas y la tarima, y vio a las dos ayudantes de Sally y a Jan. Jennifer también había acudido para echar una mano y comprobar la situación de los asientos. Bruce lo supervisaba todo. Heloise estuvo hablando con ellos unos minutos y estudió todos los detalles. Todo marchaba bien. A las siete abandonó la sala y fue a preguntar si Natalie había pedido que le subieran el desayuno, a lo que le respondieron que acababa de hacerlo, así que de camino al apartamento pasó por la habitación para hacerle una visita. Cuando abrió la puerta, la novia tenía los nervios a flor de piel.

—Todo va bien —la tranquilizó Heloise—. Acabo de echar un vistazo y todo el mundo está en su sitio. El salón tiene un aspecto precioso.

La chica se sentó a su lado y estuvieron charlando hasta que llegó el desayuno, y también se quedó con ella mientras se lo comía. Luego regresó arriba. Su padre seguía durmiendo y no tenía nada que hacer. Había prometido que al cabo de dos horas bajaría para ayudar a Natalie a vestirse y después la peluquera iría a peinarla. Habían contratado a varias chicas nuevas muy competentes, y Xenia, que cuando ella era pequeña se ocupaba de hacerle las trenzas, se había jubilado el año anterior.

Heloise aprovechó ese margen para arreglarse, y decidió que el vestido de color oro era una opción acertada. Aún le sentaba muy bien. Se maquilló de forma muy discreta, se recogió el pelo en un moño sencillo y elegante y se calzó unas sandalias doradas de tacón alto que combinaban perfectamente con el vestido. A las diez y media estaba de nuevo frente a la puerta de Natalie, y Jean, la cuñada de esta, la hizo pasar.

—¿Qué tal está la novia? —preguntó Heloise con tono de complicidad. De repente se sentía completamente integrada en la celebración que durante tanto tiempo se había obstinado en evitar.

—Se sube por las paredes —afirmó Jean cuando la joven entró en la habitación.

Sin embargo, estaba preciosa mientras la peluquera le retorcía la larga melena rubia para formar un elegante moño francés que le daba el aspecto de una modelo o una estrella de cine.

Natalie, tan nerviosa que apenas podía pronunciar palabra, escuchó a Jean y a Heloise mientras hablaban, y esta le ofreció una taza de té con una galleta digestiva que ella agradeció con profusión.

Al mediodía estaban a punto para ayudarla a vestirse. Las dos acompañantes le pasaron la prenda con cuidado por la cabeza y la deslizaron sobre su cuerpo esbelto. Era de blonda de color marfil, con cuello alto y manga larga, llegaba hasta el suelo e iba acompañado de una toca a juego, un velo que le cubría la cara y una larga cola también de encaje. El vestido resaltaba su figura y le quedaba perfecto. Jean y Heloise retrocedieron un paso para contemplarla y se quedaron sin respiración. Natalie había optado por un auténtico vestido de novia porque era la boda de sus sueños, pero no era exagerado, recargado ni vulgar para una ceremonia de tarde. Denotaba un gusto exquisito, y las orquídeas con que iba a adornarlo combinaban a la perfección. Parecía una novia de otros tiempos, y con solo mirarla a Jean y a Heloise se les puso un nudo en la garganta. Tenía el aspecto que toda mujer debería tener el día de su boda y que pocas conseguían. Heloise no imaginaba lo que diría su padre. Ni siquiera él estaba preparado para algo tan espectacular.

—No he visto a una novia más bella en mi vida, y mira que he visto a muchas —dijo Heloise con franqueza, y Jean asintió.

La cuñada de Natalie lucía un sencillo vestido de seda azul marino acompañado de una chaqueta bordada con pedrería y unos zapatos de tacón de raso también azul marino. Era muy discreto y le daba cierto aspecto de madre de la novia, lo cual estaba bien.

En cuanto Natalie estuvo vestida, Jennifer apareció para comprobar cómo iban las cosas y se echó a llorar nada más verla. Solo se quedó en la habitación unos minutos antes de bajar al salón a hablar con Sally. Era un gran día para todos.

Jean y Heloise bajaron con la novia en un ascensor trasero que la joven había hecho cubrir con sábanas y de cuyo techo colgaban unas cortinas de muselina. No quería que nada rozara el vestido y lo tenía todo previsto. Doblaron la cola para introducirla en el ascensor y Heloise se comunicó por radio con Sally para asegurarse de que las estuvieran esperando. Las personas que desempeñaban un papel importante en el desarrollo de la boda llevaban un aparato que les servía de emisor y receptor. Todo había sido planeado con la precisión de un gran robo o una operación bélica. Era ni más ni menos que la boda del jefe.

Sally le comunicó a Heloise que su padre estaba en la parte delantera central del salón, esperando a Natalie frente al altar, y que también el pastor se encontraba presente. Todos los invitados ocupaban sus asientos, dispuestos para la acción, dijo Sally con una risita. La música empezó a sonar mientras salían del ascensor; alisaron el vestido de Natalie, le colocaron bien la cola y el velo y aguardaron en una zona de acceso a que Sally fuera a su encuentro, y ella sonrió de oreja a oreja al ver el magnífico aspecto de la novia.

—Cuando quiera, señora Martin —le dijo a Natalie, cuyos ojos se llenaron de lágrimas.

—¡Ni se te ocurra llorar y fastidiarte el maquillaje! —le advirtió Heloise.

La maquilladora había acudido junto con la peluquera por la mañana y le había aplicado un producto muy fluido con el que estaba preciosa. Apenas se le notaba, lo cual era lo más apropiado para ella.

—¡Estoy muy emocionada y asustada! —exclamó Natalie sin saber si echarse a reír o a llorar.

—¡Estás estupendamente! —la tranquilizó Heloise, y la dejó en compañía de Sally.

Dentro del salón, Brad, el hijo mayor de Jean, las acompañó a las dos hasta las primeras filas, donde esta ocupó un asiento al lado de su hijo pequeño y Brad hizo lo propio a continuación. El padre de los chicos había ido a buscar a su hermana para acompañarla hasta el altar y entregarla al novio, y Heloise se situó en el lugar que le correspondía junto a Hugues. Los dos lucían sendos ramitos de muguete, y él, nervioso, saludó a su hija con un beso y le estrechó la mano con fuerza. Parecía tan inquieto como Natalie, que esperaba en el vestíbulo. Sonaba una música suave hasta que, de repente, la orquesta empezó a interpretar la música acuática de Debussy y la figura de Natalie apareció en la puerta del brazo de su hermano y juntos se dispusieron a avanzar lentamente por el pasillo central. La novia tenía un aspecto maravilloso y aparentaba una absoluta calma, y cuando Heloise se volvió para mirar a su padre vio que le resbalaban lágrimas por las mejillas mientras contemplaba a su futura esposa.

Tanto Hugues como Natalie lloraron durante la ceremonia, hasta que por fin el pastor los declaró marido y mujer y le dijo a Hugues que podía besar a la novia. En cuanto lo hubo hecho, con un gesto breve y sencillo, se volvió para besar a Heloise y las rodeó a ambas por la cintura. Era el modo más convincente para expresarle que nunca la dejaría de lado y que los tres juntos formaban una familia. Natalie y Heloise también se besaron entre lágrimas. En toda la sala no había nadie que no llorara.

La música aumentó de volumen mientras se situaban en fila para recibir a los doscientos catorce invitados y con ello ponían fin a la ceremonia. Sally le hizo varias consultas a la joven pero todo iba como la seda. No hubo contratiempos, todo el mundo lo pasaba bien y los músicos eran muy buenos.

Hugues y Natalie inauguraron el baile, y luego el novio bailó con su hija y la novia con su hermano, y al final los invitados fueron a ocupar sus asientos y tuvo lugar la cena que Natalie y Sally habían previsto. Todos los empleados más relevantes que llevaban tiempo en el hotel se encontraban presentes. Heloise estaba tan emocionada que no podía probar bocado. Cuando por fin se sentó lo hizo al lado de Brad, y ambos se enfrascaron en una conversación sobre la facultad de derecho y la École Hôtelière de Lausana. El chico parecía muy interesado en la profesión pero sobre todo era ella quien lo tenía fascinado. Le pidió que bailara con él poco después de que ella lo hiciera con su padre, y apenas abandonaron la pista en toda la noche. Natalie los observaba con una sonrisa y le comentó algo a Hugues al respecto. Él echó un vistazo con disimulo y vio a su hija absorta conversando con un joven alto y atractivo al que parecía haber cautivado por completo.

Finalmente llegó el momento de cortar el pastel. Lo hicieron según lo prometido, y Natalie, de manera discreta, le ofreció a Hugues un pedazo con un tenedor mientras los camareros esperaban para servir a los invitados. A Hugues no le costó nada cumplir la tradición, y lo pasó estupendamente en su boda. Bailó con su esposa, la besó todas las veces que tuvo la oportunidad de hacerlo y le aseguró a todo el mundo que no había visto a una mujer más bella en toda su vida. Había previsto volver a bailar con Heloise, pero siempre que la buscaba ella estaba en la pista con Brad y no quería interrumpirlos, así que seguía bailando con Natalie.

Llegó el momento de que la novia lanzara el ramo. Habían preparado una pequeña escalera para que a ella le resultara más fácil y los fotógrafos y las cámaras la captaran mejor. Se puso de pie en el último peldaño, ataviada con el vestido blanco y las flores, mientras todas las mujeres solteras se reunían a su alrededor, y Heloise, tal como había deseado hacer tantas veces de niña y de vez en cuando lograba cuando nadie la veía, se situó en medio del grupo aguardando a que el ramo pasara por encima de su cabeza. Como mínimo una veintena de mujeres esperaban, observando a Natalie impacientes y embelesadas, y ella se tomó unos segundos para apuntar bien. Cruzó una breve mirada de complicidad con Heloise y casi a cámara lenta levantó el brazo y lanzó el ramo en la dirección precisa, y este aterrizó limpiamente en la mano extendida de su hijastra. Todo el salón estalló en vítores y Heloise sostuvo las flores en alto como si fuera un trofeo mientras dirigía una amplia sonrisa a Natalie y articulaba en silencio «¡Gracias!». Eso compensaba todas las ocasiones en que no le habían permitido cogerlo de niña, y Hugues la contempló con una sonrisa igual de amplia que la suya. Era un regalo inesperado. Las dos mujeres a las que más quería se habían hecho amigas.

Brad fue a buscar a Heloise justo después de que cogiera el ramo, cuando la música empezaba a sonar otra vez. A medida que avanzaba la tarde era más moderna y animada.

—Esto augura que serás la próxima novia entre las invitadas o sea que es peligroso bailar contigo —la provocó—. Aun así seré valiente. ¿Quieres bailar?

Heloise depositó el preciado ramo sobre la mesa y se dirigió a la pista de baile con Brad. Estuvieron allí horas y horas hasta que Sally acudió a decirle que Natalie había subido a cambiarse. La acompañaba su cuñada, así que Sally y Heloise podían seguir disfrutando de la fiesta; ya la avisaría cuando llegara el momento de marcharse. Su padre también había desaparecido. La sesión de fotos había tenido lugar más temprano, justo después de que recibieran a los invitados tras la ceremonia, en una pequeña sala contigua.

Los novios volaban esa misma noche a Los Ángeles, donde se alojarían en el Bel Air, y al día siguiente otro avión los trasladaría hasta Palmilla, en Baja California. En un principio habían planeado pasar la noche de bodas en el Vendôme, pero Hugues pensó que cada vez que hubiera un problema le tocaría resolverlo, así que prefirió marcharse justo después de la celebración y por eso habían optado por una ceremonia y una fiesta diurnas.

Heloise siguió bailando con Brad hasta que Sally fue a buscarla, y luego las dos salieron a la calle junto con un grupo de invitados para ver cómo se marchaban los novios. Jennifer y Bruce se encontraban entre los presentes. El Rolls Royce los estaba esperando y los botones repartieron pétalos de rosa, y al cabo de unos momentos aparecieron Natalie y Hugues. Él llevaba un traje de lino de color beige con una camisa blanca y una impecable corbata amarilla de Hermès y Natalie lucía un traje chaqueta blanco de Chanel y sus nuevos pendientes de brillantes. Tenían todo el aspecto de una pareja de portada en el momento en que Hugues atrajo a su hija hacia sí y la abrazó con fuerza.

—Te quiero —dijo, reteniéndola unos momentos, y luego la abrazó Natalie mientras los invitados arrojaban pétalos de rosa, y al cabo de un momento subieron al coche y todo el mundo los despidió con la mano hasta que se alejaron.

Heloise estuvo un buen rato contemplándolos. Luchaba por contener las lágrimas ante el inesperado sentimiento de abandono cuando Brad la cogió del brazo y la miró a los ojos.

—¿Va todo bien?

—Sí, no pasa nada. Solo estarán fuera dos semanas —se dijo a sí misma, y regresó a la fiesta con él.

No era fácil ver partir a su padre, pero una vez en la fiesta el joven la mantuvo distraída, y en su rostro se dibujó una sonrisa cuando Jennifer y Bruce se pusieron a bailar juntos una pieza muy rápida. Lo hacían muy bien. También Brad y ella regresaron a la pista mientras la orquesta seguía tocando.

Fueron de los últimos en marcharse, y la fiesta resultó de las mejores de su vida. Cuando la celebración tocó a su fin, Heloise invitó a algunos jóvenes y a los dos sobrinos de Natalie a su nuevo apartamento. Bastante más tarde pidieron cerveza, hamburguesas y pizza, y todo fueron risas y charlas hasta pasada la medianoche. A Brad le entristeció visiblemente tener que separarse de ella. Tenía previsto pasar el día siguiente con sus padres y su hermano antes de que regresaran a Filadelfia, pero le preguntó si le gustaría cenar con él algún día de la semana siguiente. Ella sonrió y asintió. Le entusiasmaba la idea, y pensó que por suerte el chico estudiaba en Columbia y no en el extranjero. Él prometió llamarla para concretar el sitio y la hora, y esa noche Heloise se quedó en su apartamento. Arriba se habría sentido muy sola sin Natalie y su padre, y ya había decidido que al día siguiente trasladaría sus cosas.

Mientras se metía en la cama pensaba en todo lo ocurrido durante la boda: la ceremonia, la fiesta, las personas a las que le habían presentado, el baile con su padre, el ramo, y haber conocido a Brad. Llegó a la conclusión de que había sido un día muy especial, y para ella, igual que para los novios, representaba un punto de inflexión.

En el avión con rumbo a Los Ángeles los recién casados brindaron con champán y se besaron mientras surcaban el cielo estrellado cogidos de la mano. A través de los altavoces el comandante anunció que se estaba celebrando una luna de miel a bordo.

—Buena suerte a Natalie y a Hugh —dijo, abreviando el nombre de Hugues, y todos los viajeros prorrumpieron en vítores dirigidos a los novios, que estaban radiantes de felicidad.

20

Mientras Hugues y Natalie vivían a cuerpo de rey en el fabuloso hotel Palmilla de Baja California, Heloise trabajaba sin tregua en el Vendôme y se ocupaba en lugar de su padre de que todo funcionara bien. Él había dejado a dos ayudantes a cargo de la dirección durante su ausencia, pero Heloise era un refuerzo excelente para asegurarse de que las cosas marchaban sin contratiempos y los huéspedes no daban problemas. A lo largo de esos días le tocó doblar turnos en recepción pero aun así consiguió encontrar tiempo libre para salir a cenar con Brad Peterson la semana después de la boda. Él asistía a clases durante el verano para poder terminar antes la carrera, y por el momento dudaba entre especializarse en derecho tributario o en consultoría de ocio. Los dos campos le interesaban. Fueron a un restaurante chino cercano a la Universidad de Columbia frecuentado por muchos estudiantes, y volvieron a hablar de la experiencia de Heloise en la escuela de hotelería y en el George V. A Brad le fascinaron las anécdotas del Vendôme y pensó que debía de haber sido muy interesante crecer en un sitio así.

—¿Crees que algún día ocuparás el lugar de tu padre? —preguntó con interés. Tenía la sensación de que era muy capaz de ello, o que llegaría a serlo.

—No lo sé. Preferiría que él estuviera siempre al frente y trabajar a sus órdenes como número dos. No imagino el Vendôme sin mi padre. Lo reformó él mismo y es un hotelito perfecto. Ofrece todos los servicios de un gran hotel pero tiene menos habitaciones y los clientes son más selectos.

Brad se daba cuenta de lo orgullosa que estaba del negocio de su padre y de la lealtad que le profesaba. Heloise le habló un poco de su madre pero solo de pasada. Explicó que sus padres se habían divorciado cuando ella tenía cuatro años y que luego su madre se había casado con Greg Bones, el cantante de rock, lo cual despertó la curiosidad del muchacho. Todo lo relativo a aquella joven le llamaba la atención ya que sentía una fuerte atracción por ella. Era norteamericana pero tenía un porte muy europeo y le gustaba su forma de vestir, que le daba un aspecto juvenil, atractivo y elegante al mismo tiempo. Era mucho más interesante que cualquiera de las chicas que conocía.

El fin de semana volvió a invitarla a salir. Esa vez la llevó al Café Cluny, y el domingo por la noche ella le propuso que fuera a su apartamento donde vieron una película y pidieron que les sirvieran la cena. Durante esos días se vieron dos veces más, y él la besó y se quedaron prendados el uno de la otra como dos tórtolos.

Cuando Hugues y Natalie regresaron tras pasar una luna de miel de dos semanas en Palmilla, Brad y Heloise eran una pareja consolidada y era habitual ver al chico en el hotel. Todos pensaban que hacían muy buena pareja, y el chico les caía muy bien. Heloise lo encontraba encantador.

Estaba contentísima de volver a ver a su padre y a Natalie, bronceados, felices y relajados, y la primera noche, durante la cena, les habló de él. Su padre reparó en que había trasladado casi todas sus cosas al apartamento nuevo.

—Aquí me habría sentido demasiado sola sin vosotros

—se limitó a responder—. Además, necesitáis un poco de intimidad, y yo también.

A Hugues le pareció una afirmación muy categórica y se preguntó a qué se habría dedicado durante su ausencia aparte de trabajar. En ese momento, como quien no quiere la cosa, ella mencionó a Brad y Natalie sonrió.

—¿O sea que la cosa va en serio? —le preguntó, y Heloise se encogió de hombros con aire misterioso.

Su padre se quedó de piedra. Solo habían estado fuera dos semanas y su hija se había echado novio. De todos modos tenía veintiún años cumplidos, y su mujer le había explicado previamente que su sobrino era muy buen chico y que quería presentárselo. Heloise no había vuelto a salir en serio con nadie desde que dejó a François, y de eso hacía casi un año.

—No lo sé, es pronto para decirlo, pero podría ser —respondió con tono enigmático. Aún no se habían acostado juntos y no estaba preparada todavía, pero Natalie tenía la impresión de que no tardarían en hacerlo.

—Bueno, parece interesante.

Natalie le sonrió; se alegraba por ella. En su vida hacía falta algo más que trabajo, y dedicaba muchas horas al hotel. Todo el mundo convino en que había hecho una gran labor en ausencia de Hugues, mucho más que cubrir los turnos que le tocaban en el mostrador de recepción. Había recorrido el edificio revisándolo todo punto por punto una decena de veces al día. Su padre estaba muy orgulloso de que fuera tan responsable y diligente.

Los recién casados parecían felices, relajados y más enamorados que nunca. Pensaban pasar el mes de agosto terminando de organizar su nueva vida. Natalie iba a dejar su piso y a trasladar sus cosas, algunas de las cuales quedarían almacenadas en un trastero del hotel. En septiembre emprendería proyectos nuevos y renovaría unas cuantas habitaciones más del Vendôme. Y Hugues seguía teniendo previsto ofrecerle la reforma de la suite presidencial cuando el presupuesto se lo permitiera.

Una tarde de la semana siguiente regresaba de su piso con unos cuantos objetos de decoración y algunas pertenencias cuando entró en el ascensor y se encontró a Heloise y a Brad. Los jóvenes se dirigían al apartamento de ella. Él dio un beso a su tía y se comportó con una naturalidad sorprendente, puesto que tanto el hotel como la compañía de Heloise ya le eran familiares. Ella tenía el día libre porque desde que su padre había vuelto disponía de un poco más de tiempo.

—¿Qué hacéis vosotros por aquí? —preguntó Natalie, intrigada al verlos tan contentos. Cuando entró estaban cogidos de la mano.

—Hemos ido a una feria en el centro —explicó la joven con aspecto radiante.

Brad le pasó el brazo por los hombros, y al cabo de un minuto el ascensor los dejó en la quinta planta. La mujer les preguntó si querían subir a la hora de cenar, pero Heloise enseguida respondió que pensaban volver a salir. No sabía por qué, pero cuando se hubieron marchado Natalie pensó que no la creía. Era evidente que querían estar solos. Sonrió al salir del ascensor y entrar en el apartamento que compartía con Hugues. Él estaba en el gimnasio así que ella organizó sus cosas, y más tarde le comentó que había visto a su hija con Brad.

—¿Crees que van en serio? —le preguntó, mirándola fijamente, y ella se encogió de hombros con una sonrisa.

—Todo lo en serio que pueden ir a su edad. De todas formas es muy bonito verlos así. Los dos son buenas personas, tienen valores y las miras puestas en su profesión. Podría ser mucho peor.

—De acuerdo —dijo él más tranquilo con un gesto de asentimiento.

Incluso en relación con su hija se fiaba del criterio de Natalie. Echaba de menos la presencia de Heloise en casa, pero sabía que era un buen momento para que se independizara. Además, le gustaba estar a solas con su mujer. Eso les ofrecía mucha intimidad y una libertad de la que no habrían gozado de otro modo.

Septiembre fue un mes muy movido en el hotel. Siempre había mucha actividad, pues era cuando la gente regresaba de las vacaciones de verano o viajaba a Nueva York por trabajo o compromisos sociales. Era el momento preferido de la mayoría de los clientes habituales del Vendôme. Y para más complicación hubo una amenaza de atentado terrorista que obligó a evacuar el edificio. La dirección recibió el aviso de que explotaría una bomba en cuestión de una hora. Hugues lo comunicó a la policía, y enseguida informaron a los artificieros y desalojaron el hotel. La policía creía que se trataba de una amenaza falsa pero no podían arriesgarse.

Los empleados llamaron a todas las puertas, el equipo de seguridad vigilaba los tramos de escalera y Heloise corría de una planta a otra junto con su padre para asegurarse de que todo estaba en orden y tranquilizar a los clientes cuando salían preocupados de sus habitaciones. Jennifer, Bruce y el portero dirigían a la gente a la calle, y en cuestión de veinte minutos todos los clientes se encontraban a dos manzanas de distancia protegidos por un cordón policial mientras los empleados les ofrecían café y té que habían llevado en los carritos. El aviso tuvo lugar a última hora de la tarde, cuando casi todo el mundo había regresado al hotel y aún no había salido a cenar. Natalie llegó del trabajo en el momento en que los clientes abandonaban el edificio. Cuando estuvieron lejos y a salvo, Heloise llamó a Brad al móvil y se lo explicó todo. Hablaban a todas horas y pasaban el día entero enviándose mensajes.

—¿Quieres que venga a echaros una mano? —se ofreció él, y a Heloise le pareció buena idea.

—Claro, si te apetece por qué no.

Brad llegó al cabo de media hora. Se había trasladado en metro desde Columbia, y se quedó boquiabierto ante la gran cantidad de clientes que había en la calle. Todo parecía en orden, aunque algunos estaban visiblemente afectados. Y todos querían saber cuándo podrían regresar a las habitaciones. Bruce y el equipo de seguridad se paseaban entre los huéspedes para tranquilizarlos mientras los camareros del servicio de habitaciones les ofrecían té, café y agua embotellada. A muchos el aviso los había sorprendido mientras se preparaban para salir, y aguardaban vestidos con el albornoz. Varias unidades de artificieros estaban rastreando el hotel planta por planta en busca de posibles bombas.

Aparecieron furgonetas que transportaban comida para todos los huéspedes, y Brad ayudó a Heloise y a los camareros a repartir sándwiches y galletas. El chico se mostró muy amable con todo el mundo y resultó de gran ayuda al tranquilizar a la gente siempre que tenía la oportunidad. Nadie se enfadó pero había varias personas razonablemente preocupadas. Hugues daba gracias de que la cosa hubiera sucedido en esa época del año y no en pleno invierno, como ya había ocurrido una vez. Ningún hotel se salvaba de ese tipo de amenazas en los tiempos que corrían.

Al cabo de tres horas la policía declaró que el edificio era seguro y dio permiso para entrar en él. Aunque lo ocurrido era un fastidio, para gran alivio de todos se trataba de una falsa alarma. Cuando los clientes hubieron regresado a sus habitaciones, Brad acompañó a Heloise a su apartamento. Fueron de los últimos en entrar en el hotel. El chico estaba impresionado de su capacidad de autocontrol, de su aplomo y su serenidad ante una crisis. No cabía duda de que había elegido la profesión correcta. Y ella pensaba lo mismo de él. Obró de forma tranquila y útil todo el tiempo, y supo tratar a los huéspedes.

—Ha sido divertido —reconoció con timidez. Le había gustado la emoción, y poder ayudar a Heloise. También había charlado un rato con la policía.

—No se lo digas a mi padre —dijo ella con una mueca—. Detesta este tipo de situaciones que sacan de quicio a la gente. Luego cuesta mucho compensarlos. Seguramente esta noche no le cobrará la estancia a nadie. Es lo que se suele hacer en estos casos, aunque no sea culpa nuestra.

Por fin Heloise se dejó caer en el sofá al lado de Brad y se quitó los zapatos con aspecto de estar derrotada. Llevaba toda la noche en la calle vestida con el traje de chaqueta azul marino y los zapatos de tacón, mostrando mucha formalidad y eficiencia y aparentando mayor edad. A veces al joven le costaba hacerse a la idea de que solo tenía veintiún años, pero en ese momento sí que lo parecía, al haberse quitado la chaqueta del uniforme y soltarse el largo pelo que le caía hasta más abajo de los hombros. De pronto las pecas que le salpicaban la cara se hicieron más evidentes. La mujer se había transformado en jovencita en cuestión de un par de minutos. Brad le sonrió y se inclinó para besarla, y ella se fundió en sus brazos.

—Estás guapísima con el pelo suelto —susurró él.

De pronto, después de todas las emociones de esa noche, los desbordó el deseo que sentían el uno por la otra. Había sido una noche muy agitada, pero en lugar de caer derrotados los dos estaban muy tensos, y esa tensión encontró su vía de escape en un deseo y una pasión más repentinos e insaciables de lo que jamás habían sentido. La excitación llevaba cultivándose dos meses, y antes de que ninguno de los dos pudiera o deseara frenar, se encontraron haciendo el amor en el suelo. Habían esperado mucho tiempo ese momento, de mutuo acuerdo, y nada podía detenerlos. Cuando terminaron estaban agotados y sin aliento, y se echaron a reír mientras permanecían abrazados.

—Madre mía, ¿qué ha pasado? —dijo él, contemplándola.

Lo había azotado una enorme oleada de deseo, con tal fuerza que nada podría haberlo detenido. Y notaba que de nuevo se estaba apoderando de él.

—Llevo mucho tiempo esperando esto —reconoció ella en el momento en que los dos se levantaban, y entonces se echaron a reír de nuevo y él la persiguió hasta el dormitorio, y todavía riendo se lanzaron sobre la cama. Era divertido estar con él. No se parecía en nada a la fuerza arrolladora experimentada con François en París, que había desembocado en aburrimiento y engaño. Lo de Brad era muy agradable, y parecían hechos el uno para el otro. A ella le gustaba que le contara sus experiencias en la facultad de derecho y él estaba fascinado por el hotel, y sobre todo por ella.

Esa noche hicieron el amor dos veces más, y por primera vez pasaron la noche juntos. Al día siguiente Brad tenía que levantarse temprano para ir a clase así que Heloise pidió que le subieran el desayuno, y luego se puso un chándal y lo acompañó hasta el metro. Acababa de regresar al hotel cuando se tropezó en la puerta del ascensor con su padre y Natalie, que se disponían a salir vestidos con ropa cómoda. Eran las siete de la mañana.

—¿Adónde vais a estas horas? —les preguntó Heloise sin pensar.

Su padre evitó mirarla a los ojos y Natalie puso cara de despistada.

—Tengo una reunión a primera hora —respondió ella tras una extraña pausa, pero no llevaba la indumentaria adecuada.

Natalie siempre se vestía de forma impecable para las reuniones. En cambio llevaba unos vaqueros con una sudadera y unas sandalias, cosa muy poco propia de ella. Además, era evidente que tenían prisa. Natalie se excusó diciendo que la llamaría más tarde y Hugues ya estaba en la puerta del hotel, así que Heloise subió a darse una ducha. Había pasado una noche maravillosa con Brad. Un poco más tarde él le mandó un mensaje de texto en mitad de clase diciéndole que la amaba y que era la mujer más atractiva del mundo. Le había dicho que la quería en otras ocasiones pero por primera vez habían hecho el amor. Y había sido increíble, tanto que Heloise solo deseaba repetirlo.

Cuando Natalie subió al taxi miró a Hugues con nerviosismo.

—¿Crees que sospecha algo?

—No —dijo él, rodeándola con el brazo para tranquilizarla—. Ni siquiera se lo imagina. Y no estamos haciendo nada malo.

Ella llevaba siglos esperando ese momento sin siquiera ser consciente de ello. Durante tres meses Hugues le había estado pinchando un tratamiento hormonal que le había provocado un grave estado de nervios, y en ese momento se dirigían a la clínica de fertilidad a la que habían estado asistiendo y en la que implantarían a Natalie cuatro embriones. Le habían extraído los óvulos que iban a implantarle tras fecundarlos con el esperma de Hugues. La extracción de los óvulos había resultado dolorosa pero ese día todo sería mucho más fácil. Luego tendrían que esperar a ver qué ocurría, y si los embriones prosperaban. Habían intentado conseguir un embarazo natural pero a la edad de Natalie y con los niveles hormonales bajos, tal como habían descubierto, el médico le había recomendado la fecundación in vitro.

Estaba tan nerviosa que solo tenía ganas de llorar, y lo hizo nada más poner un pie en la clínica. En cuanto la recibieron en la consulta estalló en lágrimas, no porque tuviera miedo sino porque deseaba mucho que todo saliera bien. A sus años según las estadísticas tenía entre un seis y un diez por ciento de posibilidades de éxito, así que no eran muchas. Pero valía la pena intentarlo. Llevaban varios meses valorándolo después de que Hugues le propusiera matrimonio, y él había accedido porque para ella era muy importante. Nunca había deseado tener descendencia antes, pero estaba muy enamorada de él y se habían casado, y no podía pensar en otra cosa. Él se habría quedado tan tranquilo si no hubieran tenido hijos, pero sentía que era su deber para con Natalie, puesto que ella no tenía. Él era padre de Heloise, y con eso le bastaba. Además, se le hacía un poco raro volver a empezar y tener de nuevo un bebé o varios si el embarazo resultaba ser múltiple. Hugues tenía cincuenta y cuatro años y Natalie estaba a punto de cumplir cuarenta y dos, y esa mañana iban a implantarle cuatro embriones. De haberle implantado más habría resultado peligroso para ella y los futuros bebés. Natalie no necesitaba una familia numerosa, se daría por satisfecha con tener un bebé siempre y cuando fuera de Hugues. Habían acordado no explicarle nada a Heloise para que no volviera a enfadarse. La chica había tardado seis meses en aceptar su matrimonio y no querían tentar la suerte de nuevo tan pronto, sobre todo porque no sabían si sus esfuerzos servirían de algo. Solo se lo dirían si la cosa funcionaba.

Natalie rezaba por que fuera así e incluso había encendido varias velas en la iglesia.

Realizaron la implantación mediante un catéter de transferencia de embriones, y Hugues estuvo a su lado. Al cabo de una hora se encontraban de vuelta en el hotel. A Natalie le habían recomendado que pasara el día en cama y que los siguientes se los tomara con tranquilidad, sin hacer ejercicio, levantar peso ni tomar baños calientes. Debía seguir con la progesterona para ayudar a la implantación, y al cabo de dos semanas podía probar con un test de embarazo. Después le harían una ecografía para ver cuántos embriones habían prendido. La espera sería eterna, y ya le habían advertido que posiblemente harían falta varios intentos. Muchas mujeres no lo conseguían hasta la tercera o cuarta implantación, si podían permitírselo, cosa que por lo menos a ellos no les suponía un problema. El procedimiento era caro pero su mayor temor era que no funcionara, ya que Natalie estaba obsesionada con tener un hijo de Hugues.

Tras salir de la clínica él la llevó a casa y la arropó en la cama tal como había hecho con Heloise durante muchos años. Luego se inclinó para darle un beso.

—Quédate aquí a descansar con nuestros bebés —dijo con ternura—. No te levantes de la cama.

—No lo haré —prometió Natalie oprimiéndole la mano.

Hugues había sido tan amable que se sentía más unida a él incluso que antes, y sabía que todo lo hacía por ella. La aterraba perder a los bebés si se movía, así que se quedó en cama todo el día. Estaba viendo reposiciones de antiguas series de televisión y había pedido que le subieran la comida cuando Heloise la llamó al móvil.

—¿Adónde ibais mi padre y tú con tanta prisa esta mañana? —preguntó, curiosa.

—Tenía una reunión con un cliente a primera hora de la mañana en un barrio peculiar, y tu padre se ha ofrecido a acompañarme. No quería coger el coche y no tenía claro que encontrara un taxi para volver.

Era una excusa verosímil y Heloise se la tragó.

—¿Dónde estás ahora? ¿En tu estudio?

—No. He vuelto de la reunión y estoy arriba, en la cama. Creo que tengo la gripe.

—Vaya, qué pena. ¿Has pedido que te suban la comida?

—Sí, sopa de pollo. Ya me encuentro un poco mejor, seguramente no me pasa nada, debe de ser por el madrugón.

No tenía voz de enferma, pero estaba decidida a hacer lo que le habían aconsejado y a tomarse el día de descanso mientras dirigía el trabajo en el estudio por teléfono.

—¿Quieres que te suba algo? —le ofreció Heloise, pero Natalie le dijo que tenía todo lo necesario.

—Por cierto, ¿y tú? ¿Qué hacías en la calle tan temprano? —preguntó esta—. Espero que no hayas salido a correr por el parque a esas horas, es muy peligroso —le advirtió, ya que había reparado en que iba vestida con un chándal.

Heloise se echó a reír.

—No. He acompañado a Brad hasta el metro. —Tenía confianza con Natalie y le gustaba poder compartir sus secretos con una mujer. Incluso le contaba más cosas de las que le había contado a Jennifer a lo largo de los años. Claro que podía deberse a que había crecido y aquella tenía una edad más parecida a la suya—. Hemos pasado la noche juntos.

Lo dijo casi con orgullo, y muy enamorada.

—¿Ha sido la primera vez?

A Natalie la conmovió que se lo contara y le pareció una noticia excelente. Opinaba que era genial que salieran juntos y pensó que la relación les haría bien a ambos.

—Sí, habíamos estado manteniendo las distancias hasta anoche. Lo de la amenaza de bomba nos afectó mucho y cuando subimos nos liamos.

Natalie sonrió mientras la escuchaba. Había sido una tarde muy estresante.

—Bueno, si te sirve de algo, me parece bien.

—Gracias. Pero no se lo digas a mi padre, no suelo contarle esas cosas. Podría enfadarse.

Lo de François no le emocionaba aunque acabó por aceptarlo. Heloise seguía siendo su pequeña.

—Todo queda entre tú y yo —le aseguró Natalie, y pensó que ojalá pudiera contarle lo de la fertilización, pero era demasiado pronto—. ¿Lo has visto por el hotel?

Natalie lo estaba echando de menos al estar sola en el apartamento.

—Sí, estaba en el despacho redactando cartas para los clientes para disculparse por lo de anoche. Y ha pasado muchas horas en el vestíbulo calmando a la gente y diciéndoles que lo sentía muchísimo. Casi todo el mundo ha reaccionado bien, pero siguen estando intranquilos. No queremos que piensen que siempre que se alojen aquí estarán expuestos a una amenaza de bomba. De todas formas, en general se alegran de que desalojáramos el hotel y no corriéramos riesgos. Más vale eso que aventurarse a volar por los aires —soltó, y Natalie sonrió.

—Sí, a mí también me lo parece.

Por suerte ya había pasado porque ese día no quería moverse.

—Volveré a llamarte luego para ver cómo te encuentras —le prometió Heloise, y se dispuso a volver al trabajo.

Esa noche Hugues llegó a casa más tarde de lo habitual. Llevaba todo el día tranquilizando a clientes contrariados por la amenaza de bomba. Cuando entró en el apartamento se mostró preocupado por Natalie.

—¿Qué tal te encuentras?

Tenía miedo por ella, y si se quedaba embarazada aún lo pasaría peor, sobre todo si eran varios bebés. La cosa tenía su complicación, y más a su edad.

—Bien. No noto nada raro, solo algunos espasmos.

Le habían advertido que podía ocurrir, así que no se inquietó. Le sonrió a Hugues, y él se inclinó para besarla. Llevaba todo el día dándole vueltas al tema en sus pocos momentos libres, tratando de imaginarse cómo sería tener un hijo con Natalie y que un pequeño, o más de uno, se paseara por el hotel. Empezaba a gustarle la idea y lo hacía sentirse más joven.

Al cabo de dos días la interiorista regresó al trabajo y la vida volvió a la normalidad. En el hotel las cosas se calmaron. Natalie iba todos los días a su estudio, y las dos semanas que tuvo que esperar para realizar el test de embarazo se le hicieron eternas. Le habían dicho que podía probar primero en casa y luego acudir a la clínica para que le hicieran un análisis de sangre y una ecografía. Cuando le confirmaran que estaba embarazada tendría que buscar un tocólogo. El objetivo de la consulta en la clínica era lograr un embarazo, no controlarla cuando lo consiguiera.

Había comprado un test de embarazo y lo tenía guardado en un cajón del cuarto de baño esperando el gran día. Estaba tan nerviosa que después de orinar sobre el indicador se sentó en el cuarto de baño y se echó a llorar antes de conocer el resultado. Si daba negativo se disgustaría mucho, y si daba positivo se quedaría estupefacta. Durante las últimas dos semanas apenas se atrevía a albergar esperanzas, pero tampoco podía pensar en otra cosa. Intentó no hacerse pesada hablando de ello con Hugues, pero él también lo tenía muy presente. Si el test de embarazo casero daba positivo tendrían que hacerle un análisis de sangre para confirmar los niveles de HCG.

Sostenía el indicador con mano trémula mientras miraba el reloj. Había pasado el tiempo. De hecho, había pasado un minuto más de lo necesario y seguía sin mirar. Por fin contuvo la respiración y se decidió a hacerlo. Miró el indicador sin dar crédito y prorrumpió en sollozos: había dos líneas de color rosa justo en el lugar apropiado; dos marcadas líneas de un rosa intenso tal como explicaban las instrucciones del test. ¡Estaba embarazada!

21

Cuando Hugues regresó del trabajo a última hora de la tarde notó que Natalie había estado llorando. De hecho, había llorado a ratos durante toda la tarde, abrumada por completo ante lo ocurrido y más emocionada de lo que podía llegar a imaginar. En cuanto él puso un pie en el apartamento, su mujer volvió a prorrumpir en llanto con la sensación de ser una tonta, y Hugues corrió a su lado. Supo de inmediato cuál era el resultado del test, o eso creía. Dio por sentado que había hecho la prueba, ya que sabía que era el día previsto para ello, que el resultado era negativo y que estaba muy triste y decepcionada. Se precipitó hacia el sofá en el que estaba tumbada y de inmediato la abrazó para consolarla.

—Cariño, volveremos a intentarlo, te lo prometo. Acuérdate de lo que nos dijeron. Hay personas que no lo logran hasta la tercera o cuarta vez. Seguro que la siguiente sale bien —dijo, recurriendo a todo lo que creía que podía tranquilizarla, mientras ella sacudía la cabeza, gesto que él interpretó como una muestra de desesperanza.

De repente, Natalie se echó a reír a la vez que lloraba. Hugues creyó que estaba histérica y empezó a preocuparse.

—¿Natalie? ¿Estás bien?

Ella asintió.

—Sí, estoy bien. ¡Estoy embarazada! —gritó con alegría, y abrazó a Hugues, que se había quedado atónito.

—Estás... Creía que...

—No sé por qué pero llevo toda la tarde llorando. Soy tan feliz que creo que me he vuelto loca.

Natalie jamás había tenido los nervios tan a flor de piel, y Hugues estaba temblando cuando la abrazó y la besó. No creía que la cosa le afectara tanto, pero así era.

—Dios mío, ha salido bien a la primera. ¿Cuándo iremos a que te hagan la ecografía?

Hugues quería saber cuántos bebés esperaba y hasta qué punto debía tomar precauciones. Daría la vida por proteger a Natalie y a sus hijos.

—La semana que viene. No se verá gran cosa, solo el número de embriones y de bolsas.

Verían cuántos bebés iban a tener.

Él la abrazó con más cuidado que si fuera de cristal, y estuvieron hablando y compartiendo ilusiones hasta tarde mientras él le acariciaba con suavidad el vientre todavía plano. No podían hablar de nada más que de los futuros bebés. Y jamás se habían sentido tan enamorados el uno de la otra.

El análisis de sangre confirmó el embarazo, y la ecografía les mostró lo que deseaban saber: había tres embriones en tres sacos distintos. Natalie estaba embarazada de trillizos. Hugues salió de la clínica completamente trastornado. Tres bebés. Iba a ser padre de cuatro hijos. Y Natalie parecía igual de estupefacta. Seguían sin poder creer que todo hubiera resultado tan rápido y tan fácil, aunque llevaban meses de tratamiento. Ella había empezado a tomar hormonas en junio, y los bebés nacerían el uno de junio del año siguiente, si aguantaban todo el embarazo. Con los trillizos era casi seguro que el nacimiento sería prematuro, o podía perderlos mucho antes. El médico le había advertido que si se quedaba embarazada lo más probable era que tuviera que guardar cama. Los siguientes tres meses serían decisivos. Y también le habían ofrecido reducir el número de fetos a uno, pero Hugues y ella se habían negado. O todos o ninguno.

Durante el trayecto de regreso en taxi los dos estaban anonadados, y ya habían acordado no decírselo a nadie hasta que el embarazo se consolidara al final del primer trimestre. Eso significaba que Heloise no lo sabría hasta diciembre. Hugues tenía la esperanza de que se alegrara, puesto que ya había aceptado a Natalie, pero no cabía duda de que la noticia la sorprendería tanto como a ellos.

Hugues estuvo todo el trimestre ocupadísimo tratando de evitar una huelga del personal de cocina, lo cual requirió casi toda su atención y su energía y le implicó echar mano de una gran dosis de diplomacia además de pedir consejo a sus abogados. También tuvo que atender otros problemas más habituales relativos a la plantilla, y alguna que otra situación difícil con los huéspedes. Heloise estaba muy atareada en recepción y allí donde la necesitaban, y la relación con Brad iba viento en popa. El hotel siempre bullía de actividad entre septiembre y Navidad, y para Acción de Gracias estaban al completo. En los momentos de reposo, Hugues y Natalie hablaban de los trillizos. De momento el embarazo seguía adelante. Habían acudido juntos a las ecografías y habían visto a los tres bebés con sus tres corazones latiendo. Natalie guardaba las imágenes que les habían entregado en una pequeña carpeta sobre su escritorio, y a menudo las miraba y les pedía que se quedaran en su vientre. Dos semanas antes de Navidad cruzó la mágica frontera de los tres meses. Los bebés estaban oficialmente a salvo, pero como eran tres la cosa implicaba ciertos riesgos, y resultaría clave el hecho de que fueran o no prematuros y, de serlo, cuándo nacerían. Natalie se esforzaba por reducir cada vez más la dedicación a los proyectos y por delegar el trabajo en sus colaboradores, y trató de terminar todos los encargos posibles y rechazó los nuevos. Todo cuanto le importaba eran los bebés.

No quiso esperar ni un minuto más para decírselo a Heloise; tenía muchas ganas de comunicarle la noticia. Llevaba un mes vistiéndose con blusas y vestidos amplios, pero al ser un embarazo triple empezaba a notársele.

Invitaron a la hija de Hugues a cenar el sábado por la noche en el apartamento, pero ella había quedado con Brad, así que prefirió subir a la hora de comer, mientras él estudiaba para los exámenes finales. Después de mantener una conversación con Hugues, el chico se había decantado por el derecho laboral.

Heloise estaba guapísima con unos pantalones negros ajustados, unas botas negras de montar y un jersey de cuello alto de suave cachemir blanco. Al llegar abrazó a Natalie y a su padre. Había notado que últimamente ella se estaba engordando, pero de todos modos le sentaba bien. Supuso que se debía a la magnífica comida del Vendôme y al hecho de que muchas noches pedían que les subieran la cena al apartamento.

Estuvieron un rato hablando del hotel hasta que Natalie no pudo aguantar más e interrumpió la conversación. Hugues sonreía orgulloso cuando ella le dio la noticia a Heloise.

—Prepárate para lo que vas a oír —anunció con una sonrisa de oreja a oreja—. Estoy embarazada. De trillizos.

Lo soltó todo de golpe mientras Heloise los miraba sin dar crédito. Se puso de pie como si quisiera apartarse de ellos; parecía horrorizada ante la noticia.

—¿Estáis de broma? ¿Trillizos? ¿Cómo es posible? ¿En qué estabais pensando? ¿Es que a vuestra edad aún no sabéis cómo funcionan los anticonceptivos?

Estaba aturdida. Ellos habían tenido tres meses para hacerse a la idea, pero ella apenas había tenido tres minutos y se sentía como si acabaran de pegarle un martillazo en la cabeza.

—Queremos tenerlos —aclaró Natalie, decepcionada—. No ha sido ningún desliz.

—¿Por qué? —quiso saber Heloise mientras paseaba nerviosa por la habitación—. ¿Para qué queréis tener hijos a vuestra edad?

Miraba alternativamente a Natalie y a su padre ya que la pregunta iba dirigida a ambos.

—Porque no los he tenido antes, y quería tener por lo menos uno antes de que fuera demasiado mayor —respondió Natalie con franqueza.

—Ya eres demasiado mayor —soltó Heloise con acritud. Acababan de trastocarle la vida de nuevo con la noticia bomba—. Cuando tus hijos vayan a la universidad tendrás sesenta años, y tú setenta —añadió, mirando a su padre.

Natalie le respondió amablemente pero con firmeza.

—Eso hoy en día les pasa a muchos padres. Hay mujeres mayores que yo que tienen hijos.

Heloise se dejó caer en el sofá y se los quedó mirando con abatimiento. No hizo más comentarios. Justo acababa de hacerse a la idea de lo de la boda y ya le soltaban lo de los trillizos.

—No sé qué decir.

—¿Qué tal «felicidades»? —dijo su padre con discreción—. Ya es todo lo bastante difícil, sobre todo para Natalie, no es neceario que tú añadas leña al fuego. ¿No podrías alegrarte por nosotros? Los niños también formarán parte de tu familia.

Se lo dijo con cariño, ya que esta vez quería tenerla de su parte y no de nuevo como enemiga.

—No sé qué pensar —repuso Heloise con franqueza.

No sabía si estaba celosa, enfadada, dolida o simplemente atónita. Lo que iban a hacer le parecía una locura.

—Al principio a nosotros nos pasaba lo mismo. Cuesta mucho asimilar que van a ser tres bebés —dijo Natalie, mirándola—. Pero quien va a tenerlos soy yo, así que soy la única que debería estar asustada.

—¿Estás asustada? —Heloise la observó con curiosidad, como si de repente le hubiera crecido una segunda cabeza.

—A veces. Me siento contenta, triste, asustada, emocionada, aterrada, la mujer más feliz del mundo y todo eso a la vez. Pero por encima de todo estoy muy ilusionada, y deseo tener esos niños más que ninguna otra cosa en el mundo.

Al decir eso extendió el brazo y le acarició la mano a Hugues, y Heloise volvió a sentirse desplazada. Primero se casaba con él y ahora iba a darle tres bebés. Era demasiado para aceptarlo.

—¿Ha pasado por casualidad o lo habíais planeado? —le preguntó a Natalie.

—Es una fecundación in vitro. Nos ha costado muchos esfuerzos, no ha ocurrido por casualidad. Era nuestro sueño.

Heloise miró a su padre mientras Natalie lo explicaba. No concebía que también fuera el sueño de él, sin duda todo había sido idea de su mujer. Su padre jamás había expresado el deseo de tener más hijos; más bien al contrario, siempre decía que estaba contento con la hija que tenía y que con eso le bastaba. Sin embargo, iba a tener tres hijos más con Natalie. La situación le recordaba a cuando su madre tuvo dos hijos con Greg después de abandonarla a ella, y eso le provocó cierto malestar. Se levantó y los miró a ambos.

—Creo que necesito pensar. Dadme un poco de tiempo para asimilarlo. Ahora mismo no soy capaz de tomármelo bien.

Era una reacción mejor que la del año anterior, cuando le

dijeron que estaban saliendo juntos. Al parecer cada vez que llegaba Navidad soltaban una bomba, y en esta ocasión era muy potente. Salió en silencio del apartamento y bajó al suyo, desde donde llamó a Brad. Él notó al instante que estaba molesta.

—¿Qué te pasa?

—Mmm... Es difícil de explicar. Tengo una sensación rara.

Brad se preocupó inmediatamente.

—¿Estás enferma?

—No, solo necesito hablar contigo. ¿Puedes venir en cuanto acabes de estudiar?

—Claro, tardaré una media hora, pero puedo venir ahora mismo si hace falta y ya acabaré de estudiar después. ¿Te ocurre algo grave?

—Sí... No... No lo sé, no me siento bien. Seguramente es una tontería.

—¿He hecho algo malo?

—No, nada de eso.

Entonces Heloise se echó a llorar. Se sentía muy mal y necesitaba que Brad la ayudara a poner las cosas en su sitio. Tal vez estuviera loca pero no le parecía bien que Natalie y su padre fueran a tener hijos. Tampoco le había gustado que su madre tuviera hijos con Greg, y encima le caían fatal. ¿Por qué los de Natalie iban a caerle mejor?

—Enseguida estaré ahí —dijo él con tono grave. De todas formas no podría estudiar porque estaba preocupado por ella.

Al cabo de veinte minutos estaba en la puerta del apartamento de Heloise, y la vio sentada en el sofá, llorando. En cuanto entró, ella se acurrucó entre sus brazos y tardó cinco minutos de reloj en serenarse. Él la observaba con gran atención.

—Dime qué ha ocurrido.

Ella se sonó con un pañuelo que tenía en la mano y lo miró.

—Puede que te parezca que soy una tonta, pero Natalie está embarazada, de trillizos. Se han vuelto locos y van a tenerlos por fecundación in vitro. —Se echó a llorar de nuevo mientras Brad la escuchaba—. Están juntos, enamoradísimos y encima van a tener tres hijos. De la noche a la mañana han formado una familia perfecta. En cambio a mí mi madre me odia y nunca se acuerda de que existo, y también tuvo dos hijos más después de darme la patada. ¿Quién representa que soy yo en todo este lío? ¿Qué pinto yo para ellos? ¿Cuál es mi sitio? Parece que me hayan expulsado de la familia, he quedado obsoleta y van a tener otros tres hijos.

Al principio Brad optó por no decir nada, se limitó a abrazarla con tanta firmeza como pudo y a escucharla mientras le acariciaba el cabello. Se contentaba con que pudiera expresar lo que sentía, y se daba cuenta de lo mucho que le dolía la situación y del porqué. Su madre la había abandonado y su padre había vuelto a enamorarse y esperaba tres hijos. Cualquiera se habría sentido herido.

Se apartó un poco para mirarla. Las lágrimas resbalaban por las mejillas de Heloise, y le entró hipo.

—Primero, no creo que seas tonta en absoluto. Yo me sentiría igual que tú, es normal que te resulte extraño. Pero no creo que vayan a sustituirte; eso es imposible. Tú eres irrepetible, y tu padre te quiere. Además sé que Natalie te aprecia mucho. Ella no ha tenido hijos, y seguramente quiere tenerlos antes de que sea demasiado tarde, por eso se han puesto en manos de especialistas y van a tener los trillizos por fecundación in vitro, aunque seguramente a todos se os hace muy raro. Pero no creo que tu padre se plantee ni por asomo sustituirte.

—¿Y si los bebés le caen mejor que yo? A los hombres de

edad les gusta volver a tener hijos porque hace que se sientan jóvenes. La mitad de los clientes del hotel con más de sesenta y cinco años están casados con veinteañeras y tienen niños pequeños.

Heloise exageraba un poco, aunque el fenómeno estaba bastante extendido en los tiempos que corrían. Esa misma temporada una de sus clientes de cincuenta años había tenido un bebé, y un ex diplomático europeo de ochenta y seis años se había casado con una chica de veintidós y habían tenido gemelos.

—Aun así no va a dejarte de lado. Lleváis veintiún años juntos, y habéis vivido solos. Nadie podrá nunca borrar eso —dijo Brad, y volvió a abrazarla—. Para serte sincero, los compadezco. A su edad les supondrá un sacrificio enorme. Yo en su lugar estaría muerto de miedo.

—Sí, y yo no pienso cuidar de tres bebés que lloran y patalean. Ya tengo bastante trabajo con el hotel.

Brad se echó a reír al imaginar la escena.

—Yo te ayudaré. O aún mejor: nosotros también tendremos un bebé y eso sí que los va a sacar de quicio. Además, no nos hará falta ir a un centro de reproducción.

Heloise le sonrió. La idea le atraía, pero no para darle un disgusto a su padre. Estaba coladísima por Brad pero aún no pensaba en tener hijos. Suspiró y lo miró mientras se acurrucaba entre sus brazos.

—Gracias por ser tan comprensivo. Siento haberme puesto tan nerviosa. Es que tengo la sensación de que en esta familia no hay sitio para mí, sobre todo con lo de los bebés.

La entristecía confesarle eso a Brad, pero ya había pasado por la experiencia de lo de su madre y Greg.

—Sí que hay sitio para ti, además algún día formarás tu propia familia. Lo único que pasa es que se te hace raro que con cuarenta y cincuenta años la gente decida tener hijos.

Heloise asintió.

—Gracias por venir y escucharme.

Salieron a dar un paseo y Brad le confesó que si sus padres se divorciaran y volvieran a casarse también le fastidiaría mucho que decidieran tener más hijos. Recordaba lo mal que le había sentado tener un hermano a los ocho años, y dos hermanas gemelas a los cuatro. Si ocurriera ahora aún le gustaría menos.

Más tarde Heloise llamó a Natalie y se disculpó por haberse enfadado tanto. Le explicó que estaba con Brad y aquella los invitó a subir, pero Heloise dijo que estaban cansados. Necesitaba tiempo para estar a solas. Después su padre bajó a verla; estaba preocupado por ella. Había observado su expresión de sorpresa y disgusto al enterarse de la noticia y se le había partido el alma. Estuvo charlando un rato con los dos jóvenes, y luego abrazó a su hija y volvió a su apartamento. Brad había llevado consigo los libros, así que se puso a estudiar y se quedó a dormir allí, cosa que reconfortó a Heloise. El chico pasaba cada vez más noches con ella, y ambos se sentían muy cómodos. La relación evolucionaba muy bien y cada vez le encontraban más sentido a estar juntos.

A Heloise la Navidad se le hizo muy rara tras la noticia del embarazo de Natalie. Todo le parecía surrealista. Vio cómo colocaban el gran abeto en el vestíbulo y se encargó de supervisar la decoración mientras todo el mundo comentaba lo emocionante que era que Hugues y Natalie fueran a tener trillizos. Jennifer ya estaba pensando en organizar una fiesta con motivo del nacimiento y eso hizo que Heloise volviera a sentirse desplazada, aunque se esforzó por hacer caso omiso y no montar un drama. Su padre tenía una nueva vida y una nueva familia, y todo cuanto ella podía hacer era conservar la esperanza de que siguiera queriéndola. El tiempo lo diría.

Además, tenía a Brad. Salían siempre que disponían de

tiempo libre, o él iba a su apartamento. Sin embargo, por dentro seguía estando disgustada por lo de los trillizos. Le costaba imaginar qué lugar le correspondía en la familia. Para su padre representaba el pasado mientras que los nuevos bebés representaban el futuro. Sabía que la única manera de tener una familia sería formando una propia algún día, pero aún no se sentía preparada para eso.

Brad se marchó a Filadelfia para pasar la Navidad con su familia y Natalie convenció a Hugues para que también ellos fueran dos días, ya que el embarazo todavía le permitía viajar. Heloise, sin embargo, no quiso acompañarlos. Se excusó diciéndole a su padre que supervisaría el funcionamiento del hotel en su ausencia, y a él no le pareció bien, pero Natalie insistía en ir a visitar a su familia y eso lo puso entre la espada y la pared. Heloise había decidido quedarse en Nueva York. Natalie tenía los nervios tan a flor de piel a causa del embarazo que lloraba a todas horas por cualquier cosa. Al final Hugues accedió a ir a Filadelfia y Heloise se ofreció a cubrir todos los turnos durante las Navidades. Su padre la llamó en cuanto llegaron a su destino, y volvió a hacerlo a primera hora de la mañana del día de Navidad. A esas horas ella ya estaba trabajando en recepción. Y por primera vez, aunque en realidad no resultara sorprendente, su madre ni siquiera se molestó en telefonearla.

22

En enero un grupo de empresarios holandeses se registraron en el hotel y ocuparon cuatro de las grandes suites de las plantas novena y décima. Al parecer eran representantes de un consorcio europeo y varias veces Heloise los vio en compañía de Hugues. No era raro que pasara tiempo con huéspedes importantes. Los holandeses tenían reservada la gran sala de reuniones, y una tarde vio a dos de ellos en el despacho de su padre, charlando, mientras otros dos se paseaban por el hotel con Bruce Johnson, el jefe de seguridad, y Mike, el jefe de mantenimiento. A Heloise le pareció raro, pero había tanto trabajo que no tuvo tiempo de reflexionar sobre ello, y fue después de que se hubieran marchado cuando Mike le hizo un comentario al respecto.

—Qué raro sería que tu padre vendiera el Vendôme, ¿no crees? ¡He oído que están dispuestos a ofrecerle una fortuna!

—¿Quiénes?

Heloise lo miró como si tuviera monos en la cara o fuera un ser de otro planeta.

—Los holandeses, los que estuvieron aquí la semana pasada. Tu padre nos pidió que les enseñáramos todo el hotel. Dicen que van a hacerle una oferta irresistible, o tal vez ya se la hayan hecho.

A la chica empezó a darle vueltas la cabeza al oír eso. El suelo se movía bajo sus pies y tenía náuseas.

—No puedes creerte todo lo que oyes —dijo, deseando que el rumor se disipara de inmediato, y se dirigió al despacho de su padre.

Estaba temblando cuando entró, y él se encontraba solo frente a su escritorio ya que Jennifer había salido a comer. Quería oír de su propia boca si se planteaba vender el hotel. Si eso era cierto, debería habérselo dicho mucho antes. Sabía que estaba preocupado por los gastos, pero el Vendôme tenía un éxito rotundo.

—¿Hay algún problema?

Por su aspecto parecía que Heloise hubiera visto un fantasma, y su padre dio por hecho que había tenido problemas con algún cliente. De momento se manejaba a la perfección en las situaciones más delicadas. Tenía un gran don de gentes y estaba aprendiendo muchas cosas sobre la profesión.

No se anduvo por las ramas, era algo que jamás hacía con su padre.

—Mike dice que vas a vender el hotel. —No sabía qué pensar. Primero dejaba a su mujer embarazada de trillizos y ahora estaba dispuesto a vender su hogar—. ¿Es cierto? —Heloise seguía temblando, plantada al otro lado del escritorio.

Él vaciló durante unos instantes que a Heloise se le hicieron larguísimos, eternos. Cuando respondió lo hizo con expresión afligida. Sin embargo, sabía que tenía que decirle la verdad a su hija si no quería que llegara a saberla por terceras personas.

—No era mi intención, pero es posible que lo haga si me ofrecen una cifra razonable. Aún no lo he decidido, todo depende de la oferta. Todo ha venido como llovido del cielo, no lo he buscado; son ellos los que me han buscado a mí.

Lo dijo con expresión de culpabilidad.

—¿¡Cómo puedes hacer eso!? —Le lanzó una mirada furibunda—. ¡Este hotel es nuestro hogar! ¡Era tu sueño! ¡Y ahora es el mío! ¡No puedes vender nuestro sueño! —La voz le temblaba de miedo y de ira.

—Tengo cincuenta y tres años. Dentro de unos meses tendré cuatro hijos, no solo una hija, y tengo que pensar en el futuro de todos, también en el de Natalie y el mío. Si alguien se ha vuelto lo bastante loco para ofrecerme una suma astronómica por el hotel, más loco estaría yo si no la aceptara.

Heloise estaba demasiado indignada para comprender una cosa así. Ella tenía toda la vida por delante mientras que su padre no. Y debía preocuparse por muchas más personas que antes; la cantidad de miembros de la familia iba a duplicarse y de repente se sentía muy mayor y un poco asustado.

—No tienes ninguna consideración por nada ni por nadie —lo acusó su hija. Sentía tanta rabia hacia él que apenas podía hablar—. Si vendes el hotel, dejaré de respetarte —siguió diciendo con vehemencia, y su padre asintió—. Hugues sospechaba que ocurriría eso, pero si la oferta era lo bastante alta no le quedaría más remedio que vender. Sin embargo, Heloise no quería dinero, quería el hotel—. Si haces eso jamás te lo perdonaré, papá —dijo mirándolo directamente a los ojos, y a continuación dio media vuelta y se marchó.

Pasó los siguientes tres días sin hablarle, ni siquiera le dirigía la palabra cuando se cruzaba con él en el ascensor. El rumor se extendió por todo el hotel. Heloise le contó lo ocurrido a Brad y él comprendió lo mucho que la indignaba la situación. Ella se había hecho a la idea de trabajar allí toda la vida y de llegar a sustituir a su padre algún día. Por eso se había marchado a estudiar a la École Hôtelière, y ahora él se burlaba de su carrera y de todo lo que había aprendido.

Estaba atravesando unos momentos tensos e infelices, y lo único que la reconfortaba era la compañía de Brad. Su padre sabía lo molesta que estaba y trataba de evitarla. Heloise volvía a culpar de todo a Natalie, ella no sabía nada del hotel ni de la profesión y no tenía ni idea de lo mucho que significaba para Hugues y Heloise. No le costaba imaginarla animando a su padre a vender solo para acumular dinero. Sin embargo, para la joven el Vendôme no era sinónimo de dinero, era sinónimo de amor y dedicación, de las personas que allí trabajaban, de la clarividencia de su padre, del que había sido su sueño y ahora era el propio. Eso no se pagaba con dinero. Hugues le había prometido comunicarle la decisión en cuanto se concretara la oferta.

Volvía a estar en guerra con su padre y Natalie, y esa vez no transigiría. Hablaba en serio cuando le había dicho a aquel que no lo perdonaría jamás si cerraba la venta. Brad nunca la había visto tan decidida. Era algo que solo había comentado con él, y el chico comprendía lo que significaba para ella el Vendôme mientras que a su padre se le había olvidado. No quiso hablar del tema con nadie más. Estaba demasiado enfadada.

Una tarde se encontraba en su habitación después de terminar la jornada. Su padre y ella vivían en distintas plantas, como si fueran extraños. No había vuelto a cruzar palabra con él ni con Natalie desde el día en que Mike le dio la noticia de que Hugues se estaba planteando vender el hotel, y no tenía ningunas ganas de volver a hacerlo hasta que supiera cuál era su decisión. Por eso se sorprendió muchísimo cuando esa tarde recibió una llamada de Natalie en el móvil. Parecía que la estuvieran estrangulando.

—¿Qué te pasa? ¿Estás enferma? —le preguntó la joven con indiferencia—. Se te oye fatal.

—¿Puedes subir? ¿Estás en el hotel?

—En mi apartamento.

El tono de voz de Heloise transmitía toda la frialdad que sentía. La habían traicionado otra vez, o pensaban hacerlo si el consorcio les pagaba una cantidad suficiente. Ella no quería el dinero, lo que quería era vivir y trabajar en el Vendôme para siempre.

—¿Algo va mal? —preguntó, y en respuesta Natalie emitió un tremendo gemido.

—Me duele mucho... Estoy sangrando... No encuentro a tu padre.

—Mierda —exclamó Heloise, y salió volando del apartamento para lanzarse escalera arriba con el teléfono en la mano. No quería perder tiempo esperando el ascensor. Por suerte llevaba una llave maestra en el bolsillo.

Entró en el apartamento, fue corriendo al dormitorio y encontró a Natalie tumbada en la cama, retorciéndose de dolor.

—¿Quieres que avise a una ambulancia? ¿Cuánta sangre has perdido? —Había seguido un curso avanzado de primeros auxilios como parte de la formación práctica. Se acercó a la mujer y vio que en la cama había un cerco de sangre, pero no quiso asustarla—. Creo que estarás más cómoda si te llevan al hospital en ambulancia, Nat —dijo con amabilidad, y la guerra sobre la venta del hotel quedó olvidada al instante.

Fue a la habitación contigua y llamó al 911 desde el teléfono fijo. Explicó con claridad y precisión que una de las clientas del hotel sufría una hemorragia, y que estaba embarazada de cuatro meses y esperaba trillizos. Le prometieron enviar una ambulancia de inmediato. Ella les dijo el número de la habitación, y luego llamó a recepción e insistió varias veces en que localizaran a su padre. Enseguida le devolvieron la llamada para anunciarle que Hugues había salido para asistir a una reunión, y que en el móvil saltaba el buzón de voz.

—Seguid intentándolo, y en cuanto lleguen los médicos, hacedlos subir.

Luego volvió junto a Natalie, se sentó a su lado en la cama y le acarició el cabello.

—No quiero perder a mis niños —lloraba, y a Heloise se le ocurrió buscar el nombre de su tocóloga y llamarla.

La mujer se comprometió a reunirse con ellas en el hospital en cuanto llegaran. Natalie sollozaba; sabía que con cuatro meses los bebés no podrían salvarse, y mientras tanto la joven hacía cuanto podía por tranquilizarla.

El personal sanitario llegó en menos de diez minutos y preguntaron si el marido de la paciente estaba en el hotel o si la acompañaría alguna otra persona. Sin dudarlo un instante Heloise dijo que era su hija. En cuanto hubieron colocado a Natalie en una camilla y la hubieron tapado con una manta, aquella entró tras ellos en el montacargas aferrando la mano de su madrastra.

—Todo irá bien, Nat, te lo prometo —le dijo sin pensárselo, aunque no tenía ni idea de lo que iba a ocurrir.

Salieron por la puerta de servicio para no asustar a nadie en el vestíbulo. Natalie sollozaba con desesperación mientras uno de los empleados sanitarios le hacía preguntas. Nada más entrar en la ambulancia le pusieron el gota a gota, activaron las sirenas y se dirigieron al hospital a toda velocidad. Allí ya la esperaba un equipo de obstetras, y su tocóloga llegó al cabo de veinte minutos. No permitieron que Heloise se quedara con ella. A Hugues tardaron una hora entera en localizarlo, y en cuanto lo hicieron llamó a su hija al móvil.

—¿Qué ha ocurrido? —preguntó con tono de pánico.

Había cogido un taxi desde el lugar de la reunión y estaba de camino.

—No lo sé. Estaba en mi apartamento y Natalie me ha llamado y me ha dicho que se encontraba mal y sangraba. He avisado a urgencias inmediatamente y la están atendiendo.

—¿Ha perdido a los bebés? —preguntó Hugues con un nudo en la garganta.

—No lo sé —respondió Heloise con franqueza—. No me

han dicho nada, pero cuando hemos salido sangraba bastante. —La cosa no pintaba nada bien—. La tocóloga también está con ella.

—Solo tardaré diez minutos.

—Estoy en la sala de espera de obstetricia.

La habían subido a esa planta por si los bebés nacían. Sin embargo, con dieciocho semanas tenían muy pocas posibilidades de sobrevivir, y si lo hacían su estado sería crítico.

Al cabo de cinco minutos vio que su padre pasaba de largo y entraba en la zona de atención médica. La saludó con la mano pero no se detuvo a hablar con ella, y durante las siguientes dos horas Heloise permaneció ajena a lo que estaba ocurriendo. No sabía a quién preguntar, y cuando su padre salió a verla eran las seis.

—¿Cómo está Natalie?

Heloise no se atrevió a preguntarle si había perdido a los bebés. Su padre tenía peor aspecto que Natalie cuando entró en el hospital, y eso la hizo caer en la cuenta de lo mucho que le importaban esas criaturas, y aún más su mujer. Se sintió muy apenada por él.

—Ella está bien, y de momento los bebés también. Le han hecho una ecografía y no los ha perdido. Es posible que se trate de placenta previa o alguna otra complicación, pero de momento los trillizos aguantan. Esta noche la tendrán ingresada y si no pasa nada más mañana la mandarán a casa, aunque le pondrán un aparato para controlarla y tendrá que hacer reposo. Es probable que tenga que pasar el resto del embarazo en cama, pero si logra aguantar un mes o dos más seguramente los bebés estarán a salvo.

Parecía que fuera lo que más le importaba en el mundo, y Heloise se acercó y le dio un abrazo.

—¿Quieres pasar a verla?

Su hija asintió y cruzó tras él dos puertas de doble hoja,

recorrió varios pasillos y llegó a la habitación donde Natalie aguardaba rodeada de monitores, con aire de estar asustadísima y traumatizada por todo lo ocurrido.

—¿Cómo estás? —le preguntó Heloise con amabilidad.

—Muerta de miedo —respondió ella con franqueza a la vez que esbozaba una leve sonrisa—. No quiero perderlos por nada del mundo.

—Espero que no pase —dijo su hijastra, y se inclinó para darle un beso en la mano—. Tendrás que tomarte las cosas con mucha calma.

Natalie asintió. Valía la pena. Estaba dispuesta a todo con tal de salvar a sus hijos.

Heloise no quería que la mujer se cansara y al cabo de unos minutos se marchó. Su padre se quedaría a hacerle compañía y prometió llamarla si ocurría cualquier cosa. Durante el camino de regreso estuvo pensando que no importaba lo mucho que se hubiera enfadado con su padre por la venta del hotel, ni con Natalie por lo de los gemelos; a fin de cuentas eran una familia y lo único que merecía la pena era que se tenían los unos a los otros, que se querían y eran capaces de perdonarse. Deseaba de corazón que no perdiera a los bebés.

Y fue un milagro pero no los perdió. Al día siguiente Natalie regresó al hotel en ambulancia y la trasladaron directamente a la cama. Tenía que hacer reposo absoluto durante el resto del embarazo, e incluso utilizar una cuña porque ni siquiera podía levantarse para ir al cuarto de baño. No le permitían poner los pies en el suelo, y ella lo escuchaba todo desde la cama con cara de terror. Hugues se encontraba a su lado, y le advirtió que si necesitaba cualquier cosa lo llamara al móvil o avisara al personal del hotel. Heloise también le dijo que podía llamarla a ella o a cualquier persona de la recepción. Ella prometió no moverse, y se la veía pálida y asustada cuando Heloise regresó a la recepción y Hugues a su despacho.

Bajaron juntos en el ascensor. Hugues no le contó a su hija que el día anterior había recibido la oferta de los holandeses y se encontraba reunido con los ejecutivos del banco cuando ingresaron a Natalie. La opción era tentadora y resultaría difícil rechazarla, ya que no sabía si en otra ocasión volverían a ofrecerle una cifra semejante por el hotel. Les había dicho que se pondría en contacto con ellos al cabo de unos días. Entonces lo había llamado Jennifer y había salido apresuradamente hacia el hospital. Cuando se despidió de su hija en el vestíbulo volvió a darle las gracias por su ayuda. Todavía se respiraba tensión entre ambos, y sabía que así sería hasta que tomara una decisión.

Durante varios días Natalie se esforzó con éxito por conservar a los bebés. Heloise pasaba de vez en cuando a ver qué tal se encontraba, Jennifer subía a verla y las camareras también le hacían alguna que otra visita. Ernesta le llevaba bombones y cosas apetitosas, el conserje le enviaba las revistas más recientes y los empleados les servicio de habitaciones le hacían llegar todo lo que deseaba. Había delegado la responsabilidad de todos los proyectos en sus colaboradores del estudio. Había abierto un paréntesis en su vida. Además, el día después de su llegada del hospital los sindicatos que velaban por los empleados de mantenimiento del hotel iniciaron una acción que mantuvo muy distraído a Hugues: esa mañana anunciaron una huelga. Se trataba de una huelga clandestina y tenía por objeto servirle de advertencia. Hugues les había comunicado que tendrían lugar dos despidos sin reemplazo y los sindicatos le dijeron que no podía hacerlo. Él había seguido el procedimiento adecuado paso por paso y ellos habían respondido con un piquete en la puerta del hotel para molestar a los clientes. Los hombres que lo formaban aporreaban cazos y sartenes con un cucharón y armaban un escándalo tremendo que se oía desde varias manzanas de distancia.

Heloise entró en el despacho de su padre y lo encontró hablando por teléfono con su asesor laboral. Los sindicatos querían que ofreciera un puesto de trabajo a los dos hombres, a pesar de que él había seguido todos los trámites necesarios. Entonces había llamado a la oficina del comité y les había ordenado que retiraran de una vez el piquete de la puerta de su hotel, y el interlocutor respondió que si no volvía a contratar a los dos trabajadores tendría problemas. Hugues colgó furioso y miró a su hija.

—No puedo hacer nada en absoluto —dijo con tristeza—. Y quiero que tengas mucho cuidado. Ese imbécil me ha amenazado por teléfono, y nunca se sabe de lo que son capaces los tipos como él. —Los dos eran conscientes de que los responsables de los sindicatos sabían negociar por la vía del diálogo, pero siempre había uno o dos exaltados que preferían la violencia—. No quiero que salgas a la calle ni bajes al sótano sola.

Hugues también temía que acosaran a los otros empleados cuando salieron de trabajar. Bruce concentró a su equipo al completo, y todos los trabajadores fueron advertidos de lo que estaba ocurriendo.

Por fin a las seis de la tarde el piquete se disolvió para gran alivio de todos. Esa noche Heloise doblaba el turno y no quedaría libre hasta que se hiciera de día. Estuvo trabajando junto con dos compañeros, y a las diez las cosas parecían haber vuelto a la normalidad. El vestíbulo estaba continuamente vigilado por los empleados de seguridad. A las ocho Hugues había subido a hacerle compañía a Natalie, y por fin Heloise pudo sentarse para charlar con sus compañeros. Estaban comentando la molestia que suponían las huelgas clandestinas y lo fastidioso que había resultado tener un piquete en la puerta toda la tarde. Los pocos clientes que aún no habían regresado al hotel llegaron alrededor de medianoche.

Antes de irse a la cama Hugues llamó para comprobar que todo iba bien y Heloise le dijo que así era.

Sin embargo, a la una de la madrugada saltó una alarma en el sótano. En recepción tenían un panel de control que indicaba un incendio frente a la cocina. Seguramente no tenía nada que ver con la huelga y más bien debía de tratarse de algo que habían olvidado en el horno. Heloise se puso en guardia de inmediato y sin pararse a pensar pidió al compañero más joven de recepción que llamara a los bomberos enseguida, y también a seguridad. Bajó por la escalera de servicio para ver si podía solucionar algo abajo pero cuando llegó vio que un pequeño fuego estaba destruyendo un sofá y varios carritos en la puerta de la cocina. Una esquina separaba el incendio del espacio ocupado por el servicio de habitaciones así que nadie lo percibió hasta que saltó la alarma.

Un empleado de seguridad se encontraba vaciando un extintor sobre el sofá y los carritos cuando llegaron los bomberos con las sirenas a pleno rendimiento y las mangueras preparadas. En menos de diez minutos acabaron con el incendio. En el sótano quedaron un desagradable y penetrante olor de humo y cinco centímetros de agua en el suelo, pero el fuego se había extinguido. Un enjambre de bomberos poblaba la cocina y las zonas adyacentes para comprobar que no había nada más en llamas, y Heloise permaneció con ellos y les agradeció su colaboración. Habían acudido muy deprisa. Los incendios en hoteles era algo que siempre se tomaban muy en serio, y resultaba habitual que empezaran en la cocina. El padre de Heloise le había enseñado a tener un gran respeto al fuego y a tomar todas las medidas de precaución posibles.

Todavía estaba hablando con dos empleados de seguridad que habían ayudado a extinguir el fuego cuando se le acercó un bombero con un trapo empapado de aceite que apestaba a humo. El bombero lo soltó y el trapo dejó un grasiento charco en el suelo.

—Aquí tienen el origen de las llamas —dijo mirando a Heloise y a los dos hombres—. Alguien le ha prendido fuego. Y debajo del sofá hay otro. Me temo que alguien les está gastando bromas muy pesadas.

Seguramente la cosa no habría derivado en un incendio capaz de devastar el hotel, puesto que el sistema de alarma era moderno y muy eficaz, pero sí que podría haber ocasionado daños si los bomberos no hubieran acudido con tanta rapidez. Mientras hablaba con los tres hombres, Heloise vio que uno de los lavaplatos del servicio de habitaciones reía por lo bajo. No llevaba mucho tiempo trabajando en el hotel y parecía disfrutar viendo que comentaban lo del trapo. La joven observó su mirada desafiante y se dirigió despacio hacia él.

—¿Ha visto quién lo ha hecho? —le preguntó sin rodeos, y el hombre se echó a reír en su cara.

—¿Cree que voy a decírselo? —se mofó. Sabía quién era Heloise pero le daba igual.

—¿Qué sabe de lo que ha ocurrido? —insistió ella. No le tenía miedo.

—Lo que sé es que su padre ha despedido a dos hombres, y si no vuelve a contratarlos los sindicatos van a darles mucho la lata —dijo él en tono desafiante mientras los empleados de seguridad se acercaban. Esa noche Bruce no estaba en el hotel—. Ya les advirtieron que tendrían problemas. A lo mejor hoy alguien ha provocado un pequeño incendio para enseñarles lo que quieren decir. No pueden despedir a la gente y quedarse tan anchos —prosiguió.

El hombre se encontraba a centímetros de distancia de Heloise y cualquiera se habría asustado por la forma como la miraba. Sin embargo, ella no tenía miedo. Estaba amenazando el funcionamiento de su negocio.

—¿Ha sido usted? —preguntó, acercándosele unos milímetros.

Era una chica delgada de veintiún años, pero tenía tanto valor como cualquiera de los hombres presentes.

—Y si he sido yo, ¿qué? —repuso, y volvió a reírse en sus narices mientras uno de los bomberos llamaba por radio a la policía. La cosa se estaba poniendo fea. Lo preveía, y los empleados de seguridad del hotel también lo notaban.

En ese momento, antes de que pudieran hacer nada por impedirlo, el hombre cogió a Heloise por el cuello y la estampó contra la pared.

—Puta —le espetó—. A mí no me digas lo que tengo que hacer.

Heloise no apartó la mirada ni un segundo y permaneció completamente serena. Ninguno de los presentes quiso actuar de forma precipitada por si el hombre llevaba encima una pistola o un cuchillo. Estaban esperando a la policía. Entonces, sin pronunciar palabra, la joven le clavó el tacón de aguja en el empeine con todas sus fuerzas; y mientras él se doblaba por la mitad, insultándola y gritando de dolor, ella le asestó un buen puñetazo en la nariz. Él se volvió para alejarse pero ella levantó la pierna con un movimiento rápido y le dio un rodillazo en la entrepierna. Había asistido a clases de defensa personal que le habían hecho un gran servicio.

Heloise se apartó en el momento en que entraba la policía. Al hombre le sangraba la nariz y le escupía. Los agentes le pusieron las esposas mientras uno de los empleados de seguridad les explicaba lo ocurrido, y Heloise parecía impasible, aunque se había rajado la falda hasta el muslo al levantar la pierna.

—Gracias, agentes —dijo con tono agradable.

Uno de los policías le pidió que prestara declaración, y eso estaba haciendo cuando su padre llegó corriendo. Lo había despertado la alarma antiincendios, había visto fuera a los bomberos y se había vestido a toda prisa. Por motivos de seguridad los ascensores habían dejado de funcionar así que bajó por la escalera de servicio. Echó un vistazo al panorama y se volvió hacia el equipo de seguridad.

—¿Qué está pasando aquí?

Sonriendo, uno de los hombres que habían ayudado a apagar el fuego le describió lo ocurrido. Heloise los había dejado a todos avergonzados.

—¿Cómo te encuentras? —le preguntó a su hija, y ella se lo quedó mirando.

Ni siquiera se la veía alterada, aunque estaba furiosísima con el hombre que había provocado el incendio.

—Estoy bien. Creo que algún imbécil del comité ha contratado a ese tipo para que prendiera fuego al sótano. Hemos perdido un sofá y varios carritos, aunque podría haber sido mucho peor.

—¿Estás loca? —le espetó su padre—. Olvídate del sofá. Acaban de decirme que le has dado un golpe, pero él podría haberte clavado un cuchillo. ¿Se te ha ocurrido pensarlo?

La miraba como si hubiera perdido el juicio.

—Ha provocado un incendio, y alguien le ha pagado para que lo haga. No pienso permitir que un imbécil queme el hotel y destruya todo lo que hemos construido juntos.

Miraba a su padre con una determinación férrea. Tampoco a él pensaba permitírselo. El mensaje estaba clarísimo.

—¿Ha saltado la alarma?

—Sí. Por eso he bajado. El equipo de seguridad estaba apagando el incendio y los bomberos han llegado al mismo tiempo que yo —le explicó a su padre—. Han encontrado el trapo que el hombre había impregnado en aceite para provocar el fuego.

—¿Cómo sabes que ha sido él?

—Él mismo lo ha dicho, o lo ha dado a entender, y luego me ha agarrado por el cuello.

—¿Y tú le has dado un golpe? —Su padre estaba impresionado tanto por su valor como por la estupidez que había cometido.

—Le ha roto la nariz, señor —apostilló el policía joven.

—¡¡Que le has roto la nariz!? —Hugues se quedó mirando a su hija como si no la conociera.

—Ha sido una jugada maestra —comentó uno de los implicados en la extinción del incendio—. Primero le ha clavado el tacón, luego le ha dado un puñetazo en la nariz y al final un rodillazo en la entrepierna.

Hugues se volvió a mirarlos a todos.

—¿Y a qué os dedicabais vosotros mientras tanto? ¿A hacer fotos? ¿Por qué ha tenido que ser ella quien le rompiera la nariz?

—Porque es nuestro hotel —respondió ella esbozando una sonrisa—. Y me importa más a mí que a ti —soltó, refiriéndose a la posible venta.

El agente terminó de tomarle declaración. Dijo que al lavaplatos le imputarían un delito de incendio, y que dudaba que pudieran responsabilizar al sindicato a menos que el hombre hablara, aunque cabía la posibilidad de que lo hiciera, puesto que iban a presentar cargos contra él y estaba en prisión provisional.

Luego le dijo a Heloise que podía marcharse, y que no la acusarían de la agresión porque había actuado en defensa propia y había una decena de testigos que lo confirmaban. Su padre se estremeció al oír eso, mientras los empleados de seguridad avisaban al equipo de mantenimiento para que se deshiciera de los carritos y de los restos del sofá calcinado.

Heloise se dirigió al ascensor de servicio diciendo que tenía que cambiarse la falda antes de volver al trabajo.

—Te acompaño —se ofreció su padre, sombrío, y estuvo unos minutos sin pronunciar palabra. Todavía se estaba haciendo a la idea de lo que acababa de ocurrir—. ¿Te das cuenta de que podrían haberte matado?

—¿Te das cuenta de que podrían haber destruido el hotel?

Hugues trató de aguantarse la risa al recordar lo que su hija le había hecho al incendiario. Claro que lo ocurrido no tenía ninguna gracia.

—No puedes ir por ahí haciendo ese tipo de cosas. No puedes jugarte la vida.

—Prefiero morir aquí, defendiendo lo que amo, que en cualquier otra parte —respondió ella con tranquilidad.

—Yo no quiero que te mueras, ni aquí ni en ningún sitio, ni que te arriesgues de esa forma. —Entonces Hugues sonrió—. No puedo creer que le hayas roto la nariz.

—Ha sido un golpe deliberado —dijo ella con una sonrisa en el momento en que el ascensor llegaba a su planta—. Y ha dado resultado. En la escuela lo llamábamos «ene»: empeine, nariz, entrepierna. Siempre funciona.

—Eres un peligro —la provocó—. ¿Por qué no te tomas libre el resto de la noche? No sea que vayas a agredir a alguna otra persona.

Hugues acompañó a Heloise hasta la puerta de su apartamento.

—Estoy bien. Si no vuelvo a la recepción no darán abasto.

Heloise se detuvo en la puerta. La raja de la falda le llegaba hasta la cintura por culpa del rodillazo que le había propinado al incendiario. También el puñetazo había sido de campeonato.

—¿Cómo está Natalie? —preguntó.

—Bien, según parece. El tiempo lo dirá. No le gusta nada tener que permanecer en cama, y en el estudio andan muy liados sin ella. Pero tiene demasiado miedo para desobedecer a los médicos. Se le van a hacer muy largos estos cinco meses, o el tiempo que sea que le quede hasta el nacimiento de los bebés.

Natalie había previsto pedir la baja en los últimos meses de embarazo, pero no tan pronto.

—Mañana subiré a verla —prometió, y entró en su apartamento para cambiarse.

Al cabo de diez minutos se encontraba en recepción con otra falda y el pelo bien cepillado. Pasó el resto de la noche charlando con sus dos compañeros de trabajo. A las siete de la mañana terminó el turno y se disponía a subir a su apartamento cuando su padre bajó al vestíbulo y le pidió que lo acompañara a su despacho. Heloise se preguntaba si iba a sermonearla por haber agredido al incendiario cuando él le indicó que tomara asiento. Era obvio que tenía algo que decirle, y daba la impresión de que no había pegado ojo. Ella también había pasado toda la noche despierta pero presentaba mejor aspecto que él. Cuando habló tenía la voz ronca.

—No voy a vender el Vendôme. Es probable que esté loco; nadie en su sano juicio rechazaría una cifra así. Jamás nos harán otra oferta parecida, y tal vez algún día lamente mi decisión, pero no puedo permitir que tú arriesgues la vida por lo que yo construí mientras me planteo venderlo por dinero. Anoche me recordaste lo que el hotel significa para mí, para nosotros. No quiero que vuelvas a arriesgarte de esa forma, da igual lo valiente que seas. Pero no pienso vender algo que aprecias tantísimo. Voy a rechazar la oferta.

Heloise le sonrió desde su asiento, y él le devolvió la sonrisa. Ese hotel los unía de una forma muy especial, y no pensaba renunciar a ese vínculo ni permitir que nadie lo estropeara ni lo destruyera. Ni siquiera él.

—Estoy orgullosa de ti, papá —dijo ella con un hilo de voz, y rodeó el escritorio para abrazarlo.

—No tienes por qué —repuso él en voz baja—. Yo sí que estoy orgulloso de ti. He estado a punto de vender el alma y tú has arriesgado la vida para salvar el hotel.

Salieron del despacho cogidos del brazo. Esa misma mañana Hugues llamó a sus asesores para rechazar la oferta, y ellos avisaron a los sindicatos. El abogado de Hugues les informó de que no readmitirían a los dos empleados de mantenimiento y presentarían cargos contra ellos si alguna vez llevaban a cabo una maniobra semejante. El representante sindical le dijo al abogado que no sabía de qué le estaba hablando, pero el mensaje estaba claro: el lavaplatos había ingresado en prisión, y no volvió a formarse ningún piquete. De igual forma, a los holandeses también les quedó muy claro que el Hotel Vendôme no estaba en venta.

23

En marzo Brad ya pasaba todas las noches en el apartamento de Heloise. No vivían juntos oficialmente pero sí en la práctica, y Hugues no se opuso. El joven era muy agradable. El estilo de vida de Heloise correspondía al de una persona de mayor edad que ella, pero el hecho de criarse en el Vendôme había hecho que fuera muy madura. Había presenciado más cosas que la mayoría de las chicas de su edad. Además, Brad y ella hacían muy buena pareja. Él nunca se quejaba de las largas jornadas y los turnos dobles. Al mismo tiempo, el hotel le despertaba interés. Y cada vez estaba más interesado en el derecho laboral. A ninguno de los dos les asustaba tener que trabajar mucho, y en junio él se licenciaría en derecho. Luego le quedaría aprobar el examen final para obtener el título de abogado, y ya estaba empezando a buscar un empleo.

Una noche de lluvia fueron a cenar a Waverly Inn para tomarse un descanso de tanto estudio y tanto trabajo. Natalie seguía postrada en la cama y por la tarde Heloise había subido a hacerle una visita. Intentaba pasar a verla lo más a menudo posible y le llevaba las últimas revistas y DVD que habían salido al mercado. La mujer de Hugues llevaba dos meses en cama. Estaba en el sexto mes de embarazo, así que aunque los bebés nacieran antes de tiempo podrían salvarse a pesar de que aún eran muy pequeños. Cada semana que pasaba aumentaba las garantías de supervivencia. Natalie intentaba dirigir el estudio de diseño a distancia. Sus colaboradores iban a verla a diario y le resultaba muy frustrante no poder moverse de la cama. Pero la prioridad eran los bebés.

Brad y Heloise estaban hablando de las ofertas de trabajo del chico cuando el taxi en el que viajaban llegó al hotel, y Heloise observó de inmediato que en la puerta había aparcado un vehículo de asistencia médica del cuerpo de bomberos. Se preguntó si algún cliente habría sufrido un ataque al corazón, y al instante los dos pensaron en Natalie. Brad pagó al taxista y ambos se apearon de un salto y entraron corriendo. No la habían llamado al móvil durante la cena así que imaginaba que se trataba de un cliente, pero en cuanto puso los pies en el vestíbulo vio pasar a su padre tendido en una camilla, rodeado de personal sanitario y con un desfibrilador en el pecho. Heloise se quedó de piedra y corrió tras ellos. El responsable de recepción, Bruce y dos empleados de seguridad los seguían aterrorizados, y los clientes lo miraban todo plantados en el *hall*.

—¿Qué ha ocurrido? —preguntó Heloise al responsable de recepción mientras el personal sanitario introducía la camilla en el vehículo de asistencia médica.

—No lo sé. Se ha presentado en recepción con la mano en el pecho y se ha desmayado. Acaban de venir a buscarlo. Creo que le ha dado un ataque al corazón.

—¿Por qué no me habéis avisado? —protestó ella con cara de pánico mientras el personal sanitario hablaba con su padre, y Brad se situó a su lado.

—No hemos tenido tiempo. Acaba de ocurrir.

—¿Lo sabe Natalie? —preguntó enseguida.

El hombre negó con la cabeza.

—No le digáis nada —ordenó Heloise con firmeza, y subió de un salto al vehículo de emergencias médicas, desde donde dirigió una mirada a Brad justo antes de que se cerraran las puertas.

Al cabo de un instante activaron la sirena y se dirigieron a toda velocidad al hospital. Hugues estaba acompañado por dos empleados sanitarios que no le quitaban ojo de encima. Había recobrado la conciencia y miraba a Heloise con expresión aturdida.

—¿Qué ha pasado? —preguntó con voz ronca—. Me duele muchísimo el pecho.

Tenía varios catéteres en los brazos y los empleados sanitarios le recomendaron que no hablara. Al parecer le costaba demasiado esfuerzo, y aferraba la mano de su hija mientras ella trataba de contener las lágrimas y suplicaba que todo saliera bien.

Entraron a toda velocidad en la unidad de urgencias coronarias. Heloise tuvo que esperar fuera mientras examinaban a su padre pero le dijeron que luego podría pasar a verle. Al parecer había sufrido un infarto leve. Le habían hecho un electrocardiograma y decían que esa misma noche le harían un angiograma. La joven les entregó la documentación de Hugues y él la miró con expresión aterrada.

—No le digas nada a Natalie —susurró—. Perdería a los bebés.

—No se lo diré. Además, te pondrás bien —dijo ella cogiéndole la mano y deseando que sus palabras fueran ciertas.

No imaginaba la vida sin él. Lo necesitaba muchísimo. Se quedó haciéndole compañía hasta que se lo llevaron para practicarle el angiograma. Entonces llamó a Brad y le dijo dónde estaba. Él aguardaba en su apartamento y al instante acudió al hospital, donde estuvieron horas enteras esperando en urgencias.

Eran las dos de la madrugada cuando su padre salió. Le

habían efectuado una angioplastia, y volvieron a ingresarlo en la unidad de cuidados intensivos para poder controlarlo mediante monitores mientras Brad y Heloise regresaban a la sala de espera, desde donde la chica llamó a la recepción del hotel.

—¿Qué le habéis dicho a Natalie?

Estaba preocupada porque la mujer vería que Hugues no subía a acostarse.

—Que uno de los huéspedes había tenido un accidente y tu padre lo ha acompañado al hospital, y que ha dejado dicho que no lo espere despierta —explicó el responsable de recepción.

—Perfecto. —La chica se sintió aliviada.

—¿Qué tal se encuentra? —Todo el mundo estaba preocupado por Hugues. Se había desplomado como una piedra frente al mostrador de recepción.

—Le han hecho una angioplastia, y dicen que se pondrá bien. No sé cuánto tiempo estará aquí, de momento lo tienen sedado.

—Mantennos informados.

—Claro.

Heloise regresó junto a Brad y se acurrucó en sus brazos para pasar la noche en mitad de las corrientes de aire de la sala de espera. Cada hora le permitían entrar diez minutos a ver a su padre, pero estaba dormido a causa de la sedación y en toda la noche no se percató de su presencia. Cuando se despertó ya era de día, y Heloise y Brad estaban a su lado. A las seis de la mañana Bruce les había llevado unos sándwiches y un termo con café que habían preparado los empleados del servicio de habitaciones. La joven era incapaz de comer pero su novio se moría de hambre y devoró los dos sándwiches un poco avergonzado antes de que Bruce volviera a marcharse.

El padre de Heloise tenía aspecto de estar mareado y parecía haber envejecido una década de la noche a la mañana.

Todavía estaba conectado a un montón de aparatos cuyos fuertes pitidos servían de fondo al frenético ritmo de la unidad de cuidados intensivos. Estaban esperando a que llegara el médico, y Heloise regresó junto a Brad después de darle un beso a Hugues y decirle que volvería al cabo de un rato. Él se durmió antes de que ella se marchara. La cosa no pintaba bien.

Por fin a las ocho pudieron hablar con el médico. El hombre sonreía cuando salió de la unidad de cuidados intensivos, lo cual alivió muchísimo a la joven, que aferraba la mano de Brad.

—Podéis iros a casa a descansar. Tu padre está mejor. Lo tendremos ingresado unos días para vigilarlo y luego podrá irse a casa. Le conviene descansar unas cuantas semanas antes de retomar el trabajo; un mes más o menos. Tiene que hacer ejercicio y seguir una dieta de forma controlada. Ha recibido un aviso pero creo que anoche le hicimos un buen apaño. Con unas cuantas semanas de reposo quedará como nuevo.

Heloise sonrió ante esas palabras. Unas horas antes habría sido difícil de creer.

—Su mujer espera trillizos, y tiene que guardar cama. Supongo que tendremos que ponerlos juntos. —Dirigió una sonrisa al médico, y él se echó a reír.

—Mientras no se ponga juguetón, de acuerdo. Aunque supongo que si ella está embarazada de trillizos no hay peligro.

Los tres rieron al imaginar la escena.

—¿Puedo entrar a verlo otra vez? —preguntó Heloise.

—Hace poco estaba durmiendo, pero ve a comprobarlo.

La chica entró de nuevo a ver a su padre, y Hugues se removió en la cama y cuando abrió los ojos se disculpó por las molestias que había causado.

—No ha sido ninguna molestia, papá —dijo en voz baja, cogiéndole la mano—. Pero ahora tienes que cuidarte. Tanto a Natalie como a ti os conviene guardar cama. Tendrás que hacer acopio de paciencia, pero así le harás compañía hasta que nazcan los trillizos, y el médico dice que todos los días podrás dar un paseo. Nosotros nos encargaremos de todo en el hotel.

—Qué tontería —se quejó él—. No sé qué ha pasado. Ya me encuentro bien, solo es que debía de estar cansado o algo así. —Parecía más despierto aunque todavía tenía mal aspecto, y tampoco Heloise estaba en muy buenas condiciones. La noche había sido muy larga para todos—. No puedo dejarte con todo el trabajo —prosiguió su padre, y pareció inquietarse.

—No te ocuparás de nada hasta que el médico lo permita —repuso ella con tozudez—. Entre todos los demás podemos encargarnos de lo que haga falta. Te necesitamos, papá —dijo con dulzura—. Yo te necesito. Sin ti me sentiría perdida. Eres todo lo que tengo. —Tenía lágrimas en los ojos y él le acarició el cabello con suavidad.

—No pienso marcharme a ninguna parte. Puedes decirle a Natalie que estoy bien, y que no se le ocurra dejar que nazcan los niños hasta que yo salga de aquí.

Hugues sonrió.

—Dentro de unos días podrás volver a casa. Luego pasaré a hacerte otra visita. Brad está aquí conmigo y te manda recuerdos.

—Me alegro de que te haga compañía. Dile a Natalie que la quiero, y a ti también te quiero —añadió con una frágil sonrisa, y a continuación cambió la posición de la cabeza y cerró los ojos.

Mientras Hugues se quedaba dormido Heloise abandonó el box en silencio, pasó por la sala de espera a buscar a Brad y salieron del hospital a plena luz del día. Tenía la impresión de que llevaban allí una semana entera, y el joven paró un taxi para regresar al hotel. Acomodados en el asiento trasero, comentaron lo ocurrido. Ella había pasado más miedo esa noche que en toda su vida.

Cuando entraron en el vestíbulo del hotel todo el mundo los acosó a preguntas. Heloise tenía aspecto de cansada pero no se la veía triste, y todos se alegraron de que su padre se estuviera recuperando y fuera a salir del hospital al cabo de unos días.

Brad subió al apartamento de su novia para ducharse y cambiarse de ropa, pues aquella mañana tenía clase, y Heloise fue directamente a ver a Natalie. Entró en el dormitorio del apartamento de su padre y la encontró despierta viendo el telediario de la mañana. Últimamente veía mucho la tele. No tenía otra cosa que hacer, aparte de comer, llamar de vez en cuando a su estudio y observar cómo le crecía el vientre. Ya lo tenía enorme, los tres bebés abultaban lo suyo allí dentro.

—¿Dónde está tu padre? —preguntó de inmediato con cara de preocupación.

Heloise no tenía previsto contarle lo ocurrido pero no había forma de ocultarle la verdad durante varios días. Además, la intuición le decía que a su marido le había ocurrido algo.

La hija de Hugues se sentó en el borde de la cama y le miró sonriendo.

—Está bien, de verdad. Dentro de pocos días volverá a estar aquí. Esta noche nos ha dado un buen susto, y ahora está en el Hospital de Nueva York. Ha tenido un infarto leve, le han hecho una angioplastia y dicen que quedará como nuevo. Voy a obligarlo a tomarse cuatro semanas de descanso, así que te hará compañía hasta que nazcan los bebés.

Lo soltó todo de golpe, y Natalie, por extraño que pareciera, se quedó tranquila. Sabía que había ocurrido algo y había pasado la noche muerta de miedo.

—Gracias por decírmelo —dijo, cogiendo las manos de Heloise—. ¿De verdad está bien?

—Sí, te lo prometo.

—¿Puedo hablar con él?

—Acaba de quedarse dormido otra vez. Ha sido una noche muy larga. Puedes llamarlo dentro de un par de horas, cuando se despierte. —Heloise le anotó el número de teléfono y lo depositó sobre el cuaderno que había encima de la mesilla de noche—. Me quedaré a vivir contigo hasta que vuelva —se ofreció, y Natalie se sintió aliviada. No quería estar sola por la noche por si se ponía de parto y no podía moverse o los bebés nacían allí mismo sin previo aviso. La aterraba lo que pudiera ocurrir, aunque no era probable que las cosas fueran tan deprisa. De hecho, tenían previsto practicarle una cesárea en cuanto los bebés estuvieran en condiciones de nacer.

—Gracias —dijo en voz baja—. Ojalá pudiera ir a verlo en lugar de estar aquí sin moverme.

Se sentía completamente impotente e inútil allí tumbada, incapaz de hacer nada, pero el riesgo era demasiado elevado. No podía levantarse de la cama, ni siquiera por Hugues.

—Pronto volverá —le recordó Heloise.

Luego se dirigió a la sala de estar y se acostó en el sofá. Al cabo de dos horas la despertó el sonido del teléfono. Era su padre, que llamaba a su mujer. Natalie descolgó el auricular y estalló en llanto en cuanto oyó su voz, de puro alivio. Estuvieron hablando mucho rato.

Heloise pidió que subieran la comida para Natalie, y a continuación bajó a ponerse el uniforme. A las tres empezaba el turno, pero antes quería volver al hospital a ver a Hugues. Para entonces ya le habían dado el alta en cuidados intensivos y lo habían subido a planta, donde estaba al cuidado de una enfermera, y se alegró mucho cuando vio entrar a su hija en la habitación. Volvió a darle las gracias por todo lo que había hecho el día anterior, y por cuidar de Natalie en su ausencia. Esta le había dicho que Heloise se estaba portando muy bien con ella.

La chica pasó una hora con su padre y luego regresó al hotel para empezar el turno. Llegó puntual y estuvo trabajando hasta las once. Cuando terminó era demasiado tarde para ir a visitar a su padre, y prácticamente se arrastró hasta su apartamento para coger el camisón y ver a Brad.

—Pareces cansadísima. Vete a la cama.

El chico estaba preocupado por ella, pero Heloise sacudió la cabeza y fue a buscar el camisón que estaba colgado detrás de la puerta del cuarto de baño.

—No puedo. Esta noche voy a quedarme con Natalie.

Brad parecía sentirlo mucho, y la acompañó a casa de su padre donde estuvo unos minutos hablando con Natalie antes de regresar al apartamento de Heloise. Estaba pensando en dejar el piso que ocupaba cerca de la Universidad de Columbia porque prácticamente nunca iba. Casi siempre se alojaba en el hotel.

Cuando su novio se marchó Heloise se puso el camisón y se acostó en la cama al lado de Natalie. Estuvieron unos minutos charlando, pero estaba tan cansada que casi se había quedado dormida cuando la mujer le cogió la mano y la colocó sobre su vientre, y de pronto notó unos brazos y unas piernas que no paraban de dar golpes. Era como una batalla de dibujos animados.

—¿Cómo puedes dormir con tanta actividad? —Heloise la miró asombrada, y Natalie sonrió.

—No duermo. Se pasan casi toda la noche dando patadas.

—Debe de ser una sensación muy rara —dijo la joven con voz somnolienta.

Ya no podía mantener los ojos abiertos, necesitaba dormir, y en cuestión de minutos perdió el mundo de vista mientras Natalie permanecía frente al televisor. Los días y las noches se le hacían muy largos, y si tenía suerte y conseguía que el embarazo siguiera adelante aún le quedaban tres meses.

Al cabo de dos días Hugues salió del hospital. Lo trasladaron hasta el hotel en silla de ruedas, pero una vez allí él insistió en caminar. Estaba pálido y cansado aunque infinitamente mejor que cuando se lo llevaron. Lo primero que hizo fue subir a su apartamento a ver a Natalie. Ella prorrumpió en llanto al instante y se le abrazó en cuanto él se sentó en la cama. Hugues colocó las manos sobre su abultado vientre, y al notar las patadas de sus hijos sonrió. Era todo cuanto deseaba, vivir para poder estar con ella. Tenía demasiadas experiencias por delante para permitir que le sucediera nada malo. Le dijo Natalie que se había engordado mucho durante los días en que él había estado ingresado, y al cabo de un rato se acostó a su lado, agradecido de haber vuelto a casa.

Heloise iba a verlos siempre que podía, pero mientras su padre estaba en el hospital había asumido más responsabilidades, y muchas veces subía para pedirle consejo o lo llamaba al móvil. Hugues se alegraba de estar en contacto con la actividad y las decisiones relativas al hotel. A Natalie, sin embargo, no le gustaba nada y se dedicaba a hacer propaganda en contra. Opinaba que el trabajo de Hugues era demasiado estresante, tanto que había estado a punto de costarle la vida, y deseaba que se deshiciera del Vendôme. Quería que llamara al consorcio holandés y aceptara la oferta de compra; no hablaba de otra cosa. Y mientras su marido estaba en la ducha llamó a Heloise y la reprendió con dureza por llamarlo tan a menudo, lo cual solo sirvió para que la chica se preocupara aún más por él.

—Eso ni pensarlo —dijo Hugues a Natalie con tono tajante en relación con la venta del hotel—. No puedo hacerle eso a Heloise. Le tiene demasiado cariño.

—Más cariño te tiene a ti —insistió ella—. Si te perdemos, la familia quedará destrozada. Tienes que cuidarte por el bien de Heloise y de los bebés, y si no disminuyes el ritmo, el trabajo te matará.

Él no sabía cómo hacerlo así que Natalie quería que se deshiciera del negocio. El hombre se pasaba el día hablando por teléfono con Bruce, con Jennifer y con recepción para saber cómo iba todo.

—Voy a tomarme un mes de descanso —le recordó con la esperanza de que se tranquilizara, pero su mujer no cesaba de repetirle una y otra vez que vendiera el Vendôme.

A Heloise no le decía nada pero a Hugues se lo recordaba continuamente, y él insistía en que no lo haría de forma categórica. Le resultaba más estresante ella que el trabajo. El hotel era el único motivo de discusión de la pareja; el resto del tiempo estaban a gusto juntos. A la interiorista le encantaba tener a su marido a su lado.

Todos los días él salía a dar un paseo por el lago y regresaba con alguna chuchería para ella. Cuatro semanas después del infarto tenía mejor aspecto que nunca, y Natalie parecía una mujer enterrada bajo una montaña. Apenas podía moverse, y Hugues no podía evitar sonreír cada vez que la miraba.

La doctora acudía a visitarla regularmente y una enfermera especializada en obstetricia iba a verla a diario. Ya era abril y empezaba a tener contracciones. La tocóloga opinaba que los bebés nacerían pronto, pero ya había cumplido los siete meses de embarazo y los niños se estaban desarrollando en perfectas condiciones. Aunque nacieran entonces serían capaces de sobrevivir.

Una noche estaban viendo una reposición de *Te quiero, Lucy* mientras comían palomitas cuando de repente Natalie puso cara rara y miró a Hugues como si no comprendiera lo que estaba ocurriendo. Se encontró tumbada sobre un charco de agua que rápidamente se extendió hasta el lado de la cama que ocupaba su marido. Él temió que fuera una hemorragia, pero cuando miró las sábanas se dio cuenta de que solo era agua y los dos fueron conscientes de lo que acababa de suceder.

—Dios mío, he roto aguas —exclamó ella con expresión de pánico.

Sin embargo, en el séptimo mes de embarazo los trillizos corrían un riesgo mucho menor que antes y, aunque seguían siendo pequeños, tenían casi la certeza de que sobrevivirían. Hugues llamó a la doctora, y ella le indicó que llevara a Natalie al hospital lo antes posible. No tenía ni idea de la velocidad con que se desarrollaría el parto, y no quería que los bebés nacieran en el hotel o en un taxi. Luego llamó a seguridad y pidió que subieran una silla de ruedas. Disponían de varias, y él mismo había utilizado una cuando regresó del hospital un mes atrás. A esas alturas estaba recuperado por completo, y como todos los días daba largos paseos se sentía mejor que nunca e incluso tenía previsto retomar el trabajo a la semana siguiente.

Bruce subió con la silla al cabo de pocos minutos y, mientras, Hugues ayudó a Natalie a vestirse. Eran las dos de la madrugada. El dueño del Vendôme se preguntaba si sus hijos nacerían esa misma noche. Le parecía muy emocionante. Si así era sabían que en función de su peso los bebés tendrían que quedarse un tiempo en el hospital porque necesitarían incubadora. Sin embargo, por el tamaño del vientre parecían enormes.

Cuando la mujer estuvo vestida su marido la ayudó a levantarse de la cama y sentarse en la silla de ruedas, y ella le sonrió agradecida.

—Parece que el espectáculo está a punto de empezar —comentó en voz baja.

Llevaban mucho tiempo esperando ese momento. El verano anterior habían pasado por todo el tratamiento hormonal y la inseminación, y luego por los siete meses de embarazo, de los cuales Natalie había permanecido casi cuatro en cama. Se sentía preparada para afrontar la nueva etapa. Solo deseaba que sus bebés también lo estuvieran.

Hugues y Bruce bajaron con ella en el ascensor. Si hubiera sido más temprano Hugues habría avisado a Heloise, pero no quiso molestarla porque imaginó que estaría durmiendo.

Ninguno de los chóferes estaba disponible a esas horas para acompañarlos al hospital. Lo más fácil era coger un taxi. El portero del hotel les paró uno, y Hugues cogió a su mujer de la mano y no la soltó en todo el trayecto. Qué bien sentaba volver a respirar el cálido aire de primavera y ver de nuevo la ciudad. Natalie tenía la impresión de que llevaba meses encerrada en una cárcel.

Al llegar, la doctora los estaba esperando, y trasladaron a la futura madre a la sala de partos en cuanto empezaron los primeros dolores de cierta intensidad. Natalie se sorprendió de lo fuertes que eran. No obstante, la habían avisado de que después de romper aguas era probable que el parto se desarrollara con bastante rapidez, y daba la impresión de que eso era justo lo que estaba ocurriendo. Aferraba con fuerza la mano de Hugues mientras él la tranquilizaba en voz baja y la ayudaba a subir a la cama para que la examinaran. En ese momento ella soltó un chillido de dolor.

—Estás dilatada de ocho centímetros —anunció la doctora—. Debes de haber pasado toda la noche con contracciones.

Querían que resistiera un rato con contracciones antes de

practicarle la cesárea para asegurarse de que los bebés podrían respirar cuando nacieran.

—No sabría decirlo, hace días que las noto y últimamente no paran de dar patadas —dijo Natalie en el momento en que volvía a tener dolor.

La doctora la examinó de nuevo, y esa vez Natalie lanzó un alarido que hizo que Hugues, que estaba pendiente de ella, se estremeciera. Tenía la impresión de que estaba sufriendo unos dolores atroces. Miriam no le había permitido que estuviera presente cuando nació Heloise, así que ese era el primer parto que presenciaba.

—Ahora no podemos pararlo —les explicó la doctora—. Como ya ha roto aguas hay riesgo de infección, y está dilatando muy deprisa. Me gustaría alargarlo un poco para poder darte medicación. —Querían ponerle el gota a gota para proteger los pulmones de los bebés, que aún no eran lo bastante maduros—. A ver si conseguimos ganar un poco de tiempo.

Tenían intención de administrarle dos bolsas de suero intravenoso y la medicación para los pulmones de los bebés. La doctora les explicó a Natalie y a Hugues que la mejor forma de retrasar un poco el parto era ponerle la epidural, si no era ya demasiado tarde. De todas maneras tendrían que anestesiarla antes de practicarle la cesárea; de ningún modo permitirían que tuviera un parto natural. Y si no llegaban a tiempo de ponerle la epidural tendrían que dormirla del todo, cosa que preferían no hacer.

Avisaron a un anestesista, que le administró a Natalie la epidural mediante un pinchazo en la columna. Resultaba doloroso pero al momento dejó de notar las contracciones, y por fin estas se fueron espaciando. Eso les concedía el tiempo necesario para preparar la llegada al mundo de sus hijos.

Natalie se encontraba tumbada de lado, con aspecto de estar agotada y preocupada. La habían mareado mucho con tanto examen y tanta prueba y temía por los bebés. Un monitor reproducía los tres latidos intrauterinos, y la futura madre permanecía en silencio, aferrada a la mano de Hugues, mientras las lágrimas le resbalaban por las mejillas.

—Tengo miedo —susurró—. Por ellos, no por mí.

—Todo irá bien.

Natalie deseaba creer a Hugues pero no lo lograba. Aún había muchas cosas que podían salir mal. A las ocho de la mañana le habían administrado todo lo necesario para ella y los trillizos, y empezaron a reducirle la dosis de anestesia, ante lo cual los dolores aumentaron de inmediato. No parecía haber forma de lograr un nacimiento sencillo, y Hugues lo sentía mucho por ella. Sin embargo, la doctora quería que tuviera algunas contracciones más para asegurarse de que los bebés estaban en condiciones de respirar por sí mismos. Les aseguró que no la haría sufrir mucho más y que pronto le practicarían la cesárea. Hugues pensó que la pobre se estaba llevando la peor parte de los dos procedimientos: primero las contracciones y luego la cesárea, que implicaba una intervención quirúrgica seria. En ese momento volvieron a examinar a Natalie y la cosa aún fue peor.

—Quiero irme a casa —se quejó a Hugues a la vez que prorrumpía en llanto.

Él también tenía ganas de llevársela a casa, pero con los bebés en brazos, sanos y salvos. De momento tenían que quedarse allí.

Poco después llegaron dos médicos más y media docena de enfermeras. Le aumentaron la dosis de epidural y todo empezó a precipitarse cuando colocaron a Natalie en una camilla entre contracción y contracción y se la llevaron al quirófano mientras Hugues le aferraba la mano y el equipo al completo la seguía. Todo era mucho más aparatoso de lo habitual porque se trataba de trillizos. Los tratamientos hormonales y la fecundación in vitro daban lugar a muchos más embarazos múltiples, y tres óvulos era una cantidad razonable. El día anterior habían nacido unos cuatrillizos.

Cuando llegaron al quirófano todo fue muy deprisa, tanto que Natalie no tenía claro lo que estaba ocurriendo. Aumentaron de nuevo la dosis de anestesia y la dejaron sin sensibilidad. Le abrieron el vientre. Entraron tres pediatras. Tres incubadoras aparecieron de la nada, y le colocaron una sábana a la altura de los hombros para que no viera nada de lo que sucedía. A continuación le pidieron a Hugues que permaneciera junto a la cabecera de la cama. Natalie tenía los dos brazos inmovilizados y llenos de catéteres, así que él ya no podía cogerla de la mano, pero se inclinó para darle un beso en la mejilla y ella le sonrió entre lágrimas. A partir de ese momento todo fue más deprisa todavía. Uno de los monitores reproducía un latido irregular, y la doctora que dirigía el equipo médico indicó que empezaran la intervención.

Hugues se sentó en un taburete al lado de Natalie. Los monitores emitían pitidos constantes. No estaba seguro, pero tenía la impresión de que ya solo oía dos latidos aunque prefirió no preguntar nada para no preocupar a su mujer, que ya estaba bastante asustada.

Los médicos no paraban de hablar entre sí, y de repente, en el momento en que Hugues acercaba la mejilla a la de Natalie, oyeron un ligerísimo llanto procedente del otro lado de la sábana.

—Han tenido un niño —anunció la doctora con orgullo, y Hugues y Natalie sollozaron al mismo tiempo mientras un pediatra se llevaba al pequeño para examinarlo y ponerlo en la incubadora.

En cuestión de segundos se oyó otro ligerísimo llanto, un poco más ruidoso que el anterior.

—Y una niña.

Ambos sonreían de oreja a oreja sin dejar de llorar. Ya no oían el sonido del monitor, y Hugues se preguntó si lo habrían desconectado, pero pasó un buen rato y no lloró ningún bebé más. De repente sonaron unos cachetes y los médicos empezaron a intercambiar miradas serias.

—¿Qué ocurre? —preguntó Natalie con voz entrecortada.

Nadie respondió. Hugues y Natalie adivinaron lo que sucedía sin necesidad de que se lo explicaran. Seguían sin oír el llanto del tercer bebé mientras los otros dos lloraban sin cesar. La doctora se les acercó, los miró, y en el momento en que vieron su expresión los dos supieron lo que había ocurrido.

—Hemos hecho lo que hemos podido para salvar a la otra niña, pero se le ha parado el corazón. No pesaba ni novecientos gramos. Hemos intentado reanimarla... Lo siento —dijo con aspecto de estar verdaderamente afectada, y la mujer prorrumpió en un llanto incontrolable mientras su marido le acariciaba el rostro con delicadeza a la vez que también a él empezaban a resbalarle lágrimas por las mejillas.

Tenían dos bebés sanos, pero habían perdido al tercero. Era la vida con toda su belleza y su amargura: les ofrecía dos regalos preciosísimos y les arrebataba el tercero.

El equipo médico terminó de suturar a Natalie y la doctora se acercó a hablar con la pareja.

—La hija que han perdido es muy guapa. La han dejado muy limpia. ¿Quieren verla y tenerla en brazos unos minutos?

Sabía por experiencia que en esas situaciones la gente imaginaba todo tipo de cosas: que les habían robado al bebé, que lo habían cambiado por otro o que era un ser espantosamente deforme. Natalie asintió en respuesta a la pregunta, y al cabo de unos minutos le retiraron los catéteres de los brazos y le entregaron a la niña que había nacido muerta. Tenía una carita preciosa y el cabello igual de negro que Hugues, y parecía dormida en brazos de su madre mientras esta sollozaba y su marido le acariciaba el pequeño rostro. A continuación una enfermera se acercó con delicadeza y cogió a la niña. Natalie seguía llorando en la cama cuando le llevaron a sus otros dos hijos y se los pusieron a la altura de los ojos para que los viera. El niño, que tenía el pelo fino y rubio y se parecía a su madre, lloraba a pleno pulmón, y la niña tenía carita de ángel y el cabello rizado y oscuro. Los dos pesaban un poco más de un kilo trescientos gramos. La pequeña que no había sobrevivido abultaba solo la mitad. El hecho de que hubieran nacido dos bebés sanos era toda una victoria y si habían perdido a una hija era porque así tenía que ser. La doctora intentó que centraran la atención en los bebés que habían sobrevivido. Los pusieron en incubadoras pero les dijeron que podrían llevárselos a casa cuando engordaran medio kilo más.

Entre una cosa y otra, ya habían terminado de coser a Natalie. La cubrieron con una manta caliente, y a continuación empezó a sufrir severos temblores a causa del impacto, de las emociones y de la operación. Temblaba como una hoja. Hugues, por su parte, tenía la sensación de que habían atravesado las cataratas del Niágara; estaba contento y triste al mismo tiempo, se sentía emocionado y victorioso a la vez que destrozado por la hija que había perdido, y lo mismo le sucedía a su mujer. A ella la tuvieron una hora más en el quirófano y luego la trasladaron a una habitación. A la niña que había nacido muerta ya se la habían llevado, y los otros dos bebés se encontraban en la unidad de cuidados intensivos neonatales puesto que eran prematuros, aunque estaban respondiendo bien.

Cuando llegaron a la habitación, Hugues cogió a Natalie en brazos y le dijo que estaba muy orgulloso de ella, que había sido muy valiente y que los recién nacidos eran preciosos, y, tal como había hecho la doctora, se encargó de recordarle que eran muy afortunados porque tenían dos hijos. Natalie no podía quitarse del pensamiento la carita diminuta de la pequeña que habían perdido mientras Hugues le hablaba en tono quedo.

En cuanto se hubo tranquilizado un poco, llamaron a Heloise y le explicaron lo sucedido, que tenía un hermanito y una hermanita, y a continuación se hizo una pausa y su padre le dijo que habían perdido a una niña. También ella se puso triste, pero le alivió saber que Natalie y los recién nacidos estaban bien ya que la situación comportaba sus riesgos. Ellos regresarían a casa al cabo de cuatro días mientras que los gemelos tendrían que quedarse unas semanas en el hospital.

—¿Qué tal lo lleva Natalie? —le preguntó a su padre con seriedad.

Aquella todavía temblaba demasiado para poder hablar.

—Está bien, y ha sido muy valiente. Los dos estamos tristes pero también muy contentos de tener dos bebés... y una hija como tú —añadió con una sonrisa.

—¿Puedo ir a verla? —preguntó Heloise, pero Natalie aún no se encontraba en condiciones de recibir visitas, sobre todo después de lo ocurrido.

—Un poco más tarde tal vez. Creo que quieren que duerma un rato.

La mujer estaba alteradísima y agotada por completo, y no podía dejar de llorar. Las lágrimas de alegría y de dolor se alternaban continuamente, y Hugues también tenía la sensación de estar en una montaña rusa.

—¿Estás bien, papá? —Heloise estaba preocupada por él, sobre todo a causa del infarto. La situación tenía que resultarle muy dura.

—Sí.

Sin embargo, estaba preocupado por su mujer. Había pasado por momentos muy difíciles.

—Se lo diré a todo el mundo en el hotel.

Jennifer había colgado globos rosa y azules, y Heloise explicó discretamente que habían perdido a uno de los trillizos pero que los otros dos, un niño y una niña, estaban sanos y Natalie se recuperaba bien.

Trabajó todo el día en la conserjería, y a última hora de la tarde acudió al hospital junto con Brad. Vieron a los dos bebés en las incubadoras, y a la joven le parecieron preciosos. Su padre le dijo a media voz en el pasillo que en cuanto Natalie saliera del hospital se celebraría un funeral por la niña que no había sobrevivido. Heloise lo sentía muchísimo por ellos, la noticia empañaba la alegría del momento. Además, aún no podían llevarse a los otros dos bebés a casa, y pensó que ojalá no hubieran tenido que pasar por todo eso, aunque, como decía su padre, eran cosas de la vida.

Natalie estaba exhausta y tenía muchos dolores a causa de la cesárea, así que Heloise y Brad no tardaron en marcharse. Fueron directamente al hotel y estuvieron comentando lo ocurrido. La interiorista había debido de pasarlo muy mal, y Hugues también.

—Qué complicado parece —dijo Brad con tristeza.

No quería que su novia tuviera que pasar por una situación así jamás, y eso les dio pie a hablar del futuro aunque los dos eran todavía muy jóvenes. La suya era una de esas relaciones que empiezan temprano y todo parece indicar que van a ser duraderas. Querían estar juntos muchos, muchos años. El joven apostilló que su tía había esperado demasiado para tener hijos, y convino con Heloise en que Hugues y ella eran muy afortunados de que dos de los bebés estuvieran sanos. Podría haber tenido un parto más prematuro y haberlos perdido todos. Eso les hacía plantearse muchas cosas, pero Brad se limitó a abrazarla fuerte durante toda la noche, contento de su encuentro nueve meses atrás. Lo único que deseaba era protegerla y cuidarla, y esperaba que fueran capaces de resistir los embates que la vida les deparara en los años que tenían por delante.

Hugues deseaba lo mismo con respecto a su esposa. Se quedó en el hospital toda la noche para hacerle compañía y cuidarla, y Heloise se alegró de que se encontrara en condiciones de hacerlo. Los dos habían atravesado momentos muy difíciles en los últimos dos meses, entre el infarto y lo de los bebés.

Esa semana resultó muy agitada, con Natalie en el hospital. Todo el mundo quería ir a verla y a conocer a los recién nacidos, pero ella aún no estaba en condiciones de recibir visitas. Además, seguía muy afectada por la pérdida de la pequeña. El día que se celebró el entierro, después de que a ella le dieran el alta, resultó muy trágico. Fue una ceremonia discreta a la que solo asistieron Natalie, Hugues, Heloise y Brad, y a Heloise le partió el alma ver un ataúd tan pequeño. Era blanco con flores rosa, y la madre sollozaba de forma incontrolable. Luego, por insistencia de Hugues, pasaron por el hospital para ver a los otros dos bebés, y eso les sirvió para tener presente lo afortunados que eran. Los llamaron Stephanie y Julien, y Julien los obsequió con graciosas muecas mientras lo observaban en la incubadora. Stephanie se limitó a permanecer tumbada con aspecto de estar tranquila y se quedó dormida ante sus ojos. Parecían unos angelitos. Brad y Heloise estaban fascinados ante unos seres tan pequeños, y ella ya había dejado atrás la sensación de abandono. Los bebés formaban parte de su familia y le habían robado el corazón nada más nacer. Llevaba toda la semana comprándoles regalos, y Brad le gastaba bromas al respecto.

Regresaron al hotel los cuatro juntos y cenaron en el apartamento de Hugues y Natalie. Había sido otro día agotador a causa del entierro y las consiguientes emociones. Natalie se acostó antes de que hubieran terminado de cenar.

Cuando ella se hubo instalado tras salir del hospital, Hugues retomó el trabajo por primera vez desde hacía más de un mes, y le sentó estupendamente. De todos modos, acompañaba a Natalie al hospital cada vez que tenía que ir a dar de mamar a los bebés. Ya le había subido la leche, y había decidido amamantarlos e incluso les dejaba biberones de leche materna en el hospital. Temía que Hugues estuviera trabajando demasiado, y seguía albergando la idea de que debería deshacerse del negocio antes de que le costara la vida. Una noche lo estuvieron comentando en la cama.

Natalie sacudía la cabeza mientras lo observaba acostado a su lado. Parecía más satisfecho desde que había vuelto a trabajar.

—No lograré convencerte de que vendas el Vendôme, ¿verdad?

Se sentía más unida a él que nunca después de todo lo que habían pasado juntos, y él tenía la misma sensación.

—Jamás. —Respondió a su pregunta con una sonrisa—. Una vez estuve a punto de cometer ese error pero no lo repetiré. Algún día Heloise dirigirá este hotel, y quién sabe si Julien y Stephanie también. Y tú y yo nos dedicaremos a viajar y a divertirnos.

Por cómo lo decía parecía que la cosa estuviera a la vuelta de la esquina, pero Natalie sabía que faltaban muchos años para eso. No lo imaginaba soltando las riendas del Vendôme. Tal vez pudiera compartir la dirección del negocio con Heloise, pero en absoluto estaba dispuesto a jubilarse, y su mujer se preguntó si lo estaría algún día. El hotel al que había dedicado veinte años de su vida seguía siendo su pasión, y se la había contagiado.

—De acuerdo —dijo con un suspiro de resignación—. Me rindo. Estáis todos locos. Heloise trabaja tanto como tú. No paró de doblar turnos todo el tiempo que estuviste enfermo. —Y esa semana había vuelto a hacerlo—. Solo te pido que no mueras en el intento —le advirtió—. Te necesito a mi lado mucho, mucho tiempo, Hugues Martin.

—Yo también te necesito a ti —dijo él a la vez que se acercaba para besarla—. Eres el amor de mi vida, y la madre de mis hijos. Y te prometo que algún día nos iremos de aquí, cuando Heloise esté preparada para relevarme.

Natalie no pensaba exigirle que cumpliera su promesa. Por fin había comprendido que nunca vendería el hotel y que probablemente hiciera bien. El Vendôme era su vida.

24

En mayo asistieron juntos a la graduación de Brad en la facultad de derecho. Sus padres y sus hermanos también acudieron, y todos se alegraban mucho por él, sobre todo Heloise. Lo había visto estudiar todas las noches así que sabía el esfuerzo que había hecho. Estaba orgullosa de él y realmente emocionada. Sus padres le habían regalado un viaje por Europa en agosto y le había pedido a Heloise que lo acompañara. Visitarían España y Grecia, y terminarían el recorrido en París. Estaban impacientes por que llegara la fecha. En julio Brad tenía que pasar el examen especial para obtener el título de abogado y ya había empezado a prepararse.

Llevaba tres meses presentándose a entrevistas de trabajo en bufetes de abogados y había llegado a la conclusión de que las leyes antimonopolio y el derecho tributario lo aburrían. Había pasado por una breve fase en la que creía querer especializarse en defensa criminal, pero no tenía ganas de trabajar como abogado de oficio. Lo que de verdad le gustaba era el derecho laboral. Le parecía fascinante y estuvo hablando de ello con Hugues, quien le concertó una entrevista con el bufete que gestionaba las negociaciones del hotel. La semana anterior a su graduación le ofrecieron un puesto de trabajo allí. Empezaría a finales de agosto, después de regresar de

París, y estaba muy emocionado con la idea. Sabía que era el camino correcto, y bromeaba diciéndole a Heloise que tal vez algún día representaría a la dirección del hotel. Ella deseaba que llegara a ser cierto.

El chico iba a dejar el piso cercano a la Universidad de Columbia antes de partir hacia Europa, y Hugues había dado su aprobación para que se trasladara a vivir al apartamento de Heloise. De todos modos pasaba allí todas las noches, y ella tenía unos horarios tan apretados que era la única forma de verse. Llevaban un año saliendo juntos, y se complementaban bien. Los padres de Brad también estaban contentos con la relación. Los dos eran aún muy jóvenes para decidir su futuro pero todo parecía indicar que seguirían juntos. Estaban al principio de sus respectivas carreras profesionales, les quedaba mucho que aprender y tenían un largo camino por delante. Heloise estaba a punto de cumplir veintidós años y él acababa de cumplir veintiséis. Unos chiquillos, según sus respectivos padres.

Esa noche Hugues ofreció una agradable cena en el restaurante del hotel para celebrar la graduación de Brad, a la que asistieron las dos familias y algunos amigos del chico. Fue una celebración espléndida. Heloise había elegido el menú junto con el chef y también los vinos, y todo el mundo alabó su selección.

Los gemelos ya habían salido del hospital y evolucionaban a la perfección. Natalie estaría de baja maternal durante tres meses para dedicarse a ellos por completo. Lo disfrutaba minuto a minuto, y los amamantaba a ambos. Aún pensaban muy a menudo en la niña que habían perdido pero estaban encantados con sus otros hijos. Natalie estaba tratando de organizarse para trabajar a tiempo parcial y encargarse de menos proyectos cuando regresara al estudio.

Todos los días sacaba a los gemelos en un cochecito doble

y acompañaba a Hugues a dar un paseo por el parque. Él cada vez delegaba más responsabilidades en Heloise, y en julio había pensado salir una semana con Natalie y los gemelos a celebrar su aniversario de boda en una casa que había alquilado en Southampton. Acababa de conceder a Heloise el cargo de subdirectora del hotel. La chica había completado el período de prácticas en el Vendôme, aparte del que exigía la École Hôtelière, y se había ganado el título. A sus veintidós años era una joven muy competente, y su padre estaba muy orgulloso de ella.

Brad y Heloise salieron a la calle para despedir a Hugues y a Natalie cuando el 4 de julio se marcharon para celebrar su primer aniversario de boda. Llevaban consigo a los bebés y una montaña de equipaje. Brad le recordó a Heloise que también era su aniversario puesto que se habían conocido en la boda. Desde entonces habían ocurrido muchas cosas. Sus vidas habían evolucionado y habían sufrido cambios. Heloise tenía un aspecto muy formal vestida con su uniforme azul marino cuando entraron en el hotel y subieron al apartamento para terminar de deshacer el equipaje. Brad acababa de mudarse definitivamente. Y solo faltaban unas semanas para el viaje por Europa. Estaban impacientes.

25

Heloise miró el reloj y decidió pasar cinco minutos por el salón. Sally los había dejado a todos pasmados al aceptar un empleo en un hotel de Miami y hacía unos meses que se había marchado. El sueldo era irresistible, y en el Vendôme tenían a una nueva jefa de catering que aún no gozaba de la plena confianza de Heloise. Todo el mundo sentía mucho la marcha de Sally, quien había dicho que tal vez algún día volvería. De momento aquella supervisaba con la máxima diligencia todos los actos que se celebraban en el hotel. El de ese día era importante. Su padre cumplía sesenta años y más de cien invitados asistirían a la cena y al baile que habían organizado. Hugues y Natalie llevaban casados siete años, y los gemelos acababan de cumplir seis.

Cuando Heloise entró en el salón descubrió que tenía el aspecto deseado, con arbustos podados en formas ornamentales y centros con flores en todas las mesas, y el techo lleno de globos. A la nueva jefa de catering le encantaban los globos y los utilizaba de forma un tanto excesiva para el gusto de la joven. Lo peor era que también Jan había dejado el empleo en el hotel. Había abierto una floristería en Greenwich, pero los visitaba a menudo, y Heloise y ella salían a comer juntas una o dos veces al mes. Así que también tenían a un florista nuevo, llamado Franco. Se había formado en el George V de París con Jeff Leatham y era muy competente. Sus arbustos con formas ornamentales y los grandes centros de flores eran exquisitos y ya habían provocado comentarios en el hotel.

Heloise comprobó que todo estuviera a punto, y cuando estuvo satisfecha subió a su apartamento para cambiarse de ropa. Brad acababa de regresar del trabajo. Llevaba toda la semana ocupándose de una huelga en la empresa de uno de sus clientes, y saludó con un beso a Heloise en cuanto cruzó la puerta dispuesta a quitarse la chaqueta del uniforme y sacar el vestido que pensaba ponerse. Ese mismo año habían cambiado los uniformes del hotel y ella se había encargado de elegir los diseños. El nuevo tenía un aire más juvenil y moderno.

—¿Qué tal va todo por el salón? —preguntó Brad, que sabía que acababa de pasar por allí.

Heloise siempre estaba pendiente del mínimo detalle; tras siete años de convivencia la conocía bien.

—Perfectamente —respondió ella con una amplia sonrisa y, acto seguido, se metió en el baño, pero al cabo de un minuto asomó la cabeza—. Quería llamarte. Hay una clienta que se ha resbalado en la ducha y amenaza con ponernos una demanda.

Brad seguía trabajando para el bufete de abogados que gestionaba los asuntos del hotel y cada vez estaba más dedicado a eso.

—Ya me lo ha dicho tu padre —la tranquilizó—. Y ya me he puesto en contacto con la clienta. Volverán para Acción de Gracias con los niños. Quieren tres suites y estancia gratis durante cuatro días. Sale más barato que entrar en litigios o tratar de negociar un acuerdo.

Heloise asintió aliviada. La mujer se había roto la clavícula y el brazo, y podría haberles costado muy caro. Brad había solucionado bien el asunto, como siempre. Se le daban muy bien las relaciones laborales, y se había convertido en socio del bufete.

Brad y Heloise llegaron al salón justo antes que Hugues, Natalie y los gemelos, y Stephanie les dirigió una sonrisa con su boca mellada. El parecido con Heloise era sorprendente, solo que la niña tenía el cabello rubio y no pelirrojo. Decía que de mayor quería trabajar en el hotel, que se haría peluquera o florista, y aquella le explicó que ser directora era aún más divertido, pero a Stephanie no le gustaba tener que llevar uniforme. Quería lucir bonitos vestidos y unos zapatos muy lustrosos. Julien quería ser jugador de béisbol y no mostraba ningún interés por el hotel. Los dos estudiaban en el Liceo Francés, igual que había hecho Heloise. Natalie tenía más trabajo que nunca en el estudio de diseño, aunque solo iba allí tres días a la semana y Jim, su principal colaborador, se había convertido en su socio y le evitaba tener que llevar toda la carga del negocio. Acababa de redecorar todas las suites del hotel y les había dado un aire completamente nuevo, aunque esa vez Hugues se quejó del gasto que representaba y solo estaba pendiente de reducir costes. También habían reformado las suites del ático y la presidencial.

El cumpleaños de Hugues coincidía con el vigesimoquinto aniversario del Vendôme y la fiesta serviría para celebrar las dos cosas. Franco había encargado muchos globos plateados. Al cabo de media hora la celebración estaba en marcha. La orquesta tocaba, la gente bailaba y todo el mundo se arremolinaba en torno al bufet. El lugar estaba lleno de caras conocidas; incluso Jan había acudido desde Greenwich. Hugues se emocionó mucho al ver que sus devotos empleados se reunían a su alrededor. Y el chef de pastelería había preparado una tarta enorme. Heloise le sonrió a Brad desde el otro lado de la mesa cuando su padre se puso de pie para pronunciar un discurso. Golpeó una botella de champán con un cuchillo y la sostuvo en alto mientras posaba la mirada en su mujer, sus tres hijos, sus empleados, sus mejores clientes y sus amigos. Todas las personas que le importaban estaban presentes.

—Quiero agradeceros a todos vuestra lealtad hacia mí, hacia este hotel y hacia mi familia, y por hacer que estos veinticinco años hayan sido una gran satisfacción en todos los aspectos. Si tuviera que nombraros uno por uno, tardaría toda la noche. —Sonrió, y Heloise, escuchándolo, alzó la mirada con gesto de exasperación. Parecía más un discurso de jubilación que un aniversario, y notó que Brad pensaba lo mismo. Su padre se había emocionado mucho con la fiesta—. En este hotel lo he pasado muy bien —prosiguió—. Me ha dado dolores de cabeza, pero también he tenido aquí a mis hijos. Hace veinticinco años, cuando decidí reformar el hotel, Heloise no tenía ni siquiera tres, y cuando lo inauguré tenía casi cinco. La mayoría de vosotros la habéis sufrido durante todo este tiempo, y yo he tenido el placer de verla convertirse en una mujer encantadora y extremadamente competente. Como casi todos sabéis, me pisa los talones. Hace unos años estuve a punto de cometer la locura de vender el hotel y ella me lo impidió porque le tiene un aprecio enorme. Tenía razón, por supuesto; habría sido un tremendo error.

—Amigos míos, no os aburriré más. Estoy aquí para agradeceros estos magníficos veinticinco años, para celebrar mi cumpleaños y para anunciar una cosa importante. A finales de este año me jubilaré, y tengo el placer de presentaros a la nueva directora general del hotel, por lo que os pido que levantéis la copa para felicitarla y desearle lo mejor. Os dejo con la señorita Heloise Martin, la nueva directora general del Hotel Vendôme.

Hugues permaneció con la copa levantada frente a Heloise, que lo miraba sin dar crédito mientras las lágrimas empezaban a resbalarle por las mejillas. No tenía ni idea de que su padre pensara hacer eso, y al echar un vistazo alrededor de la mesa se percató de que tampoco Natalie lo sabía. Estaba igual de sorprendida que ella, y que Brad. Sin embargo Jennifer no parecía tan asombrada, y sentada al lado de Bruce observaba con expresión nostálgica. Heloise se dio cuenta de que ella sí que lo sabía pero no había dicho ni una palabra al respecto.

Miró a su padre mientras todo el mundo se ponía en pie y brindaba por ella. La joven cruzó el salón y le dio un beso.

—¿Qué estás haciendo, papá? —susurró.

—Es tu turno, cariño. Te lo has ganado. Siempre he sabido que llegaría este momento. Y tal vez el siguiente sea uno de los gemelos.

Heloise sabía que sería Stephanie, y no Julien, quien la relevara.

Entonces ella levantó su copa y brindó por su padre.

—Tengo que confesaros a todos que estoy muy asombrada. Mi padre no me había advertido que pensara hacer esto, ni esta noche ni nunca. Siempre he querido dirigir el hotel con él, no después de él —dijo, esforzándose por contener las lágrimas—. Nunca dejaré aquí la huella que él ha dejado ni sabré dirigir tan bien el negocio. Pero te prometo solemnemente, papá, que por ti y por todas las personas que conozco desde siempre lo haré lo mejor posible, y me esforzaré por que así sea. ¡Feliz cumpleaños, papá! ¡Esta va por ti!

Le dio un beso y en el salón se oyó una ovación cuando regresó a su asiento. La estancia se llenó de un puro clamor mientras los invitados comentaban la decisión de Hugues.

—¿No lo sabías? —le preguntó Heloise a Natalie desde el otro lado de la mesa, que parecía tan sorprendida como ella.

—No tenía ni idea.

Se había quedado de piedra, y se preguntaba cómo sería

su nueva vida. No lograba imaginar a Hugues sin hacer nada.

—Yo tampoco —terció Brad, pero le parecía una idea excelente.

Heloise tenía veintisiete años, se había estado preparando y entrenando durante casi diez y su vida se había forjado allí. A la edad de Stephanie jugaba en el hotel como si fuera el parque, y después toda su vida había girado en torno a él. También había contribuido de forma sutil a mejorarlo y modernizarlo, y con ello había ampliado la visión original de su padre. El Vendôme era un establecimiento excepcional y en Nueva York se consideraba un referente.

En ese momento Hugues sacó a bailar a su mujer y le explicó sus planes de que viajaran juntos, las cosas que harían, que tenía ganas de pasar un año en París con ella y los niños, y le preguntó si estaba dispuesta a dejar que Jim dirigiera solo el estudio de diseño durante ese tiempo, cuestión de la cual esperaba una respuesta positiva. Tenía mucha energía y muchas ideas, y Natalie estuvo dando vueltas en la pista con él sintiéndose mareada ante sus palabras aunque emocionada al mismo tiempo. El entusiasmo de Hugues era contagioso, y le encantaba la idea de pasar un año en París con los gemelos. Lo mejor de su jubilación era que todavía era lo bastante joven para disfrutarla, y ella también. Natalie acababa de cumplir cuarenta y ocho años, y Hugues era un hombre de sesenta pero atractivo, guapo y de espíritu juvenil. Su mujer y sus hijos lo ayudaban a mantenerse en buenas condiciones.

—¿Qué es lo que acaba de decir papá? —preguntó Stephanie acercándose a Heloise con expresión interrogante. Llevaba el pelo largo recogido en dos coletas con sendas cintas.

—Dice que yo dirigiré el hotel y así él tendrá tiempo de jugar contigo.

Heloise le sonrió. Estaba encantada con los gemelos.

Stephanie miró a su hermana mayor con mala cara cuando esta le tradujo las palabras de su padre.

—Yo también quiero dirigir el hotel.

—Pues para eso tendrás que trabajar mucho y pasar muchas horas aquí, y dentro de un tiempo lo dirigiremos juntas.

Stephanie pareció satisfecha con la propuesta, y en ese momento Brad sacó a Heloise a la pista y mientras bailaban la miró con expresión sonriente.

—Bueno, no cabe duda de que ha sido una gran sorpresa. ¿Crees que de verdad tu padre será capaz de relajarse?

Tampoco imaginaba a Heloise en esa tesitura. Tanto ella como Hugues vivían para el Vendôme. Aunque a Brad también le gustaba mucho su trabajo, y con él poder ayudar a Heloise además de a otros clientes.

—Natalie y los gemelos lo tendrán bien ocupado —respondió ella justo cuando Jennifer y Bruce pasaban bailando por su lado y los saludaban con la mano.

A Heloise aún le costaba asimilar lo que su padre acababa de hacer. Siguió bailando y charlando con Brad, y él le sonreía con orgullo.

—Tu padre sabe muy bien lo que se hace —la alabó—. Serás una directora general maravillosa, si no te dejas la vida en ello.

Era un rasgo de familia, los dos trabajaban demasiado. Sin embargo, Heloise disfrutaba siendo así, igual que le había ocurrido a Hugues. No se cansaba nunca; se pasaba el día ocupadísima a excepción de los momentos en que Brad conseguía llevarla a cenar o a pasar unos días fuera, cosa que sucedía en raras ocasiones.

Al cabo de un rato seguían hablando de la gran noticia que había dado su padre cuando se encontraron con Jennifer y Bruce en el bufet. Julien estaba escondido detrás, arrojándole bolitas de pan a su gemela, y Heloise le indicó discretamente que parara. El niño era muy travieso y bastante más ingenuo que Stephanie; ella se mostraba más madura, hasta el punto que parecía mucho mayor de lo que era en realidad. Julien era de trato sencillo mientras que a Stephanie le encantaba enterarse de todo lo que ocurría en el hotel. Había disfrutado mucho siguiendo por todas partes a Ernesta y su carrito hasta que esta se jubiló el año anterior. Aquella noche se encontraba allí, celebrando el cumpleaños de Hugues, y Heloise aprovechó para darle un gran abrazo. Ernesta formaba parte de los recuerdos que más atesoraba de su infancia, y su mirada siempre se iluminaba al ver a Heloise. Se había echado a llorar cuando Hugues la nombró nueva directora general del hotel.

—Bueno, señora directora, ¿qué le parece todo esto? —preguntó Jennifer con una sonrisa cálida mientras Brad y Bruce charlaban y se servían langosta que el chef había preparado al estilo favorito de Hugues. Heloise se lo había pedido para obsequiar a su padre.

—Tú lo sabías, ¿verdad? —la acusó esta con una cálida sonrisa.

Se lo había notado en la cara, Jennifer no había mostrado tanta sorpresa como el resto de las personas reunidas en el salón. Ella conocía todo lo que Hugues hacía y lo que pensaba, mucho más incluso que su hija o su mujer.

—No me lo había explicado del todo pero tenía cierta idea. Me alegro de su decisión. Tu padre necesita librarse de todo esto y pasarlo bien ahora que todavía es joven. Será fantástico si se marchan a París un año. Y tú podrás ir a visitarlos.

Sin embargo, Jennifer era consciente de que Heloise estaría más ocupada que nunca cuando cogiera las riendas del hotel con todo lo que ello implicaba. De todas formas tenía edad para hacerlo.

En ese momento Brad y Bruce se acercaron y Heloise vio que este y Jennifer intercambiaban una mirada cariñosa. Hacía años que sabía que salían juntos en secreto. Había ocurrido poco a poco, de forma natural y sin que lo buscaran, y hacían muy buena pareja. Heloise estaba pensando en eso cuando Jennifer se volvió hacia ella y le sonrió con timidez.

—Nosotros también tenemos una noticia —dijo, y se sonrojó a la vez que el corpulento jefe de seguridad se echaba a reír—. Vamos a casarnos. Y seguramente el año que viene yo me jubilaré.

Lo dijo como si fuera una jovencita atolondrada, y Heloise le dio un abrazo, aunque a continuación blandió el dedo ante ella en señal de advertencia.

—Cásate si quieres, pero no permitiré que te jubiles hasta que yo tenga por la mano la dirección del hotel. Creo que tú sabes mejor que yo de qué va todo esto. Así que ¡no te irás a ninguna parte!

Jennifer se echó a reír a modo de respuesta, y de repente Heloise se dio cuenta de que tendría que ocupar el puesto de su padre en el despacho, tras su escritorio, y la invadió una extraña sensación. No se sentía capaz de ponerse en su lugar y hacer el trabajo que él llevaba tanto tiempo haciendo. Le quedaban muchas cosas que aprender. La situación suponía toda una lección de humildad, y se puso triste. Lo pasaba tan bien trabajando al lado de Hugues que no quería que se marchara, pero también reconocía que probablemente era lo mejor para él, y veía que estaba preparado. Lo que no tenía claro era que lo estuviera ella; aún tenía que acabar de hacerse a la idea.

Jennifer y Bruce les dieron una sorpresa al anunciar que pensaban casarse el día de Acción de Gracias, cuando los hijos de Jennifer pudieran estar presentes. Bruce también tenía hijos, tres. Heloise se alegraba mucho por ellos, aunque no le gustaba que Jennifer pensara jubilarse en los próximos meses.

Heloise consiguió saludar a todo el mundo antes de que terminara la fiesta. Era un bello homenaje a su padre y también ella la disfrutó mucho. Estaba comentando eso con Brad mientras subían a su apartamento. Estaba cansada y todavía aturdida por la decisión de su padre de nombrarla directora general y pasarle el testigo. Hugues era una auténtica caja de sorpresas. Primero le anunciaba que iba a casarse con Natalie, luego que iba a tener trillizos, y ahora eso.

—¿Y si no me siento capaz de dirigir el hotel, o lo hago mal, o me lo cargo por algo? —le planteó a Brad con expresión de pánico mientras se desvestían. Hasta ese momento siempre había tenido a su padre al lado. Nunca se había ocupado del hotel sola, excepto los pocos días que había estado enfermo.

—Lo harás incluso mejor que él —dijo él con confianza al tiempo que la atraía hacia la cama y la rodeaba con los brazos—. Ya lo diriges, solo que aún no te has dado cuenta. Tu padre no te habría dejado al frente de todo esto si no te creyera capaz. Aprecia demasiado el hotel para correr ese riesgo. Sabe que puedes hacerlo, y yo también.

Heloise era la única que no tenía clara su capacidad. Ser la directora general de uno de los hoteles más prestigiosos de Nueva York suponía una gran responsabilidad, y era toda una proeza lograrlo a los veintisiete años. Pero Hugues no albergaba la más mínima duda de que lo haría estupendamente.

—¿Me ayudarás cuando lo haga mal? —preguntó la chica recostándose en Brad, y él la abrazó con fuerza.

—Sí, pero no lo harás mal. No necesitas ningún abogado para dirigir el Vendôme, tienes bastante con la gente de siempre.

Algunos empleados llevaban tanto tiempo trabajando en el hotel que se habían jubilado y pasado página en los últimos años, como Ernesta, Jennifer y su padre, aunque él no era muy mayor, solo tenía sesenta años. Heloise creía que pasarían diez o quince años más antes de que se jubilara, e imaginaba que a esas alturas se sentiría preparada para relevarlo. Sin embargo, al emparejarse con una mujer más joven y tener hijos le habían entrado ganas de disfrutar de la vida y no dedicarse solo a trabajar hasta la muerte.

—Por cierto —prosiguió Brad—, últimamente he estado pensando en que también nosotros tendríamos que plantearnos cosas.

Lo dijo muy serio, y Heloise lo miró con desconcierto. Esa noche su padre además había anunciado que cuando regresaran después de pasar un año en Europa quería comprar un piso para que Natalie lo decorara y pudieran marcharse del hotel. Iba a ceder su apartamento a Heloise. Para entonces ella necesitaría más espacio, aunque durante esos años se había apañado bien en la suite que compartía con Brad, y se sentían a gusto allí. Se había convertido en su hogar. De repente, todo estaba cambiando muy deprisa. Le explicó a Brad que su padre le había ofrecido su apartamento y él se alegró de la noticia. A los dos les resultaba muy cómodo vivir en el hotel, aunque eso significaba que Heloise estaba disponible las veinticuatro horas del día. Sin embargo, Brad ya estaba acostumbrado a ello. Era su forma de ser, y la de Hugues. Y tal vez algún día Stephanie actuaría igual.

—No me refería a ese tipo de cambio, aunque estará bien disponer de más espacio. Estaba pensando en otra cosa —dijo él con voz queda mirándola a los ojos.

—¿Como qué?

Heloise esperaba que no se refiriera a dejar de vivir en el hotel. Jamás lo haría, y menos en las circunstancias presentes, aunque sabía que vivir y trabajar en el mismo sitio a veces podía dar lugar a interferencias.

—Creo que serás una directora general mucho más eficiente —empezó a decir él como si estuviera midiendo las palabras— si tienes una vida y un hogar estables.

—Eso ya lo tengo —repuso ella sonriéndole al darse cuenta de que la estaba provocando—. Llevamos siete años juntos. ¿Eso no es estabilidad suficiente?

—Podría serlo bastante más —dijo él riendo mientras la abrazaba—. Me refiero a un hogar con todas las letras. No puedes tener un cargo importante como el de directora general y estar viviendo en pareja. —Entonces Brad se puso serio y la dejó atónita por segunda vez aquella noche—. Heloise, ¿quieres casarte conmigo? Llevo meses pensando en pedírtelo, y creo que ha llegado el momento adecuado.

Ella se había quedado sin respiración. Nunca se había preocupado de pensar en casarse con él, estaba segura de que algún día lo acabarían haciendo solo que no sabía cuándo. Imaginaba que cuando tuvieran alrededor de treinta años, si querían tener hijos. Hasta entonces no estaban preparados para eso, y ni siquiera se planteaba casarse con él tan pronto.

—¿Hablas en serio? —le preguntó con expresión solemne, y él asintió mientras sonreía.

—Muy en serio. Y si tu padre va a jubilarse, creo que deberíamos hacerlo antes de que el puesto de directora del hotel te ponga la vida patas arriba. Casémonos ahora.

Ella parecía haberse quedado muda, y él la besó mientras ella permanecía en sus brazos, sonriente.

—No me has respondido —le recordó él con aire de estar ligeramente preocupado. Cabía la posibilidad de que dijera que no.

—Es que estoy disfrutando el instante —respondió ella feliz. Esa noche se había ganado un marido y un hotel. Había sido un momento importantísimo en su vida, y sonrió a Brad con alegría—. Sí. Claro que quiero casarme contigo —dijo mirándolo con expresión radiante—. Hasta ahora no me había dado cuenta de lo mucho que deseaba que me lo pidieras.

Entonces él le dirigió una amplia sonrisa y volvió a besarla. Para Heloise había sido una noche redonda; sobre todo porque estaba con Brad.

26

Heloise y Brad decidieron casarse en septiembre. Era una preciosa tarde soleada. Natalie hizo de madrina de Heloise, y las damas de honor fueron tres amigas del Liceo Francés y Jan. Stephanie se encargó de llevar las flores, y Julien los anillos, aunque todo el rato los extraviaba y al final su madre decidió guardárselos.

Su padre la acompañaría hasta el altar, y Miriam y Greg Bones se encontraban entre los asistentes, por lo que en la puerta había todo un ejército de paparazzi. Habían invitado a todas las personas que habían tenido una significación importante en su vida: los compañeros con los que había trabajado; los empleados entre los que había crecido, como Ernesta, Jennifer y Bruce; los amigos de la escuela secundaria, e incluso una amiga de la École Hôtelière. Y la familia y los amigos de Brad también estaban presentes.

La propia Heloise se había encargado de organizar la boda y dejarlo todo bien atado. Y esa vez fue Natalie quien la ayudó a ella. La había acompañado a comprar el vestido y a elegir la indumentaria de las damas de honor. La joven tenía muy claro cómo quería que fuera la boda: qué flores habría, cuál sería la distribución de las mesas y cómo se decoraría la sala. Trabajó codo con codo con Franco, el florista, y le pidió a Jan que acudiera para echarle una mano y dar el toque exacto que deseaba a los arreglos, entre los que había guirnaldas y arbustos de formas ornamentales, y esta le preparó el ramo de novia con muguete. Brad y ella eligieron la música y la orquesta, y pidió manteles nuevos para el salón. Tal como les había ocurrido a Natalie y a todas las novias que se habían casado en el hotel, Heloise deseaba que su boda con Brad fuera perfecta.

Había invitado a su madre, pero le confesó a Natalie que no sabía si iría y ni siquiera estaba segura de que le importara lo más mínimo. Era demasiado tarde para recuperar la relación; Miriam le había dado de lado demasiadas veces. Sin embargo, era de mala educación no invitarla, y su padre le dijo que debía hacerlo y así darle la oportunidad de aparecer por una vez.

—¿Tú quieres que venga? —le había preguntado Natalie con franqueza.

Heloise lo pensó un rato, suspiró y acabó asintiendo.

—Sé que suena tonto, pero creo que sí.

—No pienses que eres tonta. Lo cierto es que, aunque no se preocupe de ti y siempre te decepcione, una madre es una madre. Confieso que yo eché de menos a la mía cuando me casé, a pesar de que probablemente me habría dado algún disgusto. Siempre me daba disgustos.

Heloise y Natalie tenían eso en común, y era lo primero que las había unido cuando esta le explicó la relación que tenía con su madre el día anterior a su boda con Hugues. Ese fue el final de la guerra que su hijastra le tenía declarada, y a partir de ese momento siempre habían estado muy unidas. Además, Heloise sabía que si su madre no asistía a la boda, le bastaría con Natalie.

Sin embargo, para su gran asombro, Miriam aceptó la invitación y dijo que estaría encantada de asistir con Greg, Arielle y Joey, y pidió ocupar dos de las grandes suites del hotel, de forma gratuita, por supuesto, ya que era la madre de la novia. Quería reservar la suite presidencial, pero estaba ocupada, y Hugues no pensaba trasladar a unos clientes importantes por ella. Al final ocuparon dos suites de la novena planta. Y en el exterior los paparazzi se volvían locos por Greg.

Fue una semana descabellada, pero todo estuvo a punto; todos habían ayudado mucho a Heloise, sobre todo Jan, Jennifer y Natalie, y ella estuvo trabajando hasta el último minuto.

Por fin se celebró la cena previa y para ello cerraron el restaurante del hotel. El gran día llegó antes de lo que la joven imaginaba. Cuando se dio cuenta Natalie y su madre la estaban ayudando a vestirse. Como era de esperar, Miriam llevaba un provocativo vestido semitransparente de color blanco y no había tenido en cuenta para nada que no debía vestirse de blanco para asistir a una boda y aún menos si la novia era su hija. Los hermanastros de Heloise por parte de madre, Arielle y Joey, también estaban presentes. Tenían diecinueve y veinte años respectivamente, iban vestidos con pantalones vaqueros y zapatillas deportivas y lucían tantos tatuajes como Greg y su madre, y Stephanie dijo que eran muy maleducados. Joey se presentó en la cena previa con un botellín de cerveza, pero Heloise hizo caso omiso.

Había elegido un sencillo vestido blanco de organdí de falda muy abultada y mangas largas y transparentes que dejaban entrever los brazos, con el que parecía estar flotando sobre una nube, y llevaba el cabello pelirrojo recogido en un pulcro moño bajo el velo de novia. A su padre se le arrasaron los ojos en lágrimas cuando la vio. Todo cuanto le venía a la mente era su imagen a los siete años correteando por el hotel. Se le veía muy orgulloso cuando la acompañó hasta el altar, donde la estaba esperando Brad. El chico daba la impresión de haber estado esperando ese momento toda la vida. De hecho, los dos parecían haberlo esperado desde siempre, y fueron unos instantes perfectos.

La ceremonia fue corta y sencilla. Julien les entregó los anillos; por suerte esa vez no los había perdido. El pastor los declaró marido y mujer, y cuando Brad besó a la novia ella sabía que estaba en el lugar adecuado, con el hombre adecuado y en el momento adecuado. Bailaron toda la noche y lo pasaron en grande.

Al bailar con ella Brad la contemplaba extasiado mientras pensaba que era la mujer más bella que había visto en la vida, y Heloise se sentía más feliz que nunca. Le encantaba la sensación de ser su mujer.

—¿Es la boda que imaginabas? —le preguntó él, y ella asintió con aspecto de sentirse tranquila y completamente feliz.

—No podría haber sido mejor. Y tengo la sensación de ser una clienta del hotel.

Intentaba no hacer de directora y no preocuparse de nada por una noche.

Incluso su madre se comportó con corrección. Su padre bailó con ella en una ocasión, y tras varios años de feliz matrimonio con Natalie se dio cuenta de que ya no albergaba ningún resentimiento hacia Miriam, lo cual suponía un gran alivio. La madre de Heloise alabó el hotel diciendo que había mejorado. Greg también se mostró amable, y sus dos hijos se emborracharon hasta tal punto que tuvieron que retirarse a su habitación antes de la cena.

Julien y Stephanie se portaron como verdaderos ángeles y bailaron con sus padres por turnos, y también ellos dos juntos.

Tanto la ceremonia como la celebración constituían la boda soñada de Heloise. Todo era perfecto. Y el salón jamás había tenido un aspecto tan espléndido gracias al trabajo conjunto de Franco y Jan.

A las once terminó el baile para que los novios pudieran coger el avión de la una de la madrugada con destino a París. Iban a alojarse en el Ritz, y luego volarían hasta Niza para alojarse en el Hotel du Cap, en Antibes, que era el lugar perfecto para una luna de miel.

Cuando Heloise lanzó el ramo que Jan le había preparado expresamente para que pudiera conservar el de novia, lo arrojó directamente a su hermana Stephanie, que al cogerlo soltó un chillido de alegría mientras Julien alzaba los ojos en señal de exasperación y se preguntaba cómo podía ser tan tonta. Era un homenaje a todas las ocasiones en que siendo niña había deseado coger el ramo y no podía, y al momento en que siete años atrás Natalie le había arrojado el suyo durante la boda con su padre, el mismo día que conoció a Brad. Stephanie lo sostuvo en alto como si fuera un trofeo. Hugues, Natalie y todos los amigos de los novios aguardaron en la puerta del hotel para verlos subir al Rolls Royce, y Heloise se detuvo el tiempo suficiente para darle un beso a su padre hasta que por fin se despidieron por última vez con la mano y subieron al coche.

Mientras se alejaban rodeados por una lluvia de pétalos de rosa a Heloise le sonó el móvil. Miró el número y vio que era del hotel. Su padre iba a cuidarse de dirigirlo durante esos días, y cuando ella volviera se jubilaría y se marcharía a París. Acababa de alquilar un piso en la Rive Gauche. Esas iban a ser sus últimas semanas como director del Vendôme, y luego Heloise le tomaría el relevo. La chica se dispuso a contestar a la llamada, pero Brad le quitó el móvil de la mano y la besó.

—No estás trabajando —le recordó—. Durante las próximas dos semanas serás solo mía.

Más que eso, sería suya para siempre. Además, el hotel seguiría estando allí cuando volvieran, ya que ahora le pertenecía. Brad volvió a besarla, y ella apagó el móvil y lo guardó en el bolsillo. De momento el hotel podía esperar. Allí lo encontraría cuando regresara, en el mismo lugar donde había estado toda la vida.

CHARLES STREET, NO. 44

Francesca Thayer es copropietaria de una galería de arte y de una casa antigua en el Village neoyorquino. Ambos proyectos los inició con Todd, su pareja durante años. Ahora que la relación ha terminado, Francesca deberá decidir si lo vende todo o hace frente a los pagos ella sola. Finalmente su padre la ayudará a sacar adelante la galería, pero para mantener la casa, tendrá que alquilar tres de sus habitaciones. Entre los inquilinos se creará un ambiente familiar y hogareño que los unirá cada vez más. Y Francesca, entre tanto, se dará cuenta de que en contra de lo que ella creía, su corazón sigue latiendo con más fuerza que antes, en el momento más insospechado y por la persona que menos se espera.

Ficción

EL LEGADO

En menos de una semana, Brigitte Nicholson se queda sin novio, sin trabajo y sin ganas de seguir con el libro que está escribiendo. Angustiada ante un futuro incierto, se traslada a Nueva York para estar con su madre y accede a ayudarla en la reconstrucción de la genealogía familiar. Entonces Brigitte descubrirá que por sus venas corre sangre india, ya que es descendiente de la marquesa de Margerac, cuyo nombre era Wachiwi, y que yace enterrada en la Bretaña. Cuando viaja hasta París para seguir investigando, Brigitte conoce a un apuesto profesor de la Sorbona que la ayudará a descifrar cómo una princesa sioux acabó cruzando el Atlántico, en pleno siglo XVIII, de la mano de un noble francés. Con *El legado*, Danielle Steel nos ofrece dos historias de amor unidas por un legado familiar: la valentía y el coraje para arriesgarse a abandonarlo todo con tal de vivir el amor verdadero.

Ficción

Desde las lujosas salas de baile de Manhattan hasta las batallas de la Primera Guerra Mundial, Danielle Steel nos transporta al mundo fascinante de una mujer de espíritu indómita que saca fuerzas de sus pérdidas y renace en medio de la adversidad. Annabelle Wirthington, de diecinueve años, nació rodeada de los privilegios y el glamour de la alta sociedad neoyorquina en una gran casa de la Quinta Avenida. Sin embargo, un día grisáceo de abril de 1912 todo cambió: el Titanic se hundió y su mundo también. Para olvidarse de sus tristezas, Annabelle se entrega a obras caritativas y a cuidar a los pobres y aquí se despierta su pasión por la medicina. Cuando su primer amor y lo que promete ser un matrimonio idílico también se convierten en cenizas, Annabelle se ve obligada a huir a Francia, un país en guerra donde tal vez podrá dedicarse a su verdadera vocación: estudiar medicina, ayudar a los heridos y salvar vidas en la primera línea de batalla. Cuando termina la guerra, Annabelle comienza una nueva vida en París. Ahora es doctora y madre y su pasado en Nueva York queda lejos y casi olvidado hasta que un día un encuentro casual la enfrenta con todo lo que dejó atrás.

Ficción

TAMBIÉN DISPONIBLES

Una gran chica
Asuntos del corazón
Feliz cumpleaños
Lazos de familia